AF189816

Lebensborn Pommern

Meinen Großeltern und meinem Vater Rüdiger
in liebevollem Gedenken

Dirk Meißner

Lebensborn Pommern

Im dunklen Laub

Roman

Bibliografische Information der Deutschen Nationalbibliothek:
Die Deutsche Nationalbibliothek verzeichnet diese Publikation in
der Deutschen Nationalbibliografie; detaillierte bibliografische Daten
sind im Internet über http://dnb.dnb.de abrufbar.

© Meißner, Dirk
Lektorat und Korrektorat:
Intelligenz System Transfer Dreilinden
Coverfoto: WS Collection / Alamy Stock Photo
Satz, Umschlaggestaltung, Herstellung und Verlag:
BoD – Books on Demand, Norderstedt
ISBN: 978-3-7504-4730-1

„Einem jeden, der den geistigen Kinderschuhen entwächst, dämmert irgendwann einmal der Verdacht, dass das Leben keine Farce ist, ja nicht einmal eine elegante Komödie, sondern dass es im Gegenteil aus den tiefsten tragischen Tiefen des essentiellen Mangels erblüht und Frucht trägt jenes Mangels, in den die Wurzeln seines Gegenstands versenkt sind."

William James

Fiktion versus Wirklichkeit

Dieser Roman steht in einem historischen Kontext, er rankt sich um die Geschichte des Lebensborn e.V., einer Einrichtung der SS zur Zeit des Nationalsozialismus.

In den Häusern des Vereins fanden schwangere Frauen, die nicht verheiratet waren, Aufnahme zur Entbindung und Betreuung ihrer neugeborenen Kinder. Die Eltern mussten Abstammungsnachweise und Gesundheitszeugnisse erbringen. Denn die Fürsorge galt ausschließlich Müttern „guten Blutes". Das vom Reichsführer SS Heinrich Himmler überwachte Programm war Bestandteil der nationalsozialistischen Rasse- und Bevölkerungspolitik, ein Instrument, das auf höhere Geburtenraten und Senkung der Schwangerschaftsabbrüche abzielte. Der Lebensborn mit seinen rassischen Auswahl- und Ausschlusskriterien ist daher nur die andere Seite jener Vernichtungsstrategie, die sich gegen „minderwertige Rassen" richtete.

Über den Lebensborn wurden nach dem Zweiten Weltkrieg viele Halb- und Unwahrheiten verbreitet. Am schlimmsten wog die Behauptung, die Heime des Lebensborn seien „Zuchtanstalten" der SS zur Zeugung arischen Nachwuchses mit nationalsozialistisch gesinnten, deutschen Frauen gewesen. Nach allem, was über die Gräueltaten der SS während des Krieges bekannt geworden war, passte das gut ins Bild.

Historiker weisen auf die Unhaltbarkeit jener Behauptungen hin, weil sie falsch sind und mit der Wirklichkeit nichts zu tun haben.

Leider hielt sich die These von SS-Offizieren und blonden Mägden, die deutschstämmige Kinder wie am Fließband produzierten, noch lange Zeit in der Welt, obwohl sie längst widerlegt war.

Eine unrühmliche Rolle spielte in diesem Zusammenhang das 1958 in München erschienene Buch "Lebensborn. Roman aus Deutschlands dunkler Zeit" von Will Berthold, das als „Tatsachen-Roman" eine weite, auch internationale Verbreitung fand. Auf der ersten Seite bezog sich der Autor sogar auf „genaue Dokumentation durch Akten des Militärtribunals in Nürnberg", „Aussagen von Lebensborn-Mitgliedern und Müttern, die mit dem Lebensborn in Berührung gekommen (waren)", weiterhin auf „Erklärungen von Zeugen, die aus persönlichem Augenschein die Rassenpolitik des Dritten Reiches kannten."

Eine als Wahrheit verpackte und verbreitete Fiktion ist eine Lüge. Mehr muss man dazu nicht sagen.

Der deutsche Film legte 1960/61 im gleichen Sound nach. Und auch die Presse nahm die Geschichte von den „Zuchtanstalten" der SS lange Zeit für wahr.

Für Betroffene, die in diesen Heimen außereheliche Kinder zur Welt gebracht hatten, und für die Kinder selbst, die nach vorherrschender Moralauffassung bis in die frühen Jahre der Nachkriegsgeschichte hinein sowieso schon wegen ihrer unehelichen Herkunft stigmatisiert waren, begann damit ein sich über Jahrzehnte wälzendes, historisches Trauma. Es führte in vielen Fällen dazu oder lieferte eine zusätzliche Begründung dafür, dass Eltern ihren Kindern die Wahrheit über ihre Väter und die Umstände ihrer Geburt verschwiegen. Die Folgen dieses Verhaltens reichen zum Teil noch bis in die Enkelgeneration.

Nach Verunglimpfungen in der Öffentlichkeit und Schweigen in den betroffenen Familien begann dann allmählich doch die ehrliche Auseinandersetzung zwischen Lebensborn-Eltern und ihren Kindern. Unbequeme Tatsachen kamen auf den Tisch, Familiengeschichten wurden umgeschrieben. Da waren Unwahrheiten und Täuschungen beiseite zu räumen, Geheimnisse zwischen Eltern und Kindern aufzudecken. Die Story von den „Zuchtanstalten" klebte währenddessen wie ein zusätzlicher Fluch an den Beteiligten.

Das war sicher noch nicht die Zeit für einen Roman mit fiktiven Scharnieren. Die Betroffenen, die sich zu Recht gegen die Verzerrung ihrer Geschichte durch sensationsheischende Spekulationen wehrten, hatten wahrlich genug von erfundenen Geschichten, die bisher ausschließlich auf ihre Kosten gegangen waren. Es musste erst einmal die Wahrheit ohne Hinzudichtung ans Licht. In der Literatur erschienen einige Bücher mit Berichten über Schicksale von Betroffenen und über ihren teils schwierigen Umgang mit der Wahrheit.

Für die Enkelgeneration des Lebensborn eröffnet sich nun aus größerer zeitlicher und innerer Distanz zum Thema ein neuer und unbefangenerer Blick auf die Ereignisse, die zwischen 1935 und 1945 stattgefunden haben.

Während die einen mit mehr oder weniger Mühsal aus dem Schatten ihrer Vergangenheit traten, stellen sich nun die Enkel mit Neugier und frischer Phantasie die spannende und aktuelle Frage: Was hätte die permanente und subtile Indoktrination im Dritten Reich mit mir persönlich gemacht?

Ein fiktives Experiment zur Beantwortung dieser Frage, die die Vergangenheit an uns stellt, die Erfindung einer Geschichte um die Ereignisse im Lebensborn also, scheint wieder möglich zu sein. Vielleicht können sich die Enkel manchmal besser als ihre Eltern in die Rollen, die die Großeltern seinerzeit annahmen, hineinversetzen, und das Ergebnis könnte eine sehr wichtige Erkenntnis sein, dass nämlich geschicktes Verführen und beharrliches Lügen eine Gesellschaft in den Abgrund reißt, nicht weniger als die Unterwerfung eines Gemeinwesens mit roher und augenscheinlicher Gewalt.

Außerdem gehört die Auseinandersetzung mit ethischen Maximen, die ohne Relativierungen einzuhalten sind, für jede Generation zur gesellschaftlichen und persönlichen Hygiene. Dieser Roman im Format einer literarischen Fiktion möchte dazu einen kleinen Beitrag leisten.

Seine Handlung ist in weiten Teilen frei erfunden. Es handelt sich ausdrücklich nicht um einen „Tatsachen-Roman". Aber der Autor hangelt sich an historischen Tatsachen entlang und möchte wahrhaftig bleiben. Vor allem die jungen Mütter in den Heimen des Lebensborn sollen ein Antlitz und eine Sprache erhalten, die sie uns unter den Umständen und Bedingungen ihrer Zeit zeigen und menschlich verständlich machen.

Es gibt Gründe, die dem gewählten Format eines Romans verhaftet sind, hier und da etwas zu übertreiben, zu überzeichnen, auch hinzuzudichten, was in der Realität wohl unwahrscheinlich oder nicht möglich gewesen war. Der Text wird selbst an geeigneter Stelle, manchmal mit Augenzwinkern, dazu Stellung nehmen.

Das beschriebene Haus am See in Erweiterung des Heim Pommern hat es zum Beispiel nicht gegeben. Die Verschleppung polnischer Kinder in dieses Heim ist jedoch eine hinreichend belegte Tatsache in der Geschichte des Lebensborn.

1. Kapitel

Gertrud stieg in Schivelbein aus dem Zug. Der goldene Herbst rettete sich in einen klaren Novembertag und atmete aus. Die aufgeheizte Lokomotive lärmte und barst beinahe vor Kraft. Zischender Dampf übertönte den Lärm, den die Reisenden beim Rufen, Kofferschleppen und Türeschließen auf dem Westpommerschen Provinzbahnsteig machten. Gertrud nahm Fühlung mit ihrer Umgebung auf. Geschäftig liefen Leute daher. Ihr Blick hakte sich an zwei Kindern fest, die sich beim Versteckspielen neckten.

Als einem Fräulein von Welt hatte sich ihr ein Mitreisender erboten, den schweren Koffer aus dem Zug zu heben. Er tat das beflissen und sehr geschickt. Gertrud bedankte sich mit einem Lächeln und reichte zum Abschied die Fingerspitzen ihrer rechten Hand. Ohne es zu merken, der Herr quittierte es mit einer leichten Verbeugung, übte sie sich als vornehme Dame. Sie war so gut wie angekommen. Die Fahrt endete abrupt wegen Bauarbeiten auf einer Nebenstrecke zum Ziel. Deshalb hatte man ihr rechtzeitig mitgeteilt, dass man sie am Bahnsteig in Schivelbein abholen würde. Sie besann sich einen Moment und sah sich nach dem Abholer um, der sie nach Bad Polzin bringen sollte.

Die Spuren ihres Träumens und Nachdenkens lagen noch wie eine Verklärung auf ihrem Gesicht.

Sie hatte eine beschleunigte und anstrengende Lebensreise hinter sich und die letzten Tage nach ihrem zwanzigsten Geburtstag in diesem Zug nach Irgendwo verbracht, nur um sich zu erinnern und abzuwägen, während Dörfer, Städte und Landschaften am Abteilfenster vorüberflogen. Dabei kam es ihr auf jedem der zahllosen Bahnhöfe so vor, als würde immer wieder etwas aus ihrem Leben, das einmal dazugehört hatte, verfertigt und abgeladen, gegen neue Gepäckstücke vertauscht. Sie ließ zweifellos etwas von ihrer Jugend auf dieser Schicksalsreise 1940 nach Pommern zurück. Ihr altes Leben wollte sich auflösen und ein neues beginnen. Das Ziel ihrer Reise war ein beschauliches und friedliches Land, unsagbar weit, malerisch still und deswegen anders als ihre Stadtheimat im Westen. Nur der Koffer mit dem Nötigsten fuhr als vertrauter Reisebegleiter mit. Gertrud tauchte in Melancholie. Fallendes Laub, hatte sie unterwegs gedacht, überall Laub. Die Bäume entkleideten sich und zeigten sich in ihrer wahren Gestalt. Sie mochte diese unbekleidete Ehrlichkeit der Natur. Auch die Bäume waren in Wirklichkeit nackt.

Wie einer den Fuß auf den Boden setzt, eine neue Heimat begründet, und sei es am Anfang nur eine Bahnsteigkante, verrät viel über seinen Charakter. Dieser schlanke Fuß berührte den Bahnsteig in Westpommern ohne fremdelnde Scheu.

Gertruds Haltung, wie sie da ihren Koffer bewachte und ein paar Mal umkreiste, erschien tadellos, aufrecht, und machte sie sogar ein bisschen größer. Sie bewegte sich mit dem überzeugenden Körpergefühl einer Tänzerin, hoch erhobenen Hauptes, von schlanker, hochgewachsener und die Taille betonender Gestalt, eine durch und durch sportliche Figur. Den federnden Gang hatte sie ihr Fechtmeister vom

Bund Deutscher Mädel in Dessau gelehrt, der das aussichts-
reiche Talent eines Tages aber lieber unsittlich berührte, als
es sportlich zu entfalten. Auch das war eine gefühlte Ewigkeit her, sie schüttelte es ab, und aus der Art ihres Gehens
im Abfedern und Wiegen war eine elegante Gewohnheit
geworden.

Gertruds geistiger Verklärungszustand umgab sie wie
herbstlicher Nebel, der sich nur zäh auflösen wollte. Keiner sah der jungen Frau an, dass sie versonnen nachdachte.

Gertrud straffte den Faden ihrer Erinnerungen, den sie
während der Zugfahrt abgespult hatte, mit einem energischen Ruck. Sie zog nun das trotzige Resümee: „Ich lasse
mich nicht unterkriegen".

Der Faden in die jüngste Vergangenheit, den sie am anderen Ende hielt, an der Bahnsteigkante in Pommern, spannte
und dehnte sich immer noch, er drohte nicht abzureißen.

Hatten sie ihr nicht nach sorgfältiger Prüfung und merkwürdigen Vermessungen ihres Schädels sogar bescheinigt,
sie gehöre, wie das Ungeborene unter ihrem Herzen, als
Arierin reinsten Blutes zur deutschen Elite? Besonders
wertvoll, hatte der Herr von der Kommission anerkennend
bemerkt und das phantastische General-Kompliment, das
sie nun einmal adelte und entzückte, schriftlich niedergelegt. Sie sei nun nicht nur Teil der Bewegung, Speerspitze,
denn Gertrud war auch Mitglied der Nationalsozialistischen Partei, sondern mit Aufnahme in den Lebensborn
erwählt, die Herrenrasse „aufzunorden".

„Heilig soll uns sein jede Mutter guten Blutes!" Jede, eine
beliebige Mutter nicht, denn natürlich musste sie rassisch
einwandfrei sein. Wer wollte es wagen, wenn es darauf ankam, eine so Erwählte, eine Heilige also, wegen der unehe-

lichen Geburt ihres Kindes scheel anzusehen. Es war nach der Liaison mit Walter kein Wunschkind, gewiss war es das nicht, und die Kenntnis ihrer sogenannten Hoffnung, die erst einmal keine gute war, hatte sie in eine tiefe Verzweiflung gestürzt. Aber nun, da sie der Lebensborn auffing, diskret und organisiert, entschlossen und mit Respekt, so kam es ihr jedenfalls vor, nun könnte es doch noch ein Wunschkind, ein besonderes, werden.

Gertruds Ehre hieß Treue in ihrer, von vielen Volksgenossen als unehrenhaft bezeichneten Situation, da ihr so unerwartet, denn vom Lebensborn hatte sie bisher keine Ahnung, der Führer selbst die Hand zur Hilfe ausstreckte und sie in einem der vorbildlichen Mütterheime seiner Schutzstaffel vor den üblichen Anfeindungen schützte, denen sie sich als Mutter eines unehelichen Kindes überall ausgesetzt sah. Die Zuflucht beim Lebensborn war mehr als willkommen, da ihre Aussicht auf eine berufliche Anstellung, außerdem suchte sie eine Wohnung, derzeit mehr als hoffnungslos war. Die Leute dachten nicht gut über sie. Ganz ließ sich der Makel auch in ihren eigenen Vorstellungen nicht wegwischen. Dazu war nicht einmal Gertrud eigensinnig genug. Aber nach der Einweisung in eines der Heime des Lebensborn übertünchte sie ihre Zweifel mit einer beachtlichen Sicherheit im Auftreten und mit der Festigung ihrer Haltung zum Kind.

Sie fasste Entschlüsse für ihr weiteres Leben. Dem Kind unter ihrem Herzen wollte sie eine gute Mutter sein und sich dem Führer dankbar erweisen. Es war ein außergewöhnliches Jahr, in dem nach einem blitzartigen Streich des Führers Frankreich erobert und Gertrud, ohne es zu ahnen, mit seinem ausdrücklichen Segen schwanger geworden war.

Auf atemberaubende Weise wollte sich das erst vor einem reichlichen Jahr zertrümmerte Weltbild ihrer Familie, der bis zur Lächerlichkeit gepflegte Wunsch ihrer Eltern, etwas Besseres zu sein und einer vornehmeren Schicht anzugehören, wieder zusammenfügen und auf nationalsozialistische Weise heilen. Man konnte plötzlich des Blutes wegen etwas Besseres sein. Wie oft hatte sie der Vater ermahnt, „so etwas Gemeines macht man in unseren Kreisen nicht", und Gertrud hatte schon früh begriffen, dass damit nicht die Schippe auf dem Kopf eines anderen im Buddelkasten gemeint war. Gemeinmachen bedeutete, gewöhnlich, ungebildet, volkstümlich, besitzlos und gleich zu sein. „Wir sind anders, Gertrud, immer ein bisschen besser und niemals gemein."

Sie hatten immer noch eine Angestellte im Haus und einen Gärtner, als schon der Pleitegeier über dem Anwesen ihres Vaters, der einmal ein angesehener Arzt gewesen war, kreiste. Die Schulden türmten sich bis unter das Dach und drohten endlich darüber hinaus zu wachsen, weil die Ausgaben flott die Einnahmen überstiegen. Der Arzt konnte wegen seiner im Kriegsjahr 1918 zugezogenen Verletzungen schon längst nicht mehr praktizieren. Davon merkten die Nachbarn lange Zeit nichts. Denn von Neun bis Zwölf und von Drei bis Fünf zog sich der Vater, der im Krieg den rechten Arm und den größten Teil seines Augenlichts verloren hatte, in seine Praxis im Erdgeschoß zurück, wo er sich hinter zugehängten Fenstern langweilte, da er nichts zu tun hatte.

Gertruds Mutter spielte die Komödie gut gelaunt mit. Das Geld wurde erst knapp, als die Bank keins mehr zur Begleichung von Zinsen und Tilgungen zur Verfügung stellte. Ihre Rücklagen waren verbraucht. Nur Mutter tat so, jetzt erst recht, als ob das nicht störte. Auch zu Pellkartoffeln und Quark legte die Hausangestellte das Silberbesteck vor, das Tafelwasser servierten sie in Kristallkaraffen. Gertrud nahm standesgemäß, und weil es modern war, ein teures Medizinstudium in Leipzig auf. Das verursachte zusätzliche Kosten für Einschreibegebühren und ihren Unterhalt in der fremden Stadt. Sie musste das Studium abbrechen, bevor es richtig begann. Da wurde ihr die Situation um die Kulisse daheim auf dramatische Weise bewusst. Denn mit der Beendigung ihrer Ausbildung in Leipzig büßte sie auch den Platz im Fechtsportverein ein, wo sie gerade der Ehrgeiz zur Meisterschaft packte.

Sie las dem Vater, der nun fast erblindet war, täglich aus seinem Goethe vor. Daraus machten sie ein festes Ritual. Goethe hielt er in großen Ehren. Sie trug ihm oft etwas aus Faust und den Wahlverwandtschaften vor.

Wenn Gertrud gründlich darüber nachdachte, dämmerte sogar in Goethes Wahlverwandtschaften das Besondere, das schicksalhaft füreinander Bestimmte in der Natur herauf. Vom Blut keine Rede, aber von der geheimnisvollen und schicksalhaften Anziehungskraft gesetzmäßig füreinander bestimmter Elemente, während sich andere feindlich voneinander abstießen. Erstaunlich, wie der Dichter das auf die menschlichen Beziehungen übertrug. Von da war es ja nur noch ein kleiner Schritt, die passenden Köpfe zu vermessen und den Liebsten oder die Liebste im Schaufenster auszuwählen. Auch das tat Gertrud, wie das meiste ihrer gutbürgerlichen Bildung, in den unheimlich wabernden, weltanschaulichen Topf des Nationalsozialismus, der seit ihrem vierzehnten Lebensjahr zu Hause und in der Schule unablässig vor sich hin köchelte, um eines fernen Tages rassepolitisch überzukochen und zu explodieren.

17

Der Musikus Friedhelm bespielte nun für die Hälfte seines Salärs wöchentlich den häuslichen Flügel. Er war inzwischen außer Übung geraten und wiederholte sich mit seinem Repertoire. Bald stand nur noch eine berühmte Sonate von Beethoven auf dem Programm, bei der er sich an immer gleicher Stelle verspielte.

Gertruds Mutter legte selbst das Silberbesteck vor. Endlich hatten sie das Hauspersonal entlassen. Nichts konnte ihr Rollenspiel erschüttern. Sie ermunterte das erwachsene Kind, sich freiwillig zum weiblichen Arbeitsdienst zu melden, der nach Kriegsbeginn ohnehin obligatorisch war.

„Wir wollen gute Deutsche und Teil dieser großartigen Bewegung sein."

Gertrud erwies sich als ausdauernd beim Arbeitsdienst und fähig, auch schwere und schmutzige, also gemeine Arbeiten in der Landwirtschaft zu erledigen. Sie tat es trotzig, fleißig und mit ganzer Kraft, auch stets ein bisschen besser als die anderen. Das steckte nun mal so in ihr drin.

Kurz darauf war der Vater gestorben und die Gläubiger stürmten das Haus. Als sie das Tafelsilber hinaustrugen, nahm sich Gertruds Mutter das Leben. Sie starb vornehm an einer Überdosis Tabletten im frisch bezogenen, hoch herrschaftlichen Bett. An Gertrud, die mittellos aus dem Arbeitsdienst zurückkehrte, hinterließ sie keine einzige Zeile. Gertrud musste das Haus mit den wenigen, von den Gläubigern für wertlos gehaltenen Gegenständen binnen Wochenfrist räumen.

Der Hausmeister aus dem zwanzig Kilometer entfernten Polzin, „Bad Polzin, bitte schön!", sah prompt an Gertrud vorbei, an diesem hochgewachsenen und stolzen Fräulein mit aufgesteckten Haaren unter einem modischen Hut. Sie trug ein dezentes, figürlich hervorragend passendes Kleid aus braunem, wollenem Stoff. Es schien nicht zu gewagt, es sah sehr anständig aus. Dieses Kleid verschmolz mit einer auf Taille geschnittenen Jacke, die mit drei großen, perlmuttern glänzenden Knöpfen besetzt war.

Auf ihrem Gesicht mit der etwas hervorspringenden Nase lag der Anflug, nur ein Schimmer von Erhabenheit. Gertruds Augen standen ein wenig zu dicht und der schöne Mund formte sich schmal in ruhender Verfassung, so dass durchaus etwas männlich Herbes durchscheinen wollte, wenn sie die üppige Haartracht nach hinten schob, um ihr Gesicht freizumachen. Jedenfalls war da nichts, was man mit einem süßen Mädchengesicht, Kolleraugen und Kussmund verbindet.

Für ihr Alter war Gertrud eine Spur zu kühn.

Eben deshalb bemerkte sie der Abholer aus Bad Polzin nicht gleich und lief zweimal an ihr vorbei. Er hielt nach einem jungen und unglücklichen Ding Ausschau. Die sahen immer ein bisschen einfältig drein, wenn sie hier mit Schuldgefühlen und einem schlechten Gewissen ankamen.

Für den Hausmeister war das in Ordnung. Das gehörte sich so. Von unten wollten sie der Führer und sein Reichsführer SS im Lebensborn aufheben. So dachte der Hausmeister als Vater einer Tochter jedenfalls. Deswegen wirkte er zu Beginn etwas streng auf die gefallenen Fräuleins, die seit einiger Zeit korrekt mit Frau Soundso anzusprechen waren.

„Entschuldigen Sie bitte! Sind Sie der Abholer vom Lebensborn in Polzin?"

„Bad Polzin, bitte schön! Willkommen."

Mehr Freundlichkeit war erst mal nicht drin. Ohne Konversation ratterte der Pferdewagen durch Schivelbein. Erst ab Ortsausgang stellte der Hausmeister ein paar Fragen. Er unterschied aus Anlass dieser Jungfernfahrt ins Heim, die nun im wörtlichen Sinne keine Jungfernfahrt war, zwischen den ängstlich Weinerlichen, deren Mittelungseifer sich überschlug, und den Verzagten, die an sich und der Welt verzweifelten und überhaupt nichts mitteilen wollten. Aus der Neuen auf dem Wagen wurde Helmut nicht schlau. Die fragte ihn ziemlich neugierig aus und lachte ohne Respekt über Sachen, die Helmut nicht komisch fand. Dann wirkte sie wieder teilnahmslos und in sich gekehrt, aber ohne den Kopf hängen zu lassen. Dieses Fräulein war ihm zu städtisch und zu modern.

„Vorläufig", dachte Gertrud, während sie ein Wegstück mit Schlaglöchern passierten, „komme ich allein mit dem Kind klar." Es war anders nicht möglich. Walter, der Vater des Kindes, hatte ihr nichts vorgemacht. Kaum war jemand in ihrem Leben so ehrlich mit ihr gewesen. Dennoch hatte ihr Walter ein feierliches Versprechen gegeben, fest und auf sein Gewissen. Davon halte er, wie er sagte, immer noch mehr, als von der spießbürgerlichen Ehre. Er würde für ihr gemeinsames Kind einstehen und sorgen. Allerdings, glaubte er sogleich hinzufügen zu müssen, in Familie mit jener Frau, die er geheiratet hatte. Es offenbarten sich ihr bei diesem Gespräch gleichzeitig eine Sicherheit für das Kind und eine Zumutung für sich selbst. Walter redete nicht drum herum. Was er sagte, war das, was er meinte. Ein Herbstbaum ohne überflüssige Blätter.

Auf Walter konnte sie sich verlassen. Doch woher nahm sie ihre Zuversicht, diese Gewissheit, für die Lebenserfahrene nur ein mildes Lächeln übrig haben? Gertrud fühlte es. Sie besaß dafür eine Intuition, verfügte über einen Sinn, die Wahrhaftigkeit eines Versprechens wie die Bonität eines Wechsels zu prüfen. Darin täuschte sie sich nicht. Sie verließ sich darauf. Es war außer der Aufnahme im Lebensborn zur Zeit das einzige Kapital, ihre Versicherung gegen die Risiken eines einsamen Lebens. Sie hätte sonst, wie tausende Frauen auch, verbotene und gefährliche Wege einer Abtreibung in Erwägung ziehen müssen.

Der Hausmeister legte ihr noch anheim, den Hut beim Empfang durch die Oberschwester abzunehmen, als sie mit dem Gefährt auch schon in den Park bogen und das ehemalige Luisenbad, das nun ein Haus des Lebensborn war, immer mehr von sich preisgab, bis sie es endlich erreichten. Gertrud nahm den Hut mit Ehrfurcht in ihre Hand. So gediegen hatte sie es sich nicht vorgestellt.

Sie stieg vom Wagen und achtete darauf, dem Hausmeister beim Abladen behilflich zu sein. Jedenfalls bot sie es an, bevor Helmut das brummend allein übernahm. Es gelang ihr ein artiger Knicks mit dem Hut in der Hand.

Am Eingang zum Haupthaus, parterre unter einer säulengestützten Terrasse, empfing sie die Oberschwester, die jeden ihrer Schritte mit den Augen einer Sphinx überwachte. Neben ihr hielt sich eine andere Schwester abwartend in Stellung.

Die strenge Mitvierzigerin in NS-Schwesterntracht führte die Aufsicht über die Müttergemeinschaft im Heim Pommern. In der rassisch auserlesenen Herde waren ihr Schwarze und Weiße anvertraut, die Schwarzen, Gattinnen honoriger SS-Offiziere, die Weißen, sich völlig allein überlassen. Alle behandelte sie gleich. Extravaganzen zog sie den Neuankömmlingen am liebsten sofort aus dem Fleisch. Das gab sonst nur Ärger. Sie scheute sich nicht, einen wegen

Herkunft oder Bildung herausgehobenen Kopf gleich unter Wasser zu drücken. Sich etwas auf Ehestand, Bildung oder Schönheit einzubilden, gehörte für sie zu den schlimmsten Sünden gegen den herrschenden Geist. Mochten sie sich in der Welt wie Königinnen aufführen oder fühlen, hier im Heim waren sie gleichförmige Glieder einer einzigen Kette.

Gertrud war im fünften Monat schwanger, ohne kleidertechnische Umstände zu machen. Man sah der sportlichen Gertrud kaum etwas an und sie schritt freundlich auf das kleine Empfangskomitee zu, als gelte es, im Lebensborn ein paar Wochen Urlaub zu machen. Das traf einen dünnen Nerv der ehrwürdigen Dame, die sich aus den ersten Eindrücken ein Bild von der jungen Frau mit dem eventuell überschießenden Selbstvertrauen machte.

Im Foyer nahmen sie Platz. Gertrud fiel und versank in einen Ohrensessel auf geschnitzten Löwenfüßen, die Oberschwester setzte sich auf einen Stuhl. Nach einer knappen Begrüßung und Erkundigungen nach den Stationen der Reise wollte sie mit der Bemerkung starten, im Heim tragen eigentlich nur die Herren der Schutzstaffel Hüte. Denn dieser aufgeputzte Hut, dachte sie, ist einfach lächerlich. Jetzt kam ihr aber Gertruds gewaltiger Koffer, den Helmut gerade vorbeischleppte, in den Sinn.

„Ihr Köfferchen ist ein bisschen groß. Da steckt mehr drin, als die zur Einweisung aufgelisteten Dinge. Ich fürchte, das Gepäck wird nicht in Ihren Schrank passen. Und sehen Sie selbst, auch dem Hausmeister ist es zu schwer."

Oh ja, Angriffe ihrer Gegnerinnen im plötzlichen Ausfallschritt waren Gertruds Spezialität. Die konnte sie immer gut mit dem Florett parieren.

„Es handelt sich nur um den Nachlass meines Vaters. Gewichtig ist der nicht, aber schwer. Deutsche Klassik, Frau

Oberin. Die Überbleibsel des Herrn Goethe, den mein Vater sehr verehrte. Vielleicht kann er so lange, ich meine so lange ich hier bleibe, in der Hausbibliothek auf mich warten."

Was war das? Und dieser ironische Unterton. Also schnell noch ein Versuch in die offene Flanke.

„Richtig, in ihrem Lebenslauf steht ja auch, Sie haben studiert. Ein paar Monate Medizin? Durchaus mit heißem Bemühen? So drückt sich doch der große Herr Goethe aus, nicht wahr?"

Inzwischen hatte Gertrud, die Fechterin aus Dessau, ihre linke Hand auf den Rücken gelegt. Die Spitze des rechten Zeigefingers tippte aufs Knie. Schlagfertig punktete sie: „Nicht direkt Frau Oberschwester. Das hat Goethe bloß dem Doktor Faust in den Mund gelegt, bevor der aus großer Verzweiflung mit dem leibhaftigen Teufel und seiner schwarzen Magie auf Abwege geriet."

„Fein, aber so weit, so faustisch, lassen wir es hier nicht kommen. Unsere Pensionärinnen machen sich im Haus nützlich. Sie wischen Staub, sie legen Berge von Windeln zusammen, sie erledigen Botengänge und Pförtnerdienste, sie putzen in der Küche eifrig Gemüse und sie gießen die Blumen. Die Bücher können Sie in Ihrem Zimmer lassen. Stapeln Sie die am besten unter ihrem Bett. Ich bin froh, dass Sie nicht Ihren Kleiderschrank mitgebracht haben. Über Bücher im Allgemeinen steht nichts in unseren Regeln. Auf dem Einweisungsschein hatte ich lediglich vermerkt, „etwas Erbauliches zum Lesen". Ein Schelm, wer da gleich an Goethes Gesamtausgabe denkt! Morgen Vormittag werden Sie untersucht. Dazu füllen Sie bitte das Formular aus. Wann unsere Kurse in Geburtsvorbereitung, Hauswirtschaft und politische Schulungen stattfinden, hängt im Speisesaal aus. Bevor ich Sie nun mit der Hausordnung vertraut mache, ein Hinweis zur Diskretion. Wir sprechen uns nicht mit den Nachnamen an. Sie sind hier nur als Frau Gertrud bekannt. Wir reden nicht über unseren Familienstand, auch über die Kindsväter nicht. Sollte Ihnen jemand zu Ihrer eigenen Verunsicherung oder um Sie herabzusetzen, von den Wonnen des ehelichen Glücks schwärmen, melden Sie mir das bitte. Wir gehen rigoros dagegen vor."

Es war, jedenfalls nach den Gepflogenheiten der Zeit, kein unfreundlicher Empfang, recht trocken und ohne besondere Wärme. Gertrud kannte das vom Arbeitsdienst. Man musste sich beharrlich in den ersten Wochen eine gute Ausgangsposition schaffen. Dann würde wohl auch im rechten Moment das gefrorene Gesicht dieser Oberschwester einmal auftauen. Nach wenigen Tagen packte sie die Langeweile und Gemüseputzen war, wie andere häusliche Dienste auch, ein wahrer Segen, die Zeit zu verkürzen.

Mit der Mitbewohnerin auf ihrem Zimmer, die Käthe hieß und aus dem Allgäu stammte, machte sie sich bekannt. Käthe wohnte schon seit zwei Monaten im Haus und freute sich über die neue Gesellschaft als willkommene Abwechslung. Was man beachten, tun oder lieber lassen sollte, erfuhr Gertrud nun aus ihrem Mund. Es war eine Menge Klatsch, aber auch Ernstes dabei.

„Was ist eigentlich das Schlimmste, was man sich hier auf keinen Fall leisten sollte?"

Mit Goethe war Gertrud ja nun schon einmal bei der Oberin angeeckt. Käthe überlegte eine Weile. Dann fiel ihr etwas ein, über das sie selbst lachen musste.

„Wenn sie dich auf dem Zimmer mit einem Mann erwischen, wirst du geviertteilt oder gesteinigt. Du glaubst gar nicht, wie sittsam hier alle sind. Man mag davon halten, was man will, aber der Lebensborn ist unglaublich prüde."

Der späte Herbst brachte Stürme und Regen über das Land. Sie dehnten nun ihre Spaziergänge, die sie oft unternahmen, nicht so weit aus. Die Zeit bis zur Niederkunft, gegen die alle Pensionärinnen anliefen, kam ihnen vor wie ein lausiger und niemals verwehender Wind. Sie erzählten sich ihre Geschichten und Gertrud wusste alsbald, dass Käthe die Geliebte eines Bürgermeisters aus Bayern war.

Je stürmischer und ungemütlicher es draußen wurde, desto lieber hielt sich Gertrud zum Lesen in der Hausbibliothek auf. Natürlich wartete sie nur auf eine passende Gelegenheit, ihren Büchern dort einen angemessenen Platz zu verschaffen. Es kam für sie nicht in Frage, Vaters Goethe etwa unter ihrem Bett zu verstecken. Sie konnte sich sicher sein, dass die auf den Regalen nach Staub fingernde Oberin blind für den literarischen Neuzugang war. Am Fenster, das die Aussicht zum Luisenpark öffnete, vertauschte Gertrud einen Stapel illustrierter Frauenzeitschriften mit der reich von Vaters Hand kommentierten Goetheausgabe. „Die neue Gartenlaube" musste in die unteren Fächer weichen.

Auf der Supraporte, dem Regal gegenüber, entzifferte Gertrud bei dieser Inbesitznahme für ihre Bücher das Bild, auf dem sie mühelos die Entdeckung des Grabes des Archimedes erkannte. Cicero, der als Finder darauf abgebildet war, und Gertrud, die Ciceros Fingerzeig auf Zylinder und Kugel sofort verstand, kombinierten beide als Eingeweihte diesen Zusammenhang mit dem Grab des berühmten Gelehrten, weil der eine Archimedes` Testament auf Grie-

chisch und die andere Ciceros „Gespräche aus Tusculum"
auf Lateinisch gelesen hatte.

Käthe, die beseelten Blicks unablässig in ihr Tagebuch
schrieb, ermunterte Gertrud zu einem Brief an ihr ungeborenes Kind.

„Die Zeiten", sprach sie, „in der Mutter und Kind so nah
beieinander sind, bleiben stehen, wenn sie aufs Briefpapier
tropfen."

Dann fiel Käthe ein, über welche Kleinigkeiten sie sich
heute wieder aufgeregt hatten und sie fügte hinzu: „Ich
meine natürlich die Zeit, die wir uns bewusstmachen."

Dazu streichelte sie ihren Bauch.

„Gertrud", flüsterte sie, „verewige deine Liebe und das
Wissen, warum dein Kind geboren wird. Bewahre das auf!
Irgendwann, wenn dein Kind groß ist, wird es das alles
verstehen und wissen wollen."

„Ja, Käthe. Es soll sich darin sehen und seine Herkunft
anfassen können. Wie einen Stein, den man in die Hand
nimmt, rundum betrachtet und im wahrsten Sinne des
Wortes begreift. Einen Bernstein für die Zukunft will ich
ihm machen und ich schließe, Wort für Wort, meine Gedanken und meine Liebe darin ein. Das ist eine schöne
Idee, Käthe."

Mein liebes Kind,

*nun will ich es doch versuchen, ein paar Worte für uns zu
finden. Meine Freundin Käthe gibt mir ein gutes Beispiel
dafür. Sie sitzt am Fenster und schreibt und schreibt. Zwischendurch sieht sie durch die Schneeflocken, aber nur um
einen neuen Gedanken zu fassen, und schon huscht ihr Stift*

wieder übers Papier. Sie sieht angestrengt, aber froh dabei aus. Neulich kicherte sie nur so vor sich hin, weil sie eine Erinnerung amüsierte. Ich beneide sie um ihr stilles Gespräch mit dem Baby, das, wie Du, noch nicht geboren, aber schon auf die Welt gekommen ist.

Ich habe lange überlegt, wie ich diesen Brief an Dich beginne. Epische Breite ist nicht meine Art. Das habe ich schon in der Schule bemerkt. Meine Aufsätze waren immer sehr kurz. Wenn einer viele Worte um etwas Einfaches macht, ist mir das nicht geheuer. Am einfachsten wäre es, Dir das Wichtigste gleich und in einem Satz mitzuteilen: Ich liebe Dich. Aber, siehst Du, das weißt Du doch längst, seit ich jeden Herzschlag auf Dich übertrage. Was schreibt Käthe bloß den ganzen Tag? Es wird mir ein Rätsel bleiben.

Und ist das überhaupt gut, seinem Kind so viel Zeit und Aufmerksamkeit zu schenken? In diesem Buch, das sie uns für eure gedeihliche Erziehung mitgaben und seither ausführlich mit uns besprechen, wird eindrücklich davor gewarnt. Man soll euch füttern, baden und trockenlegen, ansonsten vollkommen in Ruhe lassen. Wenn ihr schreit, sollen wir euch nicht aus dem Bett heben, tragen und wiegen, sondern euren kleinen Willen brechen. Sonst sei der Quälgeist, wird jedenfalls behauptet, auf die Dauer hausgemacht. Wir dürfen euch nicht mit Zärtlichkeiten überschütten. Es wird nicht gern gesehen und das leuchtet mir ein. Wir wollen euch nicht verweichlichen und weinerlich machen. Die Mahnung vor äffischer Zuneigung geht hier jeden Tag um.

Ist das äffisch, mein liebes Kind, diesen Brief an Dich zu schreiben? Wir wollen nichts falsch machen. Sie warnen wohl vor zu großer Nähe zwischen Mutter und Kind, aber ich glaube, wir dürfen es trotzdem wagen. Weil Du nämlich schon groß sein wirst, wenn Du das liest und Dir nichts mehr darauf einbilden kannst. Umso inniger und ausführlicher will ich mich an Dich wenden!

(Warum schäme ich mich nur für das Übermaß meiner zärtlichen Gefühle?)

Meine Zuwendung auf dem Papier, hoffe ich, kann Deiner Erziehung nicht schaden. Du sollst stark sein, diszipliniert und artig, ein deutsches Kind! Ich will es mit den Herzlichkeiten nicht übertreiben, während ich Dir all die Dinge aus der Vergangenheit zueigne. Es soll ja kein Liebesbrief werden, … obwohl es, mein Kind, ja doch schon ein Liebesbrief ist.

Manchmal kommen mir Zweifel und ich denke sogar, es sei gegen die Natur, euch Kinderlein nicht so eng am Körper zu halten, verliebt anzuschauen und zu herzen. Da schlagen also zwei Herzen in meiner Brust. - Was sollen die Zweifel! Lass uns das Beste daraus machen, mein Liebes! Unser Führer, der uns so heilig sein soll, wie ihm jede Mutter guten Blutes heilig ist, wird schon einmal ein Auge zudrücken und nicht so genau hinschauen wollen, wenn ich Dich küsse.

Nun summt es in meinem Kopf und wir wollen lieber einen vernünftigen Anfang für unseren Brief finden. Ich erzähle Dir, wie es mir nach dem Tod meiner Eltern erging. Denn nicht lange ist's her, seitdem meine heile Welt eine andere geworden ist.

Für kurze Zeit hatte ich bei einer Freundin ein Dach über dem Kopf gefunden, Schlafstatt in einer kleinen Kammer ohne Fenster und Ofen. Unser Haus im schönen Dessau-Ziebigk war schon geräumt, meine Mutter gerade unter der Erde.

Merkwürdig, dass ich weder besonders traurig, noch abgrundtief verzweifelt war. Immerhin stand ich ja vor dem Nichts. Das Frühjahr wuchs in einen schönen Sommer hi-

nein. Ich erinnere mich an eine Invasion von Schmetterlingen und die zum Abschied prächtig blühenden Blumen im Vorgarten unseres Hauses. Vom dumpfen Reichsarbeitsdienst hatten sie mich angesichts meiner Notlage befreit. Und da ich nichts weiter zu verlieren hatte, stimmten mich hilfsbereite Gesten in meiner Umgebung und all die schönen Dinge der Natur, die man erleben, aber nicht besitzen kann, dankbar und heiter. Hauptsache ich war in Bewegung. So lief ich ziellos und ausdauernd durch die Stadt.

Denn wehe die Schwermut oder das Grübeln bekamen mich zu greifen! Dann stürzte meine Seele ins Bodenlose hinab. Ich begriff, dass meine Zuversicht keine gefestigte und geduldige war. Ich brauchte etwas, woran ich mich festhalten konnte, so etwas wie einen Plan. Struktur sollte mir der bei meinen Bemühungen um Arbeit und Wohnen geben.

Wenn ich nun schon mein eigenes Geld verdienen musste, dann nicht irgendwie. Gemeinmachen mit irgendwas kam nun einmal überhaupt nicht für mich in Betracht! Das war ich meinen Eltern und mir selbst schuldig. Ich dachte angestrengt über eine Wohnmöglichkeit und eine Anstellung nach, während ich am Ufer der Mulde auf- und ablief und ausgedehnte Streifzüge durch die Stadt unternahm. Zwischen Kavalierstraße, Franzstraße und Ziegelgasse umkreiste ich immer wieder Schloss Altenburg, ein imposantes Kaffeehaus auf zwei Etagen mit angeschlossenem Hotelbetrieb und piekfeiner Restauration. Die Gasträume öffneten sich allesamt zur Franzstraße, die gefühlt schon zur Kavalierstraße, der Flaniermeile der Stadt, gehörte. Die zur ebenso lebendigen, wie berüchtigten Ziegelgasse gelegene Rückfront des Hauses besaß keinen eigenen Zugang zu diesem Stadtviertel.

Ich hatte schon oft mein Kleingeld gezählt und überlegt, im Kaffeehaus eine Rast inmitten gut situierter Leute ein-

*zulegen, bevorzugter Weise an einem Tisch im Freien, um
mein Gesicht in die Sonne zu halten. Bei einem Stück Torte
mit silbernem Kuchenbesteck wollte ich gern ein wenig verweilen. Ich hatte es immer wieder verworfen, weil ich aus
verständlichen Gründen geizig geworden war.*

*Nun fand ich jedoch einen besonderen Grund, mir das Haus,
das sich selbst als „führende Vergnügungsstätte Dessaus"
bezeichnete, einmal genauer anzusehen. Vielleicht würde
ich ausgerechnet hier eine Gelegenheit finden, dachte ich,
feinen und gebildeten Menschen, die Manieren haben, Kaffee
und Gebäck zu servieren. Ich wollte mir als Kaffeehausgast,
inkognito sozusagen, ein Bild von den Bedingungen im Schloss
Altenburg machen und den adretten, in schneeweiße Schürzen
gekleideten Kellnerinnen unbemerkt auf die fleißigen Finger
sehen.*

*Ein paar Meter vor der Schwelle scheute ich noch einmal
zurück. Ich bekam weiche Knie. Was bildete ich mir ein?
Ich sah mich vor den Chef hintreten, bis dahin würde ich es
bestimmt schaffen, an den niedlich beschürzten Mädchen
vorbei. Aber dann, im entscheidenden Augenblick verließe
mich sicher der Mut. Die verwaiste und niedergeschlagene
Gertrud meldete sich, die ach so bemitleidenswerte. Der
Herr würde doch nur große Augen machen, der Chef, was ich
überhaupt von ihm wollte, und meinen Auftritt ganz und gar
unangemessen finden. Weil ich nun mal so einen Trumpf,
das Mitleid anderer Leute zu erregen, nicht ausspielen kann.
Fordern oder Verzichten, ja, aber die Töne dazwischen, ein
bisschen werben und etwas klagen, liegen mir fern.*

*„Bedaure sehr, Fräulein", würde er kurz und knapp sagen.
Als schwierig erwiese sich zudem eine zufriedenstellende
Auskunft über meine Wohnverhältnisse, sollte sich am Ende
doch ein knappes Bewerbungsgespräch ergeben.*

Du wirst in ähnliche Lebenslagen geraten, mein liebes Kind. Merke Dir, immer wenn Du etwas willst, aber Dich nicht traust, danach zu fragen, mache es nicht dümmer als die Raben!

Ich hielt mich nämlich immer noch bedeckt und suchte den Schutz vor neugierigen Blicken unter einer Platane, dem Kaffeehaus schräg gegenüber, zögerte arg, weil mich plötzlich alle guten Geister verließen. Über dem Baumwipfel und den beiden mit Säulen geschmückten Häuschen am Leipziger Tor flatterten und zankten Raben einer kleinen Stadtkolonie. Einer landete direkt vor meinen Füßen. Er beobachtete mich, hielt den Kopf schräg, hüpfte drollig von einem aufs andere Bein und pickte mit seinem Schnabel auf den Boden, weil er etwas zu Fressen von mir wollte. Besser hätte er es nicht anstellen können. Alles richtig gemacht. Ich gab ihm von meinem Nachmittagsapfel. Deshalb, mein liebes Rabenkind, wenn Du eines Tages alleine zum Bäcker gehst und ein Brot willst, musst Du laut und deutlich sagen, dass Du bitte ein Brot haben möchtest. Sonst stehst du dumm im Laden an der Theke und wunderst dich, dass nichts daraus wird.

Ich lief hinüber und nahm an einem Tisch Platz, der gerade frei geworden war. Von hier konnte ich alles gut überblicken, die Flaniermeile und den regen Kaffeehausbetrieb. Besonders lange hielt es mich nicht auf dem Sitz. Meinen Platz reservierte ich mit Sonnenbrille und Fächer, weil ich mich im Inneren genauer umsehen wollte. Ich verband das geschickt mit einem Gang zur Toilette. Alles sehr gepflegt, dachte ich. Aber die Einrichtung war nach meinem Geschmack dunkel und schon in die Jahre gekommen. Einen hellen, freundlichen Anstrich hätten die Innenräume vertragen. Weniger Polster, Vorhänge und gründerzeitlichen Kitsch hätte ich mir gewünscht. Alles sah gediegen und teuer aus, aber nicht mehr modern.

Im Außenbereich lief das Publikum, weil es ein Sonnentag war, reichlich zusammen. Es gab kaum einmal einen freien Tisch. Das machte wiederum einen guten und nachhaltigen Eindruck auf mich.

Ich muss lachen, mein liebes Kind, wenn ich das schreibe.

„Möchten Sie ein Kissen für den Rücken, liebes Fräulein?"

„Sitzen Sie bequem?"

„Darf ich Ihnen noch eine Portion Schlagsahne bringen?"

„Das geht selbstverständlich aufs Haus."

„Sind Sie zufrieden?"

„Recht guten Appetit!"

„Das freut uns sehr, dass es Ihnen schmeckt."

„Darf ich ihnen noch eine Tasse Kaffee bringen?"

Sie warfen nur so mit Freundlichkeiten um sich, scherzten mit den Gästen und strahlten über alle Gesichter. Keiner stand müßig herum. Niemand musste nach der Bedienung rufen oder lange auf eine Bestellung warten. Aufmerksame Kellnerinnen hoben Kaffeelöffel und Servietten vom Boden, da hatte man noch gar nicht realisiert, dass sie heruntergefallen waren. Ich war sehr in meine Beobachtungen vertieft, alles interessierte mich. Das Lokal im Innenbereich, dachte ich, könnte schlagartig an Helligkeit gewinnen, würde man zur Ziegelgasse ein paar Fenster durchbrechen.

Da fragte ein Herr: „Entschuldigen Sie! Dürfen wir uns zu Ihnen setzen?"

„Aber bitte sehr."

Was hätte ich sonst sagen sollen? Eigentlich wäre ich lieber alleine geblieben. Im Schlepp hatte der Herr einen hochgewachsenen Mann, der einen bedenklich abgerissenen Mantel trug und sich mit einem Hut übertrieben gegen die Sonne schützte. Dem musste in seinem Mantel ordentlich warm sein. Die großen Innentaschen benötigte er, wie sich später herausstellte, zum Mitführen einiger Mappen. „Der schlecht gekleidete Mann passt entschieden nicht in dieses Lokal", konstatierte ich.

Der Andere war vornehm und selbstbewusst, verschmitzt und behaglich. Er machte eine flotte Geste darum, dem Landstreichertyp einen Stuhl unterzuschieben. Sein Habitus ließ Großzügigkeit erahnen. Wie er ruhig auf den Mantelträger einredete und ihn unauffällig dirigierte, deutete auf einen Mann von Welt, der die Leute in ihrer Art zu nehmen und zu beeinflussen versteht. Sein Gesicht hatte eine gesunde Fülle, Lebensfülle, kompakt, aber nicht zu dick. Er vergaß nicht, sich artig bei mir vorzustellen, aber den Namen hatte ich gleich wieder vergessen. Dann sagte er mit einem Blick auf die Tischblumen: „Die Blumen passen sehr schön zu Ihrem Kleid. Man hätte das nicht besser arrangieren können. Ein sehr schönes Kleid."

Er sah mich freundlich dazu an, väterlich, nicht wie ein wagemutiger Mann. Ich errötete ein bisschen.

Nun war wieder der Landstreichertyp an der Reihe, dem der Charmeur nebenbei einen Kaffee bestellte. Der zog zwei Mappen aus den Tiefen seines Mantels und zündete sich umständlich eine Zigarette zwischen seinen nikotingefärbten Fingern an. Ich sah neugierig auf die abgegriffenen Mappen und tippte auf ein paar billige Zeichnungen. Der Abgerissene rauchte, grinste und triumphierte. Die mit schmutzigen Leinfäden verschnürten Mappen öffnete er noch nicht.

Der vornehmere Herr nahm einen spitzen Bleistift, den er zwischen den Fingern rollte. Damit signalisierte er ausreichend Geduld. Was für ein Pokerspiel bahnte sich hier an? Es ging dann ziemlich schnell von statten. Der Mann mit den

Mappen legte Albenblätter mit Briefmarken auf den Tisch und eine Lupe dazu. Kolonialmarken aus Süd-West-Afrika, Australische Marken, farbenfrohe Miniaturen aus Übersee. Dazu flüsterte der Landstreicher Preise.

„Diese kostet viertausend, das Stück hier sechshundert. Der ganze Satz neuntausendfünfhundert."

Der Herr schrieb die Zahlen mit Bleistift daneben. Er kommentierte sie nicht. Der Landstreicher packte alles wieder zusammen und verabschiedete sich.

„Morgen Abend bei Albert."

So trennten sie sich. Ich saß nun alleine mit dem Anderen am Tisch.

„Sie sind sicher ein Experte für Briefmarken?"

Er schüttelte bescheiden den Kopf, skeptisch beinahe.

„Nein, aber Albert schaut sich das morgen noch einmal in Ruhe für mich an. Das ist der Experte. Der bewahrt mich vor leichtsinnigen Entschlüssen, vor allem wenn ich es mit besonders schönen Marken zu tun habe."

„Das waren sehr schöne Briefmarken, Kunstwerke, nicht wahr? Da muss man sich auskennen. Sonst kauft man so etwas nicht. Haben Sie beruflich mit Briefmarken zu tun?"

Der Herr schmunzelte und freute sich sichtlich über mein Interesse.

„Ich war Beamter bei der Post. Da habe ich eine Lehre gemacht und mein erstes, bescheidenes Geld verdient. Albert war damals mein treuester Kunde. Den musste ich Woche für Woche mit Neuigkeiten aus der Briefmarkenwelt versorgen. Die Marken und Erstbriefe schickte er zum Stempeln um die ganze Welt. Und einmal gelang ihm in Kette über mehrere Philatelisten ein sagenhafter Briefmarkentausch. Keine Mauritius, aber Albert könnte wohl davon leben. Manchmal haben wir uns hier im Kaffeehaus getroffen. Irgendwann

kam seine Schwester hinzu. Genau an diesem Tisch, wo wir jetzt sitzen, hat er uns eines Nachmittags miteinander bekanntgemacht. Briefmarken, könnte man sagen, haben mir Glück gebracht. Auch keine Mauritius, aber Albert ist nun mein Schwager."

Er gab das mit verblüffender Offenheit preis. Es klang nicht zu intim, obwohl es das war. Ich wollte, ohne lange zu überlegen, noch etwas Freundliches über Briefmarken sagen.

„Was immer an einer schönen Briefmarke fasziniert, vielleicht kommt es in Wirklichkeit nur auf die Klebseite an."

Na da war mir ja etwas herausgerutscht! Aus meinem Unterbewussten war etwas aus Goethes Wahlverwandtschaften durchgesickert, anders kann ich es mir nicht erklären. Ich hatte ihn nun aus dem Konzept gebracht. Er fing sich gleich wieder, aber seine Verlegenheit zwischendurch berührte mich, während er über meine Aussage nachdachte. Ja, dass er überhaupt darüber nachdachte und währenddessen vielsagend schwieg. Denn für so einen gefestigten Herrn, der an einem einzigen Sonnentag wie diesen so viele Reichsmark für ein paar Briefmarken verschwendet, war man als Kaffeehausbekanntschaft doch eigentlich nur ein unbedeutendes Fräulein. In dem Augenblick, da sich hinter seinen blauen Augen ein Brunnen auftat, erkannte ich Tiefe darin.

„Sie gehen gern in dieses Kaffeehaus."

Schnell das Thema wechseln, dachte ich. Er schmunzelte und wir kamen ins Gespräch.

„Am liebsten spiele ich hier mit Albert Schach. Wir haben da einen Stammtisch im Haus. In den Abendstunden ist es hier, vom Restaurant einmal abgesehen, meistens sehr ruhig. Dann gehen in der Ziegelgasse die Lichter der Amüsierbetriebe an."

„Für Ihr gemütliches Schachspiel wäre es natürlich ein Nachteil", sagte ich, „aber stellen Sie sich vor, man bräche das Mauerwerk zur Ziegelgasse durch. Am Tage gäbe es dadurch mehr Licht und abends könnte die Kavalierstraße aus ihrem Dornröschenschlaf erwachen, den Sie ja gerade selbst beschreiben."

„Ach so?"

„Das Kaffeehaus könnte ein Schmelztiegel für Kavaliere und Damen auf der einen, und die Burschen und Mädel auf der anderen Seite sein."

„Nun ja, Schmelztiegel für die Halbseidenen, Lebenskünstler und leichteren Damen dann aber auch. Wenn man genau wüsste, wie das die Kavaliere quittieren, wie sich die Gegensätze anziehen oder abstoßen wollen."

Ich weiß auch nicht, was da plötzlich in mich gefahren war. In Gedanken verlieh ich dem Lokal einen neuen Anstrich. Das malte ich ihm nun alles genau aus. Man musste ja nicht gleich etwas „Entartetes", ein Bauhaus etwa, daraus machen, aber warum nicht was Neues mit moderneren Farben und ein paar einfachen Stilelementen kreieren. Die Geschäftsidee begeisterte mich. Ich redete mich heiß. Und endlich warf der Herr auch ein paar Überlegungen ein, die aber eher den Umsatz des Geschäfts, als die von mir propagierte Volksgemeinschaft betrafen. Er wollte sich nicht mit einem schmalen Türdurchbruch zufrieden geben. Über ein paar Fensterelemente dachten wir längst hinaus. Wir rissen in Gedanken schon eine breite Front zur berüchtigten Ziegelgasse ein.

„Statt Steine brauchen wir Glas. Viel mehr Glas!"

Aber dann fragte er noch einmal: „Und wie soll sich das miteinander vertragen, das Ziegelgevölk und die Kavaliere?"

„Durch Neugier!" behauptete ich felsenfest.

„Aha.", sagte er bloß.

Dann schob ich noch einen Gedanken hinterher.

„Die geklöppelten Schürzchen sind ja tagsüber ganz nett. Aber abends sollte man unbedingt auf dieses altmodische Accessoire verzichten. Die Schürzen haben so etwas Devotes an sich und sind überhaupt das Einzige, was mir an dem ganzen Kaffeehaus nicht so richtig gefällt. Ich stelle mir die ganze Zeit vor, wie sich das anfühlt, so eine dämliche Schürze zu tragen. Wissen Sie, ich halte nämlich Ausschau nach einer Stelle und beobachte deswegen alles genau. Eine kleinere Wohnung, etwas Bescheidenes, suche ich übrigens auch."

„Aha", sagte er wieder.

Ich war mir nicht sicher, unter welcher Rubrik er meinen kühnen Vorstoß vermerkte. Alles was eine Frau in einem Kaffeehaus sagt, kann missverstanden werden. Aber da erinnerte ich mich an die Raben.

„Hier werden immer wieder fleißige Hände gebraucht. Sie sollten sich das einmal genauer überlegen und fragen. Es gibt, soviel ich weiß, auch Angestellte, die in den oberen Etagen wohnen. Trauen Sie sich! Sagen Sie, dass Sie eine Empfehlung haben, beziehen Sie sich auf mich!"

Mit dem Bleistift schrieb er seinen Namen auf ein Stück Papier.

„Walter Meißner. Vergessen Sie das nicht!"

Dann verabschiedete er sich und verschwand so unauffällig, wie er gekommen war. Meine Rechnung war schon bezahlt, als ich nun auch endlich aufbrechen wollte. „Mit freundlicher Empfehlung", sagte die Kellnerin. Spätestens da hätte mir dämmern müssen, dass ich dem Inhaber des Hauses, Deinem künftigen Vater, begegnet war.

2. Kapitel

Gertrud schrieb mit Unterbrechungen an ihrem Brief. Sie hatte sich binnen weniger Wochen im Heim eingelebt. Manches nahm sie geduldig hin, anderes regte sie auf. Oft fühlte sie sich von der Oberin gegängelt. Aber es war eher der Ton, der sie ärgerte, als die Sache selbst. Vielleicht hätte sie sich zuweilen ein Wort der Anerkennung gewünscht. Die Oberin tat so, als wären sie alle Soldaten. Hinter ihrem Rücken feixten einige Damen. Da wurde auch Gertrud allmählich klar, dass sie es zu ernst damit nahm, der Gestrengen zu gefallen. Käthe dagegen reizte das nicht. Sie zuckte nur mit den Schultern, Ermahnungen perlten von ihrem bäuerischen Gemüt ab. Hatte sich die Oberschwester erst einmal umgedreht, steckte Käthe die Zunge nach ihr aus.

„Wenn du mich fragst, Gertrud, die hatte noch nie einen Kerl. Und deshalb findet sie`s toll, wenn wir nicht darüber reden. Wenn es nach der ginge, würden wir das ganze Leben lang putzen oder Kartoffeln schälen. Die Babys kämen wie Plätzchen aus dem Backofen, nach Gardemaß natürlich, blond und blauäugig auch."

Gertrud kannte sich inzwischen im Haus aus. Sie wusste, wo sie ihr Kind zur Welt bringen würde, hatte Bekanntschaft mit den Hebammen und mit dem Verwalter gemacht. Für Säuglinge und Wöchnerinnen gab es eine eigene Station. Aber das Heim war nicht nur eine Klinik für Entbindung und Erstversorgung von Mutter und Kind. Die Unehelichen, wie man die ledigen Pensionärinnen nannte, blieben im Heim, bis sie abgestillt hatten. Viele verlängerten ihren Aufenthalt darüber hinaus, um sich beruflich zu orientieren und die Betreuung ihrer Kinder in einem freundlichen Umfeld bei Verwandten oder Freunden zu organisieren. Der Lebensborn ermöglichte die dafür erforderlichen Reisen und Abwesenheiten der Mütter durch die Betreuung der Kleinen im Heimkindergarten.

Für viele Zusammenhänge fehlte Gertrud noch der richtige Reim. Ein großes Thema wurde um die Namensweihen gemacht.

„Das werden sie mir", dachte sie entspannt, „schon noch genauer erklären."

Bei den Kursen zur Hebung ihrer Hauswirtschaftstauglichkeit stellte sie Beobachtungen über ihre Mitbewohnerinnen an, die das nationalsozialistische Frauenbild vollständig verinnerlicht hatten. Fürs Kochen gab es einen beliebten Lehrgang im Heim. Kochlöffel und ein paar Töpfe reichten aus, um die werdenden Mütter in Begeisterung zu versetzen. Sie übertrafen sich auch beim Wickeln der Attrappe-Puppen in Schnelligkeit und Akkuratesse. Gertrud schämte sich für die infantile Heiterkeit ihrer Gruppe, der keine Geste zu dumm war, um etwa nicht in gegenseitig ansteckendes und albernes Gelächter auszubrechen. Genauso fremd waren ihr jene Frauen, die sich verhielten, als trügen sie Bedeutungsschwangerschaften aus. Mit denen konnte man nichts Vernünftiges reden.

Als ambitionierte Einzelkämpferin mit Florett oder Degen kultivierte die sportliche und disziplinierte Gertrud ein moderneres Lebensgefühl. Nicht umsonst war sie in der Bauhausstadt aufgewachsen, wo ihr immer wieder eigenwillige und emanzipierte Frauen mit Bubiköpfen in den Weg traten. Der Dessauer Gesellschaft, die das Bauhaus von Weimar in die Stadt an der Mulde geholt hatte, blieb nichts anderes übrig, als sich mit den vielseitigen Facetten der Moderne, von der Mode bis zur Architektur, und den Provokationen der Bauhäusler auseinanderzusetzen.

Käthes Zukunftsmuster waren einfacher gestrickt. Das hätte mit Gertruds Auffassungen heftig zusammenstoßen und Streit zünden können. Aber die Allgäuerin verfügte über einen bodenständigen Humor, der allem die Spitze nahm. Ihr trockener Witz, mit dem sie die Zimmerkameradin aus Dessau zum Schmunzeln brachte, nahm auch Gertruds Hilflosigkeit am Wickeltisch und in der Lehrküche aufs Korn. Da kannte sie kein Pardon.

Zu den Mahlzeiten im großen Speisesaal mussten sie die vom Heim vorgegebene Platzordnung einhalten. Verheiratete Frauen saßen unter Unehelichen an den kreisrunden Tischen. Sie sollten keine Lager bilden und das viel beschworene Müttergemeinschaftsgefühl an der gemeinsamen Tafel entwickeln. Es gelang und manchmal gelang es nicht. Während sich an dem einen Tisch die Gattin eines SS- Offiziers über die Unmoral der ledigen Weiber erhob, „die Kinder für den Führer sind mir ja durchaus willkommen, aber diese Flittchen doch nicht", war es am anderen Tisch die Zugehörigkeit zu den guten oder besseren Kreisen, und am nächsten Tisch die Arroganz der Bildung gegen einfache Leute, die täglich ihre Konversation prägte. Auch der Grad und die Schärfe nationalsozialistischer Überzeugungen unterschieden sich sehr. Jeder Tisch bildete so etwas wie eine Hackordnung aus und hatte spezielle

Themen, die sich oft wiederholten. Manchmal kämpfte ein Tisch gegen den anderen um die Meinungsführerschaft. Der Saal entschied per Akklamation, ob eine Veranstaltung interessant, der Speiseplan ausgewogen und eine Musik vom Plattenspieler gut genug war.

Alle einte das enorme Tempo der Veränderungen, die sie an ihren Körpern wahrnahmen, ihre sich unaufhaltsam ankündigende Mutterschaft. Wer es immer noch nicht wahrhaben wollte, viele junge Frauen taten sich überaus schwer damit, wurde durch den Watschelgang einer Hochschwangeren oder durch die nicht enden wollenden Gespräche ums Gebären und Stillen immer wieder neu darauf gestoßen. Wie überall und zu allen Zeiten wollten die einen unablässig über das Unvermeidliche reden und sich austauschen, anderen war das ein Graus.

Es gab im Großen und Ganzen noch weitere Gemeinsamkeiten. Dazu gehörte die Not, sich praktisch zu kleiden, aber doch so, um als Frau und nicht nur als Mutter, süffisant „Einmutter" genannt, aufzufallen. Schminken war bei der Oberschwester nicht gern gesehen, aber Mutige setzten sich darüber hinweg. Manchen lag sehr daran, sich selbst und ihr Ungeborenes mit Leib und Seele, also auch äußerlich, zu feiern. Diese pflegten sich sehr, achteten besonders auf sich und machten sich fein. Dezent zogen sie einen Stift über die Lippen. Andere wieder trugen, solange es mit Versetzen von Knopflöchern und Nähten irgendwie passte, ihre mitgebrachten Kleider im Haus. Nicht selten wurden die Umstände schamhaft verdeckt und Kleidung diente vor allem dazu, vom Sichtbarwerden der Schwangerschaft abzulenken.

Die Oberschwester achtete darauf, dass die Pensionärinnen eine weiße Schürze umlegten, angeblich der Hygiene wegen. In Wirklichkeit sollte auch das die Unterschiede verwischen und die Heimbewohnerinnen als Gebärende gleich aussehen lassen. Später gab es dann für sie die unmöglichen Schwangerenkostüme in A-Form oder im Tonnenschnitt. Da fing manche junge Frau an zu weinen, wenn sie sich so im Spiegel sah.

Während des Abendessens erkundigte sich Dr. Lüke von Tisch zu Tisch nach dem Befinden und der Stimmung im Haus. Diese freundliche Geste war ein gesellschaftliches Fieberthermometer. Er nahm damit Fühlung zum Zustand seiner Müttergemeinschaft auf, für die er insgesamt verantwortlich war. Die Eloquenteren unter den Damen überboten sich bei dieser Gelegenheit, den Charme des Heimleiters herauszukitzeln und setzten sich in Konkurrenz zu ihren Tischnachbarinnen. Gertrud versuchte, dieser Versuchung zu widerstehen, und hielt sich kurz bei der Sache, wenn er sie denn auch einmal, an ihrem Tisch stehend, in einen kleinen Gedankenaustausch verwickelte.

Es kam vor, dass sich jemand vor allen Leuten blamierte. Dann wurde gelacht, aber nicht ohne Beschwichtigung des ritterlichen Dr. Lüke. Neben Gertrud saß Käthe, weil der Zufall hier eine seltene Ausnahme gemacht hatte. Die wusste mit dem Gesprächsgeplänkel über alle Welt und mit den geistreichen Anspielungen des Doktors überhaupt nichts anzufangen. Käthe errötete und begann einen Unsinn darauf zu stottern. In diesem Ausnahmezustand sprang Gertrud zu ihrem Schutz bei. Dann staunte die Tischgesellschaft über den Witz, mit dem Gertruds Rede über kantige Wahrheiten hinweg den Alltag und die große Politik streifte. Ihre Schlagfertigkeit behauptete sich.

„Guten Abend, die Damen. Es gibt Nachrichten aus England. Die Stadt Coventry brennt und ein neues Wort für

Luftschlacht ist geboren. Das heißt coventrieren. Wie finden Sie das, Frau Gertrud?"

„Das hat sich der Propagandaminister ausgedacht. Die Luftwaffe nannte es romantischer Mondscheinsonate."

„Weil es sich bei Vollmond und klarer Sicht am besten bombardiert."

„Nehmen wir fürs Brennen und Bombardieren lieber das Wort, das sich die Propaganda dafür ausgedacht hat. Ich mag nicht an Mondschein dabei denken."

Zwischen profanen Tätigkeiten und kleinen Diensten, für die Gertrud wie alle anderen eingeteilt war, ereilte sie eines Tages der Ruf der Partei. Sturmbannfüher und Heimleiter Dr. Lüke bat sie als Parteimitglied um ein persönliches Gespräch. Ein paar Wochen nach Aufnahme im Heim hatte das seinen festen Platz.

Sie sollte auf ihrem Zimmer warten. Die Begleitung durch ein anderes Parteimitglied, Schwester oder Pensionärin, war Teil eines fein gewebten Reglements. Dabei hätte Gertrud das Büro des Heimleiters auch gut alleine gefunden. Weil sie wegen der Audienz aufgeregt und zerstreut, also nicht ganz bei der Sache ihres „Bernsteins" war, legte sie ihren Brief erst einmal beiseite. Frau Ursula holte sie ab.

Auf dem Weg durch das schöne und geräumige Haus hörte Gertrud von Ursula, die unheimlich gesprächig war, noch einmal über das Heim, was sie alles schon wusste. Der Redefluss lockerte ihre Anspannung auf.

Es sei schwer, seufzte Ursula und tippte auf ihren kugelrunden Bauch, als Alleinstehende mit Kind irgendwo Fuß zu fassen. Gertrud stellte insgeheim fest, dass keiner seine Familienverhältnisse für sich behielt, obwohl es verboten war, darüber zu sprechen. Sie kamen an einer Bank vorbei und die Schwangere mit dem Kugelbauch nahm sogleich Platz. Gegenüber hing eine Uhr. Sie hatten noch einige Minuten Zeit.

„Wenn das Kleine da ist", sagte Ursula und schaute zur Uhr, „beginnt deine Zeit zu ticken. Du musst irgendwie den Dreiklang zwischen Kinderbetreuung, Arbeit und Wohnen herstellen. Dafür hast du ein paar Monate Zeit. Die Verheirateten interessiert das natürlich nicht. Die fallen mit ihrem Kind ins fertige Nest. Unsereins …", sie sah Gertrud an und schien genau zu wissen, wie es um Gertruds Verhältnisse stand, „… fürchtet immer, sie könnten das Kind in andere Hände geben, sobald der Dreiklang verrutscht. Aber sie bemühen sich, das weiß ich genau. Du kannst dein Kind hier lassen, während du dich irgendwo bewirbst und Leute überredest, dass sie dir helfen. Der Lebensborn kümmert sich. Aber irgendwann läuft deine Uhr ab."

Gertrud stand an der wuchtigen Eichenholztür zum Büro des SS Sturmbannführers, die offen stand. Er rief sie jovial herein. Frau Ursula blieb im Vorzimmer zurück und hatte dort tatsächlich zu warten, um Gertrud wieder zurück zu begleiten.

„Kommen Sie, Frau Gertrud, lassen Sie sich nicht von der Tür erschlagen, kommen Sie herein! Setzen Sie sich! Wir wollen ein bisschen reden."

Der Drahtige versprühte Leichtigkeit und gute Laune. Um ihn herum schien alles zu schweben, der Schreibtisch, der Leuchter, sogar der schwere Teppich in seinem Büro. Er ging völlig in seiner Schwarzuniform auf, zu der er ein zuvorkommendes Lächeln trug. Die Hände waren weich und dazu gemacht, Satzzeichen und Gedanken in die Luft zu weben, die er gerade ausgesprochen oder angedeutet hatte. Er hörte verständnisvoll und aufmerksam zu. Weil er die Anerkennung und Zuneigung der Menschen überaus liebte, junger Frauen zumal, hatte er die ritterliche Freundlichkeit zu seinem Markenzeichen erhoben. Ohne dass es die Frauen bemerkten, ohne dass es Übertretungen des Anstands gegeben hätte, zog er von den Weibern, denen er der Hahn im Korb war, eine unbändige Selbstbestätigung und Energie. Hinter der heiteren Ästhetik, seiner Machtästhetik, ballte sich harsche Entschlossenheit. Man sah das der Augenpartie an, die sich sofort umwölkte, wenn Dr. Lüke auf Widerstand stieß. Dieser Mensch mit dem festen Kinn war bis zum Äußersten bereit und kein Freund fragiler Kompromisse.

„Sind Sie zufrieden mit Ihrer Unterkunft? Wie fühlen Sie sich?"

Auch das beherrschte er perfekt, die Pensionärinnen bei ihrer Befindlichkeit abzuholen.

„Das höre ich gern. Lassen sie sich Zeit, tauchen sie langsam und entspannt hier bei uns ein. Sie finden ausgezeichnete Bedingungen und freundliche Menschen. Haben Sie sich schon angesehen, wo Sie Ihr Kind zur Welt bringen?"

Die nächste Frage musste eine bedeutende sein, weil er die Hände auf dem Tisch zusammenlegte. Da ließ er sie eine Weile ruhen.

„Haben Sie Sorgen von daheim, von Ihrem Umfeld oder vom Kindsvater mitgebracht? Beeinträchtigt etwas Ihre Freude auf Mutterschaft?"

Dr. Lüke hatte schon Pensionärinnen erlebt, die an dieser Stelle in Tränen ausbrachen. Für das, was er mit Frau Gertrud im Sinn hatte, wäre das ein schlechtes Omen gewesen.

„Als Herbergsvater, Frau Gertrud, darf ich Sie das fragen. Aber wissen möchte das auch unsere Partei. Die Partei möchte immer wissen, wie es Ihnen geht."

Er prüfte ihren gelassenen Blick, erwiderte ihn, und war dann auch mit der raschen Antwort, die Gertrud gab, zufrieden. Sie erkannte derweil Notizen auf ihrem handschriftlichen Lebenslauf, der halb verdeckt unter einer ledernen Mappe lag.

„Bis zur Entbindung haben wir ja noch Zeit!"

Er steckte sie mit seiner unbegründeten Heiterkeit an und lachte, als hätte er mit dem Wir einen guten Witz gemacht.

„Ich nehme einmal an, Frau Oberschwester hat Sie schon für das Windelfalten und den bunten Strauß abwechslungsreicher Putzarbeiten motiviert. Eine kleine Parteiarbeit unter meiner Regie hätte ich alternativ zu bieten. Wie finden Sie das?"

Jetzt hatte er sie. Gertrud sah ihn mit strahlenden Augen an. Am feinen Spott und seinem Bezug zu ihrer Parteimitgliedschaft hing der Hauch einer klitzekleinen Verschwörung. Außerdem traute er ihr etwas zu. Und, sie erkannte es an seinen unleserlichen Notizen, er hatte sich genau mit ihrem Lebenslauf befasst.

„Ich möchte Verbindungen zur Schutzstaffel am Fliegerhorst Kolberg knüpfen, eine kleine Einheit, Himmlers Stab direkt unterstellt."

Die Zusammenhänge waren Gertrud nicht vertraut. Fliegerhorst, Himmler und Kolberg schwirrten ihr durch den Kopf. Das war doch ein bisschen zu viel für ihren Geschmack. Sie kam sich wie eine Hochstaplerin vor, tat so, als würde sie alles verstehen. Dr. Lüke wechselte erstaunlich schnell von ihrem seelischen Gleichgewicht und der bevorstehenden Geburt zum Parteiauftrag über. Man hätte denken können, er diktiere seiner Sekretärin einen Bericht, war nämlich aufgestanden und lief am Fenster auf und ab, um seine Gedanken im Vortrag zu verfertigen und zu vertiefen.

„Sie halten in Kolberg Flugzeuge und Fahrzeuge des Reichsführers SS für seine Ostreisen bereit. Hin und wieder nehmen sie mich von dort nach München in die Herzog-Max-Straße mit."

Gertrud machte nun doch eine Sekunde lang ein hilfloses Gesicht, eben jene Sekunde, da sich der Heimleiter zu ihr umgedreht hatte.

„Mit dem Flugzeug natürlich. Zur Verwaltung nach München."

Sie nickte und nahm sich vor, dass er sie nicht noch einmal ertappte.

„Sehr verständige und meinungsbildende Leute sind das, die manchmal zusammen mit Himmler ins Warthegau fliegen."

Jetzt schien wieder die Sonne auf seinem Gesicht. Dr. Lüke bleckte freundlich die Zähne. Er setzte sich, Gertrud gegenüber, an den klobigen Tisch. Sie steckte eine Haarsträhne rechts hinter das Ohr, eine Putzgeste, die nicht sehr souverän war. Als Gertrud sein Lächeln erwiderte, ein Spiegelbild oder Zeichen gelungener Manipulation, fuhr er aufmunternd fort: „Sie werden also mit mir das SS-Fähnlein bei der Luftwaffe in Kolberg besuchen, wenn Sie einverstanden sind. Sie sind doch einverstanden?"

Gertrud nickte.

„Gut. Wir fahren etwa zwei Stunden mit dem Wagen. Der Kommandant hat ein paar neue Ideen. Die möchte ich gleich durch einen hellen Kopf wie den Ihren jagen. Es ist aber vor allem und zuerst wichtig, dass Sie mir als Frau über die Schultern schauen und unsere Vorstellungen nach

Ihrer weiblichen Intuition abklopfen. Weil es für die Frauen im Heim Pommern ist und sie betrifft und völlig umsonst wäre, wenn es auf deren Ablehnung stoßen sollte. Ich bin also sehr gespannt, was Sie dazu sagen werden."

Sie verstand das als Aufforderung, sofort etwas zu sagen, obwohl er das so nicht gemeint hatte.

„Ich freue mich darauf, Herr Sturmbannführer. Wenn Sie erlauben, möchte ich Ihnen auch eigene Vorschläge unterbreiten."

Er stutzte einen Moment. Die war doch gerade erst vor ein paar Wochen angekommen. War das zu forsch? Ein bisschen vielleicht, aber genau das hatte er ja gesucht. Frische Ideen. Er war als Leiter auf vorgeschobenem Posten für alles zuständig und es ereignete sich selten, dass einer Vorschläge machte. Dr. Lüke nahm ihren handschriftlichen Lebenslauf.

„Sie sind noch nicht lange in der Partei?"

Er zögerte einen Augenblick. Woher sollte er wissen, ob sie etwas für sich behalten konnte, wie loyal sie war. Abwarten und testen? Ich will mir ja keine Laus in den Pelz setzen. Nehme ich sie erst einmal nur so als Begleiterin mit? Oder ziehe ich das junge Ding gleich ins Vertrauen? Überfordere ich sie damit? Wenn sie herumquatscht oder überhaupt keinen Plan, keine eigenen Vorschläge hat?

„Es war eine Intuition, Herr Sturmbannführer. Ich habe nicht lange überlegt. Es hat einfach gepasst und es war der richtige Augenblick."

„Es gibt auch Nationalsozialisten, die sind nicht in der Partei."

Schauen wir mal, was sie dazu sagt. Auf den Kopf gefallen ist sie jedenfalls nicht. Wenn sie darauf wie ein Kerl antwortet und mir gerade ins Gesicht schaut, ist sie gesetzt.

„Ich denke, ein bisschen schwanger geht nun mal nicht."
Sie schaute ihn direkt an.

„Ein bisschen Schweigen geht bei mir auch nicht, Frau
Gertrud. Was ich Ihnen jetzt sage, nehmen Sie mit ins Grab.
Das geht keinen was an. Unseren Ausflug nach Kolberg
möchte ich ein wenig in Beziehung zu unserer Schutzstaffel
in Belgard setzen. Wir pflegen mit denen einen regelmä-
ßigen Austausch. Aber die hiesigen Kameraden sind mit
den Bedürfnissen und Ansprüchen des Lebensborn, diesem wundersamen Schlösschen mit seinen Prinzessinnen
und Damen, zunehmend überfordert. Was ihnen fehlt, ist
ein gewisses Einfühlungsvermögen für unsere Müttergemeinschaft, Zartgefühl, das man hier braucht."

Jetzt verdüsterte sich sein Gesicht. Er zog die Brauen zusammen. Denn da erinnerte er sich an einen eklatanten
Betragensverstoß.

„Da umwehte das kleine Ortsgruppenspalier der SS zur
Feier der Namensweihe eine dichte Alkoholfahne. Das gehört sich nicht. So etwas dulde ich nicht!"

Die schöne und gepflegte Hand des Dr. Lüke schlug zor-
nig auf den Tisch. Er gab nun Interna preis und Gertrud
wusste, wie sie den Mann eben erlebte, dass er sie hart be-
strafen würde, wenn sie das nicht für sich behielt.

„Und nennen Sie es Haltung oder Betragen, das ist völlig
egal! Wenn ich dem Schulz sage, der soll gefälligst die Hacken
zusammennehmen und nicht breitbeinig wie ein Schlachter
im Spalier stehen, er soll die Frauenzimmer nicht lüstern an-
grinsen während des Zeremoniells, befolgt er das auf einen
Wink, aber der Klotz hat ja überhaupt keine Ahnung, welchen Eindruck er auf seine Mitmenschen macht! Dass er die
ganze Feierlichkeit ins Grobe und Unwürdige zieht!"

Dr. Lüke echauffierte sich und sprach laut.

„Ich möchte nicht wissen, wie viele Körbe zur feierlichen Namensweihe allein auf sein Konto gehen! Das spricht sich herum. Wer möchte schon einen Schulz und Konsorten zum Paten seines Kindes haben!"

Er bewies, dass er sich beherrschen konnte und setzte freundlicher und leiser gestimmt fort: „Sie werden das ja demnächst hier erleben und an der nächsten Namensweihe als Gast teilnehmen. Stellen Sie Ihre eigenen Beobachtungen an und ziehen Sie Ihre eigenen Schlüsse! Mein Ziel ist es, dass wir es besser machen als die Kirche mit der Taufe. Verstehen Sie? Das ist nämlich Ihr Parteiauftrag, Frau Gertrud. Wir werden uns schleunigst einen neuen Wirkungskreis bei der SS in Kolberg dafür suchen. Und ich verspreche mir Einiges davon."

Sie tauschten noch ein paar Freundlichkeiten aus. Durch die offene Tür rief er Frau Ursula herein, die sich mühsam erhob, um Gertrud wieder auf ihr Zimmer zu bringen.

Dr. Lüke zog ein Papier aus der ledernen Mappe, das er studierte, obwohl er die Zahlen auswendig wusste. Seine Teilnehmerquote bei den Namensweihen war auf zwanzig Prozent gesunken. Dagegen standen die anderen Heime mit durchschnittlich sechzig Prozent recht proper im Vergleich da. Als des Reichsführers Ausdruck höchster Missbilligung hatte Himmler sein dickes Fragezeichen an den Rand der Statistik gesetzt. Es gab nicht viel, was dem Doktor Schlaflosigkeit bereitete und Schweißausbrüche verursachen konnte. Aber dieses rote Fragezeichen des Reichsführers SS in der Zeile „Heim Pommern" bohrte sich wie ein Stachel in seinen Stolz. Er fühlte sich dadurch, und zu Recht, von höchster Instanz gemaßregelt.

Auf einmal hatte der Vorstand großes Interesse, dass die Sprösslinge der SS vollzählig zur Namensgebung erschienen, wenigstens überwiegend. Bislang hatte man die Mütter deswegen nicht besonders bedrängt. Aber jetzt sollten sich die Heimleiter gefälligst etwas einfallen lassen und ihren ganzen Einfluss auf die Mütter geltend machen.

Bald wurde Gertrud Zeugin einer Namensweihe im Heim Pommern, an der drei Mütter mit ihren Neugeborenen teilnahmen. Gertruds scharfe Beobachtungsgabe paarte sich mit ihrem praktischen Organisationstalent. Da lief es auf dasselbe hinaus, ein Kaffeehaus daheim oder eine Feierlichkeit im Heim Pommern umzugestalten. Mit dem kritischen Auge einer Dramaturgin drang Gertrud in das Theatralische der Zeremonie ein. Sie achtete genau auf die Wirkungen, unterschied die Register zur Ansprache des Verstandes und die zur Einstimmung des Gefühls. Gertrud nahm das Ritual wie den Gegenstand einer experimentellen Versuchsanordnung auseinander. Jede Kleinigkeit wurde beleuchtet, nichts hielt ihrer Kritik stand, was unzulänglich, halb oder sogar lächerlich war. Sie machte sich diskret und unauffällig Notizen, meistens ein rasch gekritzeltes Wort mit Ausrufezeichen.

Ein paar Tage zuvor hatte sich Gertrud neugierig eine Christentaufe im Städtchen angesehen. Denn wenn sie es besser machen wollten, wie der Doktor sagte, musste sie sich zur Zeremonie der christlichen Taufe eine Meinung bilden. Das waren ihre Gegner. Gertrud war es als Fechterin gewohnt, Stärken und Schwächen ihrer Konkurrentinnen auszuforschen und zu analysieren.

Die nationalsozialistische Bewegung hatte bei Massenveranstaltungen, wie sie wusste, Maßstäbe gesetzt. Aber, was Gertrud sofort erkannte, für die Inszenierung einer Taufe benötigte man ein anderes Drehbuch als für die Regie eines Reichsparteitags oder einer Olympiade.

Vorhang auf, dachte Gertrud, schauen wir uns das SS-Ritual einmal genauer an!

Die Ouvertüre, den Einzug der Festgesellschaft in den notdürftig geschmückten Saal, fand sie mehr als befremdlich. Das assoziierte bei ihr in Verbindung mit unterlegter Marschmusik den Einzug der Gladiatoren. Im Mittelgang bildeten zu beiden Seiten vier SS-Männer Spalier. Den Müttern mit ihren hübsch gewickelten Neugeborenen folgten Pensionärinnen, Schwestern, Angestellte und ein paar Angehörige wohl auch. Nachdem alle ihre Plätze in den beiden vorderen Reihen eingenommen hatten, baute sich die Belgarder Truppe von den Totenkopfverbänden bei den aufgesteckten Fahnen der Bewegung auf. Gertrud glaubte gleich den Schulz zu erkennen, von dem sie schon gehört hatte. Und in der Tat wollte sie mit dem auch nicht nähere Bekanntschaft schließen.

Sie arbeitete sich nun an dem Oberflächlichen ab. Der Saal mit spiegelglattem Parkett war zu groß, überhaupt nicht intim, und daher aus ihrer Sicht für die Aufnahme eines Kindes in eine Schutz und Geborgenheit versprechende Gemeinschaft, als die sich die SS- Sippengemeinde ausgab, nicht geeignet. In dem Nüchternheit hustenden Saal fand so etwas Winziges und Hilfloses wie ein Neugeborenes keine fürsorgliche Wärme. Die Festgesellschaft war genauso verloren wie in einer raumgreifenden Kirche. Das hatte sie nämlich auch als Schwachpunkt der Konkurrenz mit den heiligen und Ehrfurcht gebietenden Hallenschiffen erkannt.

Gertrud stellte sich also Stuhlreihen in einem Halbrund vor, die bis auf den letzten Platz besetzt waren. Das Ritual sollte nach ihrer Vorstellung in einem behüteten Nest, in einer Wagenburg stattfinden, wo man zusammenrückt und einander näherkommt. Diese Wirkung war am besten im markanten Runderker des Hauses zu erzielen. Man müsste die Feierstätte dafür ins Erdgeschoss verlegen.

Hier kämen natürlich auch die Lorbeerbäumchen und Blumen besser zur Geltung, die sich im großen Saal wie bunte Punkte zerstreuten. Schließlich, und das machte die Sache erst richtig komplett, stand der große Blüthner im Erkerzimmer, den Gertrud unbedingt für die musikalische Untermalung einsetzen wollte.

Der imposante Flügel war leider verstimmt und nicht bespielbar derzeit. Gegen die Magie einer Orgel, dachte Gertrud, kommt man nicht an. Darum durfte man die Kirchgänger ruhig beneiden. Aber mit dem quakigen Plattenspieler, den der Hausmeister zur Feierlichkeit bediente, war nun überhaupt kein Staat zu machen und damit sollte man es erst gar nicht versuchen.

Die vorn am Tisch aufgestellte Büste des Führers in traurig-schaurigem Schwarz musste man natürlich durch eine weiße ersetzen. Gertrud wollte Adolf Hitler eigenhändig ein schönes Tuch um den Hals legen. Sie stellte sich das als eindrucksvolle Zuwendung zu Beginn der Zeremonie vor, etwa beim Anzünden der Kerzen.

Man sollte auch die an der Stirnseite drapierten Fahnen der Bewegung während einer kurzen Andacht und Stille berühren und ordnen. Nur Dilettanten, da war sie sich sicher, verzichteten auf den wundervollen Effekt solcher stimmungsvoll einzubauenden Gesten. Die müssen, dachte Gertrud, wie bei einem Zauberkunststück genauestens sitzen. Der Beobachter sollte sie erleben und im Innersten davon angesprochen werden.

Auf das kriegerische Spalier, auf die flotte Marschmusik erst Recht, konnte man ohne weiteres verzichten. Die

Herren der Schutzstaffel wollte Gertrud natürlich als Kavaliere in Paradeuniform sehen. Schwarze Lackschuhe gehörten dazu, bloß keine Stahlhelme und Stiefel. Die SS-Paten sollten die Mütter an ihre Plätze begleiten und sich neben sie setzen. Gertrud musste einen Augenblick daran denken, wie formvollendet es Doktor Faust in seiner Tragödie erster Teil angestellt hatte: „Darf ich es wagen, Ihnen meinen Arm zum Geleit anzutragen?"

Wer wollte sich dem widersetzen?

Die Paten-Kavaliere würden das vorgeschriebene Versprechen abgeben, „stets die Erziehung im Sinne des Sippengedankens der Schutzstaffel zu überwachen und Helfer in Not von Mutter und Kind zu sein."

Höchstens zwei der Herren wollte Gertrud vorn am Tisch sehen, um dort in großer Feierlichkeit Kerzen zu halten. Sie sollten eine Schirmmütze tragen, weil Stahlhelme verstören und an Krieg und Vergeltung erinnern. Man darf bei den jungen Müttern, darauf richtete sich ihr Sinn, keine Vereidigung assoziieren. Denn Obhut und Fürsorge sollten die Leitgedanken des Tages sein. Es handelte sich um Kinder und nicht um Soldaten.

Sehr behutsam sollte sich deswegen auch der silberne Dolch zum Höhepunkt des Rituals auf den kleinen gewickelten Kindskörper senken, nicht zu forsch wie beim Hieb mit einer Waffe zum Stich. Gertrud hatte deutlich den Schreck in den Augen einer jungen Mutter gesehen. Das hätte der Doktor beim Zeremoniell doch lieber besser, also achtsamer und vorsichtiger gemacht.

Seine Festrede schließlich richtete sich, wie sie fand, zu heftig gegen die Traditionen der Kirche. Da mühte er sich mit der zweitausendjährigen Konkurrenz ziemlich angestrengt ab. Das könnte bei den immer noch Unentschlossenen oder Halbentschlossenen, die im Publikum saßen, Vorbehalte und Trotz auslösen. Mit jedem Wort mehr darum machte der Doktor die Kirche größer und ihre Bewegung klein, ohne dass er es merkte.

Mein liebes Kind,

gestern war ich mit dem Doktor in Kolberg. Es war ein großartiger Tag! Während der Autofahrt, Helmut steuerte den Wagen, berichtete ich dem Heimleiter ausführlich vom Ablauf der Zeremonie, an der ich teilgenommen hatte. Er forderte mich auf, offen zu sein, und ich ließ ihn spüren, dass sich meine Kritik darauf richtete, es besser zu machen. Damit war er zufrieden. Er unterbrach mich nicht. Einmal, als wir auf den Höhepunkt der Feierlichkeit und den SS-Dolch zu sprechen kamen, ließ er sich sogar zu der Äußerung hinreißen: „Das haben Sie sehr gut beobachtet."

Helmut bekam auf der Stelle den Auftrag, einen Klavierstimmer ins Haus zu holen. Der Blüthner Flügel wird also wieder zum Leben erweckt! Was sagst Du nun? Und niemand käme auf die Idee, glaube ich jedenfalls, das schwere Instrument von der einen zu der anderen Etage zu tragen. Das bedeutet, mein liebes Kind, der prächtige Runderker, das Nest, ist als neuer Veranstaltungsort gesetzt!

Nur dass ich an seiner Festansprache herummäkelte, wollte ihm gar nicht gefallen. Da druckste er etwas herum und bezog sich auf eine Musterrede aus München. Aber auch das will er sich noch einmal überlegen. Es käme ja auch nur auf die etwas gefälligere Betonung der Sache mit der Kirche an.

„Müssen mal sehen, was sich da weicher formulieren lässt."
Mehr wollte er nicht dazu sagen.

Die Flugzeuge am Fliegerhorst hätten sicher einen großen Eindruck auf Dich gemacht. Mehrere Jagdflugzeuge donnerten direkt über unsere Köpfe. Zwei Tante JU parkten in einem Sonderbereich der Schutzstaffel, darunter die Privatmaschine des Reichsführers SS. Auf dem Weg zur Kommandobaracke fuhren wir daran vorbei. Der Doktor freute sich, dass mich die bei Junkers in Dessau montierten Flugzeuge so sehr interessierten, und ließ Helmut den Wagen kurz auf dem Rollfeld halten. Wir stiegen aus und erregten die Neugier der Monteure und anderer Leute, die sich wartungshalber an der Maschine mit der gesickten Aluminiumhaut zu schaffen machten.

Das war also der Silberdrache, mit dem sich unser Heinrich Himmler zuweilen in die Lüfte erhebt! Auf der Einstiegsleiter erschien ein Offizier vom SS Sicherheitsdienst, winkte uns zu, kam uns entgegen und lud uns doch tatsächlich ein, das Flugzeug von innen zu besichtigen! Es war der Drachenflieger, also der Flugzeugführer persönlich. Der Doktor sah wohl, wie sehr ich auf dieses Abenteuer brannte, stimmte zu, aber verschob die Sache auf später. Denn man erwartete uns bereits.

In den folgenden Stunden regelten der Doktor und der Kommandeur der Einheit die Inhalte einer Vereinbarung, so etwas wie einen Vertrag. Eine Abordnung aus Kolberg wird uns demnächst in Bad Polzin besuchen. Dann werden wir die Einzelheiten besprechen und ein paar Neuerungen zur Namensweihe einstudieren und proben.

„Klavierspieler, Geiger und Cellisten", sagte der Kommandeur mit einem ironischen Unterton, „gibt es beim Sicherheitsdienst der SS mehr als genug. Sogar unser Chef Reinhard Heydrich," und der Kommandeur blinzelte dazu, „der Judenfresser aus Berlin, kann feuchten Auges ein Publikum mit der Geige entzücken."

*Mein liebes Kind, nun aber noch die wichtigste Neuigkeit:
Für die Trockenübungen des Rituals mit den Herren aus
Kolberg hat mir der Doktor die Regie anvertraut.*

*Der Drachenflieger, der mir zum Schluss Himmlers glitzernde JU zeigte, ich saß vorn in seiner Kanzel, ist wohl
auch ein Drachenbezwinger, ein sehr freundlicher und zuvorkommender Mann, der einem Fräulein wie mir schon
ein bisschen den Kopf verdreht hat. Klavier spielt er auch,
und ich wage zu hoffen, ihn in Bad Polzin wiederzusehen.*

*„Gertrud", sagte der Doktor auf dem Rückweg zum Heim,
„wenn Sie auch nur einmal den geringsten Zweifel an unserer Auslese haben, lauschen Sie tief in sich hinein. Dann
hören Sie die Wahrheit in Ihrem Blut rauschen. Die Sippe der
Schutzstaffel sehnt sich nach Ihrem Kind. Und der Lebensborn will ihm seinen Namen geben, sein spiritueller Vater
sein."*

*Er sprach uns beiden ins Herz, ich denke vor allem in
Deines. Denn Du hast Dich das erste Mal spürbar bewegt.
Du hast mich mit Deinen winzigen Füßchen heftig getreten.
Oder mit den Fäusten geboxt? Ich war wie vom Donner gerührt. Die Wahrheit um unsere Bestimmung durchrieselte
mich.*

*„Es bewegt sich", plauzte es aus mir heraus. Und er nickte
mir ermutigend zu.*

*„Glauben sie, Gertrud, es ist eine Lüge, was die Kirche behauptet. Sie sind keine Sünderin. Und deshalb wollen wir Ihr
Kindlein auch nicht am Judenkreuz des Herrn Jesus taufen.
Es ist der Weihe in unserem Orden für würdig befunden,
auserwählt und vorbestimmt."*

Von Deinem Vater kam heute ein sehr lieber Brief. Kein Liebesbrief, aber viele Zeilen um Dich. Er sagt, er hätte gerne zärtlicher geschrieben, was mich betrifft, aber er meinte, er dürfe mir keine Luftschlösser bauen und müsse mich und meine Gefühle schonen. So ein lieber Narr ist er, da ich doch nie genug von seiner Zuneigung bekomme. Zum Schluss seines Briefes ist er dann doch wieder der Alte, verabschiedet sich mit einem verklausulierten Sehnen und innigen Küssen.

Du sollst wissen, mein Kind, die Liebe war allgegenwärtig, als wir Dich zeugten! Jetzt nähert er sich Dir, zu mir sucht er rücksichtsvolle Distanz. Das Andenken an Deinen Vater, den ich wie sonst keinen bewundere und verehre, soll Dir und uns beiden ein ewiges sein. Ich will ihn deswegen auch nicht Papi oder sonst wie verniedlichend nennen. Er ist Dein Vater. In dem Wort Vater schwingt von fern der Sehnsuchtsort und Entbehrtes aus meiner eigenen Kindheit mit. Aber davon will ich hier nicht weiter reden. Ich möchte Dir stattdessen schreiben, wie sich Deine Eltern im Schloss Altenburg näherkamen.

Zunächst wurde ich von Liesbeth unterwiesen und überall herumgeführt. Sie hielt zu der Zeit die Fäden im Kaffeehaus zusammen und leitete das Personal. Ach Liesbeth, die gute Seele und der Kummerkasten des Hauses! Sie zeigte mir jeden zugänglichen Winkel, vom Bierkeller und dem Weinlager bis zum Dachboden hinauf. Vom Kaffeehaus habe ich Dir schon geschrieben. Nun betrat ich das erste Mal über einen anderen Eingang auf der Kavalierstraße, dem ein roter Läufer vorgelegt war, mit Liesbeth das Hotel. Schwere Teppiche und Damast an den Wänden, vor allem der gewaltige Kronleuchter aus Bleikristall beeindruckten mich sehr. Im hinteren Foyer, der Lounge mit Kamin und gepolsterten Sitzen, wurden vom Künstler gerade höchst persönlich mit viel Tamtam zwei Ölgemälde aufgehängt.

Eine Frau mit hoch erhobenen Armen assistierte dabei auf einer Leiter und folgte den widersprüchlichen Anweisungen des Meisters. Ich glaubte, die Person auf der Leiter zu kennen. Aber sicher war ich mir nicht. Da reichte es ihr plötzlich und sie drehte sich um. Die zusammengekniffenen Augen schleuderten Blitze.

"Häng dich doch selbst hier oben auf!"

Das war noch das Verträglichste, was sie ihm nun in loser Folge an den Kopf warf.

„Bleib so, mein Schatz! Halte dich, das sieht wunderbar aus! Ich mache sofort eine Skizze. Das ist köstlich. Wir machen ein tolles Bild daraus!"

Die Assistenz fiel sofort in eine andere Rolle und stellte sich auf der Leiter für den Maler in Position. Diese Rolle schien ihr sehr zu gefallen. Liesbeth machte mich auf die beiden Gemälde aufmerksam. Eine Tulpenpflückerin in Lebensgröße war auf dem einen, und eine zwischen Kornähren sitzende Bäuerin, die aus einem Milchkrug trinkt, auf dem anderen zu sehen. Nach dem Geschmack der Zeit handelte es sich um präsente Frauengestalten, die vor Gesundheit und Kraft nur so strotzen. Liesbeth fragte mich: „Fällt Ihnen was auf?" Und je mehr ich mich in die Betrachtung der Bilder vertiefte, erkannte ich in beiden Bildkompositionen die Gesichtszüge der Frau, die auf der Leiter stand. Das war der Grund, weshalb ich gemeint hatte, ihr schon einmal begegnet zu sein. Als Tulpenpflückerin und Bäuerin hatte sie der Maler freilich in friedlicheren Gemütszuständen eingefangen. Liesbeth sagte leise, während doch noch ein Schimpfwort, das sich anhörte wie „Einfaltspinsel", in die Richtung des Meisters flog: „Er muss sie sehr gut kennen und außerordentlich lieben. Sie ist der vollständige Ausdruck und einzige Inhalt seiner Kunst. Er malt nur diese Frau. Etwas anderes, sagt er, inspiriere ihn nicht."

Ein großer Herr an der Rezeption telefonierte und nahm eine Bestellung für das Hotelrestaurant entgegen. Er sprach sehr gewählt und mit großer Zuvorkommenheit. Dann kam er zu uns vor den Tresen, auf dem ein üppiger Blumenstrauß stand, und Liesbeth machte mich mit ihm, den sie alle den Großen Klaus nannten, bekannt. Mir gefiel der Gesprächston zwischen den beiden. Übergangslos besprach er mit ihr die Punkte einer imaginären Liste aus dem Gedächtnis, zu denen er kurz und knapp Order empfing. Da klingelte das Telefon wieder. Die Brauerei kündigte Details einer Bierlieferung an. Er scherzte und erkundigte sich nach den widerspenstigen Pferden, die beim Abrollen der Fässer zuletzt fast durchgegangen waren. Ob die jetzt auch lieber das Bier vom Schultheiß statt Wasser tränken.

Das Restaurant erreichte man linkerhand über einen wandverspiegelten Gang. Dort wurden eben Gläser poliert und die Tische für den Abend gedeckt. Eine resolute Frau überwachte die Handgriffe der Mädchen, die hier ganz in hellblau gekleidet waren. Sie versäumte es nicht, Bestecke und Gläser, Stühle und Beistelltische geometrisch in rechte Winkel auszutarieren. Oh ja, das machte sie ganz genau. Stichprobenweise hob sie die Weingläser gegen das Licht, um das Ergebnis der Polierarbeiten zu prüfen. Dabei beobachtete ich sie im Profil, während Liesbeth die Gelegenheit für ein kurzes Kennenlernen abpasste.

Ich erkannte im Habitus dieser Frau eine unentwegt arbeitende Person, energiegeladen, aber ohne Esprit, nicht sehr schlank, aber kraftvoll gesund, was mich sogleich an die Milch trinkende Bäuerin auf dem Gemälde erinnerte. Es war Bertha, Walters Gattin und Chefin des Hauses. Sie sprach schnell, freundlich und zugewandt.

Dann stellte sie mir unvermittelt zwei Fragen. Ob ich aus

der Stadt käme und wie es mir im Schloss Altenburg gefiele. Zum Schluss bemerkte sie noch, zwei Blicke huschten schon wieder über die festlich gedeckten Tische, am wichtigsten für meine neue Aufgabe sei das richtige Gespür. Wo es an Erfahrungen mangele, solle ich mich an Liesbeth halten.

Ich fand das für meine Aufgabe als Kellnerin im Kaffeehaus ein wenig übertrieben. Da wusste ich noch nicht, dass mich Walter bei ihr als Liesbeths mögliche Nachfolgerin ins Spiel gebracht hatte. Liesbeth sollte nämlich alsbald mit ihrem Töchterchen nach Bielefeld zum Ehemann ziehen. In einer Übergangszeit wollte Walter das Kaffeehaus umbauen.

„Wir geben ihm Zukunft und Licht", sagte er gern. Liesbeth sollte mich bis dahin gründlich einweisen, zunächst einmal als Serviererin beobachten und testen.

Walter, musst Du wissen, vertraut der Liesbeth sehr. Sie ist seine ältere Schwester, also Deine Tante, mein Kind. Aber das konnte ich zu diesem Zeitpunkt alles noch nicht wissen.

Ohne Murren band ich mir die Dienstschürze um und begann zu servieren. Wie überall waren auch hier die im Vorteil, die es in ihrer Ausbildung gelernt hatten, was ich mir nun allein durch Beobachtung und Übung aneignen musste.

Es begegnen Dir Leute, mein Kind, die Dich verunsichern, auf Deine Fehler schon warten, und solche, die dich ermutigen und kein großes Aufsehen um eine unerfahrene und ungeschickte Handhabung machen. Ich war es aus dem Fechtsporttraining gewohnt, dass sie einen nicht zu zart in der Ausbildung anfassen. Mein Trainer gebrauchte oft einen rüden Ton. Er reizte mich mit Spott und Ermahnungen, nie war ihm etwas gut genug. So sehr mich das ärgerte und peitschte, merkwürdigerweise konnte ich diese Verletzungen jedes Mal in die mir mögliche Höchstleistung übersetzen und wuchs zuweilen trotzig über mich hinaus.

Liesbeth leitete anders. Sie zeigte mir, wo ich etwas übersah. Aber sie machte mir nie einen Vorwurf deswegen. Sobald ich etwas begriff, sie konnte es in meinem Gesicht lesen, unterbrach sie ihre Erklärung. Auch achtete sie darauf, dass es andere nicht mitbekamen, wenn mir Fehler unterliefen. Ihre Hinweise platzierte Liesbeth mit Augenzwinkern und immer diskret. Sie hatte keine Freude daran, Angestellte vorzuführen. Ich beobachte auch, dass Liesbeth einem Schadenverursacher mit Nachsicht beisprang, der aus Versehen etwas zerbrochen oder fallengelassen hatte. Dazu fällt mir eine Geschichte ein, die ich immer wieder gern erzähle.

Eine unserer Serviererinnen, es war von allen die kleinste, stapelte und schichtete ihr Tablett doppelt so voll, weil sie ihre Geschicklichkeit und Balance unter Beweis stellen wollte. Gern erregte sie damit Aufmerksamkeit und zog die Blicke der Gäste auf sich. Mit der rechten Hand hob sie ihr enorm beladenes Tablett bei leichter Drehung der Hüfte mit Schwung über den Kopf, nahm Kurs und schaukelte verwegen mit dem Gesäß, was leicht und spielerisch aussehen sollte. Bisher war das immer gelungen.

Einmal musste es dann passieren, da rutschte sie mit einem Teegedeck, Kaffeetassen, Limonaden und Kuchentellern aus, und verlor das Gleichgewicht. Sie konnte sich vor Schreck nicht wieder fangen. Sie versuchte es vergeblich. Aber das sah eher wie eine Clownsnummer aus. Ich riss die Augen auf, wie im Zirkus in der ersten Reihe, und sah sie mit dem Tablett in Zeitlupe stürzen.

Es schepperte gewaltig. Ein paar Sekunden war es absolut still. Das Mädchen richtete sich auf. Den linken Fuß hatte sie sich verstaucht. Die Scherben lagen bis in die letzten Winkel verstreut. Endlose Schrecksekunden addierten sich auf und allgemeine Fassungslosigkeit lähmte die Gäste. Manche Leute bekamen den Mund nicht wieder zu.

In diesem Moment, da alle hofften, es möge glimpflich ablaufen, gewiss war das ja noch nicht, erlaubte sich ein einzelner Gast, laut und irre in die Stille hineinzulachen. Aber das reichte ihm nicht, denn er stand auf und applaudierte. Der Auftritt war an Geschmacklosigkeit nicht zu überbieten. Die Leute zuckten also ein weiteres Mal zusammen. Und der Herr lachte und lachte, klatschte und hörte nicht wieder auf. Das Publikum schwieg eisern.

Liesbeth schritt nun auf den Mann zu, der immer noch ein bisschen gluckste. Tränen waren ihm in die Augen geschossen, weil ihn das Missgeschick unglaublich amüsierte. Die weiche und liebe Liesbeth hatte plötzlich einen Stock verschluckt, so sah es jedenfalls aus. Dann erklärte sie laut und deutlich: „Mein Herr, Sie sind unser Gast, sonst würde ich Sie ohrfeigen. Fassen Sie sich! Ihr Verhalten ist respektlos und beschämend. Verlassen Sie sofort das Haus!"

Ich sah mir inzwischen den Fuß etwas genauer an. Die Schwellung hätte auch als Sportverletzung durchgehen können. Da kannte ich mich aus. Liesbeth wandte sich ebenfalls der Verunglückten zu und sogleich begann das Mädchen, sich Vorwürfe zu machen. Liesbeth berührte zart ihre Wange und nahm sie ohne ein Wort in die Arme. Sie umarmte das Mädchen und ließ sie lange nicht los.

Dann folgte, erst zögerlich und vereinzelt, der volle Applaus. Das Kaffeehaus bebte und tobte, ein paar Gäste brachten sogar ein „Bravo!" heraus. Das galt Liesbeths besonnener Geste. Mit dieser Achtsamkeit setzte sich Liesbeth erkennbar von Gepflogenheiten ab, die in den sonst von Männern beherrschten Bereichen, auch im Schloss Altenburg, üblich waren.

Sie merkten alle recht bald, dass ich fleißig, aber doch eigentlich unterfordert war. Liesbeth fragte mich kursorisch über meine Verhältnisse aus. Ich sah keinen Grund, ihr etwas vorzuenthalten. Man muss genau hinhören, wenn sie fragt, denn sie spricht leise.

Ihre Erscheinung ist androgyn zart und sie trägt feines, zum Knoten gebundenes Haar, das vollkommen bleich ist, nicht grau. Die stete Blässe verleiht ihr einen milchigen Teint und sie scheint körperlos wie ein Engel zu schweben. Sobald Dich Liesbeth berührt, die Hand auf Deine Hand legt, spürst Du einen Strom bis in die Zehenspitzen fließen. Frag nicht, was das bedeutet, aber es beruhigt dich. Im selben Augenblick ist sie Dir, ohne etwas zu sagen, ganz nah, fast unter der Haut. Beim ersten Mal, sie macht das gern im Gespräch, kämpfte ich gerade mit meiner Aufregung und Unerfahrenheit im unvertrauten Terrain. Da hat Liesbeth durch Handauflegen gegengehalten und ich war sogleich guten Mutes und wieder erfrischt. So wie im letzten Jahr, als ich mich mit der Neuigkeit um Dich ihr anvertraute und weder ein noch aus wusste, mein Kind.

Liesbeth hatte mit dem Chef telefoniert, der ein paar Tage in Leipzig weilte, und kündigte mir eine kleine Überraschung an. Ich sollte in Kürze an einer Besprechung teilnehmen, zu der er seinen Architekten, dazu einen hohen Herrn vom Amt, Liesbeth und doch tatsächlich mich eingeladen hatte.

Ich schwöre Dir, es dämmerte mir immer noch nicht, wer der Unbekannte, der Chef des Hauses in Wirklichkeit war. Dabei wurde im Haus schon von Umbauten in nächster Zeit gesprochen. Nachts konnte ich nicht schlafen. Hatte die Einladung zur Besprechung mit dem Briefmarken-Onkel zu tun, fragte ich mich, auf dessen Empfehlung sich meine Anstellung im Schloss Altenburg gründete. Ich befürchtete, der hätte in guter Absicht vielleicht und um mich beim Chef des Hauses interessanter zu machen, ein bisschen übertrieben und zu viel über meine raumgestalterischen Expertisen gesprochen. Es kam dann aber noch schlimmer für den Moment.

Zuerst musste ich den Schreck verkraften, als die Maske fiel und Walter forsch den Raum zur Besprechung betrat. Nein, besser gesagt, er nahm den Raum wie eine Bühne. Immerhin blieb etwas Zeit, meine Sprache wiederzufinden. Währenddessen wärmten sich die Herren bei einem lockeren Begrüßungsduell und kolportierten mit feinem Humor ein paar gegenseitige Spitzen. Man merkte gleich, dass sie gut miteinander bekannt waren. Als Liesbeth eintraf, fielen nun auch die Blicke auf mich, denn bis dahin war es mir gelungen, unsichtbar im Hintergrund zu bleiben.

Walter stellte sich an meine Seite, also eigentlich nahmen mich Liesbeth und er in ihre Mitte, dann gebot er Aufmerksamkeit. Er stellte mich ohne Ironie als seine Ideengeberin bei der Umgestaltung der Gasträume und als Liesbeths künftige Nachfolgerin vor. Ich glaubte, meinen Ohren nicht zu trauen. Diese Überraschung war ihm gelungen.

Gleichzeitig wurde ich mit der unverhofften Erhebung gewahr, dass er bereit und fähig war, sich auf seine Vertrauenspersonen, zu denen ich mich bald hinzuzählen durfte, voll und ganz zu verlassen. Souverän muss einer sein, um so vollständig loszulassen. Walter honorierte bedingungslos die gute Meinung, die Liesbeth von mir hatte. Er verzichtete darauf, sich ein eigenes Bild von meinen Arbeitsproben zu machen. Insgeheim waren ihm in leitender Stellung kluge und loyale Frauen sehr lieb. Er behandelte uns mit wirklichem Respekt und nicht mit dem höfisch aufgesetzten, dem gönnerhaft herablassenden der Stutzer und Kavaliere.

3. Kapitel

In den freien Abendstunden traf man sich in der Hausbibliothek, im Runderkerzimmer oder man blieb an einem der Tische im Speisesaal sitzen. So bildeten sich Grüppchen nach gemeinsamen Interessen und gegenseitig bezeigter Sympathie. Die einen lasen Bücher, andere blätterten in einer Zeitung. Die Schellackplatten des kleinen Hausrepertoires wurden in unendlicher Schleife im Speisesaal abgehört. Großer Beliebtheit erfreuten sich gerade die Schlager „Ramona" und „Kleine Möwe flieg nach Helgoland".

Rundfunkansprachen standen bei Schulungen auf dem Programm, darüber hinaus wurden aber auch Unterhaltungssendungen in der Freizeit empfangen. Der Doktor galt als besonderer Freund des Radios, das manchen immer noch als technische Neuerung galt. Es entfaltete, wie überall im Reich, seine Suggestionskraft durch die Unmittelbarkeit von Sprache und Ereignis. Niemals zuvor in der Geschichte war es so leicht, ein Massenpublikum zu indoktrinieren. Aufgerissene Augen, offene Münder und das Absterben jeden Gesprächs waren gewöhnliche Begleiterscheinungen beim Radioempfang.

Nun hatte sich die Unterhaltungstechnik zur Freude des Heimleiters erneut gemausert, der Schritt zu den bewegten Bildern mit Ton war längst gemacht. Dr. Lüke verfolgte die

Entwicklung mit großem Interesse. Warum, dachte er sich, sollte nicht auch beim Lebensborn das Kinowunder an die Tür klopfen. Es gelang ihm nicht, dafür beim Vorstand in München Begeisterung zu stiften. Für überflüssig wurde das gehalten. Aber verboten war es natürlich nicht.

Im Reich gab es zahlreiche Ortsfilmstellen. Ihre mit modernster Technik ausgestatteten Tonbildwagen erreichten jeden Winkel, auch Bad Polzin, mit einer Mischung aus Propaganda- und Unterhaltungsfilmen. Gelegentlich kam also auch so ein Wanderkino vorbei und der Heimleiter schickte es zur hellen Freude der Pensionärinnen nicht ohne Filmvorführung im großen Saal wieder fort. Gefällige und seltene Ausnahmen seien das, die nicht nur der Unterhaltung, sondern auch der politischen Bildung dienen, betonte er streng.

Die Oberschwester hatte strikt etwas dagegen. Sie lief Sturm und meldete sich deswegen immer wieder beim Heimleiter zur Aussprache an. Zum Glück zeitigte ihr Protest keinen Erfolg.

Die Oberschwester beklagte das Filmtheater, weil es nach ihrer Meinung Hysterie und Gefühlsausbrüche auslöse. Es könne sogar seelische Wunden aufreißen, die gerade abgeheilt waren. Die Damen benähmen sich vor imaginärer Kulisse, wusste die Oberin aus eigener Anschauung zu berichten, wie wild gewordene Mänaden des Dionysos, außer jeder Selbstbeherrschung und Kontrolle. Den kollektiven Weinkrämpfen der vom Film besessenen Frauen fehle nur noch, dass sie es auf die Spitze trieben und sich gegenseitig die Haare ausrissen. Das allgemeine Heulen und Flennen erinnere sie an ein Irrenhaus. Es sei Krieg und der Führer, resümierte sie energisch, habe Härte und Disziplin befohlen.

Ja, die Sehnsüchte der jungen Frauen quollen geradezu über und steckten sich gegenseitig an, sobald die Heldinnen und Helden der UFA auf der Leinwand von der großen Liebe sprachen. Es drückte den Sehnsüchtigen aufs Herz und es nagelte sie auf ihre Stühle, wenn sich die Darstellerinnen und Darsteller auf der Leinwand in die Augen schauten und sich küssten. Begann sich eine der Frauen, die vielleicht eine heimlich abgeschobene Geliebte war, ins Taschentuch zu schnäuzen, verwandelte sich der Saal kurz darauf in einen Tränenpalast.

Nach der Filmvorführung wollten sich die Szenen der Ergriffenheit fortsetzen und suchten ein Ventil in gegenseitigen Umarmungen, im Rückzug zu vertraulichen Gesprächen, die nichts anderes als Geständnisse und Beichten von Frau zu Frau waren. Da brach alles, was sie erlebt, versäumt und durchlitten hatten, mit Macht aus ihnen heraus. Vergebliches Warten auf Post, seliges Träumen und Hoffen, Verzehren nach dem Geliebten und Kindsvater zu Hause oder an der Front, das Erinnern an die schönste und viel zu kurze Zeit ihres Lebens, Bangen auf deren Wiederkehr, endlich auch die verdammte Angst um die Zukunft mit dem Baby, das alles verdichtete sich zu einem Strudel und versetzte sie in einen Rausch, der sie überwältigte und zweifellos aus ihrer Haltung riss. In diesen Stunden flackerte tatsächlich etwas auf von der Müttergemeinschaft Pommern.

Auch mit Brett- und Kartenspielen aller Art beschäftigte man sich in den freien Stunden. Seltenere Beschäftigungen fielen natürlich auf, so jemand eine fremde Sprache oder, wie Frau Gudrun, germanische Runenzeichen auswendig lernte.

Besonders beliebt waren Handarbeiten, die sich der Mode nach abwechselten. Sie häkelten und strickten, und Gertrud, die völlig frei von dieser Leidenschaft war, kolportierte das einigermaßen belustigt, „wenn sie nicht gestorben sind, dann häkeln sie noch heute."

Wer es hier zu originellen oder vortrefflichen Ergebnissen brachte, hatte ein aufmerksames Publikum. Liese erlangte eine kleine Berühmtheit mit ihren bunten und glitzernden Blumen, die sie auf den Saum, die Ärmel und auf den Kragen ihres Umstandskleids stickte. Da versammelten sich Expertinnen in kleiner Traube um Liese herum, die ein paar gestickte Blumenmuster auf den herunter geklappten Konzertflügel im Runderkerzimmer gelegt hatte.

Gertrud freute sich über Liese, die so anders, so glockenhell, aufgeweckt und lustig war. In Liese sah sie immer den hellen Sonnenschein und sie gönnte ihr die Anerkennung, mit der man sie auf einmal überschüttete. Jeder sprach sie freundlich auf die farbenfrohen Stickereien an.

Gertrud redete nicht viel mit Liese, aber wich ihr im Runderkerzimmer allabendlich nicht von der Seite. Während Liese stickte, setzte sich Gertrud mit einem Goethe-Buch ihres Vaters daneben und las. Dafür gab sie beinahe ganz ihren Lieblingssessel in der Hausbibliothek auf. Gertrud wärmte sich, ohne dass Liese darauf aufmerksam wurde, in ihrer Nähe. Liese erinnerte sie an ein glückliches Kind, das sie gern beobachtete und belauschte.

Aber die Stickblumen gerieten eines Abends ins Maßregelvisier der Oberschwester.

„Sie möchten mit dem bunten Putz am Kleid doch nicht auffallen, Frau Liese, meine ich. Das ist eine allgemeine Kleidung der Anstalt. Ich dulde das nicht."

Liese verstand das noch nicht als ultimativen Affront. Deshalb versuchte sie zaghaft, dabei lächelte sie wunderbar, die Oberschwester umzustimmen und bewarb ihre kleinen Kunstarbeiten.

„Aber schauen Sie doch, Frau Oberschwester, es sind nur zarte Gräser und Blumen. Und die gibt es doch überall hier im Park."

Die Oberschwester legte nach. Die Frauen ringsum schwiegen.

„Während Frau Gertrud neben Ihnen die Deutsche Klassik studiert, Frau Gudrun gegenüber am Tisch lernt germanische Runen, machen Sie uns hier die Kleider kaputt. Oder glauben sie, Frau Gudrun möchte, wenn es bei ihr einmal so weit ist, diese gestickten Blümlein, wenn sie einmal in die Kleiderkammer wandern und wieder hinaus, mit dem Kostüm tauschen, das sie gerade trägt, um sich damit lächerlich zu machen? Was sagen Sie eigentlich dazu, Frau Gertrud? Sie sitzen ja direkt daneben."

Liese stiegen nun die Tränen in die Augen und der kleine Mund bebte. Woher Gertrud nun wieder holte, was ihr geschwind auf der Zunge lag, keiner konnte das wissen.

„Es handelt sich um Versuchsmuster der Frau Liese. Prototypen sind das. Liese wird ihre Stickereien mit germanischen Vorlagen aus dem Folianten der Frau Gudrun fortsetzen. Im Allgemeinen, Frau Oberschwester, lieben wir nämlich alle germanische Runen. Rote, grüne oder gelbe. Dagegen ist wirklich nichts einzuwenden."

„Die kann ja so reden", flüsterte jemand hinter Gertruds Rücken, „die ist in der Partei."

Die Abordnung der aus Kolberg ließ nicht lange auf sich warten und die Delegation mit dem blankgeputzten Wagen des Reichsführers SS, der Staatskarosse für Inspektionen durch Pommern, Ostpreußen und das Warthegau, musste einfach Aufsehen erregen. Vier große Herren in Schwarzuniform waren für einige Minuten die Attraktion für die neugierig aus den Fenstern schauenden Damen. Der Auftritt war ein willkommener Anlass für Klatsch und einen Strauß aufgeregter Gespräche. So männerlos das Schwangerenschlösschen eben war, musste sich jeder Herr, der hier einmal zu tun hatte, in aller Heimlichkeit und mit stillen Sehnsüchten der Neugierigen nach einem Kindsvater beladen, als Mann begutachten lassen. Das steigerten die einsamen Pensionärinnen eben bis zum Exzess. Der Lebensborn war ja kein Kloster, und selten kamen so schöne Prinzen, auch noch so viele zugleich, mit einer goldenen Kutsche vorbei. Es war eine träumerische und auf ein Familienidyll bezogene, eine schwärmerische Begeisterung, in die sich nun einige Frauen versetzten.

Aber die Herren standen nicht lange vor dem Haus. Zur Enttäuschung einiger Damen saß der berühmte Heinrich Himmler natürlich nicht in dem repräsentativen Wagen. Gertrud hatte einen kleinen Empfang mit Kaffee und Gebäck vorbereitet. Jetzt eilte sie, ins Hohlkreuz gestützt, zur Begrüßung nach draußen, schob den Schwangerenbauch vor sich her und präsentierte sich ungezwungen als die Dame des Hauses, zu der sie zu diesem Anlass von Dr. Lüke ausdrücklich eingesetzt worden war.

Die Augen von den Fenstern pickten genüsslich diese delikate Neuigkeit auf. Dass Gertrud zu den „Dunkelbraunen" gehörte, war inzwischen bekannt. So etwas sprach sich herum. Man konnte mit seinen Äußerungen und unüberlegten Bemerkungen in diesen Tagen nicht vorsichtig genug sein. Gut zu wissen, sagte man schlau, mit wem man scherzt und sich austauschen möchte.

Es hieß bereits hinter vorgehaltener Hand, wenn die dich wegen der Namensweihe anspricht, musst du vorsichtig sein.

Nur Käthe nahm kein Blatt vor den Mund. Sie hatte Gertrud auch darauf aufmerksam gemacht, dass es klüger wäre, den anderen ihre Parteimitgliedschaft aufzudecken und ihr stetes Interesse an den Namensweihen nicht als ein zufälliges und ausschließlich persönliches zu tarnen. Denn Gertrud ließ keine Gelegenheit aus, für die SS-Sippengemeinschaft zu werben. Vielen ging das zu weit, manchen auch bloß auf die Nerven.

Nach Käthes Rat war Gertrud dazu übergegangen, das Abfragen anderer Meinung mit der Feststellung einzuleiten, „du weißt ja, dass ich in der Partei bin und mich hier um die Namensgebungen kümmere."

Es war ja auch so, dass die anderen Pensionärinnen, von den Frauen der SS- und Polizeioffiziere abgesehen, hier einfach nur ihre Kinder zur Welt bringen wollten. Über die weltanschauliche Vereinnahmung ihrer Kinder hatten die wenigsten bisher nachgedacht.

Gertrud genoss es, wie ihr die Herren den Hof machten. Es wurde nie offensichtlich, ob sie als werdende Mutter oder als junge Frau gemeint war. Die Herren spielten diese Zweideutigkeit aus. Als Gertrud nach einer langen Beratung seufzte, dass ihr ein bisschen Bewegung an frischer Luft gut täte, boten sie ihr sofort einen Spaziergang im Luisenpark an, wechselten sich ab, „ihr den Arm zum Geleite anzutragen", und schwärmten von Gertruds bevorstehendem Mutterglück. Sie fühlte sich das erste Mal in aller Öffentlichkeit als Schwangere anerkannt und angenommen, ja sogar ein bisschen gefeiert und geehrt. Was für ein Absatz bei all der Peinlichkeit, hier heimlich ein Kind zur Welt zu bringen, viele hundert Kilometer von zu Hause entfernt, damit es ja keiner merkte!

Musste man dieser Verlogenheit nicht endlich den Kampf ansagen? Die Prozession durch den Luisenpark, mit Gertrud in ihrer Mitte, wollte durchaus mit landläufigen Vorstellungen über die Geschlechterverhältnisse aufräumen, zumindest in diesem heiklen Punkt der unehelichen Geburt, und den Herren von der Schutzstaffel war es sowieso ein Vergnügen, gegen die spießbürgerlichen Gralshüter der Moral anzuecken. Als ob die Natur selbst einen zusätzlichen Akzent setzen wollte, schien im Vorgriff auf den lauen Frühling die Märzsonne auf die Spaziergruppe herab.

„Aber Frau Gertrud, das ist uns ein großes Vergnügen! Sie sind uns heilig als Mutter guten Blutes." Nicht als Mutter, sagten sie damit, sondern wegen des Blutes. Aber das konnte man, in so guter Hoffnung wie Gertrud, auf der Blutseite der „Guten", durchaus für selbstverständlich halten und überhören.

Vor allem der Klavier spielende Drachenflieger, Himmlers Pilot, hatte es Gertrud angetan. Sie musste mit ihm über die geeignete Musik für die Feierlichkeit sprechen und begann behutsam mit seinen nach Können und Ausbildung überhaupt in Frage kommenden Stücken. Da sah er sie von unten wie ein Klavierschüler an, der seine Stücke nicht geübt hat, setzte sich an den Flügel und spielte, mehr schlecht als recht, Beethovens Elise. Denn Gertrud hatte bereits ihre Vorliebe für Beethoven verlautbart. Sie wollte ihm gern einiges nachsehen, denn es hatte durchaus Erwähnung gefunden, er bräuchte etwas mehr Übung. Aber er spielte nicht nur holprig, sondern auch falsch, so dass man es beim besten Willen nicht bis zum Ende ertrug. Gertrud war enttäuscht, ohne dass sie es sagte, aber man sah es ihr an. Sogar seine Kameraden aus Kolberg hatten die Gesichter verzogen. Da machte der schöne Mann mit den stahlblauen Augen, Pilot und Pianist, eine Pause und sah sie wie ein Schelm mit hoch gezogenen Brauen an. Er hielt den Kopf etwas schräg, wie ein neugieriger Rabe.

„Das war, Entschuldigung, ein wenig weniger als wenig. Nichts wollen wir natürlich nicht sagen, aber sehr unstimmig war`s.“

Gertrud nickte, da er es ja nun selbst ausgesprochen hatte.

„Stimmig wird`s“, sagte er nach einer Pause, die ihm überhaupt nicht unangenehm war, „wenn mal alle im Raum ihre Unterhaltungen einstellen und sich auf meinen Vortrag konzentrieren. - Ja, genau so. Jetzt haben wir die richtige Stimmung.“

Und dann spielte er, nicht fehlerfrei aber sehr akzeptabel, zuweilen sogar ausgezeichnet, ein paar Motive aus dem Freischütz und eine Passage aus einem schwierigeren Stück von Liszt, soweit er es jeweils auswendig wusste. Gertrud strahlte ihn an und verbarg nicht, dass sie ihn für seine Lockerheit und für den Witz bewunderte, mit dem er sie alle hereingelegt hatte.

Anfang April fand die Generalprobe zur neuen Zeremonie im Heim Pommern statt und die Premiere wurde auf den 1. Mai 1941 festgesetzt. Der Pianist durfte auf Gertruds Anraten jederzeit kommen, um sich einzuspielen und zu üben. Dr. Lüke machte bei einer dieser Gelegenheiten sogleich einen Musikabend für die Pensionärinnen daraus, der einen sehr freundlichen Anklang beim Publikum fand.

Gertrud hätte mit diesem Verlauf zufrieden sein können. Aber das Ergebnis blieb hinter den Erwartungen des Doktors zurück. Dabei war die Vorstellung irrwitzig, mit den kosmetischen Veränderungen an der Namensgebungsfeier die Teilnehmerquote deutlich zu heben, ja gar zu verdoppeln. Wenn überhaupt, würden sich die Verbesserungen über einen längeren Zeitraum auswirken und viel später in der Statistik niederschlagen.

In diesem Frühjahr 1941, Käthe erwartete ihre Niederkunft, sagte sie zu Gertrud: „Weil du mich ja noch nicht gefragt hast wegen der Namensweihe …"

„Das ist doch klar, da muss ich doch nicht fragen, Käthe …"

„Ich muss das doch diesmal mit meinem Kind zusammen ausmachen."

„Diesmal?"

„Dass es ein Bastard wird, wie man bei mir dahoam sagt, das hab` ich ihm damals alleine übergeholfen. Das war sicher ein Fehler. Es wird ja nun ohne Vater groß werden und das ist bitter bei uns. Aber ohne Christus in Bayern, das kann ich ihm nicht auch noch zumuten. Hab`s mir lange überlegt. Da ist das Würmchen zweimal in die Wildnis gesetzt, als Bastard und als Heidnisches. Das geht doch net! Ich habe nichts gegen deine Partei, das weißt du, Gertrud. Mir selbst kann der Pastor auch den Buckel runterrutschen. Aber solange der Führer auf seinem Obersalzberg sitzt und nicht bei uns im Dorf, in der Kirche, ist das ein großes Dilemma. Ich lasse mein Kindlein taufen."

Gertrud war tief getroffen. Damit hatte sie nicht gerechnet. Denn Käthe hatte lebhaften Anteil an ihren Vorbereitungen für die bevorstehende Premiere am 1. Mai genommen. Außerdem bekam Gertrud nun schon eine dritte Absage. Das warf das Heim Pommern in der Statistik noch weiter zurück. Sie dachte laut nach, statt Käthe Vorwürfe zu machen.

„Man muss sich weltanschaulich entscheiden, hat der Doktor gesagt."

„Aber Getrud, doch nicht ohne Kompromisse! Wo steckt denn da das Problem? Warum kann man das Kind nicht erst einmal ordentlich taufen und dann in die SS-Sippe aufnehmen?"

„Dann machst du mit?"

„Freilich. Und die Doris, die Anna und die Liese auch. Von der Gudrun mal ganz zu schweigen!"

„Was ist mit Gudrun? Die ist doch mit einem SS-Offizier verheiratet."

„Drum sitzt die Frau Gudrun erst Recht in der Tinte. Der reiche Papa ist Katholik und besteht auf eine christliche Taufe. Eigentlich wollten sie das nach der Entlassung aus dem Heim machen und das Kind erst einmal hier in die SS aufnehmen. So einfach ist das aber nicht. Entweder oder, sagt der Lüke."

„Und wie sieht das die Kirche?"

„Wir halten das dahoam mit dem Evangelium des Matthäus. Die Kirche ist da geschmeidiger als die SS."

„Und was bedeutet das, Käthe?"

„So gebet dem Kaiser, was des Kaisers ist, und Gott, was Gottes ist. So einfach ist das in Bayern."

Der Doktor gefiel sich bei Vorträgen zu weltanschaulichen Sachen, die er mit Anekdoten und persönlichen Betrachtungen würzte. Manche Kalenderweisheit war dabei, die er wie selbst ausgedacht herüberbrachte. Er wählte zur Veranschaulichung am liebsten einfache Bilder, in Rassekunde immer wieder die Hühner, nicht ohne die Bedeutung des Hahnentritts nach überall hin, die Hartnäckigkeit des Hahns zur Erhaltung seiner Art, mit Augenzwinkern zu unterstreichen. Er hätte wohl auch als Pastor eine gute Figur gemacht, dieser Doktor der Medizin, ein Medizinmann, Notdoktor der Seelen, aber kein Arzt.

Nachdem er sich, lustloser als sonst, auch diesmal an den Hühnern abgearbeitet hatte, winkte er Gertrud zu sich heran.

„Ich habe die Trommeln in München gerührt. Damit nun auch einmal offenkundig wird, was wir alles unternehmen."

Er räusperte sich.

„Wir müssen mit hohem Besuch rechnen. Ich sagte ja schon bei unserem letzten Gespräch, der Vorstand leuchtet tief in das Thema Namensgebungen rein. Wir blamieren uns bis auf die Knochen, wenn sich diesmal keine Teilnehmerinnen melden. Nicht eine einzige Anmeldung, Gertrud, das hatten wir noch nie! Nach allem, was Sie hier mit Joachim zur weihevollen Belebung veranstaltet haben und was die Herren in München nach meinem Bericht geradezu entzückte, erwarten die jetzt einen vollen Saal."

Gertrud war nicht wohl bei diesem Gedanken. Sie hatte dem Heimleiter das Dilemma der Katholischen erklärt, die sich unfreiwillig vor die Wahl zwischen Taufe und Namensweihe gestellt sahen. Zufällig traf das diesmal für alle in Frage kommenden Frauen zu, die gerade entbunden hatten oder kurz davor standen.

Sie hatte dem Doktor, obwohl es seinen Unmut erregte, auch die Sache mit dem Kaiser und dem lieben Gott erläutert, wie sie das zum Beispiel ganz allgemein in Bayern sehen. Das sollte er ruhig wissen, hatte sich Gertrud gedacht. Denn für die vier oder fünf Frauen stand nun einmal unumstößlich fest, ihre Kinder am Kreuz taufen zu lassen.

Keine Anmeldung der rassisch auserwählten Protagonistinnen zur bevorstehenden Namensweihe, aber hoher Besuch aus München, Häuptlinge aus der Zentrale, aber keine Indianer. Offenkundig passte das nicht zusammen. Deshalb machte Gertrud ein Fragezeichengesicht. Der Doktor begann es mit eifrigen Handbewegungen aufzulösen. Sogar mit einem Lächeln versuchte er es jetzt, verschmitzt und bedeutend.

Was er ihr jetzt einflüstern wollte, konnte ihn um seinen Posten bringen. Es handelte sich um einen ganz und gar unmöglichen Plan. Es war so verrückt wie ein Schildbürgerstreich, wenn es schiefging so ungeheuerlich, das würde nicht einmal ein Böswilliger glauben. Das gab es eigentlich nur in der Satire.

„Schauen Sie mal, Gertrud. Ich lese Ihnen mal etwas vor. Hören Sie zu und sagen Sie mir, ob das, wenn man es genau nimmt, den Nagel auf den Kopf treffen könnte."

Er nahm ein Papier aus seiner Uniformbrusttasche, das er mit Bedacht entfaltete und glatt strich, ein vertrauliches Rundschreiben aus dem Juli vergangenen Jahres, und las ihr daraus mit erhobenem Zeigefinger vor.

„Der Vorstand befasste sich mit der Frage, ob nicht die Vormundschaft des Lebensborn e.V. für jene in seinen Heimen geborenen Kinder abgelehnt werden solle, wenn die Mütter ihre Kinder taufen ließen.

Der Reichsführer SS verneint dies, behält sich aber die persönliche Entscheidung vor, bei Kindern, die an der SS-

Namensgebung teilgenommen haben, nachträglich jedoch getauft werden, die Vormundschaft abzugeben."

Er wiederholte die Stelle, besser gesagt die Lücke, die sich hier auftat, noch einmal: „… persönliche Entscheidung bei Kindern, die an der SS-Namensgebung teilgenommen haben, nachträglich jedoch getauft werden …"

Und dann sah er sie mit großen Augen an, tippte noch einmal aufs Papier, nickte und wartete ihre Reaktion ab.

„Verstehen Sie, Gertrud?"

„Sie meinen, es gibt nur ein Problem, wenn man die Kinder nach der Namensweihe zur Taufe bringt, nachträglich also. Sonst interessiert es den Reichsführer nicht."

„Stopp. Was ich meine, ist unerheblich. Darüber möchte ich nicht reden."

Das wäre ja noch schöner, wenn er das im Einzelnen alles wissen und gutheißen sollte. Gertrud nahm sich die Anweisung selbst noch einmal vor, las und quittierte mit einem „Hm". Er faltete das Papier wieder zusammen.

„Die Mütter, die es betrifft, sollen es für sich behalten. Aber Sie können ja mal mit der Frau Doris, der Frau Anna, der Frau Liese und der Frau Gudrun einen kleinen Ausflug mit dem Bus nach Belgard machen. Die Kinderlein nehmen Sie natürlich mit. Machen Sie sich einen schönen Tag mit Einkaufen und Bummeln. Natürlich alles nur zur Vorbereitung und zum Einkleiden zur Namensweihe. Gertrud, da fällt Ihnen bestimmt etwas ein! Picknick und Besuch einer sakralen Sehenswürdigkeit inklusive. Das wird die Vorfreude auf den 1. Mai steigern, davon gehe ich aus. Die Reisekosten gehen selbstverständlich aufs Haus."

Er stutzte einen Moment. Das ging sicher zu weit. Aber er musste den Damen etwas bieten, den wichtigsten Statisten seiner Statistik. Wie er die Busfahrt abrechnen würde, als

„Müttergemeinschaftserlebnis" oder „Einkleidung zur Namensgebung" vielleicht, darüber hatte er sich noch keine Gedanken gemacht. Ihm dämmerte, das ging lieber auf seine eigene Tasche. Kein hoher Einsatz, dachte er weiter. Die Vorstellung, jene groß angekündigte und aus München besuchte Namensgebung vor leeren Stühlen zu zelebrieren, war ihm dagegen sehr zuwider und an Peinlichkeit nicht zu überbieten.

Zuerst wollte sich Gertrud um Käthes Teilnahme kümmern. Von deren übereilter Absage hatte Dr. Lüke noch nichts erfahren. Käthe gehörte zu den Überfälligen, denn der errechnete Geburtstermin war längst verstrichen.

„Mein Kind putzt sich noch, wahrscheinlich ein Mädchen."

Käthe wollte unbedingt, dass es ein Mädchen wird und sie konnte es kaum erwarten. Die natürlichen Schwangerschaftsbeschwerden machten sie ein wenig mürbe, hatte sie sich doch nun lange genug vorbereitet und gewartet.

Gertrud beneidete die Freundin um deren Busenfülle, spärlich nahmen sich ihre eigenen Brüste dagegen aus.

„Ich bin die bayerische Milchkuh für die Kälbchen", witzelte Käthe, „wenn man dich aber so anschaut, Gertrud, wird`s wohl ein Kätzchen oder ein kleiner Kater werden. Ein Tiger vielleicht."

Käthe durfte inzwischen alleine entscheiden, ob sie Vorträge und Kurse im Heim besuchen oder sich lieber ausruhen wollte.

Nach der Stunde bei Dr. Lüke über Rassenkunde am Beispiel der Zuchterfolge beim Geflügel und der ihr anschließend privatissime offenbarten Erklärung, wie der Reichsführer SS einen Konflikt zwischen christlicher Taufe und Namensweihe aufzulösen gedenke, eilte Gertrud aufs Zimmer, um Käthe als erste Frau einzuweihen, für die ein Ausflug nach Belgard in Frage käme. Da ertappte sie Käthe, als sie das Zimmer betrat, beim Weinen.

Sie setzte sich zu ihr aufs Bett und legte ihren Arm um die Freundin. Ein Zeichen dieser herzlichen Nähe kostete sie immer, wie sie das selbst an sich beobachtete und nicht richtig fand, einige Überwindung. Saß sie nun aber einmal so neben Käthe, fühlte sie sich wohl, menschlich befeuert, und hatte die Freundin sehr gern. Mit der kleinen Überwindung, in engeren und körperlichen Kontakt zu treten, trat Gertrud aus ihrem Kreis, der ihr Inneres mit Gedanken ummauerte und ihr Herz so oft gefangen hielt. Es fiel ihr schwer, Gefühlen freien Lauf zu lassen und aus Empathie für andere Menschen überzuquellen. Gertrud hielt sich sehr unter Kontrolle, liebte und litt apollinisch, stets durch den Filter ihres klaren Verstands. Unablässig ratterten ihre Gedanken, ohne Pause zu machen.

„Was ist passiert, Käthe?"

„Meine Schwester dahoam kann mein Kind nicht nehmen. Ihr Mann hat sich das anders überlegt."

„Aber es war doch sein Vorschlag gewesen. Sie wollten es als ihr Kind annehmen und du solltest es als Tante behüten und pflegen."

„So war es ausgemacht. Ich wollte auf ihrem Hof arbeiten und leben."

„Warum soll das nun nicht weiter gelten?"

„Er will nun doch zuerst ein eigenes Kind, sonst lässt er sich scheiden. Die sind sich längst nicht so grün, wie ich immer dachte. Ich habe heute mit meiner Schwester auf Lükes Apparat telefoniert. Die war sehr verzweifelt. Gertrud, ich hab` mir wohl etwas vorgemacht. Jetzt weiß ich nicht, was werden soll."

„Was sagen deine Eltern dazu?"

„Mit Vater kann ich nicht sprechen. Und Mutter ist ratlos, die weiß auch nicht, wie sie ihn umstimmen soll."

Gertrud gab ihr ein Taschentuch.

„Käthe, soll ich mal mit dem Doktor reden? Ich habe in den letzten Monaten viel mit ihm zu tun gehabt. Viel gesehen, mehr als du glaubst. In München beim Lebensborn könntest du vielleicht eine Anstellung mit Kinderbetreuung und Wohnplatz erhalten. Die lassen uns nicht im Stich, glaube mir das!"

Es war nun nicht an der Zeit, über die Namensweihe zu sprechen.

Nach dem Abendessen suchten sie die Bibliothek auf und belebten damit eine Tradition aus den ersten Tagen ihres Kennenlernens wieder. Käthe nahm einen der weich gepolsterten Lesesessel, weil ihr enormes Eigengewicht inzwischen auf den Steiß drückte. Sie ächzte und legte des Öfteren Pausen beim Treppensteigen und Gehen ein. Einmal drehte sie sich auf der Treppe um und sagte: „Morgen ist es so weit. Spätestens morgen."

Gertrud ging zum Ort, wo sich ihre aus der Heimat mitgeführten Bücher im Dauerasyl befanden. Da war viel Platz neuerdings auf dem Bord, nachdem jemand gründlich in der Bibliothek aussortiert und Altpapier aus verbotenen Büchern gemacht hatte. Gern sah sie bei dieser Gelegenheit wieder einmal bei ihrem geschätzten Geheimrat vorbei, in dessen Werken sie immer auf Anhieb eine Reihe von Köstlichkeiten zwischen Eselsohren und Anstrichen fand. Auch „Wilhelm Meister", den Gertrud zielsicher zog, war über und über mit Achtungszeichen und Bemerkungen gespickt, überall da, wo etwas Nachhaltiges und Wertvolles, Gleichnishaftes oder besonders Schönes wieder und wieder gelesen und überdacht werden wollte.

Käthe, die keine Leserin war, sah sich nun durch Gertruds tief angelegte Vorlesestimme in eine andere Welt versetzt. Das unverwechselbare Timbre der geübten Vorleserin Gertrud, raunend und ohne künstlichen Überschwang, betörte sie wie ein ferner, sehnsuchtsvoller Gesang. Käthe war ganz darin versunken.

> „Kennst du das Land, wo die Zitronen blühn,
> Im dunkeln Laub die Goldorangen glühn,
> …
> Kennst du es wohl? Dahin!
> Dahin möcht` ich mit dir,
> O mein Geliebter, ziehn."

Gertrud, die sich an die blühenden Zitronen erinnern konnte, entdeckte währenddessen die glühenden Goldorangen im dunkeln Laub für sich neu.

Als sie an jenem Abend das Licht zur Guten Nacht löschten, der Tag darauf war der einer komplizierten Geburt, sagte Käthe in die Stille hinein: „Danke Gertrud. Ich fühle mich nicht allein. An der Namensweihe wollen wir nun doch teilnehmen. Es wird doch hoffentlich Orangen und keine Zitronen danach geben."

Jetzt erläuterte Gertrud mit wenigen Sätzen den merkwürdigen Plan, dessen Urheberin sie nicht war, aber dessen Durchführung sie zur Organisation der geheimen Vorwegtaufe ausgeheckt hatte.

In diesen Tagen ließ sich auch der Pilot öfter im Heim sehen, von den Damen der Kolberger Hübsche genannt.

Himmlers JU schien nicht so oft zu fliegen. Es hieß, der Reichsführer würde lieber mit dem Zug fahren und hätte sich komfortable, meldetechnisch hochgerüstete Waggons bei der Deutschen Reichsbahn bestellt. Daher wurde der Silbervogel gehegt und unablässig gewartet, ohne sich besonders oft in die Lüfte zu erheben. So geschah es auf unkonventionelle Weise und ohne ausdrücklichen Befehl, dass Joachim der Verbindungsoffizier zwischen der SS-Einheit Kolberg und dem Lebensborn Pommern wurde, da er sowieso gern und oft nach Bad Polzin kam, um sein Programm auf dem Flügel im Erkerzimmer einzustudieren und zu üben.

Inhaltlich ging Joachims Einsatz für das Heim Pommern schon deutlich über die musikalische Untermalung der Namensweihe hinaus. Für eine Geigerin unter den Pensionärinnen hatte er ein Instrument und ein paar Noten in Kolberg beschafft, um einen Kulturabend zu gestalten, auch ein paar Gedichte und kleine Texte wollte er darin verweben. Man merkte ihm an, dass er lieber Klavier spielte, dabei atmete er Lebensfreude, statt öde Wartezeit in der Kaserne zu verbringen.

Sie sahen Joachim manchmal mit dem Motorrad oder mit einem Armee-Kübelwagen, dann wieder mit Himmlers Staatskarosse kommen. Den Damen am Fenster warf er übermütig Kusshände hinauf und erwiderte brav ihr Winken.

Für Gertrud und Joachim war es eine Zeit der Zusammenarbeit und des Kennenlernens. Ihr gefielen sein Takt und das feine Benehmen. Sie bemerkte sein Interesse an ihrer Person, aber er fragte sie nicht aus. Indirekt haschte er ein paar Informationen über sie und ihre Verhältnisse, die sie indirekt preisgab, wenn sie zum Beispiel über Beethoven sprach und den Hausmusikus Friedhelm erwähnte, der dem Vater immer die gleiche Sonate vorgespielt hatte.

Joachim beobachtete an ihr nicht nur äußerliche Veränderungen, vor allem die immer deutlichere Wölbung des Schwangerenbauchs. Er fand sie, wie er sich einmal unglücklich ausdrückte, „insgesamt zum Platzen und deswegen beängstigend schön." Joachim beäugte sie und war gern in ihrer Nähe.

Gertrud atmete inzwischen mit größerer Gelassenheit in seiner Nähe als bei den ersten Besuchen. Die Abläufe der Namensweihe waren im Großen wie im Kleinen gesetzt. Inhaltlich blieb natürlich alles beim Alten, nur ästhetisch hatten sie es neu gezeichnet und inszeniert. Gertrud wollte noch den Ausflug der Katholischen nach Belgard zur heimlichen Taufe begleiten, um dann aber alles Weitere am 1. Mai, dem Tag der Namensgebungen, auf sich zukommen zu lassen.

Ihren Parteiauftrag betrachtete sie als erfüllt und sie besann sich, im Wonnemonat Mai endlich ihr eigenes Kind zur Welt zu bringen. So fühlte sich Gertrud befreit. Die Natur im blühenden Luisenpark und ein Schub von Glücksgefühlen, ausgelöst durch die sich ankündigende Mutterschaft, taten ein Übriges, die Welt farbenfroher und lichter zu sehen, als sie es im zweiten Kriegsjahr in Wirklichkeit war. Gertrud bewegte sich diese Tage außer Raum und außer der Zeit. Sie ruhte in sich und strahlte eine stille Zufriedenheit aus.

Gertrud durfte sich, was ihr alleiniges Privileg war, zu Joachim setzen, wenn er seine Klavierstücke übte. Sie verließ jedoch immer nach ein paar Minuten den Raum, weil sie seine Anspannung spürte, so etwas wie Lampenfieber, wenn er etwas Neues anspielte und ausprobierte. Offenbar legte Joachim hohe Ansprüche an sich.

Für den Heimleiter war Joachim eine sehr interessante Zeitung. Bevor sich der Gast aus Kolberg ans Klavier im Runderker setzte, tauschten sie Neuigkeiten im Büro des Heimleiters aus, über die SS, die Rangeleien ihrer Vorgesetzten und über den Verlauf des Krieges. Dazu tranken sie einen guten Kognak. Der Doktor wollte so viel wie möglich in Erfahrung bringen und von ihm wissen. Er war nämlich im abgelegenen Lebensborn Pommern noch nicht so recht den geistigen Kinderschuhen der Bewegung entwachsen. Was wird zum Beispiel aus den vielen Juden in Ghettos wie Litzmannstadt und wie sie sonst noch alle heißen, fragte er Joachim gerade heraus.

„Die Vorstellung, ein paar Millionen Juden nach Madagaskar umzusiedeln, natürlich mit Duldung der britischen Marine, ist vielleicht originell, aber nicht besonders plausibel. Wie sieht also die territoriale Endlösung aus?"

Joachim ließ den Zeigefinger auf dem Rand des gefüllten Schwenkers kreisen.

„Vernichtungskrieg, hat Himmler gesagt, Vernichtung der schädlichen Rasse."

„Aber Joachim, die kann man doch nicht alle erschießen. Und wer würde sich um die Weiber und Kinder kümmern, die übrig blieben?"

Joachim ließ seinen Kognak durch die Kehle laufen und stellte das Glas auf den Tisch. Er war durch seine persönlichen Kontakte ins Reichssicherheitshauptamt gut informiert.

„Madagaskar war gestern. Himmler und Heydrich denken eher an Landschaften hinter dem Ural oder an die weißrussischen Pripjatsümpfe. Eismeer-Lager waren auch schon im Gespräch. Und wenn du mich fragst, hört sich das so an, als würde zum Schluss keiner übrigbleiben."

Mehr wollte der Doktor nicht wissen. Er war nicht mehr ganz bei der Sache, als ihm Joachim stolz die Partitur einer Beethoven-Sonate auf den Tisch legte.

„Am besten, überhaupt nicht darüber nachdenken. Pripjatsümpfe hinterm Ural? Wie kommen die denn da drauf?"

„Das habe ich früher mal gespielt. Frau Gertrud hat mich darauf gebracht. Da setze ich mich wieder ran."

Mein liebes Kind,

vielleicht findest Du eines Tages Gefallen am baulichen Gestalten, bezwingst den Stein und lässt große und schöne Häuser in den Himmel wachsen.

Ich hatte jedenfalls großen Respekt vor den Mauern im Kaffeehaus, die wir einreißen wollten, und allen damit verbundenen Einrichtungen. Bloß nichts kaputtmachen, dachte ich immer wieder. Wir stellten jedoch schon bald fest, dass wir das Kaffeehaus in einem Guss anpacken mussten. Hier und da ein paar Veränderungen reichten nicht aus, um ein neues Konzept zu entfalten. Überall, wo wir eine kleine Baustelle schlossen, tat sich eine neue auf. Mobiliar und Lampen traten plötzlich in merkwürdigen Kontrast zu den modischen Fenstern, die angekommen waren. Es sah schief und gestückelt aus, es fehlte ein klammernder Gedanke. Die geschmackvolle Verbindung von Altem und Neuem erwies sich als ein nicht zu bewältigender Spagat im Schloss Altenburg. Ich liebäugelte schon lange mit der programmatischen Idee, es treffender Schloss Neuenburg zu nennen. Damit schoss ich natürlich übers Ziel hinaus und Walter wollte davon nichts hören.

Der physische Durchbruch zur Ziegelgasse, für den so viel Anlauf und Mut erforderlich gewesen war, ein lärmender, staubiger und zentraler Kraftakt des Vorhabens, bei dem das Haus in seinen Fundamenten erzitterte, erwies sich doch nur als Vorspiel für wesentlich bedeutendere Schritte. Alles, was vorher so schön zusammenspielte, obwohl es altmodisch aussah, schien sich mit den im vorbereiteten Mauerwerk eingestellten Glaswänden zur Ziegelgasse und mit der vorgesehenen Raumfarbe zu beißen. Walter sah es noch nicht, aber ich. Als er zwei Stühle unter der schützenden Staubabdeckung hervorzog, fiel es mir wie Schuppen von den Augen. Alles war halb und zu klein gedacht.

Walter ließ zufrieden das neue Raumgefühl auf sich wirken. „Licht!", sagte er immer wieder und freute sich. Wir setzten uns, um uns zu beraten. Für Walter war dieser Umbau natürlich mit Ertragseinbußen verbunden. Die Kosten fürs Personal liefen weiter. Verzögerungen im Bauablauf würden ihm als Kaufmann, als den ich ihn bei der Verhandlung mit dem Bauunternehmer kennengelernt hatte, nicht einerlei sein.

Ich spürte jedoch, dass der Eingriff in dieses Gebäude, in die bauliche Substanz, eine persönliche Wandlung bei ihm in Gang setzte. Er schien sich gegen den alten Geist des Hauses zu emanzipieren. Das lag wegen der besonderen Umstände, die ihn in den Besitz von Schloss Altenburg gebracht hatten, selbstredend auf der Hand. (In diese wunderbare Geschichte weihte mich zu jener Zeit niemand ein. Ich werde es Dir an anderer Stelle erzählen.) Walter veränderte sich am Bau, da auch ich anfing, größer zu denken. Auf einmal wurde ich mutig und hatte große Lust, das gesamte Interieur über den Haufen zu werfen. Reinen Tisch wollte ich machen, alles neu, von der Türklinke bis zur letzten Mokkatasse. Was das kosten würde, wusste ich nicht. Walter, der das durchaus überschlug und auch immer gleich rechnete, wenn es darauf ankam, hatte ich mit meiner Fantasie zur Tat angestiftet. Der Kampf gegen den Altgeist des Hauses ging in die nächste und entscheidende Runde.

Er sah mich groß an und betrachtete den Stuhl, von dem er sich gerade erhob, als würde er das erste Mal in seinem Leben auf einem Stuhl sitzen. Denn ich deklarierte diesen Stuhl stellvertretend mit eifrigen Worten zu einem unmöglichen, aus der Zeit gefallenen Stück, einem barocken Museumsstück, das wie die mit Stoff betüttelten Lampen, und jene Fransen an den schweren Vorhängen übrigens auch, vom Stuck mit den albernen Putten in den Wandecken ganz zu schweigen, die lichte Idee von dem Durchbruch in eine neue Zeit bis zur Lächerlichkeit karikierte. Ich glaube, meine Betrachtungen, die darauf hinausliefen, den Wald vor Bäumen zu sehen, lösten noch einmal einen Impuls bei ihm aus. Sonst hätte er nicht auf der Stelle entschieden.

„Das ist verrückt, aber richtig. Hol mir den Ramsch- und Lumpen-Willi, der soll hier aufräumen. Vielleicht bekommen wir noch eine runde Mark für den Krempel. Und dann wird das Gehäuse entkernt. Wir machen hier alles neu! Es soll aussehen wie eine Idee, die auf den ersten Blick zündet. Ich kümmere mich um Bertha, die wird hoffentlich nicht in Ohnmacht fallen. Und du suchst uns einen Einrichter aus."

Natürlich stimmen sie sich bei so weitreichenden Entscheidungen ab, obgleich das Kaffeehaus nicht zu Berthas Refugien zählt. Die Eheleute halten ihre Verantwortungsbereiche so gut wie möglich getrennt. Erst im Großen und Allgemeinen fügt Walter die Tagwerke in Gestalt von Tabellen und

Zahlen wieder zusammen. Sie besitzen noch eine Reihe an-
derer Häuser, ein Garten-Variete` in der Törtener Straße, ein
Miethaus aus der Gründerzeit und zahlreiche Gaststätten
in der Umgebung, die Walter im heruntergekommenen Zu-
stand erwirbt, ankurbelt und nach einiger Zeit mit Gewinn
weiterverkauft. So manche Goldgrube, von der er sich nicht
wieder trennt, ist darunter. Überall, wo Fernverkehrsstraßen
vorbeiführen und Fernfahrer einkehren, hat er in letzter Zeit
immer aufs richtige Pferd gesetzt.

Ob er Bertha hierzu Vorschläge unterbreitet oder Vorgaben
macht, ist nicht ganz eindeutig für mich. Ich habe Bertha,
außer was meine Entlassung aus Walters Diensten betrifft,
nie eine andere Meinung gegen Walter vertreten sehen. Ich
möchte annehmen, dass sie sich gern und bereitwillig fügt,
wo etwas zu entscheiden ist. Dafür hat sie sich diesen Mann
offensichtlich gesucht.

Er befreit sie von all den spekulativen Problemen, von
denen man vorher nicht weiß, was sich so oder so erst am
Ende als falsch oder richtig herausstellen will. So sehr der
Sinn einer solchen Symbiose einleuchten mag, daraus er-
gab sich zwangsläufig das Drehbuch meiner eigenen Rolle,
die in Walters Beratung und Ertüchtigung seiner unterneh-
merischen Fantasie bestand. (Traurig setze ich den letzten
Halbsatz in die Vergangenheitsform.)

Wo Fantasie waltet, lernen die Menschen fliegen. Eines
Tages wirst Du verstehen, mein Kind, was Fantasie so ver-
führerisch macht. Wir wollen auch den beträchtlichen Al-
tersunterschied nicht vergessen, der bedeutet, dass ich für
Walter in der Mitte seines Lebens ein unerschöpflicher Jung-
brunnen war.

Bertha hegt die Bereiche sorgfältig ein, für die sie ver-
antwortlich ist, fühlt sich darin frei und gefällt sich in den

Grenzen ihrer selbst bestimmten Autonomie. Da redet ihr Walter nicht rein.

Ich will das nicht als bedrohlichen Gegensatz stehen lassen, Bertha in ihrer Abkapselung und ich auf den Flügeln, Walter zu inspirieren. Das wäre zu einfach und Bertha gegenüber gemein. Ich glaube, Walter und Bertha fühlen sich in der von ihnen gewählten Aufteilung und Abgrenzung durchaus wohl miteinander und gegenseitig gehalten. Er hat nie schlecht oder herablassend über Bertha geredet.

Ich habe ihn manchmal mit Bertha scherzen sehen. Sie teilen einen ihnen eigenen und für andere nicht leicht verständlichen Humor, der manchmal derb, aber immer herzlich ist. Ich wurde Zeugin, wie sie sich im Galopp der Zeit, wenn sie sich in der Küche oder im Foyer zufällig begegneten, auch einmal flüchtig küssten und sich im Vorübergehen anlächelten, auch einmal den Arm oder die Schulter des Anderen berührten. Das sah schön aus und ehrlich.

Ich drang also nicht in eine auseinander klaffende Kerbe, um ein vertrocknendes Holz zu spalten. Das ist mir deswegen so wichtig, mein Kind, weil sich Dein Vater Dein Heranwachsen, die tägliche Fürsorge und Liebe, die Du brauchst, Deine Erziehung und Absicherung in dieser Familie unter seiner Leitung vorstellen kann. Berthas eigene Kinderwünsche sind unerfüllt geblieben. Eine Fehlgeburt hatte ernste gesundheitliche Folgen und Bertha wird zu ihrem großen Leid nie eigene Kinder bekommen. Du bist also allseits willkommen und ersehnt. Daran gibt es keinen Zweifel.

Nur über die Rolle, die ich offiziell, aber auch inoffiziell dabei spiele, sind wir uns bisher nicht einig geworden. Ich gestehe offen, dass ich darüber zur Zeit nicht weiter nachdenken will, gehe auf Walters Vorschläge, die ernst gemeint und mit Bertha verabredet sind, einfach nicht ein. Ich will es mir noch genauer überlegen, zu Deinem Wohl sorgfältig abwägen und prüfen. Und dass ich nach einer Alternative suche, will ich Dir auch nicht verschweigen, mein jetzt schon innig geliebtes Kind, um Dich ganz bei mir zu behalten. Ich weiß nur nicht, wie es gehen kann. Ein Ratschluss wird sich finden. Wir übereilen das nicht. Der Lebensborn schenkt uns beiden, was erst einmal das Wichtigste in unserer Situation ist, ein gutes Jahr Zeit. Bis dahin wollen wir weitersehen, das Richtige und Gute für Dich finden.

Ich habe Berthas Gefühle verletzt und ihr Vertrauen missbraucht. Wie es da gelingen kann, uns so nah zueinander in Beziehung zu Dir zu setzen, so dass sich niemand das Maul über uns zerreißt, das ist mir wirklich ein Rätsel. Auch meine Liebe zu Deinem Vater und ihrem Ehemann ist alles andere als erkaltet. Ich fürchte leider, so ganz und gar über Besitzansprüche und Konkurrenz hinweg reichen Berthas Vorstellungen über die Liebe nicht. Sonst hätte sie nicht eingefordert, ich müsse mir eine Stelle außerhalb von Schloss Altenburg suchen. Walters Gaststätte in Roßlau, der Magdeburger Hof, war schon im Gespräch. Es fühlte sich einen Moment für mich an, als ob sie mich abschieben wollten.

Wo waren wir stehengeblieben? Ach ja, dass ich mich um den Einrichter kümmern sollte. Dazu wollte ich Walter ein paar Beispiele aus der Innenarchitektur vorführen und zeigen. Die Bauhäusler in Dessau kamen leider nicht in Betracht, wie schade, denn ich zog die Moderne gleich in Erwägung. Unsere Bewegung hat aber das Judentum und die Kommunisten unter ihren Protagonisten ausfindig gemacht. Deshalb wollte ich mich mit Walter in der Messestadt Leipzig nach etwas Modernem umsehen, das unverdächtiger ist.

Als ich in Leipzig zwei Semester Medizin studierte, hatten das Teehaus zum Elephanten, die Kaffeestuben in den Mädlerpassagen und Auerbachs Keller großen Eindruck auf mich gemacht. Dort, glaubte ich, würden wir die richtigen Anregungen finden. So ging ich mit Walter auf eine unvergessliche Reise, die unsere Herzen zueinander führte.

4. Kapitel

Gertrud erwartete Doris, Anna, Liese, Käthe und Gudrun in der Empfangshalle. Sie hatten verabredet, pünktlich und ohne Begrüßungsgeplauder in den Bus zu steigen, der schon vor der Tür auf sie wartete. Käthe und Liese waren noch etwas schwach auf den Beinen. So hatte Gertrud für die beiden Anstalten getroffen, die Plätze nötigenfalls auch im Liegen einzunehmen. Sie holte die Körbe mit der Verpflegung aus der Küche und man half ihr, das vorbereitete Picknick für die kleine Reisegesellschaft in den Bus zu tragen.

Um Frau Gudrun, die vornehme und geschwätzige Gattin eines SS-Offiziers, die auch schon etwas älter als die anderen war, wollte sich Gertrud unterwegs kümmern. Frau Gudrun war bei den anderen nicht beliebt und daher einigermaßen abzuschirmen.

Lieses Antipathie gegen Gudrun, die sich für etwas Besseres hielt, war so groß, dass sie die Reise beinahe noch abgesagt hätte. Manchmal reichte eine giftige Bemerkung, dass der Scheinfrieden explodierte. Es war Gudrun einerlei, ob sie damit bei den Pensionärinnen oder nach oben aneckte.

Einmal hatte sie den Bogen bei der Oberschwester mit der Feststellung, „sie sei doch hier nicht in einem KZ gelandet", dermaßen überspannt, dass ihre fristlose Entlassung aus dem Heim drohte. Da schlugen nicht nur die Wellen des Ärgers übers Pommersche Ufer, auf einmal wollten die Frauen zur Beurteilung dieser „bodenlosen Frechheit", wie es hieß, ganz genau wissen und erörtern, was KZ bedeutete und in welchem Zusammenhang der Begriff hier selbstredend stand.

Gertrud nahm also neben Gudrun Platz, bewunderte ausreichend ihr Baby, und stellte dabei erfreulicherweise fest, dass Gudrun heute keinen Streit suchte, ja insgesamt milder als sonst gestimmt war.

Ihr Ausflug war nicht unbemerkt im Heim geblieben und wurde gleich auf die neuen, von der Frau Gertrud eingeführten Bräuche und Vorbereitungen zur Namensgebung bezogen. Ganz falsch war das im weiteren Sinne ja nicht. Wirkliche Aufmerksamkeit erregte jedoch etwas anderes an den Flüstertischen im Saal. Es sprach sich nämlich herum, dass die Marschverpflegung der Reisegesellschaft mit gebrühtem Bohnenkaffe in Thermoskannen bestückt war. Daran konnte man eindeutig die lange Hand des Dr. Lüke erkennen, denn Bohnenkaffee war kriegsbedingt nur noch für Hebammen und Nachtdienste in den Lebensbornheimen bestimmt.

Der Doktor übergab Gertrud eine Mappe mit den Geburtsurkunden der Kinder. Damit konnte sie die Kinder zur Taufe beim Pfarramt legitimieren. Der Priester in Belgard hatte am Telefon bei der Erörterung der Modalitäten darauf bestanden. Fünf Taufen in aller Heimlichkeit und mit völlig unbekannten Leuten, das kam ihm äußerst merkwürdig vor.

Zur Geheimhaltung unehelicher Geburten unterhielt das Heim Pommern, wie die anderen Heime des Lebensborn auch, eine eigene Meldebehörde, bedarfsweise auch Deckadressen für den privaten Postverkehr. Für das hauseigene Standesamt führte der Heimleiter das Siegel. Kein Bürgermeister, keine Behörde bei den Frauen daheim sollte akten-kundig etwas über die Geburt eines Kindes außer der Ehe erfahren. Mit den vom Pfarramt gewünschten Geburtsur-kunden konnte der Doktor, der sie selbst ausgestellt hatte, also ohne weiteres dienen.

Nach Belgard fuhren sie eine halbe Stunde mit dem Bus. Dort angekommen, steuerten sie zunächst das örtliche Post- und Fernsprechamt an. Hier konnten die Frauen in zwei Fernsprechzellen ungestört telefonieren. Käthe, Gu-drun und Gertrud machten davon Gebrauch. Denn im Heim war das nur in Ausnahmefällen vom Fernsprechap-parat des Heimleiters möglich. Sie versuchten also auf gut Glück, jemand in der Heimat zu erreichen, gegebenenfalls einen Gruß bei der Nachbarschaft für Angehörige oder Vertraute zu hinterlassen.

Gertrud hätte gern Walter am Telefon gesprochen, auch wenn es recht unwahrscheinlich war, ihn zu dieser Zeit in seinem Büro anzutreffen. Sie musste damit rechnen, dass Bertha das Gespräch entgegennahm. Dann bliebe ihr nur die Möglichkeit, gleich wieder aufzulegen. Sehnsucht er-griff sie unvermittelt und nach langer Zeit so stark, wie sie sie lange nicht verspürt hatte. Sie war aufgeregt, als sie die Wählscheibe drehte. Es gab in diesem Augenblick nichts, was sie sich mehr wünschte, als Walters Stimme zu hören.

Der Große Klaus von der Rezeption meldete sich. Er war sehr überrascht und seine erste Reaktion die der reinsten Freude.

„Ja, ist denn das die Möglichkeit! Wie? Moment bitte. Wie war Ihr Name?"

Sie wusste nun, dass er nicht frei sprechen konnte und dass er vermied, sie beim Namen zu nennen oder weitere Fragen zu stellen.

„Haben Sie bitte etwas Geduld. Wo? Post- und Fernsprechamt Belgard. Ach so. Ja. Legen Sie nicht auf. Nicht auflegen bitte! Es kann ein paar Minuten dauern."

Sie sah nun bildlich den Großen Klaus hinter seinem Tresen hervorschnellen und durchs Haus eilen, sie stellte sich vor, wie er Walter diskret ans Telefon lotste. Schmerzlich empfand sie wieder, dass sie im Schloss Altenburg eine unerwünschte Person geworden war. Von der Schwangerschaft wussten nur Liesbeth, Bertha und der Große Klaus. Allen anderen war das Geheimnis unentdeckt geblieben.

Gertrud drehte sich um und sah durch das milchige Glas der beengten Zelle. Die Mitreisenden befanden sich schon im Aufbruch. Sie konnte jetzt unmöglich ein paar Minuten auf Walter warten.

Eine Träne lief ihr über die Wange. In dieser stickigen Fernsprechzelle wurde ihr auf einmal bewusst, wie mutterseelenallein sie mit dem Kind in Wirklichkeit war. Ihre Hand mit dem Hörer zitterte leicht. Sie lauschte sehnsuchtsvoll in das Rauschen an der Ohrmuschel des Apparats. Niemand war jetzt für sie da. Zweifel stiegen in ihr auf. Ihre Forschheit und ihr Selbstvertrauen drohten zu bröckeln, lösten sich auf. Aber dass sich der Große Klaus jetzt für sie überschlug, durchs Haus tobte, um Walter aufzuspüren, ach ja, das rührte sie, das fand sie sehr nett. Da perlten auf einmal viele zurückgehaltene Tränen über ihr offenes Gesicht. Gertrud legte auf. Sie fasste sich und versuchte, den Anflug von Schwäche zu überwinden, sie wollte an etwas Erfreuliches zu denken.

Die Frauen mit ihren Babys draußen waren gut gelaunt. Und jede bekam einen Viertelbecher mit Bohnenkaffee. Schon der herzbittere Duft beim Einschenken belebte die Geister. In winzigen Schlucken nahmen sie das schwarze

Getränk zu sich und krabbelten mit ihren Nasen tief in die Becher hinein. Sodann erfasste sie eine Welle von Gemeinsamkeit und sie scherzten laut und lachten.

Als Gertrud in den Bus steigen wollte, der vor der Post stand, kam ein Schalterbeamter aus dem Postgebäude gerannt. Er rief laut ihren Namen und niemand wusste, was in diesen kleinen Amtstubenmann plötzlich gefahren war. Er rief von der Treppe so laut er konnte: „Dessau! Ferngespräch für Frau Gertrud aus Dessau! Kommen Sie schnell!"

Ihr zitterten die Knie. So geschwind wie sie sein wollte, war sie umständehalber nicht. Sie schleppte sich in Eile und mühsam die Stufen hinauf, zur verwaisten Fernsprechzelle hin. Vor lauter Aufregung vergaß sie, die Tür mit dem Milchglasfenster zu schließen.

„Bist du wohlauf, Gertrud? Ist alles in Ordnung mit dir und dem Kind?"

Gertrud öffnete den Mund, aber ihre Stimme versagte. Alles drehte sich in ihrem Kopf. Ihre Knie wurden weich. Sie sah seinen Mund. Und sein Lächeln zog sie weit fort.

Auf der Wiese am See streichelte er sie mit einem Halm, im Auto legte er die Hand auf ihr Knie. Er hatte sie zurückgerufen, nicht irgendwann. Sofort und postwendend. Sie musste tief Luft holen, um nicht erneut zu weinen.

„Jetzt geht es mir gut, Walter", sagte sie leise.

„Ich wollte nur deine Stimme hören."

Ein langes Rauschen folgte, aber nicht leer wie zuletzt. Es war wie eine Verbindung. Sie hörte ihn atmen. Wie damals, wenn er neben ihr lag und manchmal sagte: „Siehst du unsere beiden Seelen über dem Bett, wie sie sich freuen, sich umschlingen und miteinander tanzen?"

„Mach dir keine Sorgen, Lieber", setzte sie endlich mit großer Beherrschung fort, „im Mai werde ich entbinden.

Und es wird ein prächtiges Kind! Ich muss jetzt gehen, Walter."

„Pass auf dich auf, Gertrud! Du musst nicht weinen. Ich halte dich."

Sie setzten ihre Busfahrt über die Dienerstraße fort und querten den Belgarder Markt, der mit seinen Geschäften die Damen entzückte und ganz in Anspruch nahm. Sie drückten die Nasen an die Fensterscheiben. Der Chauffeur fuhr nun langsam wie bei einer Stadtrundfahrt. Als ob es nicht für jeden zu sehen war, riefen sie sich gegenseitig zu, wo man Kleider, Schuhe oder Stoffe kaufen konnte. Zum Zeigen und Schauen belagerten sie die dem Markt zugewandte Seite. Lieses Kind schrie, weil es Hunger bekam. Aber es musste erst etwas lauter schreien und ungeduldiger werden, bis es von Liese dann doch gestillt wurde. Da hatten sie den Markt auch schon passiert.

Gudrun, die wieder neben Gertrud saß, reichte ihr nach dem Telefonat mit Walter ein randbesticktes und frisch gebügeltes Taschentuch.

„Ich schenke es dir. Hast so viel Mühe mit unserem Ausflug gehabt."

Damit tupfte sich Gertrud nun die Augen, die immer wieder nass wurden, weil sie in Gedanken bei Walter war.

„Hast ihn erreicht?" fragte Gudrun. Gertrud sah auf und nickte.

„Weinst jetzt vor Glück oder bist traurig?"

„Beides."

Von Gudrun hatte sie so eine Frage nicht erwartet.

„Schau, das renkt sich alles ein. Und dann läuft alles wieder wie geschmiert."

In der Jägerstraße musste der Bus kurz halten. Belgarder SS-Leute verluden ein paar Koffer auf die Pritsche eines Lastwagens, alles sehr unaufgeregt. Eine kleine Gruppe mit vier älteren Leuten und zwei Kindern stand zum Abtransport am Fahrbahnrand bereit. Gudrun bemerkte: „Da holen sie wieder ein paar Juden! Stehen da, als könnten sie es kaum erwarten."

Gertrud sah sich die Gruppe genauer an. Traurig, dachte sie. Sie fragte: „Müssen die auch im Lager arbeiten, die Alten?"

Ein freundlicher SS- Mann winkte sie an der Stelle vorbei. Gudrun war vorsichtiger geworden. Sie antwortete nicht.

Nach wenigen hundert Metern hatten sie die kleine Kirche in der Pankiner Straße erreicht. Mit der wuchtigen Marienkirche am Markt, ihren massigen Westturm hatten sie von fern gesehen, war dieses Gotteshaus nicht zu vergleichen. Belgard befand sich in protestantischer Hand. Hier lebten nur ein paar hundert katholische Christen.

Auf dem Vorplatz zur Kirche legten die Mütter eine längere Pause zum Stillen und Ankommen ein. Zwei Bänke im Schatten einer Linde und grüner Hecken boten sich dafür an. Gertrud wollte die Zeit zur Anmeldung nutzen. Die angelehnte Kirchentür lud zum Eintreten ein.

Die hohen Wände schirmten sie von der Außenwelt ab und sie atmete kühle Luft. Stille schärfte ihren Sinn. Gertrud tastete mit den Augen über das blank geschliffene Gestühl, unbequeme Bänke andächtigen Verharrens und Hoffens. Auf der Spur seltsamer Gerüche, es waren nur abgebrannte Kerzen, fing sie den Dunst des Ewigen ein. Licht fiel durch die Fenster auf einige Blumengebinde, die vor dem Altar lagen. Von der Wand sah ein einsamer und still leidender

Jesus auf sie herab. Voreingenommen betrachtete sie die von der SS insgeheim verpönte Figur des jüdischen Messias. Warum, fragte sie sich, werben die Kirchen mit einem malträtierten Schmerzensmann. Dem traut doch niemand mehr zu, übers Wasser zu laufen.

Für den Priester hatte sie zum Dank einen Korb mitgebracht, der mit Pommerscher Wurst, Gebäck und einem Fläschchen Kartoffelschnaps gefüllt war. Gertrud schaute nach einem geeigneten Versteck, um den Korb, den sie nach der Taufe überreichen wollte, abzustellen. Der Beichtstuhl mit aufgezogenem Vorhang auf der Sünderseite kam gleich dafür in Betracht. Entweder hatte der Priester die Kirche noch nicht betreten oder für kurze Zeit noch einmal verlassen. So ging Gertrud gerade darauf zu und stellte den Korb im Beichtgestühl ab.

Sie war froh, einen Moment allein sein zu können. Die Vorstellung, sich vor einer höheren Instanz wegen böser Taten, erst Recht wegen solcher, nur sie allein betreffender Dinge, zu denen sie auch ihre Liebeslust zählte, rechtfertigen zu müssen, war ihr einigermaßen fremd. Auch Bertha gegenüber empfand sie eher Mitleid als Schuld. Keiner hatte die Absicht, die Ehe, die Bertha mit Walter führte, zu brechen. Im Gegenteil. Das Leben war kompliziert genug, wie sie fand, und eine Kunst, sich überall gerade zu halten. In ihren Kreisen ging das Wort von der Anständigkeit um. Das sollte doch jeder mit Inhalt füllen und mit sich selbst ausmachen, wenn er das moralisch gemeinhin Geeichte und Erlaubte hier oder da, seiner Natur oder Gesinnung folgend, überdehnte.

Der mit gedrechselten Schnitzereien versehene Beichtkasten aus dunkel gebeiztem Holz mutete mit seiner Scheidewand wie die Anordnung zwei aneinander gestellter

Fernsprechzellen an. Vermutlich war Beichten auch so etwas wie Telefonieren, ein sehnsuchtsvolles Rufen in die Ferne, Heimweh genannt, ein verbindungsvolles Rauschen. Gertrud stellte sich das wie ein Puppenspiel vor, bei dem man Gottes Wort in den Mund des Priesters legt und zur Entlastung seines Gewissens mit einer Attrappe spricht.

Sie drehte sich um und hätte nun gern dem Priester die Mappe mit den Geburtsurkunden übergeben. Es war aber niemand im Raum.

Da hörte sie ein Geräusch hinter sich, das sie auf der Priesterseite des Beichtstuhls verortete. Sie ging die zwei Schritte noch einmal zurück, hätte gern nachgesehen, wollte aber nicht indiskret sein. Es stand ihr nicht zu, an dem Vorhang zu ziehen. Sie verharrte einen Moment. Vielleicht hatte sie sich geirrt. Kein Laut drang mehr zu ihr. Sie trat näher, viel näher als vermutlich erlaubt. Da war offensichtlich nichts, es kam ihr nur so vor. Ihr Gesicht berührte nun fast den Samtstoff in Violett. Gertrud dachte, so fühlt es sich bestimmt bei einem dieser Erweckungserlebnisse an, wenn dem Gottesfürchtigen der unsichtbare Schöpfer begegnet. Man sieht und hört nichts, aber man kann seine Anwesenheit spüren. Wenn die Vorstellungskraft reicht, die Gertrud nicht hatte, spürt man ihn überall. Sie pustete und siehe da, der schwere Stoff bewegte sich. Es hätte auch der Atem Gottes sein können, der von der anderen Seite pustete. Die kleine Meditation langweilte Gertrud alsbald.

Da hörte sie es erneut, kaum wahrnehmbar, ein überaus zartes Seufzen, kein Schniefen, aber immerhin so, als würde ein schlafendes Kind das Feuchte in seinem Näschen hochziehen. Es hätte natürlich auch der Flügelschlag eines Engels sein können.

Sie musste sich voll konzentrieren und geduldig lauschen, um es noch einmal zu vernehmen. Sie wartete und hielt den eigenen Atem an. Es schniefte wieder, also doch kein Seufzen.

Da stand für Gertrud endgültig fest, das war weder der liebe Gott, noch der auf dieser Seite der Einrichtung befugte Priester. Sie schaute sich in der Kirche um. Gertruds Blick wanderte noch einmal über die Kirchenbänke, zur Kanzel und wieder zurück, blieb denn doch etwas länger als gewollt an der Leidensfigur Jesus hängen. Sie rührte sich nicht von der Stelle, verhielt sich leise, geschmeidig und unauffällig wie eine jagende Katze.

Da war es wieder, dieses Geräusch! Die Raubkatze Gertrud berührte mit ausgefahrenen Krallen den Stoff und zog mit einem einzigen Ruck den samtenen Vorhang zurück.

Sie schaute in das verängstigte Gesicht einer zierlichen Frau mit großen, dunklen Augen. Die Frau war in einen zu großen Mantel gehüllt, ganz darin versunken, und bestrebt, sich aus Angst noch kleiner zu machen, als sie ohnehin war. Sie hielt ein etwa fünfjähriges Kind im Arm. Ihr schulterlanges Haar war aufgelöst und wie der Gesamtzustand ihrer Person in Unordnung geraten.

Gertrud spann einen langen Gedanken, der von Gudruns Bemerkung über die Juden in der Jägerstraße, über den Lastwagen der SS bis ins Lager für die Juden reichte. Der Schreck auf beiden Seiten saß tief und dauerte eine Weile. Da war nichts zu fragen und nichts zu erklären. Gertrud ertappte eben eine Jüdin mit ihrem Kind auf der Flucht.

Sie zog langsam den Vorhang wieder zu. Eine Mutter hätte nicht zärtlicher ihr Kind zudecken können.

„Was werden Sie jetzt tun?"

Der Priester stand direkt neben ihr. Gertrud sah ratlos in seine klaren, blaugrauen Augen. Die Fältchen um seinen mimisch unruhigen Mund schnitten bei allem gebotenen Ernst ein Lächeln. Für die Juden wollte Gertrud auf keinen Fall Partei ergreifen. Aber was bedeutete das für diese Frau und ihr Kind? Gertrud sah sich in einem Widerspruch gefangen, der sie irritierte und durcheinander brachte. Nachdenken und Abwägen musste sie nicht, ja sie konnte überhaupt nicht anders, als sich still zu verhalten.

„Können Sie, was Sie gesehen haben, für sich behalten, gute Frau?"

Gertrud nahm den Korb, den sie auf der Sünderseite des Beichtstuhls abgestellt hatte, wieder an sich.

„Ich bin Gertrud aus dem Lebensbornheim Pommern. Das ist für Sie und die, mit denen Sie es vielleicht teilen. Wurst, Gebäck. Den Kartoffelschnaps trinken Sie aber lieber allein. Ein Dankeschön also. Ich habe nichts gesehen, gar nichts. – Die Geburtsurkunden aus Bad Polzin habe ich Ihnen auch mitgebracht."

Der Priester sagte nichts. Schweigend segnete er sie.

Auf der Rückfahrt dachte Gertrud über ihre Begegnung in der Kirche nach. Warum diese entsetzliche Angst in den Augen? Sie wollte sich vorstellen, dass es dort gar nicht so schlimm sei, wie die Juden vielleicht dachten. Bestimmt gab es in diesen Lagern Kindergärten und Raum zum Leben, Arbeiten und Wohnen. Die junge Frau im Beichtstuhl mit ihrem Kind und die traurigen Juden am Bordstein in der Jägerstraße wussten das sicher nicht. Ich kann Joachim gelegentlich fragen, dachte sie. Gertrud schlummerte ein, während sie der Bus durchschüttelte und mit den anderen zurück nach Bad Polzin brachte.

Dort erwartete sie eine große Überraschung. Der Postmann hatte ein Paket für sie gebracht. So etwas gehörte zu den Heimattraktionen und sprach sich sofort herum. Es war üblich, eine Paketsendung nicht einfach im Kämmerlein für sich aufzureißen, sondern im Kreis der Tischgesellschaft nach dem Abendbrot zu öffnen. Vorher waren Absender und Empfänger zu entfernen, der angeordneten Diskretion wegen. Lebensmittel und Naschwerk wurden großzügig geteilt.

Auf dem Paketschild erkannte Gertrud die Schrift von Liesbeths Hand. Wie einen Schatz nahm sie die Sendung an sich. Bis zum Abendbrot war noch Zeit. Langsam ging sie damit auf ihr Zimmer. Dort betastete sie die Schnur, die kleinen Knoten und das Packpapier. Sie drehte ihr Paket immer wieder um, betrachtete es von allen Seiten, weil es sie glücklich und sogar ein bisschen stolz machte.

Es bestätigte sie und ohne es zu merken, nickte Gertrud immer wieder dazu. Schaut her, wollte dieses schöne, dralle Paket allen Pensionärinnen, die sich darüber mitfreuen durften, sagen, Gertrud ist nicht verstoßen, sie ist nicht bindungslos, nicht abgeschoben, sie wird geliebt und ist uns, den Absendern, diese Aufmerksamkeit bedingungslos wert. Es war, als Gertrud ihr Paket nun umarmte, überhaupt nicht mehr wichtig, was sich darin befand. Sie hätte es, so wie es war, am liebsten mit ins Bett unter ihre Decke genommen. Walter, Liesbeth und Schloss Altenburg waren ihr in seltsamer Mischung ans Herz gewachsen. Ihre Liebe zu Walter loderte wie eine Flamme unter Sauerstoff auf, sobald er sich meldete oder, wie hier, mit seiner Schwester ein kleines Zeichen setzte.

In diesen Tagen vor ihrer Niederkunft konnte Gertrud nicht abkühlen und sich von Walter absetzen, der sich so klar gegen eine gemeinsame Zukunft mit ihr ausgesprochen hatte. Eines Tages, das wusste sie, musste sie sich jedoch von ihm unabhängig machen. Ihre tanzenden Seelen durften sich nicht mehr so sehr ineinander verschlingen. Das würde sie, während er bei Bertha blieb, unglücklich machen und langsam ersticken.

Aber nun trug sie erst einmal ihr Paket herum, machte Umwege zum Speisesaal damit, nahm Glückwünsche entgegen. Was darin sein könnte, wurde wohlwollend spekuliert. Schließlich stellte sie das Paket feierlich auf den Tisch. Jetzt gehörte es ihr nicht mehr allein, da alle am Tisch verstohlene Blicke darauf warfen.

Endlich zog sie aus den papierraschelnden Tiefen Pariser Seife und ein Parfüm, dicke Socken und dringend benötigte Leibwäsche, Schokolade aus Belgien und Lübecker Marzipan, gebackene Pfeffernüsse und ein Glas Honig. Außerdem hatte ihr Liesbeth, die ordnende Hand der Sendung, ein paar ermunternde Zeilen auf eine Postkarte mit Ansicht von Schloss Altenburg geschrieben. Gertrud betrachtete lange das Bild, das auf der Rückseite das vage Versprechen „führende Vergnügungsstätte Dessaus" enthielt.

Links oben unter dem Dach konnte sie das Fenster zu ihrem Zimmer erkennen, das nun vermutlich eine andere Angestellte des Hauses bewohnte. Auch eine der beiden Platanen, die sich gegenüberstanden, war fotografisch festgehalten. Gertrud dachte an den Raben der Baumwipfelkolonie, der ihr damals ein bisschen Tapferkeit vorgemacht hatte. Sie drehte die Postkarte um. Unter Postskriptum war am rechten Rand noch zu lesen, die Schrift wurde von Zeile zu Zeile kleiner und unleserlich: „So gerne ich Dir etwas über Walters Kindheit und Jugend mitteilen möchte, in diesen Tagen überfordert es mich. Da ist viel Schmerzvolles zu berichten, das betrifft natürlich auch mich. Lass mir Zeit!"

Mein liebes Kind,

wenn ich Dir aus meinen Erinnerungen über Deinen Vater erzähle, wähle ich nicht aus einem Refugium aus. Ich lasse das für Dich und Dein späteres Interesse einfach so fließen. Ich grüble nicht, warum ich dieses aufschreibe, jenes aber nicht. Die Quelle bringt von allein zur Oberfläche, was sich wirklich zeigen möchte. Sicher hat genau das einen Sinn. Alles, was nicht auf natürlichem Wege hervorsprudelt und sich erinnerungshalber wiederbelebt, bleibe unerwähnt und verfalle ruhig dem Vergessen.

Entscheide selbst, was von den Begebenheiten, die ich für Dich aus dem Unterirdischen leite, wichtig ist und Dir Deine Herkunft ein bisschen besser erklären kann. Nur eins darf nach meiner Ansicht auf keinen Fall fehlen, wie es sich näm-lich zutrug, dass sich Dein Vater und Deine Mutter einander als ein Paar erkannten.

Das ist der Beginn Deiner Existenz. Aus diesem Ereignis sollst du schließen, Du bist ein Kind der Liebe, auch wenn wir Dich nicht gemeinsam umsorgen werden, wie es am besten für Dich wäre. Dein Antritt ins Leben hat keinen Makel, wie sie Dir später vielleicht einmal einreden werden. Vorerst werden wir dieses Gerede durch Geheimhaltung ver-meiden. Deine Mutter ist keine Hure, Dein Vater kein lü-sterner Galan. Du bist geliebt und willkommen, mein Kind! Du bist, wie immer sie Dich nennen mögen, eine Frucht der Liebe.

Wir reisten mit dem Zug in die Messestadt Leipzig. Walter fährt gern mit dem Zug und für mich war die Fahrt in der 1.Klasse eine Premiere.

Länger als gewöhnlich war ich mit der Auswahl meiner Garderobe und Morgentoilette beschäftigt. Als ich im Foyer auf ihn wartete, längst zur Abfahrt bereit, klopfte mir das Herz bis zum Hals. Da war es wohl schon um mich geschehen, ohne dass ich die Bedeutung dieser Anzeichen verstand.

Der Große Klaus brachte uns mit Walters Auto zum Bahnhof. Er bemühte sich zuvorkommend um unser Gepäck und verabschiedete uns formvollendet an der Bahnsteigkante.

Unser Abteil mussten wir mit niemand teilen. Walter machte sogleich ein gemütliches Heim daraus, indem er mich am Fenster Platz nehmen ließ und selbst erst einmal Kleidungs- und Gepäckstücke um mich herum baute. Ein Plan war darin nicht zu erkennen. Es sah merkwürdig aus. Er tat wie eine Meise, die allerlei Zeugs für ihren Nestbau heranschleppt. Ich durfte mich nicht einmischen und musste sitzenbleiben.

Dann schloss er den Vorhang an der Abteiltür und auch das Kippfenster, nachdem er meine Meinung dazu eingeholt hatte. Walter klappte mit Schwung den Fenstertisch hoch, legte unser Stullenpaket darauf und holte seine Thüringer Thermoskanne hervor. Jeder im Schloss Altenburg wusste, wo die Thermoskanne auf einem Tisch stand, war Walter nicht weit.

Endlich schien er zufrieden mit dem erreichten Grad der Gemütlichkeit, zwinkerte mir zu und legte sein Jackett ab. Als er die Ärmel aufkrempelte, atmete er tief durch. Sein Blick blieb auf meinem Schoß hängen, wo ich ein schmales Büchlein zwischen den Händen hielt. Als hätte ich ihn dadurch an etwas erinnert, zog er noch eine Tageszeitung aus der Seitentasche seines Koffers, die er glattstrich und sorgsam in Reichweite legte.

Jetzt war Walter abfahrbereit, der Zug hatte sich schon in Bewegung gesetzt. Wie ein Kind, dachte ich amüsiert, und so behaglich. Dabei hatte ich noch gar nicht bemerkt, dass er mit seiner Emsigkeit alle Alters- und Rangunterschiede aus dem Abteil gefegt hatte. Das gehört nämlich zu den entschiedenen Begabungen Deines Vaters, dass er so herrlich unkonventionell sein kann. Damit verscheucht er die Ungleichheit der Menschen, die mit ihm verkehren, wie der Wind die Regenwolken.

Ich hatte mir selbst noch keine Rechenschaft abgelegt über die seltsame Befangenheit, die wieder Besitz von mir ergriff.

Er schien das nicht wahrzunehmen. Ein paar Tage später gestand er mir jedoch seine heimlichen Beobachtungen, die er bei jeder sich bietenden Gelegenheit angestellt hatte, sich an meiner Gestalt zu freuen und sich an mir satt zu sehen, natürlich nur, wenn ich es nicht merkte. Dazu benutzte er im Abteil ausgiebig den Spiegeleffekt der Fenster. An meinen Augenaufschlägen, meiner Stimme und meiner Aufmerksamkeit musste ihm allmählich klar geworden sein, dass ich für ihn schwärmte. Das ermutigte ihn und steigerte seine Männlichkeit.

Er wurde niemals verlegen, etwa wie ich zu dieser Zeit. Da ich mich unaufhörlich verantwortlich fühlte, ihn zu unterhalten, konnte er sich voll und ganz auf meine Person konzentrieren. Er verstand es, seinen Mitteilungseifer über die ganze Zeit unserer Leipziger Reise einzubremsen und übte sich in heiterer Gelassenheit.

Walter ist ein aufmerksamer Zuhörer. Das übte eine große Wirkung auf mich aus, mehr als seine klugen Fragen und anschaulichen Bemerkungen.

Ich fühlte mich auf Augenhöhe mit ihm.

Dieser Satz, mein liebes Kind, ist eigentlich alles, die Essenz dessen, was ich auf den nächsten Seiten darlegen werde. Ich habe es eben noch einmal überflogen und mich gefragt, ob Dich das eines Tages, wenn Du groß bist und diesen Brief liest, inhaltlich überhaupt interessiert. (Du darfst es getrost über-blättern, wenn Du Dir bloß meine Bemerkung von der Augen-höhe zwischen Walter und mir merken willst.) Sicher werden Dich andere Themen beschäftigen als jene, die Gesprächsge-genstand zwischen mir und Deinem Vater auf dieser Zugreise waren. Vielleicht wird Dir der Zugang dazu fehlen, weil Du nicht genug darüber weißt. Ich darf nicht von Dir erwarten, dass Du etwa mit der Deutschen Klassik und der Geschichte der Goethezeit so vertraut umspringen wirst. Vielleicht wird das einmal sehr unmodern sein. Ich muss also damit rechnen, dass Du nicht verstehst, was sich Deine Eltern hier zwischen den Zeilen gesagt haben. Und Du wirst deswegen gewiss nicht nach „Torquato Tasso" und einschlägigen Kommentaren grei-fen. Das würde mich jedenfalls wundern. Eher befürchte ich, dass sich Deine Zeitgenossen die Welt bequemer, aber ober-flächlicher dafür, durch Bild und Ton aneignen werden.

Trotzdem möchte ich mein Gespräch mit Walter genau re-kapitulieren. (Für Dich will ich zwischendurch ein paar An-merkungen zum leichteren Verständnis machen.) Es ist näm-lich meine einzige Möglichkeit, Dir zu zeigen, dass mich Dein Vater eben nicht, da ich doch nur seine kleine Angestellte war, aus einem Machtgefälle von oben herab überrollte. Die Verführung oder Überrumpelung der einfältigen Sekretärin fand zwischen Deinen Eltern nicht statt. Ich konnte Deinem Vater auf einigen Gebieten, von denen er nichts oder wenig wusste, Paroli bieten.

Politik und Kaufmannskram handelten wir schnell ab, da konnte ich ihn nicht neugierig machen. Aber dann erkundigte er sich nach meinem Büchlein auf dem Schoss.

„Von welcher Lektüre lenke ich Sie gerade ab? Torquato Tasso? Goethe? Erzählen Sie mir davon!"

Ich musste auch bei ihm damit rechnen, dass ihn das als Kaufmann nicht reizte, nicht im Geringsten interessierte. Wollte ich ihm jetzt eine einfache und spannende Geschichte erzählen, durfte sie nichts vom Dilemma der Entfremdung eines Künstlers von der Wirklichkeit enthalten, von der üblen Not, die der Schöngeist und Dichter Tasso mit dem praktischen Handeln, den Geschäften des Geldes und des Staatswesens hat. Torquato Tasso reibt sich als Dichter daran auf und scheitert.

Das war mit Sicherheit kein Thema auf Walters Agenda. Damit würde ich mich bei ihm vielleicht lächerlich machen und außer ein „hm" wäre nichts zu erwarten.

Warum hatte ich ausgerechnet den Tasso in meine Reisetasche gesteckt? Weil das Stück gerade auf dem Leipziger Spielplan stand. Meinem alten Vater zuliebe hatte ich das Textbuch mitgenommen. Zu meiner Leipziger Studentenzeit hatte er mich als kritische Beobachterin in jede Inszenierung eines Goethe-Spektakels, von Iphigenie bis zum Götz von Berlichingen, geschickt. Er verwendete mich als seine Botschafterin, die ihn durch ausführlichen Bericht daheim am Theatergeschehen teilhaben ließ. Dazu holte Vater den guten Rotwein aus dem Keller, den er feierlich öffnete und im Schein einer gedrechselten Kerze behutsam in unsere Gläser träufelte. Er wollte als Theaterliebhaber alles über die Aufführungen wissen.

Im Gespräch knüpfte er an meine Beobachtungen sein umfangreiches Wissen, aber auch windige Interpretationen, die zuweilen gewagt und nicht immer mit Beweisen unterlegt waren. Ich konnte manchmal nicht unterscheiden, was er über eine Sache gelesen oder sich ausgedacht hatte. Stammte eine kühne Schlussfolgerung aus der Tiefe seiner Belesenheit oder war sie nur ein Hirngespinst? Auf jeden Fall konnte man seinen Überlegungen nie eine unterhaltsame Wendung und Originalität absprechen.

Ich erinnerte mich nun, während ich noch nach einer Antwort für Walter suchte, an einen langen Abend, an dem wir zu Hause beim Rotwein über Torquato Tasso sprachen. Wollte ich Walters Begeisterung wecken, musste ich in diese Trickkiste greifen. Es gelang, soviel vorneweg, weil mich Vaters verschmitzte Thesen selbst begeisterten.

Das merkte mir Walter natürlich an, während ich mit glühenden Wangen sprach und sich meine Sätze allmählich im Galopp überschlugen. Zwischendurch klopfte er meine Thesen mit Fragen immer mal ab, die ich schlüssig beantworten konnte. Als wir fast in Leipzig angekommen waren und ich auf eine Einvernehmung von seiner Seite denn doch einmal passen musste, drehte Walter den Spieß einfach um, wechselte auf die andere Seite, und spann den Faden selbst weiter.

Während ich Dir das schreibe, mein Kind, wie ich uns da im Zug Disputieren und Gestikulieren sehe, wird mir doch jetzt in diesem Moment noch einmal bewusst, dass die Geschichte von Goethes Tasso eigentlich unsere eigene Geschichte war. Diese Geschichte handelt nämlich nur am Rande vom Künstler und seiner Entfremdung von der wirklichen Welt. Die Pein einer verbotenen und heimlichen Liebe mit allen daraus resultierenden Folgen ist als Hauptthema darin eingestrickt.

Was ich an diesem Kaufmann und Gewinnmacher Walter, an diesem Geschäftsmann, vom ersten Augenblick an liebte, zutiefst begehrenswert fand, was ich bald auch in Dir finden werde, davon bin ich überzeugt, war das Durchblitzen der Neugier und seine Begeisterungsfähigkeit, seine Offenheit und das Sich-Einlassen-Können auf das Fremde und auf andere Meinungen. Darin erkannte ich Walters andere Seite, also nicht die Seite des rechnenden Geschäftsmannes, sondern seine spielerische und kreative, die Torquato Tasso als Dichter in Goethes Theaterstück verkörpert. Genau diese Stimmigkeit im ausgewogenen Widerspruch, ohne in die eine oder andere Richtung zu fallen, hat unsere Zugfahrt nach Leipzig zu einer Sternstunde gemacht.

Ich soll Dir endlich eine Kostprobe geben?

„Torquato Tasso?", hatte er gefragt und forderte mich auf: „Erzählen Sie mir davon!"

„Das Stück handelt eigentlich von Goethe, vom streng gehüteten Geheimnis seiner Liebe, die natürlich nicht diese trockene und genussfreie Frau von Stein war, wie bis heute alle denken, sondern eine schöne und gebildete Prinzessin, nämlich die Herzogin Anna Amalia selbst."

„Wie kann man so etwas behaupten? Auweia, da hat die Goethegesellschaft zwischen Dichtung und Wahrheit ihren ersten Ketzerprozess!"

„Aber diese Liebe bewegt sich …"

Und ich schob nach einer winzigen Pause das „doch!" hinterher.

Da blitzte es vergnügt in seinen blaugrauen Augen. Nicht auszuschließen, dachte ich, dass ich ihn jetzt mit Vaters Theorie, dass der berühmte Briefwechsel mit Charlotte von Stein nur fingiert war, vielleicht doch noch beeindrucken kann. Könnte ich's nur mit Knistern und Phantasie wie der Vater erzählen, ohne in einen Lehrvortrag zu fallen.

Ich legte das Textbüchlein auf das Stullenpaket und sagte geradeheraus: „Das ist auf den ersten Blick eine ziemlich handlungsarme Geschichte, die Sie vielleicht enorm langweilig finden, Herr ...“

Er fiel mir ins Wort.

„Sagen Sie Walter zu mir, dann wird sie mich interessieren.“

Also gut, dachte ich, jetzt muss er da durch.

„Bevor wir das Rätsel um die Angebetete lösen, die Gothe tatsächlich im Torquato Tasso meinte, stellen wir uns das Fürstentum Weimar im Jahr 1775 als einen kleinen Friedfisch im preußischen Einflussbereich vor.“

Es blieb mir nichts anderes übrig, als ein wenig auszuholen.

„Nicht dass Sie denken, dass es besonders fortschrittlich und gemütlich in Weimar war. Schweine liefen nach Augenzeugenberichten noch frei in der Stadt herum und wälzten sich in der offenen Abwasserkloake.“

Ohne den Kontext der Zeit wird er den Tasso nicht verstehen, aber lässt er mir zur Entwicklung dieses Gedankens überhaupt Zeit? Wie weit reicht seine Aufmerksamkeitsspanne auf dem Gebiet der Literatur? Das konnte schnell uninteressant für den Pragmatiker Walter werden. Ich ließ ihn nicht aus den Augen. Er war präsent.

„Der Preußenkönig verschaffte sich mit einer schlagkräftigen Armee Geltung weit über Preußen hinaus. Und was für Anna Amalia in Weimar nicht ungefährlich war, er komplettierte das mit einer ausgeklügelten Heiratspolitik. Wer mit wem hochadlig schwanger ging, hatte territoriale Folgen.“

Ich sah ihm an, dass er das gern veranschaulicht hätte.

„Sah es der kleine Friedfisch Gotha zum Beispiel auf den kleinen Friedfisch Weimar ab, musste er beim Alten Fritz, dem Raubfisch, um die Hand der Weimarer Fürstin Anna

Amalia anhalten. Die Herzogin befand sich nämlich im zarten Alter von neunzehn Jahren und als Mutter zweier Söhne bereits im Witwenstand. Der minderjährige Thronfolger Carl August wurde mit Billigung des Großen Preußen von ihr auf die Regierung vorbereitet und erzogen."

An seiner Reaktion merkte ich, dass das Alter der Witwe, die bereits zweifache Mutter war, Eindruck auf Walter machte. Das ist gut, dachte ich. Für meine Einleitung brauchte ich nämlich noch zwei oder drei Sätze.

„Also war die Regentschaft der neunzehnjährigen Witwe Anna Amalia ein Sonderfall, für den es aus der Sicht des Preußen durchaus heiratspolitische Alternativen gab."

Das kommentierte Walter, der Pragmatiker, mit dem einfachen Satz: „Ein kleiner Friedfrisch ist schnell verschluckt und einverleibt."

Da musste ich lachen. So simpel ist Weltgeschichte.

Nun schmückte ich noch rasch die Braut, die auf der Hut sein musste und sich am besten genau an die Regeln und Etikette hielt, um ja nicht aufzufallen.

„Anna Amalia stand in der Blüte ihres Lebens. Sie war eine schöne, lebenslustige und von Hause aus hochgebildete Frau. Anna Amalia malte und komponierte, sie beherrschte sogar das Griechische, nicht nur Latein."

Ich hatte nun meine Stimme gefunden und übereilte mich nicht. Walter sah mich an, als erzählte ich ihm gerade ein Märchen. Er war ganz bei der Sache und wenn ich es richtig deutete, sogar ein bisschen aufgeregt.

„Und der Anna Amalia hat Goethe in seinem Bühnenstück Tasso ein Denkmal gesetzt?"

„Mehr noch, er hat ihr im Tasso, hinter dessen Maske sich Goethe natürlich verbirgt, auf offener Bühne seine unsterbliche Liebe erklärt."

„Unerhört. Ein einfacher Dichter betet im Theater die herzogliche Regentin als seine Geliebte an. Ich denke, das war nicht erlaubt."

„Erlaubt ist nicht, was gefällt, sondern was sich ziemt, heißt es im Tasso. So steht es da übrigens wörtlich im Text. Die Prinzessin im Stück hält ihm das vor. Und so ähnlich wird auch die Monarchin den geliebten Goethe immer mal gerüffelt haben."

Walter verzog das Gesicht.

„Was ziemte sich und was nicht?"

Ich warf einen Blick auf seine Thermoskanne, den er sogleich verstand. Er servierte mir einen rabenschwarzen Kaffee und legte ein Stück Zucker daneben, ließ mich dabei nicht aus den Augen. Der erste Schluck, den ich nahm, rüttelte mich wach. Die Förderbänder meiner Rede holten reichlich und rasch Material aus dem Steinbruch meiner Erinnerungen und Gedanken, die aus den zahllosen Gesprächen stammten, die ich mit meinem Vater über Goethe und sein Werk geführt hatte. Ich antwortete auf seine schöne Frage, was sich ziemte und was nicht. Leichter hätte er es mir nicht machen können.

„Diese Frage umkreist das Dilemma, in dem sich das Liebespaar Anna Amalia und Goethe im ersten Jahrzehnt nach Goethes Ankunft in Weimar befindet. Stellen Sie sich den Konflikt des Dichters vor, der in all seinen Gedichten doch niemand anders als seine wirkliche Geliebte anbeten kann! Sind wir doch einmal ehrlich, er müsste ja sonst schizophren werden: Als Künstler kann er nur diese, seine Einzige, feiern und verehren. Aber es ziemt sich nicht!"

„Das erinnert mich an Albrecht, unseren Maler, der nur seine Frau mit dem Pinsel abbilden kann, als Tulpenpflückerin, Bäuerin oder wutentbrannt auf einer Leiter."

116

„Der Tasso-Konflikt des Dichters geht weiter. Tasso müsste sich mit der Staatsräson anlegen und die Regentin bloßstellen. Das würde sie ganz nebenbei auch noch für ihre heiratswilligen Machtkonkurrenten verwundbar machen. Oder er müsste …"

„… die Liaison geheim halten und seiner Liebe einen anderen Namen unterlegen."

„Richtig, aber die verwendeten Chiffren müssen für Eingeweihte und die Nachwelt noch lesbar und erkennbar bleiben. Sonst würde der Dichter seine große Liebe verraten."

„Das ist spannend, eine Räuberpistole. Da macht doch der Herr Goethe, dieser Schelm, seinem Titel Geheimrat alle Ehre. Werden Sie mir eine Chiffre verraten, die auf Anna Amalia im Tasso-Stück schließen lässt? Sie sind doch eingeweiht, Gertrud, oder nicht?"

„Beiläufig lässt uns die Hofdame im Schauspiel wissen, die Prinzessin von Este, also eigentlich meint Goethe mit dieser Prinzessin die Weimarer Herzogin, sei des Griechischen mächtig. Und ich sage es Ihnen lieber gleich, Walter, die Frau von Stein, die alle für Goethes Geliebte in Weimar halten, die Goethegesellschaft bis heute, über die der Prinzregent, Goethes Freund Carl August, einmal bemerkt, sie sei kein besonders helles Licht gewesen, die konnte weder Griechisch noch Italienisch reden."

„Wieso Italienisch?"

Jetzt hatte ich ihn. Walter zappelte zwar nicht wie ein Kind, aber er tippte, was genauso viel war, dauernd die Spitzen seiner Zeigefinger aneinander.

„Goethe schreibt einen Liebesbrief an Charlotte von Stein auf Italienisch. Was sagen Sie nun?"

Walter machte wundervolle Rätselaugen und das amüsierte mich.

„Will er die Dame kompromittieren?"

„Einen Postillon d` Amur kompromittiert man nicht. Charlotte von Stein ist in Person täuschungshalber nur eine Zustelladresse. Wir müssen davon ausgehen, dass sie als Hofdame und Überbringerin der Briefe eingeweiht und zur Verschwiegenheit verpflichtet ist. Denn es ziemt sich nicht, seiner Fürstin auf direktem Wege Liebesbriefe zu schreiben. Man wählt eine gedeckte Anrede und Adresse. Zu gleicher Zeit, als Goethe an die Deckperson Charlotte von Stein den auf Italienisch abgefassten Brief schreibt, bereitet sich die Herzogin auf ihre Italienreise vor. Sie lernt mit großer Begeisterung Italienisch sprechen."

„Aber das ist doch verrückt, Gertrud! Wohl weit über tausend Briefe, die Charlotte von Stein, die gar nicht gemeint sein soll, vertrauensvoll an Anna Amalia, Goethes Geliebte, weiterleitet?"

Walter schüttelte ungläubig den Kopf. Ach, wäre ich mein Vater in diesem Augenblick, dachte ich, ich würde ihm jetzt den Kopf mit allerlei Fakten und Zitaten, die das eindrucksvoll stützten, herumdrehen.

„Es stand viel auf dem Spiel. Schauen wir ins Stück hinein, wie der Dichter und die Prinzessin es spielen! Auch hier begegnen wir einem Täuschungsmanöver. Der Dichter besingt seine geliebte Leonore, wie Prinzessin und Hofdame zufällig gleichzeitig mit Vornamen heißen. Nur die beiden Damen im Stück wissen genau, wen Tasso in seinen Gedichten in Wirklichkeit meint. Sie verfügen, es soll ihr gut gehütetes Geheimnis bleiben."

Walter erörterte laut die Kette seiner Gedanken und sprach wie zu sich selbst: „Der Dichter kann seine Liebe, seine selige Wahrheit, nicht verschweigen. Aber weil`s nicht erlaubt ist, sorgt er dafür, von der angebeteten Person abzulenken. Er legt einen Schleier über seine Kunst und provoziert damit, dass ihn sein Publikum vollkommen missversteht. Gertrud, er könnte verrückt dabei werden! Sagen Sie schnell, wird Tasso verrückt?"

„Es gibt Anzeichen dafür."

„Aber diese andere, die Charlotte von Stein, könnte das nicht auch die Hofdame Leonore aus dem Tasso sein?"

„Es spricht nichts dafür. Mein Vater meinte, es sei Luise von Göchhausen, Anna Amalias engste Vertraute. Die habe wohl auch mit Goethe, ohne dessen Erwiderung zwar, einmal geliebäugelt über eine gewisse Zeit. Warum sollte die von Göchhausen sonst den Urfaust bei Kerzenschein unter aufopferungsvollen Mühen für sich allein abgeschrieben haben. Der Meister hat die Fassung später vernichtet, sie blieb uns, dieser Liebäugelei der von Göchhausen sei Dank, als Abschrift erhalten."

Walter stand auf und schloss das Abteilfenster, das eben von allein aufgesprungen war. Der Zug fuhr in den Bahnhof Bitterfeld ein. Er fasste seine Gedanken zusammen.

„Also hat Charlotte von Stein überhaupt nichts im Tasso-Stück zu suchen. Die Stein hat weder mit der Prinzessin von Este, noch mit der gleichnamigen Hofdame Leonore im Theaterstück etwas zu tun?"

„Schauen Sie sich den Typus der geliebten Prinzessin von Este im Tasso-Stück einmal genau an. Sie umgibt sich da offensichtlich mit klugen Zeitgenossen, Künstlern, Wissenschaftlern und Literaten, um mit ihnen in einen intellektuellen Gedankenaustausch zu treten. Nur da darf sie übrigens, anders als es sich direkt bei Hofe ziemt, auf Standesunterschiede im Umgang verzichten und darf einladen, wen sie will. Deswegen richtet sie ihren Musenhof ein. Das wird übrigens genau im Schauspiel Torquato Tasso beschrieben. Man muss schon blind sein, um das nicht parallel zu-zuordnen und zu erkennen! Vor allem passt das nicht im Mindesten auf das Umfeld der verheirateten Frau des Ober-stallmeisters von Stein. Nein, Charlotte von Stein unterhielt keinen Musenhof in Weimar und sie wäre dazu auch nicht in der Lage gewesen."

Walter sagte leise: „Da scheinen mir auch die Seelen der platonischen Charlotte von Stein, die auch immer ein biss-chen griesgrämig war, wie es heißt, und die des leidenschaft-lichen und glühenden Goethe überhaupt nicht zueinander zu passen. Andererseits kann ich mir, von Standesunterschie-den abgesehen, eine Verbindung des Dichterfürsten mit die-ser in Wahrheit durch Geist und Bildung geadelten Dame Anna Amalia, die eine aus der Zeit gefallene Herrin zu sein scheint, sehr gut vorstellen. Einleuchten will mir das schon. Aber alles Indizien, keine Beweise!"

Zum Glück fiel mir noch eine Ungereimtheit ein, von der mein Vater berichtete.

„Frau von Stein wäre doch wenigstens über ihren Schatten gesprungen, denke ich, und hätte die Premiere des Torquato Tasso in Weimar besucht, wollte ihr Goethe in Gestalt der Prinzessin von Este dieses hohe Denkmal mit seiner Dich-tung gesetzt haben."

„Charlotte von Stein hat sich nicht fürs Theater interes-siert?"

„Nein. Und blieb der Uraufführung von Torquato Tasso, der Goethe so sehr ans Herz gewachsen war, ebenfalls fern."

„Und wie hat die Fürstin das Schauspiel aufgenommen?"

„Das ist eine sehr rührende Geschichte. Herder las ihr im Beisein einer kleinen Reisegesellschaft, bei der die Luise von Göchhausen übrigens auch anwesend war, den eilig über-sandten Entwurf an einem Originalschauplatz in Italien vor, nämlich am Musenhof des alten Adelsgeschlechts der Este. Über die Welfen durfte sich Anna Amalia über einige Ecken zu den Nachfahren der Este zählen. Ein Zufall? Die Vorleseszene wird in einem Aquarell festgehalten, das man dem Maler Georg Schütz zuschreibt. Aber ausgeschlossen ist es nicht, dass es vielleicht in Teilen von der Hand der als Malerin dilettierenden Anna Amalia stammt."

Wir schwiegen eine Weile. Jeder stellte sich die Szenerie auf dem Gemälde vor. Sicher waren im Bild versteckte Hinweise und Zeichen zu deuten. Oder alles nur Spekulation?

Ich brach das Schweigen und berichtete, dass es wohl nach Übernahme der Staatsgeschäfte durch den Sohn Carl August eine Entsagung der Liebenden gegeben haben musste. Anders als im Torquato Tasso unterwarfen sich Goethe und Anna Amalia letztlich doch der Staatsräson. Und ich fuhr fort: „Goethe hat bei Anna Amalia und dem Herzog Carl August, der wohl spätestens zum Zeitpunkt der Entsagung eingeweiht war, viel Aufsehen um den Torquato Tasso gemacht. Carl August war überaus vorsichtig und beschäftigte sich als Landesherr eingehend mit den ersten Entwürfen des Stücks. Er korrespondierte sogar mit seiner Mutter darüber. Der Schein des Ziemens war unbedingt aufrechtzuerhalten. Und wundern mag ich mich nicht mehr darüber, dass die Briefkorrespondenz der Herzogin Mutter Anna Amalia seit ihrem Tode verschollen ist. Das konnte der Fürstenfamilie so sicher am besten gefallen. Erst viel später tauchte aus einem privaten Nachlass der berühmte und dann auch veröffentlichte Briefwechsel zwischen Goethe und der angeblichen Charlotte von Stein auf."

Jetzt schielte ich auf das Stullenpaket und hielt eine Pause. Walter nickte, verarbeitete noch meinen letzten Gedanken, bevor er das Brot auspackte. Ich setzte fort: „Der Tasso sei

Bein von seinem Bein und Fleisch von seinem Fleische, hat Goethe einmal zu Eckermann gesagt. Wer will da behaupten, Tasso hätte nichts oder nur wenig mit Goethes Leben zu tun?"

„Dann sind die Goetheforscher dem Meister aber richtig auf den Leim gegangen. Ich glaube nicht, dass sie das einmal wirklich wahrhaben wollen."

Walter arbeitete sich innerlich an der Wahrheit ab, das war ihm anzusehen. Und ich versuchte nun auch, ein paar Schlussfolgerungen zu ziehen.

„Wenn Anna Amalia und Goethe in heimlicher Liebe einander verbunden waren, haben sie sich verstellt, sie mussten sich verstecken, haben darunter gelitten. Unter diesen Umständen, als Ausdruck dieser Fremdheit zwischen wahrer Liebe und wirklichem Leben, als Frucht gemeinsam geschulterter Unehrlichkeit, die Preis und Bedingung ihrer verbotenen Liebe war, ist der Torquato Tasso entstanden. Das ist nach meinem Gefühl der wahre Konflikt des Torquato Tasso. Alles andere vom sogenannten Bein und Fleisch Goethes in dem Stück ordnet sich unter, ja wird dadurch erst richtig verständlich und relevant."

Eigentlich wollte ich das Thema damit beenden. Aber Walter fragte, was ich mit dem „anderen von Goethes Bein und Fleisch" meinte. Ich deutete ihm daher die von der Prinzessin innig gewünschte, geradezu beschworene Freundschaft zwischen dem Künstler Tasso und dem erfolgreichen Hofbeamten und Weltmann Antonio als die Balance, die der Dichter und Staatsminister Goethe in sich selbst finden musste, um unter den Bedingungen der Etikette der Zeit die heimliche und verbotene Liebe zur Fürstin Anna Amalia aufrechtzuerhalten. Tasso und Antonio sind nach dieser Lesart ein und dieselbe Person. Hier der kreative Phantasiemensch Goethe, da der pragmatische Weltmann Goethe.

Mein liebes Kind, erinnerst Du Dich an den Gedanken von vorhin, da ich eben jene Dualität zwischen Kreativität und Rechnen auch in Walter erkannte?

Dann schloss ich endlich mit dem Bild aus Tassos Traum.

„Und wie tragisch sehen wir in Tassos Traum am Ende des Bühnenstücks den Protagonisten, da sich der schiffbrüchige Künstler auf jenen Felsen rettet, der doch eigentlich das Verhängnis in seinem Schaffen als Dichter war. Doch ohne diese scharfe Klippe, gemeint ist natürlich Goethes Karriere am Hof, von der Prinzessin Este, also eigentlich Anna Amalia, dringlich anempfohlen, hätte es die Weimarer Klassik und die Liebe seines Lebens niemals gegeben."

(Und Dir, mein Kind, der schwere Goethe mit seiner Klassik hin oder her, will ich an dieser Stelle sagen, dass Du „Bein vom Bein und Fleisch vom Fleische" dieses Abteilgesprächs bist, auch wenn Deine Eltern das, in Leipzig angekommen, noch nicht genau wussten.)

Es wurde höchste Zeit mit diesem Schlusswort, denn wir waren in Leipzig am Hauptbahnhof angekommen. Walter kannte sich als häufiger Messegast in der Stadt aus. Noch im Bahnhof, der für mich der Inbegriff einer großen Handelsstadt ist, übernahm er die Führung, orderte einen Gepäckwagen und lotste uns zum Ausgang hinaus. Wir nahmen ein Taxi für unseren weiteren Weg. In dem Hotel, wo wir abstiegen, war er bekannt. Es dauerte wenige Minuten, bis wir von dort wieder loskamen.

Zuerst besichtigten wir das Kaffeehaus Riquet mit den markanten Elefantenköpfen am Eingang, von dessen Inneneinrichtung wir uns einige Anregungen versprachen. Leider bediente man uns dort schlecht. Der Inhaber war übel ge-

launt und Walter brach diesen Besuch ohne Umschweife ab. Miesen Service in seiner Branche, das ertrug er nicht. Wir machten uns noch lange lustig über die Verschlafenheit des Lokals und fuhren mit dem Taxi in die Südvorstadt, Kaiser-Wilhelm-Straße, uns das Kaffeehaus Lutze im modern-mondänen Französischen Stil, neuerdings Art Deco genannt, anzusehen.

Hier hatte ich mich oft nach dem Fechtsport mit Kommilitonen getroffen. Daran knüpfte ich herzliche Erinnerungen. Kaum eine von meinen Weggefährtinnen in dieser lebendigen Stadt hatte ich seitdem wieder getroffen. Ich hielt, von leisen Erwartungen getrieben, immer wieder Ausschau, ob nicht doch unverhofft jemand von ihnen hereinkäme. Die große Fensterfront erinnerte uns gleich an unsere Umbauarbeiten zu Hause.

Der Inhaber meinte, sich an mich zu erinnern. Ich glaubte ihm nicht. Wir betrachteten jedes Detail, die Wandverkleidungen aus Holz, mehrsitzige Polster, die mit Leder überzogen an der gesamten Wand aufgereiht waren. Davor standen Tische mit weißen Marmorplatten. Cremefarbene Absätze zur Decke leiteten den Blick zu geometrischen Ornamenten. Um die Decke lief ein schlichtes Band aus abwechselnd dunklen und hellen Quadraten, das nichts mehr mit verspielter Blumenmalerei des Jugendstils zu tun haben wollte. Der formschöne Deckenleuchter mit kreisrunder Scheibe und Kreuz strotzte vor Sachlichkeit.

Ich freute mich, dass es Walter gefiel, und endlich konnte ich mir auch vorstellen, was ich für unser Kaffeehaus im Schloss Altenburg tatsächlich wollte, was mir bis dahin nur in Bruchstücken vorgeschwebt hatte.

Eigentlich standen noch ein paar Lokale in der Nähe von Auerbachs Keller auf unserem Plan. Aber Walter notierte bereits Adresse und Telefonnummer verschiedener Handwerksbetriebe, die Lutze hier bei der Einrichtung behilflich waren. Er vertiefte sich in Zeichnungen und Pläne, die Inhaber Hans Lutze stolz zu unserem Tisch brachte. Von unserer Bewunderung fühlte er sich geschmeichelt. Schon bald hatten wir Freundschaft mit ihm geschlossen. Da ergab sich wie nebenbei in der Runde auch zwischen Walter und mir das vertrauliche Du. Durch diese rasche Entwicklung der Ereignisse gewannen wir Zeit.

Wir nahmen uns vor, im Kaffeehaus Lutze zum Abend eine Kleinigkeit zu uns zu nehmen. Walter wollte das Lokal unbedingt nach Sonnenuntergang noch einmal erleben und in die gleiche Atmosphäre zu einer anderen Tageszeit eintauchen. Immer wieder zeigte er zum großen Leuchter in die Mitte des Raums. Mir schien, am meisten hatte sich Walter in die modernen Lampen und Marmorplatten verliebt.

Ich hatte bereits vergessen, dass man im Leipziger Alten Theater an diesem Abend den „Torquato Tasso" spielte. Mit Walter oder allein dorthin zu gehen, auf diese Idee war ich die ganze Zeit nicht ein einziges Mal gekommen.

Dann stieß Walter neben den Zeitungen am Tresen auf ein Theaterprogramm. Wir waren also unversehens wieder bei Tasso, Anna Amalia und Goethe. Den Inhaber Hans Lutze, unseren neuen Freund, begeisterte das nicht. Er zog sich achselzuckend von unseren weiteren Gesprächen zurück.

Walter wollte noch genau wissen, als unsere Unterhaltung Auerbachs Keller und die berühmte Trinkszene aus dem Faust streifte, wann Goethe in Leipzig die ihm sauer gewordene Jurisprudenz studierte. Wir rechneten uns das ungefähr aus. Und dann überraschte mich Walter mit folgender These:

„Goethe hätte als Lebemann und Student durchaus der lebenslustigen und an Kultur interessierten Witwe Anna

Amalia, inkognito natürlich, in Leipzig begegnen können. Weimar ist nicht weit. Vielleicht haben sie sogar zusammen einschlägige Kaffeehäuser und Theater besucht."

„Möglicherweise", sagte ich darauf, „haben sie sich schon in Leipzig als Paar erkannt. Warum sonst sollte er Jahre später so aus dem Stegreif einem Ruf ausgerechnet nach Weimar folgen, um auch noch in kürzester Zeit und gegen erheblichen Widerstand des Adels Anna Amalias Erster Staatsminister zu werden. Das konnte mir noch keiner so recht erklären."

Unseren Theaterbesuch, mein liebes Kind, darfst Du Dir nun selbst in allen Einzelheiten ausmalen. Nur eines möchte ich dazu sagen. Walter gestand mir, dass er das erste Mal in seinem Leben ein Theater besuchte. Und das merkte ich ihm natürlich trotz seines sicheren Auftretens an. Umso mehr glühte in seinen Augen das Feuer der Überraschung und der Freude. Er nahm immer wieder meine Hand.

Vor dem Hotel nach diesem Abend war ihm eher nach einem Scherz, als nach großen Worten zumute. Er lachte mich an und sagte: „Es gefiele mir schon, Gertrud, auch einmal dein Erster Staatsminister zu sein. Aber natürlich weiß ich, was sich ziemt und was nicht. Ich lasse dich nun allein."

Ich bin sehr glücklich, mein Kind, dass ich genau das nicht zugelassen habe.

5. Kapitel

Am Vortag des 1. Mai trafen die hohen Gäste aus München ein. Sie sahen sich bei dieser Gelegenheit ein paar Neuerungen an, darunter die nach modernsten Gesichtspunkten ausgestattete Geburtenstation. Die beiden Besucher, ein Herr und eine Dame in Zivil, inspizierten auch ein paar zusätzlich geschaffene Wohnbereiche, denn das Heim vergrößerte sich.

Es wandelte sich von einer Geburtenklinik zur Herberge, da immer mehr Frauen vor Sichtbarwerden ihrer Schwangerschaft einen Zufluchtsort suchten. Aber auch Gattinnen hoher SS- und Parteifunktionäre kamen gern hier her, weil die Bedingungen beim Lebensborn vergleichsweise hervorragend waren. Es gab noch einen weiteren, hausgemachten Grund für die hohe Belegung. Ledige Mütter sollten erst nach dem Abstillen entlassen werden, was ihren Aufenthalt in die Länge zog. Die Versorgung mit Muttermilch gehörte zu dem Programm, die Säuglingssterblichkeit und Krankenstände zu senken.

Die Befragung der Wöchnerinnen nach ihren Stillgewohnheiten, von der Dame aus München mit den gepflegten Fingernägeln genau protokolliert, war also nicht nur eine freundliche Geste. Die beiden Inspektoren aus München besprachen sich anschließend mit der Heimleitung, welche Maßnahmen insgesamt geeignet erschienen, Atemwegsinfektionen nachhaltig vorzubeugen. Besonders der weit verbreitete und sich lange behauptende Reizhusten war schwer in den Griff zu bekommen. Vermutlich hatte die hygienisch bedenkliche Vermischung von klinischen und Herbergsaufgaben zu hartnäckig umlaufenden Ansteckungen geführt.

Wirklich besorgniserregend war der plötzliche Anstieg der Säuglingssterblichkeit in den SS-Vorzeigeheimen. Das hätte schnell ein politisches Thema werden können. Denn die Nachricht machte Himmlers Lebensborn, wenn sie sich hielt, angreifbar für die mit der SS konkurrierenden Mächtigen im Staat. Dazu gehörte der gewaltige Wohlfahrtsverband, die Nationalsozialistische Volkswohlfahrt, unter anderem als Spendensammelstelle des Winterhilfswerks verantwortlich und daher ein besonders finanzstarkes Schwergewicht.

Die Nationalsozialistische Volkswohlfahrt stand im direkten Einflussbereich Martin Bormanns, Chef der Partei. Mit seinem Lebensbornprojekt hatte Heinrich Himmler dieses Schwergewicht ausgehebelt, das im Unterschied zu den Heimen des Lebensborn weder Ärzte einstellen, noch Kliniken betreiben durfte. In diese Lücke war die SS mit dem Ehrgeiz, in bevölkerungspolitischen Fragen mitzumischen, vorgestoßen. Der Reichsführer SS war gegen alle Eifersüchteleien gewillt, seinen Einfluss hier auszuweiten.

Für den passionierten Geflügelzüchter Himmler gehörten Züchtung und Auslese nach dem Prinzip „die Guten ins Töpfchen, die Schlechten ins Kröpfchen" genauso zusammen wie die Bevölkerungs- und die Rassenpolitik als zwei Seiten einer Medaille. Er gedachte, beides organisatorisch in einer, und zwar in seiner Hand zu bündeln. Hier seine seltsam fürsorglichen und persönlich verlautbarten Empfehlungen, den Müttern guten Bluts in seinen Heimen ausreichend Haferbrei und gesunde Rohkost zu verabreichen, da die ersten Versuche der SS, „rassisch unwertes Leben" mit Gas auszulöschen.

Mancher im engeren Machtzirkel, Martin Bormann besonders, hätte sich in diesen Tagen gefreut, den Reichsführer SS mit der unglücklichen Statistik zur Säuglingssterblichkeit vorzuführen. Himmlers SS hatte nämlich zum Sprung zur Ausdehnung seines Wirkradius in alle Himmelsrichtungen angesetzt und die Nationalsozialistische Volkswohlfahrt beobachtete das mit Argusaugen. Aber diese Zusammenhänge interessierten außer Dr. Lüke mit seinen Verbindungen nach München im Grunde genommen keinen.

Käthe war in den sogenannten Stillflügel gezogen und die Neubelegung für Gertruds Zimmer ließ noch auf sich warten. Der Name der Neuen stand schon an der Tür. Gertrud war gern ein paar Tage im Zimmer allein.

Ihre Beschwerlichkeiten führten dazu, dass sie sehr mit sich und dem Kind, dessen Eigenleben sie nun stärker denn je spürte, Zwiesprache hielt. Sie suchte kaum noch die Gesellschaft der anderen Pensionärinnen im Haus. Als errechneten Geburtstermin hatte sie den 11. Mai in ihrem Kalender notiert. Nun sah sie sich an die Stelle des Wartens auf jenen einzigen Augenblick geschoben, da wie aus heiterem Himmel die Wehen einsetzen sollten. Sie war zuversichtlich und ohne Angst und verließ sich auf ihr gut trainiertes Körpergefühl.

Im Sport war sie öfter bis an ihre Grenzen gegangen und wusste, wo ihre Reserven in entscheidenden Momenten lagen. Sie konnte auch Schmerzen ertragen, zimperlich war sie jedenfalls nicht. Manchmal erlebte Gertrud nun eine Art Verklärung und geistige Abwesenheit. Sie lebte dann voll und ganz in der Erwartung und in der Vorfreude auf ihr Kind.

Gertrud befand sich in jener vollständigen Wandlung einer werdenden Mutter, die das weitere Leben von einem gefühlten Punkt Null an fortführen will. Sie war kurz davor, ein neues Kapitel in ihrem Lebensbuch aufzuschlagen. Die letzten Seiten des alten blätterte sie bereits um, ohne noch etwas zu lesen, das sie neugierig gemacht hätte, außer die Tatsache vielleicht, wie es wirklich ist, wie es sich anfühlt, ein Kind zu bekommen und das erste Mal an die Brust zu legen.

Wie Käthe vor einiger Zeit war es ihr nun auch freigestellt, an Veranstaltungen teilzunehmen oder zu ruhen. Die letzten Tage vor Ankunft der Delegation aus München waren voller hektischer Betriebsamkeit. Die Oberschwester hatte die angekündigte Teilnahme der Münchner am neuen Namensweiheformat zum Anlass genommen, Personal und Pensionärinnen herum zu scheuchen. Das Ereignis war eine willkommene Frühjahrsputzgelegenheit.

Gertrud hatte sich mit ausdrücklicher Billigung des Doktors für das Abendessen mit den hohen Gästen entschuldigen lassen. Die Einladung zum Abendessen durfte als Auszeichnung gelten und die Dame aus München hatte sich mit einem Blumenstrauß im Namen der Zentrale für Gertruds Beitrag zur Belebung der Namensweihe im Heim Pommern bedankt. Sie erwähnte ausdrücklich Dr. Lükes Begeisterung über Gertruds kreativen Einsatz und ihre Ideen.

Was immer Inge Brandmeier damit meinte, der Doktor hatte es richtig formuliert. Aber für die letzten Vorbereitungen, Durchführung und das Gelingen der Namensweihe am frühen Nachmittag des 1. Mai, einem Reichsfeiertag, waren nun andere Mitstreiter zuständig. Das war ihr jetzt im Detail alles zu viel und es fanden sich genug andere beflissen mitwirkende Hände.

Am Vormittag marschierten Schwestern und Hebammen noch als Heim Pommern bei der Maidemonstration in Bad Polzin mit. Ein Kommen und Gehen und Sich-Gegenseitig-Vertreten verbreitete Unruhe im Haus. Auswärtige Gäste zur Namensweihe trafen gegen Mittag ein und endlich fuhr die Wagenkolonne der Schutzstaffel Kolberg vor. Das verursachte viel Schauen, Begrüßen und lebendige Konversation.

Gertrud zog sich zurück. Sie wollte nur noch als Besucherin der Namensweihe in Erscheinung treten, legte sich auf ihr Bett und hörte bei offenem Fenster all die Geräusche. Lachen drang bis zu ihr hinauf, das Klappen der Wagentüren und allerlei Stimmengewirr. Sie freute sich über den Sonnenschein und das wilde Vogelgezwitscher.

„Alles regt sich", sprach sie zu ihrem Kind, das sich unermüdlich bewegte.

Da klopfte es an der Tür und Joachim trat ein.

Fremden war der Zutritt in die Wohnbereiche strengstens verboten. Aber Joachim kannte sich aus. Dieser gut gelaunte und selbstbewusste Galan steckte heute in seiner Paradeuniform. Natürlich trat niemand dem klavierspielenden Helden des Nachmittags in den Weg, um ihn aufzuhalten. Er sah an diesem Tag besonders gut aus und fühlte sich wie der Liebling der Götter.

Joachim scheute sich nicht, auf den Fluren nach Gertruds Zimmer zu fragen und erntete dafür vielsagende Blicke der Frauen, die ihm im Haus begegneten. Sein fröhlicher

Wagemut reizte zum Kichern. Aber das verunsicherte die Frohnatur nicht. Im Gegenteil. Er scherzte und hatte für jedes Weib ein nettes Wort oder einen Witz auf der Zunge. Vielleicht hätte er sogar die wachsame Oberschwester mit seinem Lächeln entwaffnet und wäre einfach an ihr vorbeigegangen. Die Gestrenge war aber noch nicht zurück von der Maidemonstration.

„Joachim! Na Sie trauen sich was!"

„Kleinigkeit. Ich wollte nur die schöne Helena entführen."

„Aber dann gibt es Krieg vor Troja."

„Den wird es so oder so bald geben."

„Ja, wenn Sie die Oberschwester bei mir erwischt. Sie kommen da vielleicht noch ganz gut heraus, aber ich in des Teufels Küche. Das ist ein sehr sittenstrenges Haus."

„Wir flunkern ihr einfach was vor. Ich könnte um Ihre Hand anhalten."

„Sie sind ein Schelm, Joachim, aber damit spaßt man nicht."

„Schon gut. Ich dachte nur, gerade heute, da alles auf das Ereignis zuläuft, ich meine die Geburt Ihres Kindes, möchte ich Ihnen wenigstens noch einmal meine Aufwartung machen."

„Sprechen Sie nicht so altväterlich. Sagen Sie einfach, Sie wollen mich noch einmal sehen, bevor es soweit ist."

„Ja, Gertrud. Das wollte ich sagen. Und dass ich Ihnen für die Ankunft Ihres Kindes alles Gute wünsche. Außerdem möchte ich Sie etwas fragen."

„Ja, Joachim?"

„Ob Sie für das deutsche Kind, das Sie unter Ihrem Herzen tragen, schon einen Paten der Schutzstaffel haben."

Sie sahen sich lange an.

„Ja, jetzt habe ich einen. Ich könnte mir keinen besseren vorstellen. Danke, Joachim. Das berührt mich sehr. Ich hatte noch gar nicht daran gedacht."

Am frühen Nachmittag dieses Maizaubertages mit vorzeitigem Frühlingskrabbeln der Käfer versammelte sich die Festgesellschaft vor dem Heim. Gertrud hielt sich etwas abseits und nahm Platz auf der Bank. Sie freute sich über die zahlreichen Kinderwagen auf der Wiese in einiger Entfernung, die man zu einer kleinen Wagenburg zusammengestellt hatte, hielt das Gesicht in die Sonne und ließ sich von der lauen Luft umspielen. Dann suchte und zählte sie im Pulk der Gäste die fünf Mütter heraus, die stolz ihre Kinder auf dem Arm trugen.

Gertruds Aufmerksamkeit richtete sich immer wieder auf Liese, die einige Male glockenhell lachte und wie eine Braut geschmückt war. Die Stickereien auf den Ärmeln ihres Kleides wollten im hellsten Licht erst so richtig zur Geltung kommen. Nur Liese wusste, Gudrun hätte es entschlüsseln können, dass die ausgewählten germanischen Runen Frieden, Eintracht mit der Natur und allumfassende Liebe bedeuteten. Einen Kranz aus Blumen hatte Liese in ihr geflochtenes Haar gesteckt. Und wieder erinnerte sich Gertrud daran, dass sie dieses volle und seidige Haar, das blond wie Weizen schimmerte, so gern einmal durch ihre Finger gekämmt hätte.

Gudrun, ihr Baby an sich geschmiegt, kam zu Gertrud an die Bank, um ihren Mann vorzustellen. Sie ließ nicht zu, dass sich Gertrud deswegen erhob. Das Paar, das sich einen Moment zu ihr setzte, nahm Gertrud in seine Mitte.

„Erwin, darf ich dir Frau Gertrud, den Spiritus Rektor unserer Namensweihe, vorstellen."

Gudruns Mann in SS-Uniform war ein baumlanger Kerl. Gertrud erinnerte sich, von seiner Beförderung und Versetzung in eine höhere Position gehört zu haben. Artig beglückwünschte sie ihn. Gudruns Mann beugte sich etwas herunter und seine Beine wussten nicht recht, wohin unter der kleinen Bank. Es sah etwas unbeholfen aus, deswegen freundlich bemüht.

„Ich danke Ihnen für den kleinen Umweg über Belgard, damit diese Namensweihe überhaupt stattfinden kann. Die Namensgebung unseres Sohnes an der Büste des Führers ist für uns ein sehr bedeutendes Ereignis. Ich bin glücklich, dass ich das erleben darf."

Er gab Gertrud seine tellergroße Hand, um das Bedeutungsvolle zu bekräftigen. Gudrun war sichtlich erfreut, stupste das Näschen ihres Kindes und fügte hinzu: „Erwin wird uns morgen mit nach Auschwitz nehmen. Da wird jetzt unheimlich viel gebaut. Unser Haus steht bereits. Du glaubst nicht, wie aufgeregt und neugierig ich bin."

Der Heimleiter öffnete die Eingangstür weit und bat um Aufmerksamkeit. Die SS-Paten boten den Müttern auf dieses Signal ihren Arm. Auch Gudruns Mann musste seine Gattin nun mit scherzhafter Drohung einem deutlich jüngeren SS-Paten übergeben. Von selbst bildete sich daraufhin noch im Freien eine Gasse für die feierliche Prozession. Aus dem Inneren des Hauses war Joachims Klavierspiel zu hören. Sie hatten dafür Haydns Variationen des Deutschlandliedes gewählt. Gertrud wusste, dass Joachim, sobald alle Platz genommen hatten, ein zärtliches Wiegenlied anstimmen würde. Der Weg durchs Haus führte über ausgestreute Blumen und durch einen Kirschlorbeerhain. Den hatte sich Dr. Lüke etwas kosten lassen. Es war nicht so einfach gewesen, die hohen Sträucher am Eingang zum Runderkerzimmer zu einem imposanten Bogen zu spannen, durch den man hindurchlaufen konnte. Eine Pensionärin schmückte die Kinder auf den Armen ihrer Mütter mit Lorbeerzweigen, bevor sie diesen Bogen passierten, und eine andere sprach laut den Text, den Gertrud für diese Szene herausgesucht hatte.

„So lern` auch diese Zweige tragen, die
Das schönste sind was wir dir geben können.
Wem einmal, würdig, sie das Haupt berührt,
Dem schweben sie auf ewig um die Stirne.“

Nur Gertrud wusste, dass das Goethe die Prinzessin Leonore im Schauspiel zum Dichter Tasso sagen lässt. Sie suchte sich einen Platz im Halbkreis der vorletzten Reihe, von dem sie Joachims Klavierspiel und den Ablauf der Zeremonie gut beobachten konnte.

Die Fensterläden waren halb heruntergelassen. Fahnen mit Hakenkreuz, andere mit dem Zeichen des Lebensborn, bildeten an der Stirnseite eine pathetische Kulisse. Die Front wurde von zwei Herren der Schutzstaffel mit Lackschuhen und weißen Handschuhen flankiert. Gertrud hatte sie mit gedrechselten Kerzen von stattlicher Größe ausstaffiert, die sich wie geflochtene Zöpfe zur Decke schraubten, um nur nicht an sakrale Altarkerzen zu erinnern. Die Büste des Führers, eine bessere in weiß war nicht zu bekommen, bestand nur aus Gips. Im Runderkerzimmer lagen überall Blumen, Narzissen und Osterglocken zuhauf. Den Boden zierten verstreute Gänseblumen, die von der Wiese vor dem

Haus stammten. Auch um den Metallring der Deckenbeleuchtung mit seinem Spruch „Dieser Ring hat keinen Anfang und kein Ende, wie unser ewiger Kreis" schlangen sich üppige Lorbeerzweige.

Als nun alle ihre Plätze eingenommen hatten und auch bei sich selbst angekommen waren, gesellte sich eine Sängerin zu Joachim an den Flügel, der ihren Gesang zu Schuberts Wiegenlied begleitete.

Sie sang überaus zart und ganz auf die Kleinen im Raum eingestellt. Die feine Stimme wob in Ergriffenheit die Anbetung neuen Lebens, von der das Lied beseelt war, in die vom Frühling beatmete Luft. Gertrud fühlte sich verzaubert. Sie schloss ihre Augen und sah sich mit ihrem Kind an der Hand einen Hain unter dichten Baumkronen entlanglaufen, außerstande dieses Händchen fest genug und doch nicht zu fest zu drücken. In Vorfreude auf ihr Kind rasselte die festliche Ansprache des Heimleiters in großen Teilen an ihr vorbei.

Sie merkte gerade noch rechtzeitig, dass Lükes Redevortrag friedvoller als die Urfassung gestimmt war. Ganz konnte er die Kirchenschelte freilich nicht unterlassen. Die Kirche hätte, wie er betonte, mit der christlichen Taufe ja nur an das Brauchtum der Ahnen angeknüpft. Und er las aus seinem Manuskript:

„Die Lehre von der Erbsünde sowie die Auffassung der Kirche, dass die Mutterschaft die Frau verunreinige, ist undeutsch und verletzt die deutsche Frauenehre."

Nach der Rede des Heimleiters holte Joachim mit Beethovens Silence zur Untermalung der eigentlichen Namensgebung aus. Gertrud wusste, dass sich Joachim dabei streng im Zaum halten musste, um so dezent wie möglich zu spielen. Bei diesem Stück ging er, wenn er allein übte, und wie sie es einmal erlebt hatte, völlig aus sich heraus. Sie wusste nicht, was er Schmerzvolles oder Glückliches mit dieser Musik, die ihn jedes Mal in ihrem Verlauf überrollte, verband.

Auf ein Zeichen erhoben sich die Mütter mit ihren Kindern zur Initiation. Dreimal hatte sich das Ritual bereits vollendet, da war Liese mit ihrem Baby zuletzt an der Reihe. Wie die anderen Mütter zuvor wurde auch Liese vom Doktor gefragt:

„Deutsche Mutter, verpflichtest du dich, dein Kind im Geiste der nationalsozialistischen Weltanschauung zu erziehen?"

Gertrud spürte, dass ein heftiger Schmerz nach ihr griff, ein Ziehen, das neu für sie war.

Liese antwortete fest mit Ja und bekräftigte es mit Handschlag.

Währenddessen spürte Gertrud das Ziehen erneut.

Der SS-Pate hatte nun neben Liese Aufstellung genommen. An ihn richtete sich die Frage:

„Bist du bereit, die Erziehung dieses Kindes im Sinne des Sippengedankens unserer Schutzstaffel stets zu überwachen?"

Auch der SS-Pate erwiderte mit Ja und gab dazu seine Hand.

Gertruds Wehen setzten ein. Trotzdem verfolgte sie noch aufmerksam, weil die Veranstaltung sowieso zum Schlusspunkt gelangt war, wie der Doktor auch diesmal bei dem nun folgenden Ritual mit dem SS-Dolch aus Silber hantierte.

Sie sah, dass er ihren Hinweis nicht nur beachtet, sondern auch eine Änderung eingeübt hatte. Er nahm nämlich die scharfe Klinge zwischen seine flach aneinander gepressten

Hände, also wie in einer Dolchscheide auf, und berührte das Kind zur Initiation nicht mit der martialischen Spitze, sondern mit dem Handknauf des Dolchs. Dazu sprach er:

„Ich nehme dich hiermit in den Schutz unserer Sippengemeinschaft auf und gebe dir den Namen Amalia."

Gertruds Fruchtblase öffnete sich und das Wasser lief an ihren Beinen hinunter. Sie stöhnte. Es war nun soweit. Jetzt musste sie nur noch in die Geburtsstation kommen. Gertruds linke Nachbarin sah zuerst die Pfütze, die sich um Gertruds Füße bildete und sprach eine Hebamme, die hinter ihr saß, an. Unruhe machte sich breit. Zwei Frauen hatten sie schon unter die Arme gepackt. Gertrud stand auf und verdrehte die Augen.

Die Hebamme bedeutete dem Doktor, der nun auch abgelenkt war, dass sie hier alles übersah und sich kümmern würde.

Er gab daher die kurze Erklärung: „Wir machen gleich mit der Schlussmusik weiter. Mir scheint, unsere Frau Gertrud bekommt gerade ihr Kind."

Quer durch den Raum trafen sich Gertruds und Joachims Blicke. Er erhob sich kurz und nickte ihr zu. Dann setzte er sich wieder an den Flügel und während zwei Frauen unter Leitung der Hebamme die Kreißende zum Ausgang führten, schlug Joachim außerhalb des verabredeten Programms die Akkorde der Mondscheinsonate an. Er wusste, dass seine Musik in diesem Moment in ihr Innerstes drang. Gertrud konnte noch lange über die Flure und Gänge, bis in den Kreißsaal hinauf, Joachims Klavierspiel hören. Er spielte den zweiten und schnelleren Teil der Mondscheinsonate, ganz virtuos, zu dem sich Vaters treuer Hausmusikus wegen Abnutzung seiner Begabung aus Altersgründen einst nie wieder aufschwingen konnte, als sie noch bei ihren Eltern wohnte.

Gertrud brachte einen gesunden Knaben zur Welt, der seine sieben Pfund wog. Die Geburt verlief rasch und ohne Komplikationen. Den Jungen nannte sie Rüdiger. Mit großer Selbstverständlichkeit saugte er sich an ihr satt. Darin waren sich Mutter und Kind sofort einig, dass man sich auf die Natur verlassen durfte und keine ängstlichen Worte um das Nachwachsen oder Versiegen der Quelle verschwendet.

Am nächsten Tag wollte sich Gertrud langsam erheben, herumlaufen und sehen, was der Kraftakt der Geburt mit ihr angestellt hatte. Sie wurde dabei erwischt und harsch angewiesen, im Bett liegen zu bleiben. Aber das kümmerte sie nicht und sie verbuchte es als kleinen Triumph, selbständig zur Toilette zu laufen. Ihr Instinkt war voll und ganz auf schnellste Wiederherstellung ihrer körperlichen Verfassung gerichtet, allein zur Sorge und Schutzübernahme für das geborene Kind. Gertrud war zäh wie eine Katze.

Über Geburtsleiden und Unannehmlichkeiten in solcher Folge sprach sie nicht. Davon wollte sie auch von anderen Müttern nichts wissen. Sie verhielt sich in diesem Punkt nicht wie eine vom Kindbett aufgestandene Frau, sondern so, wie man es vielleicht von einem Vater erwartet hätte.

Die Nachricht von der Ankunft des Kindes traf per Telegramm im Schloss Altenburg ein. Über die Deckadresse des Heim Pommern teilte Gertrud mit: „Der Kasten ist unversehrt angekommen."

Der Kasten stand für Junge, Kiste für Mädchen. Walter wusste also Bescheid. Er hätte nun einen Brief schreiben können, ein kurzer hätte gereicht, oder er wartete weitere

Nachrichten ab. Mit dem Geschäft daheim ließ sich beinahe alles stichhaltig begründen, vor allem, dass er nicht abkömmlich war.

Die Umsätze waren kontinuierlich gestiegen. Das Kaffeehaus befruchtete auf unerklärliche Weise den Hotel- und Restaurantbetrieb. Es war en vogue, in dem Kaffeehaus zwischen Kavalier- und Ziegelmeile vorbeizuschauen und ins neuartige Flair zum Vergnügen und abendlichen Verweilen abzutauchen. Fremde verbanden das gern mit einer oder zwei Übernachtungen im Haus. Es war genauso gekommen, wie sich das Gertrud mit dem Schmelztiegel der Bevölkerungsschichten vorgestellt hatte. Die Lebeleute betrachteten die Vornehmen und umgekehrt wie im Zoo. Zuweilen ging es zu wie im Streichelgehege und alle waren nach ihren Erfahrungen miteinander überrascht, angenehm oder irritiert, lüstern angestachelt oder verstört. Wer da war und es sich angesehen hatte, konnte nun endlich auch mitreden. Es paarten sich gefühlvoll das Verruchte und das Mondäne.

Walter profitierte zudem von den neuen Herren in Braun. Denen wusste er freundlich und zuvorkommend zu begegnen. Es entging ihm auch nicht der Hang der Nationalsozialisten, sich mit allen Neuheiten in der Stadt wie mit fremden Federn zu schmücken. Da sie nun einmal den Stolz des Besitzers teilten, ließen sie auch eine Vielzahl kleinerer Veranstaltungen im Restaurant ausrichten. Für Walter waren das Gelegenheiten, sich ihres Wohlwollens und seiner eigenen Bekanntheit zu erfreuen. Das konnte auf den verschlungenen bürokratischen Wegen von Nutzen sein und verschaffte ihm hier und da bessere Ausgangspositionen gegen die Konkurrenz.

Ob Parteichef oder Bürgermeister, Kommandeur der kasernierten Polizei oder der Dessauer SS, die Dessauer Prominenz feierte gern im Schloss Altenburg Geburtstage und andere Höhepunkte des familiären und gesellschaftlichen Lebens. Die Braunen wurden auch auf Walters Talent aufmerksam, niedergegangene Betriebe in der Gastronomie wiederzubeleben. Das ergab sich wie nebenbei.

Auf ausdrücklichen Wunsch des Gauleiters musste Walter eines Tages ausgerechnet dem Schwiegersohn des Bonzen, der sich nach Arisierung einer renommierten Ausfluggaststätte überhoben hatte, beistehen, weil die Gunst der Partei wohl allein noch kein Garant für den Erfolg dieser Unternehmung gewesen war. Walter blieb in diesem Fall nichts weiter übrig, als die Geschäftsführung des Lokals an der Elbe für den Günstling einige Zeit selbst zu übernehmen. Denn nichts fürchtete der Gauleiter mehr, als sich für den Schwiegersohn in aller Öffentlichkeit zu blamieren.

Die üble Vorgeschichte, die perfide Arisierung mit offenkundigen und heimlichen Tricks, stieß Walter bei Durchsicht der alten Geschäftsunterlagen mit Bitterkeit auf. Es war aber nicht bitter genug, sich seiner Mitwirkung zu enthalten. Auch wollte er sich nicht mit den Mächtigen anlegen und lieber gern bei ihnen gesehen, als nur gelitten sein.

Walters Geschäfte liefen ausgezeichnet, forderten jedoch mit den zahlreichen Baustellen, wie er seine Raststätten und Gaststätten in der Nähe der Autobahn nannte, einen hohen zeitlichen Tribut. Er war komplett ausgebucht, als ihn die Nachricht von der Geburt seines Sohnes ereilte.

Der Große Klaus, der Walter das Telegramm überreichte und eingeweiht war, fragte mit einiger Skepsis: „Sie werden doch hinfahren, nicht wahr? Sie wollen sie doch besuchen?"

Walter befand sich in einem ganz anderen Modus und zuckte ratlos mit den Achseln. Operativ liefen gerade ein paar Kleinigkeiten aus der vorgeschriebenen Bahn. Immer wieder gab es Ärger mit den Behörden oder mit dem Personal. Sie brauchten überall seine Anwesenheit, seine Entscheidungen und vor Ort seine geschickte Hand. Er konnte jetzt nicht einfach verreisen.

Aber der Große Klaus hatte ihm mit der Frage nach dem Besuch etwas in sein Gewissen geimpft. Da ließ die Wirkung nicht lange auf sich warten. Walter warf ein paar Tage später seinen gesamten Terminplan über den Haufen. Zuerst radierte er die unumstößlichen und wichtigen Termine aus, telefonierte deswegen sogar mit der Partei. Dann waren die untergeordneten Vorhaben dran. Walter schob das alles auf eine neue Leiste, als ginge er daran, eine neue Welt zu erschaffen.

„Ich lasse mir doch nicht mein Leben aus der Hand nehmen", sagte er zu sich. Er verknüpfte alles neu in seinem Kopf. Es würde Zeit kosten, Dinge komplizierter machen, vielleicht würde er sogar Geld verlieren.

„Der Große Klaus wird sich wundern und sich mit einem Mal ins Geschehen hineinkatapultiert fühlen. Das erstaunte Gesicht, das der gleich macht, soll mich jedenfalls freuen", dachte Walter vergnügt.

Schon entwickelte er einen enormen Schwung, seinen Plan umzusetzen. Er rief den Großen Klaus zu sich und sagte: „In ein paar Tagen fahre ich nach Pommern. Du musst hier ein paar Sachen übernehmen, von denen du noch nichts verstehst. Also pass gut auf. Ich werde dir jetzt alles, was du machen sollst, ganz genau erklären."

Er beobachtete den Großen Klaus, der sehr aufgeregt war.

„Der Himmel wird nicht einstürzen, wenn hier was aus

dem Ruder läuft. Aber du hast Recht. Ich muss jetzt zu ihr und zu meinem Kind. Da darf mich nichts aufhalten, kein Geschäft, keine Partei. Der Junge wird mich später einmal fragen, wo ich damals gewesen bin."

Vor der Abreise sprach er lange mit Bertha. In ihrer Vorstellung diente die Reise dazu, alle Formalitäten zu erledigen und Vorbereitungen zu treffen, die für eine Adoption und Heimholung des Kindes ohne leibliche Mutter nach Dessau erforderlich waren. Sie ging also sehr organisatorisch an die Sache heran. Der Arzt hatte ihr noch einmal bestätigt, dass sie keine eigenen Kinder zur Welt bringen würde. Dabei war Bertha geradezu besessen von ihrem Kinderwunsch. Nun wähnte sie sich beinahe am Ziel. Allerdings verwechselte sie die offizielle und ernst gemeinte Aufkündigung der unerlaubten Liebesbeziehung zwischen Gertrud und Walter mit einem restlos erloschenen Vulkan. Die Möglichkeit seines Wiederausbruchs zog sie keinen Moment in Betracht.

Walter hatte der Heimleitung in Bad Polzin seine Ankunft telegrafisch angekündigt und zu Gertruds Überraschung um Geheimhaltung gebeten. Sein erster Weg führte ihn zu Dr. Lüke, dem er ein paar gute Zigarren und eine Flasche Kognak mitgebracht hatte.

Der Seelendoktor ließ den Besucher Platz in seinem Büro nehmen und betrachtete ihn lang. Das konnte einen Geschäftsmann wie Walter nicht aus der Fassung bringen. Aber er sah wohl, dass ihn der Heimleiter mit gemischten Gefühlen empfing. Der war stets auf der Hut vor den Vätern, die wie aus der Versenkung plötzlich in Erscheinung traten, um sich stolz ihrer Zeugung zu versichern. Sie bedachten nicht, kamen beim besten Willen nicht auf den Gedanken, dass ihr Besuch die Mütter, die sich über Monate endlich mit dem Zustand ihrer Verlassenheit abgefunden hatten, vollends durcheinander brachte. Flugs errichteten die jungen Frauen neue Traumschlösser, schöpften Hoffnungen auf das Knüpfen ehelicher Bande, die Gründung einer Familie, nur um nach einiger Zeit umso deutlicher auf die Wiederholung ihrer Enttäuschung zu stoßen. Der Doktor konfrontierte den vor ihm sitzenden Vater daher mit der trockenen Bemerkung: „Die Blitzbesucher auf einen Nachmittag werden meistens nie wieder gesehen."

Walter nickte und wollte die Erfahrung des Doktors damit als gültig anerkennen. Dann erhob er sich langsam und ging zur Tür, die er ins Schloss fallen ließ, aber von innen und nicht von außen, um zu seinem Platz zurückzukehren.

Sie sprachen fast eine Stunde miteinander. Danach war zu beiderseitigem Verständnis einiges ausgeräumt, das ein Zwielicht auf Walters Besuch geworfen hätte. Der Doktor begleitete den Gast zum Ausgang, wo er sich zu einem Parkspaziergang mit Mutter und Sohn bereithalten sollte. Er drückte ihm fest die Hand, um sich zu verabschieden.

Eine Kinderschwester brachte Gertrud eine Viertelstunde vor der üblichen Zeit ihr ausgehfertig gekleidetes Kind. Normalerweise hätte sie das Kind selbst windeln und anziehen müssen.

„Sie haben Besuch, Frau Gertrud."

Während Gertrud ihren Rüdiger an die Brust nahm, malte sie sich in Gedanken Joachims Bild, wie er da vor der Tür stand und sie erwartete. Wer wollte sie sonst im fernen Pommern besuchen? Im Eingangsbereich half ihr die Schwester, das Kind in einen käferähnlichen Kinderwagen zu legen. Gertrud deckte Rüdiger zu, der mit seinen winzigen Fingern nach ihr griff. Sie sah ihn verliebt an und gab dem tropfenförmigen Gefährt Schwung über die Schwelle.

„Ja", dachte sie, „der Joachim wird Augen machen. Und ich selbst bin auch schon wieder recht schlank und keine schwankende Tonne. Vielleicht macht er es eines Tages wahr und fährt mit uns an den Kolberger Ostseestrand."

Aber an der Tür wartete nicht Joachim, sondern Walter.

Gertruds Freude war wie ein stummer Schrei, der einer Verwunderung und Verwandlung ins Weiche und Zärtliche wich, die Walter sehr überraschte. So kannte er Gertrud nicht. Er musste sie einen Moment stützen, aber schon hatte sie diese Berührung elektrisiert, die sich zu einer Umarmung ausdehnen wollte. Sie zogen sich an wie Magnete. Keine Entsagung, kein vernünftiger Entschluss konnte es verhindern. Gertrud hatte ihr Gesicht an seinem Hals vergraben und sie bebte und schluchzte diese ganze Mannsfestung in einem Sturm weich. Es dauerte und dehnte sich lang. Ihre Seelen flatterten heftig. Von Leib zu Leib tauschten sie wohlige Wärme und ihre Körper erkannten sich tastend mit jeder Fiber. Walter fühlte an ihrem Haar, das er mit seiner Wange streichelte und dessen Duft er einsog, dass er sie immer noch liebte, vielleicht immer lieben würde, als wären sie nie durch einen Spruch getrennt.

Gertrud sah ihn nun an, mit Tränen im lachenden Gesicht. Sie ließ seine Schultern nicht los, um ihn nun auch zu halten, weil sein Herz genauso bebend überfloss. Dann zeigte sie ihm stolz das Kind.

„Das ist dein Sohn, Walter!"

Und er erwiderte etwas Richtiges, nur der Umstände wegen sehr Unvernünftiges darauf: „Gertrud, das ist unser Kind!"

Unterwegs im Park nahm Walter immer wieder den kleinen Rüdiger auf seinen Arm. Er überbot sich mit Albernheiten. Diese Seite kannte Gertrud wiederum an Walter noch nicht. Wie sich Walter beim Entzücken und Nachmachen des Kleinen gehen ließ, fand sie sehr komisch. Andächtig beobachtete er sie dann beim Stillen. Es entging ihm nicht die Innigkeit zwischen Mutter und Kind. Er konnte sich nicht sattsehen an seinem Sohn und es bestand nicht der geringste Zweifel, dass er schon jetzt vernarrt in ihn war. Walters Heiterkeit entsprang der Sinngebung, die die Geburt des Kindes, das Begreifen dieses Wunders, nun unmittelbar in ihm auslöste. Mit dieser Haltung bewies er Charakter, wollten ihr nur Taten folgen.

Nach einigen Parkrunden schnitt Walter ihre heiklen Zukunftsthemen an. Die alberne Ausgelassenheit war mit einem Mal verschwunden. Da fröstelte ihr etwas beim Gehen. Seinen Vorschlag kannte sie im Wesentlichen schon, aber auseinandergesetzt hatte sich Gertrud damit noch nicht. Sie schob die künftige Obhut des Kindes, wie alle Probleme derzeit, mit entwaffnender Seligkeit beiseite. Eine Art Schicksalsvertrauen, alles möge sich nach einem geheimnisvollen und guten Plan für sie fügen, hatte von Gertrud Besitz ergriffen. Sie hörte nun erstaunt von ihrer und Rüdigers Zukunft reden.

Da ihr Walter nun in freundlichen Farben das Leben an der Fernverkehrsstraße in Roßlau beschrieb, die Raststätte Magdeburger Hof als einen blühenden Garten, wollte es ihr nicht gerade logisch erscheinen, warum Rüdiger hier nicht mit ihr zusammen leben sollte. Sicher hätte sie dafür Unterstützung zur Kinderbetreuung gebraucht. Denn mit Kleinkind an der Hand führt man keine florierende Raststätte mit Herberge. Aber Bertha wollte nun einmal das

Kind nicht nur ein paar Stunden über den Tag betreuen, sie reklamierte die Mutterschaft für sich. Gertrud sollte sich dafür fernab halten.

Wie kam Bertha überhaupt auf den Gedanken, Gertrud könnte ihren kleinen Rüdiger, den sie gebar, stillte und dem sie Briefe schrieb, dem sie die Mutter war, so vollständig und total loslassen wollen? Am Anfang hatte es Gertrud wohl durchaus einmal aus Überforderung mit ihrer Situation theoretisch in Erwägung gezogen. Es war für etwaige Notfälle die Rückzugslinie. Einstweilen sagte Gertrud dazu noch nichts. Mit dem Kind hatten sich ihre Koordinaten verschoben. Sie war Walter dankbar für seinen Plan, den er sich so gründlich ausgedacht hatte. Er sorgte sich, fühlte sich verantwortlich.

Als sie wieder am Heim Pommern angelangt waren, brach es plötzlich aus Walter heraus, der sich längst an der Erörterung der Einzelheiten steif geredet hatte: „Ach, es sind zwei verschiedene Dinge, ob man sich so etwas im Kämmerlein ausdenkt oder in Ansehung der Tatsachen darüber spricht. Verzeih, es muss eine Zumutung für dich sein!"

Gertrud wollte jetzt nicht darüber nachdenken. Wenige Stunden blieben ihnen noch, dachte sie, oder sogar nur Minuten?

„Wann geht dein Zug heute?", fragte sie besorgt.

„Der Heimleiter hat mir gesagt, was Blitzbesuche bei euch bedeuten."

„Das ist nur ein böser Aberglaube. Der gilt für uns nicht."

„Ich reise erst übermorgen. Bei eurem Doktor habe ich Urlaub für dich und Rüdiger erhalten. Mit dem Großen Klaus habe ich auch schon telefoniert und mein Quartier in Polzin verlängert. Morgen nach dem Frühstück hole ich dich ab. Gegen eine hübsche Summe leiht uns der Doktor seinen Wagen, wenn wir unterwegs in Belgard etwas für ihn erledigen."

„Walter, das glaube ich jetzt nicht. Hier gibt es keinen Urlaub für Mütter mit neugeborenem Kind. Das muss man in München beantragen. Dafür gibt es sehr strenge Regeln. Man fürchtet, dass sich die Kleinen anstecken könnten."

Man konnte ihm ansehen, dass er eine diebische Freude daran hatte, den strengen Regeln, wo es nur ging, ein Schnippchen zu schlagen. Er tat zu gern, was er wollte, vor allem dann, wenn er es nicht durfte. Walter platzte beinahe vor Mitteilungsdrang und grinste breit übers ganze Gesicht. Über Beziehungen in die SS, über die Wirkung seiner Zigarren, die er dem Doktor mitgebracht hatte, oder andere seltsame Hebel zur Erlangung dessen, was er wollte, nämlich diesen einen Tag Urlaub mit seinem Sohn, darüber sprach Walter nicht. Es sollte sein gut gehütetes Geheimnis bleiben.

„Walter, das kommt mir vor wie ein Märchen. Wohin willst du mit uns fahren?"

„An die Ostsee natürlich, an den Kolberger Strand. Das Meer hat der Junge noch nicht gesehen. Dieses Märchen wollen wir ihm nicht vorenthalten."

Liebe Gertrud,

diese Tage konnte ich meine Familie in Bielefeld zu einem Besuch in Dessau überreden. Da hat mir Walter endlich in aller Ausführlichkeit von dem kleinen Rüdiger erzählt und von seinem Besuch in Bad Polzin. Was hat das Kerlchen nur mit ihm gemacht! Walter war zärtlich gestimmt, während er über euer Kind sprach, und er fand so treffende Bilder und so liebenswürdige Worte zu seiner Beschreibung, die ich ihm gar nicht zugetraut hätte. Schade nur, dass er keine Fotos von eurem Ausflug ans Meer mitgebracht hat. Der feine Ostseesand begleitete ihn bis nach Hause, rieselt immer noch aus seinen Ärmeln und krümelt in seinen Schuhen. Und was hat er mir, mein Bruder, der nun einmal mein kleiner Bub bleibt, zur Erklärung geboten?

„Wir haben bloß ein wenig getobt."

Ich bin also einigermaßen im Bilde, wie sich alles zugetragen hat. Das Rauschen und leise Wellenbrechen am Strand, der leichte und salzige Wind auf eurer Haut, die Möwen schrien durcheinander. Ja, Gertrud, ich habe euch die schönen Stunden am Meer, nachher zu zweit in Polzin, als der Kleine schlief, nicht nur gegönnt, es hat mein Herz gefreut und erwärmt. Ich sage das trotz aller Besorgnis über das unklare Verhältnis, das sich nun wieder eurer Gemüter bemächtigt. Walter hat mir gegenüber kein Geheimnis daraus gemacht. Ich musste nicht fragen und las es in seinem Gesicht.

Er ist wie verwandelt, ja geradezu verträumt. Oft sehe ich ihn nun mit seinen Leuten scherzen. Er kümmert sich um ihre Angelegenheiten. Im Geschäftlichen schaut er weit und kühner als sonst voraus. Er schmiedet Pläne. Zum Magdeburger Hof hat er vor wenigen Tagen ein großes Grundstück hinzugekauft. Nun können auch Lastwagen bequem hinter dem Roßlauer Haus parken. Das sind untrügliche Zeichen dafür, dass er verliebt ist, in Dich oder in das Kind, wahrscheinlich in euch beide.

Verstehe mich bitte nicht falsch, liebe Gertrud! Ich befürchte, das wird es nicht leichter machen.

Sollte sich Bertha doch noch entschließen, dass Du nach Schloss Altenburg zurückkehren kannst, ganz ausgeschlossen ist das ja vielleicht nicht, müsst ihr euch, Walter und Du, tapferer als bisher voneinander lossagen. Alles andere würde in die Katastrophe führen, bei der euer Sohn wohl zuerst der Leidtragende wäre.

Aber zunächst einmal: Ich bin froh, dass Du Dich selbst in guter Verfassung befindest. Du hast Dich über die Monate in Pommern nicht entmutigen lassen und ich beobachte mit großem Respekt, wie es Dir gelingt, Deine seelische Balance zu halten. Wäge gut für Dich und das Kind ab, was Walter Dir rät, fasse keine voreiligen Entschlüsse!

Walter hat mich gebeten, ich möge noch einmal mit Bertha reden. Möchtest Du das auch? Ich werde hier nichts ohne Deine Zustimmung und Billigung unternehmen. Schlag auch nicht zu schnell Walters Angebot mit dem Magdeburger Hof aus! Es wäre vernünftig, wenn Du Dir das vor Ort einmal ansehen könntest, nicht sofort, aber bald.

In den vergangenen Tagen habe ich mich nun auch der Mühe unterzogen, obwohl das nicht einfach für mich war, etwas über Walters Herkunft aufzuschreiben.

Unser Vater war Uhrmachermeister in Zerbst. An unsere Mutter kann sich Walter nur noch dunkel erinnern. Sie war der heitere Geist und diejenige, die alles im Überblick unter unserem Dach hatte. Walter war noch sehr klein, als sie uns verließ. Sie starb im Kindbett und unser jüngstes Geschwisterkind wollte ihr ein paar Tage nach der Geburt folgen, um sie nicht alleine zu lassen.

Die Aufgabe, die mir als ältestem Geschwisterkind zufiel, bestand darin, Walter nicht nur die große Schwester, sondern so etwas wie eine Mutter zu sein. Gegen alle Unmöglichkeit und nicht ohne selbst dabei Schaden zu nehmen, ist mir das sogar manchmal gelungen. Was nicht gelang, flick-

ten wir notdürftig und großzügig mit Liebe. Ich habe mich aufgeopfert und das Beste versucht. Aber Mutters Überblick an Vaters Seite konnte ich nicht aufbringen. Dafür war ich zu klein und unerfahren obendrein.

Vater war ein geschickter Uhrmacher, flink und genau. Sein Handwerk bestand in der Reparatur großer und kleiner Zeitmesser der Leute, jener tickenden Mahner, die uns sagen, Zeit sei das Leben und Zeit sei`s zu leben, Apparate, die die Leute in der Tasche und neuerdings auch am Handgelenk tragen, auch solche, die auf Schränken oder in den Ecken stehen. Davon konnten wir einigermaßen gut und bescheiden leben. Neue Moden und Techniken eignete sich Vater als Fachmann schnell an. Das musste er auch, denn Uhren werden schneller historische Zeitzeugen als andere Gebrauchsgegenstände. Wie die meisten Uhrmacher ergänzte Vater sein Geschäft durch den Verkauf von wertvollen Uhren und teuren Schmuckgegenständen.

Das gelbe Metall übte eine große Anziehungskraft auf ihn aus. Er liebte goldene Taschenuhren und schwere, brillantbestückte Ringe, die handwerklich gut gearbeitet und zeitlos in ihrem inneren und äußeren Wert waren. Wohlgemerkt, Vater gehörte nicht zu den Goldschmieden oder Edelmetallhändlern. Mutter redete ihm ins Gewissen, mit diesen kostbaren Dingen, die für unsere Verhältnisse im Allgemeinen zu teuer waren, nicht zu spekulieren. Aber Vater hielt sich nicht immer daran. Es lockte ihn, seine profunden Kenntnisse über schwankende Edelmetallpreise in Gewinn umzusetzen.

Walter erinnerte sich an eine Begebenheit mit unserem Vater, die er wie einen Schatz in seinem Gedächtnis hütet. Als kleiner Bub fragte er Vater bei der Arbeit mit Lupe und Griffel, er korrigierte etwas am Deckelverschluss seiner eigenen

Uhr, warum die Leute meinen, Gold sei ein weiches Metall. Da klappte Vater seine Taschenuhr zu und bat Walter, doch einmal kräftig mit den Vorderzähnen draufzubeißen. Die kleinen Zähne hinterließen deutlich sichtbare Spuren. Das Experiment war gelungen.

Diese von Kindermund angebissene Uhr mit milchzahngezeichnetem Sprungdeckelverschluss gehörte nun eines Tages leider auch zu den Dingen, die Vater verkaufen musste, um Verluste aus Spekulationen mit dem Edelmetall zu decken.

Walter ist bis heute auf der Suche nach dieser Uhr mit dem Abdruck seiner Kinderzähne. Er lässt keine Gelegenheit aus, Juweliere und Uhrmachermeister auf antike Taschenuhren in Gold anzusprechen, die mit einem Schlagwerk bestückt sind, so sich denn solche Uhren im Verkaufsangebot der Geschäfte befinden.

Nach einem herben Rückschlag, der einem guten Handelsgeschäft folgte, das Vater leichtsinnig gemacht hatte, verlor er seine gesamte wirtschaftliche Existenz. Ein paar Wochen waren wir sogar ohne eigene Wohnung.

Schließlich fanden wir ein kleines Zimmer, vertraglich nur einer erwachsenen Person überlassen. So musste ich mich mit Walter über lange Zeit unsichtbar machen. Vater arbeitete in einer Fabrik. Dazu waren wir mit weniger Habe nach Dessau gezogen. Das war eine harte und entbehrungsreiche Zeit, an die ich nicht gerne zurückdenke. Wir Kinder waren seine einzige Freude, eine bittersüße, da uns das Schicksal nicht wieder so schnell verwöhnen wollte. Ich war viel mit Walter allein. An Freunde, Schule und ein normales Leben war nicht zu denken.

Am schlimmsten war für mich das Versteckspiel mit dem Vermieter, das ein paar Monate dauerte. Wie sollte ich dem ungestümen Walter erklären, dass unsere Anwesenheit unerwünscht, unzulässig und bei Entdecken mit unangenehmen Folgen verbunden war. Wir hätten uns zu dieser Zeit keine andere Wohnung leisten können. Ständig musste ich in Walters Spiel eingreifen und um Ruhe betteln und bitten. Ich kam mir vor wie auf einer gefährlichen Flucht und ich entwickelte eine panische Angst vor dem Vermieter. Es fraß auch an meinem Selbstgefühl, weil ich nichts Unsichtbares und Heimliches sein wollte. Manchmal fühlte ich mich wie ein Nichts und wünschte mir sehnlichst, im Hausflur wie ein normaler Mensch die Treppen hinauf- und wieder hinabzusteigen und die Nachbarn freundlich zu grüßen.

Mit Näharbeiten trug ich dann etwas zu unserem Lebensunterhalt bei. Wichtiger daran war jedoch, dass ich mich mit einer Arbeit beschäftigte, denn ich ging wegen Walters Betreuung und Aufsicht nicht in die Schule. Als Walter eingeschult wurde, arbeitete ich in einer Wäscherei.

Von dort holte mich der Bub regelmäßig von der Arbeit ab. Er weinte einmal ganz schrecklich, weil ich mich verspätet hatte. Da wurde mir erst so recht klar, wie wir in unserem Geschwistergespinst aneinander hingen. Ich schüttelte ihn, presste ihn an mich, rüttelte ihn wach, damit er sich meiner versicherte und wieder zur Ruhe kam.

Walter ging gern in die Schule und machte mit guten Noten und ein ordentliches Betragen auf sich aufmerksam. Die Natur hatte ihn mit einem besonderen Talent gesegnet. Er löste mit erstaunlicher Geschwindigkeit komplizierte Rechenaufgaben. Sie wollten ihn damit sogar einmal im Zirkus auftreten lassen. Diese Begabung fürs Rechnen eröffnete ihm trotz unserer Armut eine kleine Karriere.

Vater nahm ihn bei einer Gelegenheit mit zur Post, um ein paar Briefmarken zu kaufen. Vor ihnen am Schalter stand ein Herr mit Zwirbelbart, der eine größere Abrechnung machte. Der Schalterbeamte nannte einen Preis, den Walter umgehend korrigierte. Dem Herrn war das ein großes Vergnügen. Der Schalterbeamte protestierte, aber rechnete noch einmal nach. Da war der Fehler, für den er sich entschuldigen musste, auch bald gefunden. Zwirbelbart stellte nun Walter mit einer Rechenaufgabe noch einmal auf die Probe, deren Schwierigkeitsgrad aber so simpel war, dass sich Walter beinahe nicht ernst genommen fühlte.

Es stellte sich heraus, dass der Herr selbst im höheren Dienst bei der Reichspost beschäftigt war. Er lud Walter zu einer Eignungsprüfung ein. Guter Rat für Walters Erwerbsleben war teuer und kam uns sowieso gerade gelegen. An ein Studium war nicht zu denken. Walter träumte von einem Rechtsanwalt- oder Bankberuf. Eine Lehre bei der Reichspost erschien uns zumindest davon etwas Ungefähres zu sein.

Die Bewerber rechneten einen ganzen Tag Mathematikaufgaben und beantworteten Fragen. Am Schluss wählte die Post ein paar Schulabsolventen aus, die sich behauptet hatten. Man sah über Walters schwierig zu beurteilendes Milieu hinweg, weil er der Einzige war, der fehlerfrei gerechnet hatte. Sie gaben ihm mit Zwirbelbarts Empfehlung eine Chance.

Das eröffnete Walter eine Beamtenlaufbahn bei der Post und Vater und ich waren stolz auf ihn. Nun war er es, der ein wenig Geld mit nach Hause brachte. Allmählich verbesserten sich unsere Wohn- und Lebensverhältnisse.

An Schloss Altenburg war zu dieser Zeit noch nicht zu denken. Dieses Märchen, liebe Gertrud, das auch Rüdiger einmal in „Tausendundeiner Nacht" erfreuen soll, spare ich uns fürs nächste Brieflein auf.

6. Kapitel

An einem späten Junitag des Jahres 1941 teilte sich die Müttergemeinschaft zum Frühstück an den Tischen in eine besorgte bis gleichgültige und eine lebhafte bis euphorische Saalfraktion. Die still Besorgten waren auf der einen Seite gegen ängstlich Überbesorgte in der Überzahl, auf der anderen Seite hielten sich die jeder Sensation freudig Aufgeschlossenen und die Fanatikerinnen die Waage. Hier betretenes Schweigen, da erregte Diskussion und Erörterung der neuesten Rundfunknachrichten an allen Tischen. Deutsche Truppen waren überraschend in Russland einmarschiert.

Ohne besondere Absicht, nicht aus Protest, verdichtete sich die Sorge und mit ihr das Schweigen im Saal, das langsam den Redefluss der Kriegspropagandistinnen erstickte, die Moskau schon so gut wie in deutscher Hand wussten. Auch die Skeptikerinnen wünschten einen Blitzsieg a la Frankreich und Polen, aber aus Angst und aus dem Wunsch heraus, sie mögen das unerhörte Abenteuer unbeschadet überstehen.

Gertrud ärgerte sich über diese Hasenfüße im Haus. Der Plan des Führers zur Eroberung von Lebensraum im Osten war ihr vertraut. Man musste ihn nun aus ihrer Sicht in der Ausführung mit aller Kraft und Leidenschaft unterstützen. Sie bewunderte die Tatkraft und Entschlossenheit des Führers. Für die Zaghaften und Zögerlichen, die Ängstlichen und Unbestimmten in ihrer Umgebung konnte Gertrud kein Verständnis aufbringen. Überzeugung und Ungeduld standen dagegen. Sie wollte mobilisieren und missionieren.

Käthes freundschaftlicher Appell an Gertruds sonst so geschätzte Gelassenheit traf einen wunden Punkt. Denn Gertruds Übereifer in weltanschaulichen und politischen Dingen, der sich im Laufe der Zeit verfestigt und beim Lebensborn weiter bestärkt hatte, vertrug Gelassenheit nicht. Was Käthe daran störte, war die Dissonanz, die Gertruds Bissigkeit in einem geselligen Moment und zu aller Erstaunen hervorrufen konnte.

Sie hörte Gertrud gern reden, auch zu politischen Dingen. Was jedoch bei Käthe hängenblieb, war von der Sache selbst ziemlich wenig. Sie bewunderte Gertruds Haltung und Verbindlichkeit und dass sie sich flink in der Rede wie mit ihrem Körper ausdrücken konnte. In ihrem Umfeld daheim hatte Käthe überwiegend Erfahrungen mit Menschen ohne echte Überzeugungen gemacht oder erlebt, wie Meinungen der Männer in einer ersten Bewährung auseinanderfielen. Käthe war eher ein Zaungast, politisch nicht sehr interessiert, aber die Geradheit einer Frau wie Gertrud, die ihre Meinung vertrat, auch offensiv, machte großen Eindruck auf die Allgäuerin.

Gertrud verwechselte das gern mit dem Inhalt ihrer nationalsozialistischen Anspielungen und Bemerkungen, sobald sie bei Käthe ein offenes Ohr dafür fand. Käthe widersprach nie. Was sie vernahm, erschien ihr manchmal nur merkwürdig oder sie fand es übertrieben.

Gertrud setzte ein Zeichen. Es war die ihr eigene Reaktion auf ein Ereignis im Speisesaal, das am Vorabend stattgefunden hatte. Ihr ernst gemeinter Wortbeitrag zu Tisch, Gertruds wohl überlegter Schlusssatz, den sie sicher, aber pathetisch vorgetragen hatte, wurde von einer Pensionärin am Nebentisch in der Tonlage und im Dialekt des Führers nachgeäfft. Daraufhin hatte es Gelächter gegeben, nicht ehrabschneidend, aber überaus komisch. Damit hatte Gertrud nicht umgehen können, weil es aufs Politische zielte. Sie hatte sich wie angeschossen gefühlt und die blanke Wut war in ihr übergeschnappt. Sie musste auf der Stelle den Saal verlassen. Tränen schossen ihr in die Augen und was immer dafür wirklich ursächlich war, sie erkannte sich selbst dabei kaum. Beinahe hätte sie vollständig die Fassung verloren.

Als Gertrud am nächsten Morgen den Speisesaal betrat, sie meißelte ein Lächeln in ihr Gesicht, richteten sich alle Augen auf sie. Vor sich her trug sie die weiße Büste des Führers, feierlich wie eine Urne, die sich überhaupt nur so tragen ließ, weil sie aus Gips und nicht aus Marmor war. Die morgendliche Konversation verstummte. Kopfschütteln und Flüstern im Raum.

Die ist doch nicht etwa verrückt geworden?

Gertrud stellte die Büste auf ihren Tisch wie ein Postpaket, in dem sich Leckereien aus der Heimat befanden. Da warf nun doch jemand demonstrativ sein Besteck auf den Teller und es scheppterte gewaltig. Aber Gertruds Wut verwandelte sich gerade in ein diffuses Gefühl zwischen Hingabe und Überlegenheit. Sie nahm nun ihr Halstuch ab, um es dem Führer zum Zeichen ihrer Verbundenheit umzubinden, weil er es ernst mit dem Lebensraum im Osten gemeint hatte und seine Truppen in die Sowjetunion einmarschiert waren.

Am meisten beeindruckte die Geste den Heimleiter, obwohl er es erst ein paar Tage später von Dritten erfuhr.

Die Münchner reklamierten nun oft Dr. Lükes Reisebereitschaft und Anwesenheit in der Zentrale. Wie Pilze sollten die Lebensbornheime nach dem Willen des Reichsführers SS reichsübergreifend aus dem Boden schießen. Besonders verwegen fasste der Lebensborn in Norwegen Fuß. Der Stab zur Organisation der Neugründungen griff nun auf die Erfahrungen der Altvorderen zurück, die er regelmäßig dazu konsultierte.

Als sie im Heim Pommern dem Doktor die Sache mit dem Halstuch um Hitlers Büste berichteten, kam er auf eine Idee. Dazu sprach er Gertrud nach dem Radiogemeinschaftsempfang einer Führerrede an.

„Ich habe von ihrem Zeichen mit der Führerbüste gehört. Vollkommen einverstanden damit! Man muss Flagge zeigen, wenn sich andere wegducken. Bleiben Sie uns hier noch einige Zeit erhalten, Frau Gertrud? Sie wissen, dass ich Sie schätze und ich frage das nicht ohne Eigennutz."

Gertrud freute sich über das Kompliment. Der Doktor hatte sie noch nie enttäuscht. Er verstand es im rechten Moment, sie immer wieder zu motivieren. Und sie wollte sowieso Rat bei ihm holen.

„Gewisse Möglichkeiten setzen voraus, dass ich mein Kind bei Walters Frau abgebe. Aber das kann ich nicht."

„Sie suchen eine Alternative?"

Jetzt hatte es endlich jemand deutlich ausgesprochen.

„Ja."

Dr. Lüke nahm sie ein wenig beiseite. Sie standen auf dem Flur und er überlegte kurz, das Gespräch in seinem Büro fortzusetzen. Aber er wollte ihr mit seinem Plan, der bereits weiter reichte, nicht zu große Hoffnungen machen. Es war noch zu früh, Gertrud einzuweihen. Es konnte jedoch nicht schaden, ihr jetzt schon, Zug um Zug, etwas zu bieten.

„Ein zeitlicher Aufschub sei Ihnen gewährt. Wir werden das in Ihrem Fall großzügiger als sonst handhaben. Die Partei, Gertrud, sagt Ihnen Danke damit."

Sie wollte nun etwas sehr Freundliches erwidern, aber der Doktor ließ sie erst gar nicht zu Wort kommen.

„Nächste Woche bin ich wieder in München. Wollen Sie mich hier zur weltanschaulichen Schulung vertreten? Ich kann Ihnen ein gut vorbereitetes Thema und meine Aufzeichnungen dazu geben. Trauen Sie sich das zu, Gertrud?"

Sie konnte es kaum fassen und nickte. Das Thema, das er ihr gab, lautete: Volk ohne Raum, Expansion in den Osten.

In Raglofjez, einem unbedeutenden Dorfflecken im Warthegau, den nicht einmal der Krieg aufstöbern konnte, strich der Sommerwind über die Ähren. Schwalben jagten über das Feld. In Wurfweite sonnte sich malerisch ein geducktes Bauernhaus mit weit geöffneten Fenstern und bis unters Spitzdach hinaufkletternden Ranken. Die Schwelle aus Stein hatten schon Großvaters deutsch-polnische oder polnisch-deutsche Vorfahren mit Filzpantoffeln ausgetreten. In dieser künstlichen Mulde, von einer uralten Türzarge gerahmt, saß der vierjährige Karol wie auf einem für sein kleines Gesäß passform geschliffenen Sitz.

Er war zu seines Großvaters Vergnügen und auf unermüdlichen Beinen einem Schmetterling hinterhergelaufen. Aber jetzt schmollte er mit dem flattrigen Ding, das sich nicht einfangen ließ. Wie einer, der seine Wunden leckt, rieb sich der Kleine die nackten Knie, die wie wild von Brennnesseln brannten. Das wusste er immerhin, dass er wegen Brennnesseln nicht vor dem Großvater heulen sollte, vor der Mama dagegen schon, die auf einem fremden Hof in der Nachbarschaft arbeitete.

Da lenkte ihn der dicke Kater ab und schmiegte sich im Vorübergehen an seine mit roten Pusteln besprenkelten Beine. Karol beobachtete den hocherhobenen Schwanz der Katze und dachte sich etwas Neues aus. Jetzt wollte er dem Kater klammheimlich auf seinen Streifzug ins Feld folgen. Als der Großvater mit einer Tasse Milch für den Jungen aus dem Haus trat, war der Junge im Kornfeld verschwunden.

Eilenden Schrittes näherten sich inzwischen Leute dem Haus. Sie nahmen eine Abkürzung über die feuchte Wiese. Viel zu spät wurde es der besorgte Großvater gewahr. Zwei Uniformierte und eine Frau waren dabei. Der Großvater ließ die Milchtasse fallen.

„Karol! Karolchen! Kleiner!"

Auf den Klang seines Kosenamens sprang der im Getreide versteckte Junge gleich an. Denn das war immer Großvaters Signal zum Spielen.

„Großvater?"

Schon stand der Alte neben ihm. Aber er sah nicht so lustig wie sonst aus beim Spielen.

„Du musst dich verstecken, Karolchen. Bleib hier und rühre dich nicht! Du darfst erst vorkommen und etwas sagen, wenn die Leute fort sind, die uns besuchen. Wie mausetot musst du jetzt sein. Mausetot, hast du verstanden?"

Der Großvater flehte ihn an und der Junge nickte, ein artiges Kind.

„Rühre dich nicht! Erst wenn ich dich rufe. Und es kann dauern. Sie dürfen dich nicht sehen."

Karol hatte für den Moment verstanden.

Aber es war schon zu spät. Von fern hatte ihn die Frau mit Raubvogelaugen erspäht. Großvaters List war durchschaut. Zu einem der Uniformierten rief sie: „Der wird uns zur Täuschung gleich ins Haus locken und mit Kartoffelschnaps begrüßen. Lass dir nur Zeit beim Schnäpschen mit Opa. Wir holen derweil den kleinen Wildfang vom Feld."

„Und die Mutter vom Bastard?"

Die Raubvogelfrau beschleunigte ihren Schritt und keuchte.

„Die Polenhure ist nicht im Haus. Und mit dem Alten wollen wir schon fertig werden."

Großvater zitterte, als er vier Gläser auf den Tisch stellte. Er hatte bemerkt, dass nur einer seiner Einladung ins Haus gefolgt war, die anderen drückten sich an der Tür herum. Das beunruhigte ihn, spannte ihn auf die Folter.

Er gab dem Mann einen Begrüßungsschnaps, prostete ihm zu und stürzte selbst ein Glas hinunter. Aber es half nichts, die Hände zitterten unentwegt unter den Augen des Besuchers. Der Großvater befreite sich von seiner Furcht mit dem hilflosen Versuch, ein Gespräch anzuknüpfen.

„Wir haben uns als Volksdeutsche in die Liste beim Dorfvorsteher eingetragen."

Der Mann bediente sich noch einmal bei den gefüllten Gläsern.

„Hast du den Jungen von der Polin bei dir versteckt? Das ist ein Deutscher, der hat was Besseres verdient."

Da hörten sie Karol plötzlich nach seinem Großvater rufen. Er schrie um Hilfe. Der Alte stieß den Mann, der schon nach dem nächsten Glas schielte, beiseite und wollte ins Freie stürzen. Aber weit kam er nicht, stolperte über die ausgetretene Schwelle und konnte sich nicht wieder erheben. Denn der Schnapsfreund war ihm auf den Rücken gesprungen und hielt den Großvater fest.

Der strampelnde und boxende Junge, sein Enkel, der Kleine auf den Schultern des Uniformierten, das weinende Kind, das in großer Verzweiflung nach ihm und nach seiner Mutter rief, als es sich mit der Gruppe der Ergreifer immer weiter entfernte, sein liebes Karolchen, das er nun ein letztes Mal sah, während er in den Staub gedrückt wurde, war doch ein heiliger und unzertrennlicher Teil seines Herzens, das vor Kummer aufhören wollte zu schlagen. Es wurde ihm elend und finster vor seinen Augen.

In Kinderheimen in Brockau und Kalisch wurden die Kinder nach gezielten Aktionen ihrer Ergreifung gesammelt und nach rassischen Merkmalen untersucht. Eine Kommission wählte die zur Verschickung ins Altreich bestimmten Kinder nach undurchsichtigen Kriterien aus. Für den Lebensborn durften sie nicht älter als sechs Jahre alt sein, sie sollten arisch, wenigstens nicht zu slawisch aussehen, die deutsche Sprache sprechen, ansatzweise jedenfalls, und standen noch eine Weile unter Beobachtung wegen etwaiger Verhaltensauffälligkeiten, die nicht erwünscht waren. Bereits in diesen Zwischenlagern erhielten sie deutsch klingende Namen. Aus Karol wurde Karl. Eigens dafür errichtete Standesämter rodeten sämtliche amtliche Wurzeln. Kein Angehöriger, ob Großvater, Mutter oder sonst eine vertraute Person, sollte je die Spur zu den geraubten Kindern finden. Auch die Nachforschungen über Karol, die sein Großvater und seine Mutter in großer Verzweiflung unternahmen, verliefen im Sand, bis Kalisch drangen sie immerhin durch, was schon eine Ausnahme war, perlten dann aber doch endgültig an der Bürokratie ab, bis die Erinnerungen des Jungen an seine Familie nur noch blasse und allmählich verlöschende waren.

Jene Kinder, die älter als sechs Jahre alt waren und daher nicht für den Lebensborn in Frage kamen, einverleibte sich die Nationalsozialistische Volkswohlfahrt mit ihren Heimschulen im Reich. Die femdvölkische Identität größerer Kinder ließ sich nicht so einfach mit einer deutschen vertauschen, weil sich die Betroffenen ihrer Entführung aus der Heimat und dem Unrecht, das ihnen widerfuhr, schon mehr oder weniger bewusst waren. Die größeren Raubkinder aus Polen dachten nicht daran, deutsch zu sprechen, sobald sie unter sich waren. In den straflagerähnlichen Heimschulen ging es darum, ihren Willen zu brechen, das Polentum auszumerzen und sie mit Zuckerbrot und Peitsche für die deutsche Volksgemeinschaft einzuhegen.

Gertrud schrieb ihren Brief an Rüdiger weiter. Sie hätte das Kind, ihr geborenes nun, konkreter ansprechen, seine kleinen Entwicklungsschritte und sein Wachstum, Gewicht und Größe notieren müssen, damit es in seiner gegenwärtigen Verfasstheit tatsächlich gemeint und wahrgenommen war. Stattdessen schrieb Gertrud an einen halberwachsenen Rüdiger, an einen jungen Mann, mit dem man sich verbal verständigen konnte.

Während Käthe jeden Laut ihrer Tochter ihrem Tagebuch anvertraute, Haarlöckchen und die ersten geschnittenen Fingernägel ins Album klebte, einfach alles an ihrem Kinde niedlich und mitteilungswert fand, registrierte Gertrud diese Zäsuren wohl mit Vergnügen und mit mütterlichem Stolz, aber gemessen, ja beinahe kühl.

Sie widmete sich ausdauernd der Übung seiner zahllosen neuen Fertigkeiten und es sollte auch hier keiner behaupten, es mangelte ihr an Liebe zu ihrem Kind. Gertrud wusste sie nur manchmal nicht kindgerecht auszudrücken und mitzuteilen, denn etwas aus ihrem eigenen Leben hinderte sie, wie ein Kind dabei loszulassen und spontan im Umgang mit Rüdiger zu sein. Es war ihr wichtig, dass der Junge seiner Natur gemäß vorankam, Fortschritte machte, ohne Schlusslicht zu sein, zuerst auf allen Vieren und dann auf zwei Beinen. Gertrud erwartete das einfach, sie sah es nicht durch die verliebte Brille und fand es, wie Käthe, auch überhaupt nicht wundersam.

Das allgemeine „dei, dei" im Haus ging ihr gründlich auf die Nerven. Daran hatte sich nichts geändert, das war schon während der Schwangerschaft so. Gertrud sprach mit Rüdiger ohne Heraufziehen der Stimme, sparte sich das infantile und ohrenklirrende „Huiiii!" beim Hochwerfen und Fangen des Knaben. Und vielleicht dankte er es ihr sogar. Seine Mutter hatte wenigsten nicht diesen Tick, der das Kleinkind zur Puppe macht, und sie sprach mit Rüdiger wie mit einem Menschen. Auch verschonte sie ihn, besser gesagt sich, mit Kinderreimen und Liedern, wie das vom „Häschen in der Grube, das saß und schlief."

Dafür las ihm Gertrud, wenn sie ohne Gefahr einer Überraschung alleine mit Rüdiger war, mit wohltemperierter Stimme und Augenleuchten aus Goethes „Wilhelm Meister" vor. Der kleine Rüdiger sog all ihre Zärtlichkeit und Zuwendung, die er brauchte, aus Gertruds raunender Vorlesestimme. Über manche Zeilen, die Gertrud auswendig wusste, begegneten sich ihre Augen. Gertrud hielt inne und betrachtete sein überaus hübsches Gesicht mit dem feinen Näschen.

Rüdiger sah sie an mit Staunen, sehr klug, wie er das machte, ein sehr geduldiger Zuhörer auch, ein kleiner Schelm, ein geschickter Verführer, und Gertrud verschwamm im Moment des Sekundenglücks der eigene Blick.

Was in aller Welt hatte der braune Bär mit dem kurzen Fell und griffigen Plüschohren in der Pommerschen Provinzhauptstadt Stettin zu suchen, jener Bär, den Rüdiger, der nun fast ein Jahr alt war, zu seinem Vergnügen stets hinter sich herziehen sollte, dem er auch sonst recht ungestüm viele Herzlichkeiten erwies, und der Rüdiger wiederum tröstete, als immer bereites Schlummerkissen dem Jungen diente, und dem sich Rüdiger mit aufblühendem Wortschatz am laufenden Band mitteilte? Wollte man wirklich etwas über den Einjährigen sagen, was in diesem eigensinnigen Köpfchen vorging und was er sich so dachte, wollte man etwas Besonderes über den hübschen und aufgeweckten Jungen erörtern, der kräftig und neugierig war, das Laufen weder zu früh noch zu spät erlernt hatte, musste man sich wohl oder übel an diesen geduldigen und malträtierten Bären mit den Knopfaugen halten.

Noch saß das Kuscheltier auf einem Stuhl des Stettiner Bahnhofrestaurants, eine blaue Schleife und ein Schild von Tante Inge umgebunden, das ihn als Geschenk für den kleinen Rüdiger deklarierte. Inge-Bär wurde das Kuscheltier genannt, obwohl Rüdiger jene Inge Brandmeier aus der Münchener Zentrale des Lebensborn, die auf ihrer Dienstreise nach Litzmannstadt einen geplanten Zwischenstopp in Stettin einlegte, niemals zu Gesicht bekommen sollte.

Der Doktor hatte Gertrud nach Stettin in Marsch gesetzt, um mit Inge Brandmeier die Einzelheiten ihres neuen Parteiauftrages zu erörtern. Diesmal ging es um Größeres und Handfesteres als die Inszenierung einer symbolträchtigen Feier. Allerdings, so Dr. Lüke, wäre auch hier der Blick aufs Ganze bei Steuerung aller Details gefragt und da habe er bei Gertrud das volle Vertrauen in ihr Organisationstalent.

Andere, die für diese Aufgabe möglicherweise auch in Betracht kämen, sich aber fürs Kleine zu groß fühlten, seien nach seiner Lebenserfahrung fürs Große zu klein. Da habe er bei ihr keine Bedenken. Gertrud solle sich bei der Brandmeier, die sie in Stettin treffen sollte, noch eine Portion von deren Durchsetzungsvermögen „abholen". Inge Brandmeier habe es beim Lebensborn weit damit gebracht, eine beeindruckende und steile Karriere.

Mit dem neuen Auftrag der Partei sei Gertruds Festanstellung im Heim Pommern verbunden. Das müsse sie sich nun überlegen und ihr Einverständnis mitteilen. Ungefähr sollte Gertrud über ihren Auftrag zunächst einmal wissen, Heim Pommern würde sich schon in wenigen Monaten für Waisenkinder deutscher Abstammung und für herrenlose Findelkinder mit erkennbaren Merkmalen arischer Herkunft aus dem ehemaligen Polengebiet öffnen und damit „zur Rettung volksdeutschen Blutes" beitragen. Der Reichsführer SS habe beschrieben, wie „jeder Tropfen guten Blutes aus dem rassischen Mischmasch der östlichen Völker herauszudestillieren sei". Der deutsche Kriegsaderlass und die Stagnation der Geburtenrate im Reich seien Anlass, sich diesen Maßnahmen vorausschauend und energisch zu widmen.

Was nun im Einzelnen die Voraussetzungen im Heim Pommern zur Eindeutschung der fremdvölkischen Kinder im Alter zwischen zwei und sechs Jahren beträfe, würde sie von der Dame mit den gepflegten Fingernägeln aus München erfahren. Die Eindeutschung jener Kinder verfolge das Ziel, ihre Adoption und Erziehung in SS- und anderen nationalsozialistischen Familien vorzubereiten. Der Doktor betonte, das Projekt sei geheim. Auch der dafür vorgesehene Betreuungsbereich im Haus Pommern müsste von den anderen Bereichen abgetrennt werden.

Inge Brandmeier, die im Bahnhofsrestaurant wartete, erkannte Gertrud sofort, als sie das Lokal hoch aufgeschossen mit Hut und im Leopardengang durch eine Drehtür betrat. Sie hatte der Pensionärin vor einem Jahr den Blumenstrauß überreicht und war am Tag Rüdigers Geburt bei der Namensweihe zugegen gewesen.

„Was für ein Hut! Steht Ihnen ausgezeichnet. Sie haben sich gemausert, Gertrud. Wie geht es Ihrem Rüdiger?"

„Guten Tag Frau Brandmeier."

„Inge für Sie. Ich bin ja nur einige Lenze älter, gefühlt jedenfalls."

„Der Kleine entwickelt sich prächtig und wäre am liebsten mitgekommen. Er ist nämlich nicht gern allein."

„Schauen Sie mal, Gertrud! Ach was, machen wir ein richtiges Du zwischen uns beiden. Ich habe ihm etwas zu seiner Gesellschaft mitgebracht."

„Da wird er sich freuen."

„Und vielleicht packt er auch einmal zu, stark wie ein Bär, ein Ringer vielleicht."

„Danke. Das ist wirklich eine sehr schöne Überraschung. Da wäre man selbst gern noch einmal klein. Der Bär ist so weich und sieht einen verständnisvoll an."

Die Frauen musterten sich und fanden Gefallen aneinander. Die Ältere erkannte in Gertrud eine emanzipierte Frau, die Jüngere suchte sich an der Anderen ein Vorbild zu nehmen.

Inge Brandmeier hatte Einfluss beim Vorstand des Lebensborn. Seit Sollmann die Münchner Zentrale aufgeräumt und nach Himmlers Plänen neu ausgerichtet hatte, gehörte die Stenotypistin mit der raschen Auffassungsgabe und dem energischen Biss, den man ihr nachsagte, zum engeren Zirkel der Entscheider und Organisatoren.

„Das Schönste an meinem gelernten Büroberuf ist, dass man sich dabei nicht die Finger schmutzig machen muss", soll sie einmal dem Reichsführer SS bei einem Besuch in München auf Nachfrage erklärt haben.

Sollmann ließ die Brandmeier nicht mehr von seiner Seite und profitierte davon. Als man Inge Brandmeier den einflussreichen Dr. Ebner, den Himmler noch von der schlagenden Studentenverbindung kannte, vor die Nase setzte, reichte sie ihre Kündigung ein. Sollmann unternahm alles, sie beim Lebensborn zu halten und betraute sie fortan mit anspruchsvollen Sonderaufgaben.

Die beiden Frauen kamen rasch zur Sache. Gertrud stellte wenige Fragen, denn die Brandmeier sagte wiederholt: „Nicht fragen, einfach machen."

Gertruds nächstliegende Aufgabe bestand darin, die für September geplante Aufnahme von zehn Waisenkindern aus dem Warthegau im Heim Pommern vorzubereiten. Weitere Transporte aus Zwischenlagern sollten dann folgen. Mehr über das Programm musste Gertrud nicht wissen.

Für deutschstämmige Waisen und Findelkinder wollte sich Gertrud gern engagieren. Und sie durfte sich unter den Pensionärinnen in Bad Polzin, deren berufliche und aufenthaltstechnische Zukunft ungeklärt war, eine geeignete Mitarbeiterin ihres Vertrauens suchen. Für Gertrud war sofort klar, dafür kam ihre Freundin Käthe in Betracht.

Nachdem sie ihr Arbeitsgespräch beendet hatten, war Inge eine gewisse Erleichterung anzumerken. Sie kramte in ihrer Tasche und zog ein in Leder gebundenes Schreibbüchlein mit einem an der Seite befestigten Stift heraus. Inge wollte der Neuen im Bunde eine Freude damit machen.

„Das habe ich doppelt. Stell dir vor, gleich zwei Standartenführer haben mir so ein Büchlein geschenkt. Ohne natürlich voneinander zu wissen."

Sie lachte, während sie das feine Leder mit den Fingerspitzen berührte.

„Ich verwechsle dauernd das schon beschriebene mit dem unbeschriebenen Buch. Prompt habe ich auch heute das falsche mitgenommen."

„Du wirst doch wenigstens die Standartenführer nicht miteinander verwechseln."

Da erntete Gertrud einen nicht ernst gemeinten, aber triumphierenden Blick.

Inge blätterte kurz in dem Buch mit den leeren Seiten.

„Gertrud, ich schenke es dir. Und bevor wir noch ein wenig durch die Altstadt laufen, machen wir unsere Köpfe ganz frei. Du schreibst nämlich auf, was du in Bad Polzin die nächsten Wochen erledigen wirst. Lass uns das kurz in Stichpunkte fassen."

Als sie das in bester Zusammenarbeit erledigt hatten, bummelten sie freien Kopfes durch Stettin, hakten sich unter und scherzten.

Liebe Gertrud,

in Bielefeld fühlten wir uns nicht mehr sicher. Walter hat für uns in Dessau ein Zimmer in seinem Hotel freigemacht, wo ich nun mit meinem Töchterchen vorübergehend wohne. Unser Haus ist nur knapp dem Bombenangriff im Februar entgangen. In der Nachbarschaft ist eine Familie ums Leben gekommen. Die Druckwelle beschädigte auch unser Haus und es muss sich noch zeigen, ob wir überhaupt in das einsturzgefährdete Gebäude zurück können.

Der Schreck sitzt uns in allen Gliedern, die kleine Vera ist ganz verstört.

Kaum hatte uns Walter polizeilich in Dessau gemeldet, bekam ich auch schon die Aufforderung, mich zur Arbeit in einem Rüstungsbetrieb zu melden. Wegen Vera werde ich das wohl abwenden können. Der Papa, mein lieber Mann, ist nun auch an der Front. Sie haben ihn nach Belgien versetzt und ich bin erleichtert, da er schreibt, er habe dort keine Feindberührung.

Walter hat mich sogleich gedrängt, ich möge Dir und Rüdiger schreiben.

Du sollst, solange die Städte hier stets mit dem Schlimmsten aus der Luft rechnen müssen und sich Dir besagte Möglichkeiten beim Lebensborn bieten, mit Rüdiger in Pommern bleiben, ja ins Gewissen soll ich Dir reden, Deine Rückkehr hinauszuschieben. Nach allem, was wir hören, ist auch die Versorgungslage bei euch im Heim Pommern vergleichsweise gut.

Und das wirst Du noch nicht wissen, dass Walter nun auch seinen Einberufungsbefehl erhielt. Das vierte Kriegsjahr geht also auch hier nicht spurlos vorbei. Wir wollen die Zähne zusammenbeißen und uns nicht beklagen. Andere müssen derzeit größere Opfer bringen.

Bei Walters Einberufung ereilte ihn der Ruf des örtlichen Polizeibataillons, dessen Kommandeur die Hand über ihn hält. Die Herren haben sich arrangiert und Walter ist nun sein Fahrer geworden. Als Außenschläfer kann er sich weiter nach Dienst um die Geschäfte im Schloss Altenburg kümmern. Mir scheint, da hat jemand das Geschick zu Walters Gunsten gelenkt.

Bertha braucht ihn mehr denn je, auch wegen der vielen weiteren Unternehmungen, die Walter in letzter Zeit ein-

170

*gefädelt hat. Die Geschäfte sind insgesamt und jedes für
sich schwieriger geworden. Einer, der es gut mit Walter
meinte, stach neulich von ganz oben durch, er möge die
Regeln zur Versorgung seiner Restauration mit frischen
und abwechslungsreichen Produkten einhalten, alles andere
könnte gefährlich werden. Für unerlaubten Handel mit Le-
bensmitteln drohen empfindliche Strafen. Walter hat sich
deshalb entschieden, das Restaurant bis auf weiteres, also
kriegsbedingt zu schließen.*

*Dafür erlebt das Kaffeehaus, das seit einiger Zeit allabend-
lich zu einem Sündenpfuhl mutiert, goldene Zeiten. Ich mag
das nicht. Die blanke Gier nach rauschhaftem Amüsement,
nach dem ungezügelten Leben, das keine Bandbreiten mehr
kennt, riecht nach Verwesung, Todesfurcht und versäumtes
Leben. Man hört von Fronturlaubern, deren Zunge sich
löst, wenn sie volltrunken sind, ganz entsetzliche Sachen
über den Krieg. Was für ein Kontrast ist das zur heroischen
bis fröhlichen Wochenschau!*

*Gerade eben höre ich vom Großen Klaus, er hat es in der Zei-
tung gelesen, dass man das Dessauer Polizeibataillon nach
Russland versetzt. Näheres wissen wir noch nicht. Was wird
das für Deinen geplanten Besuch mit Rüdiger bedeuten?*

*In Bielefeld hatte ich begonnen, über Walters seltsamen Auf-
stieg zum Hotelier und Geschäftsmann zu schreiben. Die
Blätter halte ich in der Hand und werde sie dem Brief für
Dich beilegen. Für Rüdiger wollen wir diese Erinnerungen
aufbewahren, bis er sich selbst einmal ein Bild davon machen kann. Ich wollte es erlebbar beschreiben und keinen
Bericht abfassen. Auch für mich geht es besser von der Hand,
wenn ich mich noch einmal in die Geschichte hineinversetze.*

Verzeih, wenn ich dadurch nicht immer beim Kern der Sache bleibe, sogar fiktive Scharniere wähle, wo mir schlicht die Fakten fehlen. Denn ich war nicht immer dabei, das meiste weiß ich nur aus Walters Rede und der Vorstellung, die ich mir daraus machte.

Es war in den zwanziger Jahren, die nicht für alle so golden strahlten, wie für Walter und mich. Nach Vaters Tod hatten wir eine helle und freundliche Wohnung bezogen. Die Leute dachten, wir wären ein Paar und ich wunderte mich, ja es erfüllte mich mit Stolz, dass das meinem kleinen Bruder, der inzwischen ein Mann geworden war, sehr gefiel. Er behandelte mich zuvorkommend wie eine Dame, der man den Hof macht und Aufmerksamkeit schenkt. Manchmal kaufte er Blumen für mich und führte mich aus.

Walter festigte seine Position bei der Post als zuverlässiger und fleißiger Beamter. Auch ich hatte zu meiner Zufriedenheit Arbeit in einem Büro als eine etwas bessere Schreibkraft gefunden.

Als stattlicher Mann mit gesundem Selbstvertrauen, überallhin freundlich und mit Humor gesegnet, machte Walter natürlich auch Frauenbekanntschaften. Dabei kam es aber irgendwie nie über einen Kaffeehausbesuch hinaus. Der Bub war einfach zu unerfahren. Wie einer mütterlichen Freundin vertraute er mir pikante Details dieser Begegnungen an und suchte meinen Rat, das Geheimnis der Weiber zu ergründen. Da schenkte ich ihm auch einmal einen Blumentopf, den er zu meiner Beachtung von der Fensterbank nehmen sollte, wenn er nicht alleine zu Hause war. Ich schärfte ihm ein, Gelegenheiten beim Schopfe zu packen und nicht auf bessere zu warten.

Niemand und nichts Großartiges meldeten gerade Ansprüche an die Veränderung unserer Lebensverhältnisse an. Es schien alles so bleiben zu wollen, wie es war. Wir schwammen in einem gemächlichen und zeitlosen Strom.

Üblicherweise spielte er mittwochs und sonntags im Schloss Altenburg Schach, am liebsten mit Albert. Ich bestärkte ihn bei seiner Suche nach einem Freundeskreis, nach Männern, mit denen er sich austauschen und etwas unternehmen sollte. Schach ist ja nun nicht eben die geselligste Art für einen jungen Mann, fand ich, seine freie Zeit zu verbringen.

Da wurde Walter eines Tages auf eine Bruderschaft in Dessau aufmerksam und er begann sich für die Freimaurerei zu interessieren. Damit war sein Bedürfnis nach Spiritualität geweckt, das sich wie selbstverständlich nach Befestigung unserer bescheidenen, aber auskömmlichen Lebensumstände Bahn brechen wollte. Die Not hatte sich verflüchtigt und am Horizont strahlte die Frage nach Ursache und Sinn.

An die Tür einer jener Logen, die nach außen verschwiegen sind, hatte Walter als Suchender geklopft. Sie führten Gespräche mit ihm und es hieß, sie prüften ihn noch. Ein einziges Mal wollte er sich mit mir darüber unterhalten. Was er darüber sagte, unterlag nicht im strengeren Sinn ihrer Arkandisziplin. (Ich habe bis heute nicht verstanden, warum sie das alles für sich behalten und der Öffentlichkeit vorenthalten, statt es überall in die Zeitungen zu schreiben.)

Jeder arbeite an sich, so fasste es Walter zusammen, wie an einem rauen Stein, schlage mit Werkzeugen die harten Kanten und spitzen Ecken ab, damit der Stein in den Großen Bau eingefügt werde, den sie den Tempel der Humanität nennen. Möge sich jeder selbst erkennen, kritisch prüfen und aushalten dabei, sich schließlich zum Wohl seiner selbst und seiner Mitmenschen vervollkommnen, dann bräuchte die Welt all die Weltverbesserer nicht, um wirklich besser zu werden. Soweit die Idee, und wir wissen, dass die Idee immer größer ist als das Werk.

An jenen Abenden ließ mich Walter häufig allein. Albert hatte ihn nach Feierabend um eine Gefälligkeit in Schloss Altenburg gebeten und daraus wurde gerade eine größere Sache.

Am Tag nach unserem Gespräch über Freimaurerei kam mir im Hausflur auf dem letzten Treppenabsatz hastig ein Mann mit Hut entgegen, der meinen Argwohn erregte. Schon wollte ich ihn ansprechen, aber er zog seinen Hut ins Gesicht und sah ohne einen Gruß, ein Wort oder Nicken an mir vorbei. Wer war das? Hatte er sich verlaufen? Warum so in Eile?

In der Wohnung merkte ich sofort, dass jemand an Walters Briefschaften Hand angelegt hatte. Ich sah mich aufmerksam um. Nichts in der Wohnung fehlte. Ich fühlte mich nun beobachtet, in meiner Sicherheit und Intimität verletzt. Als hätte uns jemand in unserer Häuslichkeit beschmutzt und erniedrigt. Ich sah den hastigen Mann mit schmierigen Fingern in Walters Briefen wühlen. Übel wurde mir davon. Das Bargeld im Schubfach hatte den Einbrecher nicht interessiert.

Die Briefe meines Bruders waren wieder zusammengelegt und in die Umschläge gesteckt. Aber die Umschlagschlitze zeigten zur verkehrten Seite. Auch das Schubfach am Arbeitsplatz war nicht bis zum Anschlag geschlossen. Hätte ich gleich die Polizei rufen sollen?

Unsere Tür konnte man leicht mit einem Nachschlüssel öffnen. Zum ersten Mal ängstigte ich mich und ich befürchtete, der Eindringling könnte zu einer anderen Gelegenheit wiederkommen.

Ich musste sofort mit Walter sprechen und machte mich auf den Weg zu seiner Postdienststelle. Unterwegs dachte ich nach, spann meine eigene Legende.

War der Mann mit dem Hut ein Freimaurer gewesen, hatte der wie ein Spion in Walters Briefen gelesen und geschnüffelt, um meinen Bruder im Auftrag der Loge zu „prüfen"? Wer hätte sich sonst für unser einfaches Leben interessiert? Außerdem stocherten sie anscheinend nur in Walters persönlichen Sachen. Für mich stand fest, und ohne Umschweife eröffnete ich Walter meinen Verdacht, dass die Freimaurer ihn heimlich beobachteten und zu diesem Zweck in unsere Wohnung eingedrungen waren. Aber das fand er völlig absurd, das ergebe überhaupt keinen Sinn.

Er rückte nun selbst heraus mit einer Unregelmäßigkeit, die sich bei ihm auf dem Postamt zugetragen hatte. Man würde gegen ihn ermitteln, da war er sich sicher, und jemand habe Erkundigungen über seinen Ruf und seine charakterlichen Eigenschaften eingezogen. Der von einem Privatdetektiv deswegen befragte Mitarbeiter hatte sich Walter sogleich anvertraut.

Wir vermuteten nun, dass Walter zufällig ins Visier von Ermittlungen wegen einer Betrügerei bei der Post geraten sei, nach Lage der Dinge von Seiten der Reichspost und nicht der Kriminalpolizei. Lange zerbrachen wir uns in den nächsten Tagen darüber den Kopf.

Da wurde Walter zu seinem Vorgesetzten gerufen. Er hatte sich nichts zu Schulden kommen lassen und hoffte, dass sie sich wegen der Nachstellungen bei ihm entschuldigen werden. Stattdessen gratulierte man ihm zu einer kleinen Beförderung. Das verwirrte, statt Klarheit zu stiften, vor allem deshalb, weil sie Walters Zuverlässigkeit noch einmal besonders betonten.

Ich begann, überall den Mann mit dem Hut zu sehen, da wo er nicht war, am Hauseingang, auf meinem Weg zur Arbeit und versteckt hinter einer Hecke. Etwas furchtsam geworden, bat ich Walter des Öfteren, am Abend bei mir zu Hause zu bleiben. Aber seit Wochen hatte Walter tüchtig im Schloss Altenburg zu tun. Da fragte ich ihn ein bisschen aus und endlich rückte er heraus mit der Sprache.

Der alte Pootsch, dem Schloss Altenburg gehörte, lag nun länger schon im Spital und seine Diagnose sah eben nicht gerade erfreulich aus. Sobald ihn die Ärzte entließen, verschleißte der Alte seine wiedergewonnenen Kräfte im Geschäft, bis sie ihn nach einem Schwächeanfall wieder verließen. Dann mussten ihn die Sanitäter erneut abholen. Das geschah nun in immer kürzeren Abständen und manchmal ziemlich abrupt ohne Ankündigung.

Währenddessen wuchs die Last auf den Schultern seiner knapp fünfunddreißig Jahre jüngeren Frau, die mit den Geschäftsbüchern des Hauses nichts anfangen konnte und sich überfordert fühlte. Zuerst ließ Bertha die unerledigten Bürosachen, Bestellungen, Rechnungen und dergleichen in der Hoffnung auf rasche Genesung des Alten liegen. Doch bald drohte von überall Ungemach. Da half es nicht, den Kopf in den Sand zu stecken.

Sie bat ihren Bruder Albert um Hilfe. Der war zwar ein kluger Kopf, kannte sich mit Briefmarken aus und Schach konnte er spielen, aber ein ganzes Kontor, das zunehmend verwahrloste, aus dem Chaos zu ziehen, gehörte nicht zu seinen Vorlieben und Stärken.

Alsbald, mehr muss ich dazu nicht sagen, war das Walters Angelegenheit, denn Albert, dem es über Geschäftsjournalen rasch langweilig wurde, setzte der Bertha meinen Bruder auf den Schoß, um selbst mit ruhigem Gewissen das Weite zu suchen.

Dabei kamen sich die attraktive Bertha Pootsch und mein

Walter ein bisschen näher und lernten sich gegenseitig kennen. Reden wir nicht lange drum herum. Walter nahm ihr zuerst die drückendsten Sorgen vom Tisch, blühte angesichts neuer Herausforderungen auf, und die schon lange vernachlässigte und um ihre Jugend gebrachte Gattin des siechen Herrn machte ihm in kürzester Zeit schöne Augen.

Ich kann das sehr gut verstehen. Hat Walter sie küssen wollen, warum sollte sich die Bertha dagegen wehren? Und hätte sie sich gewehrt, wäre sie dann nicht dumm gewesen? Kaum hatte Walter die Bücher in Ordnung und die Mitarbeiter des Hauses wieder auf Trab gebracht, denn sie hörten auf seine Stimme, kam es auch schon zu dem besagten Kuss und zu vorsichtigen Zärtlichkeiten zwischen Bertha und ihm.

Ja selbstverständlich bekam der Bub, als er das kleinlaut erzählte, von mir einen Rüffel! So etwas gehört sich nicht. Der Alte hatte wohl nicht mehr lange zu leben und ein miesepetriger Stiesel war er auch, allein die Pietät erlaubte das nicht. Hätten sie nicht lieber das Ableben des Gatten abwarten müssen? Der bekam nämlich Wind von der Sache, als man ihn wieder für eine Weile aus dem Spital entließ. Ja, der alte Miesepeter war wirklich sterbenskrank und dem Tode geweiht.

Aber musste man wirklich auf ihn Rücksicht nehmen, statt der kleinen Liebelei, die noch sehr unschuldig war, freien Lauf zu lassen? Ach! Was hatte der Pootsch im Laufe seines Lebens seinen Leuten zugesetzt und sie gedrückt, wo er nur konnte! Ein Misanthrop und das Biest an Berthas schöner Seite. Ihr ist er wenigstens mit Respekt und anständig begegnet, aber ausgesprochen unnahbar und kühl. Alle anderen, ob Personal oder Lieferanten, hatte der Geizhals solange geschüttelt und geknebelt, wie etwas aus ihnen herauszuholen

war. Und doch kann man sich auch hier täuschen und unge-
recht sein, weil sich der alte Pootsch ausgerechnet am Ende
seines Lebens zu einer Sternstunde aufraffen sollte.

Zunächst traute er seinen Augen nicht, denn alle Bücher
waren akkurat geführt. Eine unsichtbare Hand lag auf dem
Ruder. Er hatte gar nicht die Kraft, es wieder an sich zu rei-
ßen. Statt sich bei Walter zu bedanken, zahlte er ihn großzü-
gig aus, ließ bei Bertha außerdem durchblicken, dass Walters
weitere Mitwirkung erwünscht und durchaus notwendig war.

Pootsch verlegte sich nun ausschließlich aufs Genesen oder
Sterben, das war noch nicht ausgemacht, verstummte und
betrachtete das Treiben im Schloss Altenburg mit bemer-
kenswerter Schärfe wie ein Fremder aus einer anderen Welt.

Da mochte ihm endlich ein Licht aufgehen.

Denn der Lebensmüde beobachtete nicht nur, in Tuch-
fühlung mit dem eigenen Tod erkannte er auf einmal die
Menschen hinter den vielen Gesichtern, auch sich in sei-
ner hochmütigen Erhabenheit. Der alte Pootsch wurde auf
seine letzten Tage weise, er drang hinter den oberflächlichen
Schein. Er „sah" plötzlich. Weil ihn das in den Augen seiner
Mitarbeiter so friedlich und demütig machte, richteten sie
aufmunternde Worte, ein Lächeln oder kleine mitmensch-
liche Gesten an ihn. Er spürte, dass sie ihm verziehen.

Dann richtete er auf Bertha all seine Aufmerksamkeit.
Was hatte diese junge Frau, das Mädchen, unter seiner
Fuchtel aushalten und entbehren müssen! An seiner knur-
rigen Freudlosigkeit konnte die Frische, die er sich mit einem
Weib wie Bertha ins Haus geholt hatte, nichts anderes als
trostlos verwelken. Man schob das Ausbleiben des Kinder-
segens selbstredend auf ihn, auch wenn wenigstens das, wie
wir heute wissen, nicht seine Richtigkeit hatte. Der Alte
schwamm in seinem Reichtum als armer Tropf.

Pootsch, der nur die Bitterkeit kannte, wusste im Verlauf seines Lebens nicht einmal, wie man es anstellt, sich das eigene Leben mit dem Beglücken und Verwöhnen einer Frau zu versüßen.

Und dann diese Einsicht und Wandlung zu allerhöchster Zeit! Wie er diese klare und kühle Erkenntnis, schneidend wie die eiskalte Luft an einem Wintertag, überhaupt verarbeiten und aushalten konnte, ohne nicht sofort einem Kälteschock zu erliegen, wird ewig ein Geheimnis sein.

Die Wiedergutmachung an Bertha aber sollte vollständig sein und noch zu seinen Lebzeiten gelingen. Da ging es dem alten Geizhals, der er nun nicht mehr länger sein wollte, nicht nur um die Übertragung seines stattlichen Vermögens. Er hatte die Liebe und Berthas Glück im Visier.

„Der Walter von der Post" warf beim Betreten des Hotels einen Blick auf die Rezeption, um dem Großen Klaus zuzuwinken. Es war schon spät, aber er hatte Bertha die Überarbeitung des neuen Dienstplans versprochen. Sie wartete im Restaurant auf ihn. Seit mehreren Tagen war auch der Alte wieder im Haus, der sich immer seltener im Geschäft sehen ließ. Der Große Klaus war im Gespräch mit einem Herrn, der seinen breitkrempigen Hut auf den Tresen abgelegt hatte. Von solchen Hüten erzählte ich Walter beinahe täglich. In meiner Phantasie verfolgten mich diese Hüte überall und ich hatte sie ihm genau beschrieben. Da musste er einfach stutzig werden. Der Herr bedankte sich für eine Auskunft vom Großen Klaus und schritt nun ohne Zögern zur Treppe in die oberen Etagen.

„Guten Tag, Klaus. Kennen Sie den Mann? Ein Gast des Hauses?"

Da sagte der Große Klaus mit einem Schmunzeln und

hinter vorgehaltener Hand: „Das ist nur Pootschs Privat-detektiv."

Walters Erstimpuls bestand darin, dem Detektiv zu folgen, ihn einzuholen und zur Rede zu stellen. Er wäre dann gern mit ihm zusammen in Pootschs Büro eingetreten und hätte der Wut, die in ihm aufstieg, am liebsten Genugtuung verschafft.

Aber wie stand es um Bertha bei alldem? Wusste sie schon, dass ihre auf Gegenseitigkeit beruhende Zuneigung entdeckt worden war? Bei Lichte betrachtet, war ja noch nichts Ernstes geschehen, was ihnen der Ehemann vorwerfen konnte. Und was geschehen war, könnte man immer noch leugnen. Er eilte zu Bertha ins Restaurant. Bertha strahlte ihn an.

„Bertha", sagte Walter aufgeregt, aber leise, „wir sind aufgeflogen. Dein Mann ist im Bilde."

„Ja, Walter."

Aber Bertha leuchtete vor Freude. Sie nahm seine Hände in aller Öffentlichkeit.

„Er gibt uns seinen Segen, wenn Du es nur ernst mit mir meinst und kein Scharlatan bist. Du darfst bei ihm, nach allem was er über dich herausgefunden hat und über dich weiß, und weil ich ihm versichert habe, dass ich dich liebe, bei ihm um meine Hand anhalten."

„Bei deinem Mann? Und er wird dich nicht verstoßen und mich nicht vom Acker jagen?"

„Nein, das wird er nicht. Heiraten können wir natürlich noch nicht. Er möchte, so lange es geht, still und unauffällig an unserer Seite bleiben, mit uns unter einem Dach leben, die Mahlzeiten mit uns einnehmen und, wenn es recht ist, mit uns über unsere Zukunft reden. Er meint, daran könne er sich seine letzten Tage erfreuen. Denn er habe viele Fehler gemacht, sei auf den Gemütern seiner Mitmenschen herum-

180

getrampelt. Da gebe es nun genug wiedergutzumachen. Ja, und die Schlüssel möchte er aus warmen Händen an uns übergeben. Er sprach von einem Termin beim Notar."

Als Walter an diesem Abend nach Hause kam, hatte sich etwas verändert, so märchenhaft und kühn, ich wollte es lange nicht glauben. Aber der alte Pootsch hielt Wort, ohne viel darüber zu reden. Er lächelte immer nur still und behandelte das junge Paar wie ein gütiger Vater. Sie wohnten im Schloss Altenburg noch eine Weile Tür an Tür und nie hat der Alte, so lange er lebte, in Walters Tun und Schaffen hineindirigiert.

Sogar der Gesundheitszustand des Alten verbesserte sich, eine natürliche Folge seines seelischen Friedens. Da lebten sie also ein paar Monate trotz allen Geredes und des Gespötts neidischer Leute, denen das zutiefst Menschliche daran entging, glücklich und zufrieden in einer Beziehung zu dritt, bis dass der Tod sich doch noch daran erinnerte, den alten Pootsch von Bertha und Walter zu scheiden. Wir haben ihn mit Hochachtung und feierlichem Geleit zu Grabe getragen.

7. Kapitel

Karol, der jetzt Karl hieß, wusste noch nicht, was er davon halten sollte. Immer wenn die Aufseherin kam und nicht zufrieden mit ihm war, weil er etwas überhört oder liegengelassen hatte, hier einen Schuh, da einen Löffel, bekam das größere Mädchen mit dem Namen Irmgard aus ihrem engeren Kreis die Schelte. Die Kleinen, für klein galt, wer jünger als fünf Jahre alt war, beeindruckte diese Bestrafung in Stellvertretung sehr.

Manchmal schüttelte die Aufseherin die Sechsjährige. Einmal zog sie das Mädchen am Zopf hinter sich her. Wurde es laut, Anweisungen nicht Folge geleistet oder lief einem der Kinder die Nase, dann fiel das stets auf die Sechsjährige zurück. Vor der Aufseherin nahmen sich alle in Acht, jeder wie er es am besten verstand. Manche fingen an zu weinen, sobald sich die verriegelte Tür öffnete. Karol suchte Deckung unter dem Tisch. Er kniff die Augen zusammen und legte die Hände an seine Ohren, denn er hatte sich fürs Verstecken und Unsichtbar-Machen entschieden. Andere sahen mit kindlichem Staunen wie bei einem Theaterspektakel zu, sobald sich die Aufseherin mit Schubsen und Kniffen an Irmgard verging, da sie nun einmal verantwortlich für die Disziplin der Gruppe war.

Man trichterte den Kindern ein, wie sich ein deutsches Blaubändchen benahm und was es unbedingt zu lassen hatte. Karol lernte, dass Tränen, Schnupfnasen, Einnässen und Wut keine deutschen Tugenden, sondern verstocktes Polentum waren.

Bei den Blaubändchen bestand nach Ansicht der Kommission die begründete Hoffnung, all die schädlichen Einflüsse aus den frühen Kindertagen auszumerzen. Denn die für rassetauglich befundenen und mit blauen Bändchen am Arm gekennzeichneten Kinder, die auch etwas besser Deutsch als die anderen im Durchgangsheim sprachen, galten per Definition als deutsch. Im Zweifel verließ sich die Kommission auf das äußere Erscheinungsbild und sah von dagegen sprechenden Herkunftsinformationen ab. Vermessungen des Kopfes und die Farbe der Augen adelten oder verdammten den Nachwuchs auf züchterisch ambitionierte Weise.

Die Aufseherin hatte Irmgard noch nicht so weit gebracht, die Kniffe und Püffe an die Gruppe weiterzugeben. Das klappte noch nicht, aber war sicher nur eine Frage der Zeit. Vorerst putzte Irmgard den kleineren Kindern die Nasen und den, der einmal besonders traurig war, nahm sie auch in ihre Arme, wie man das mit einer größeren Puppe so macht.

Wer von den Kindern zwischen zwei und fünf Jahren die Hand dieses Engels nehmen oder sogar auf Irmgards Schoß sitzen durfte, hatte es für den Augenblick unter ihresgleichen in der zwölfköpfigen Gruppe zu etwas gebracht. Unter dem Schild ihrer Person, das die Sechsjährige über sie hielt, ganz unfreiwillig zwar, richteten sich die Kinder mit den blauen Bändchen fürs Provisorische ein. Sie folgten dem Mädchen wie Entenküken in der Natur.

Die Heimunterkunft bestand aus heruntergekommenen Unterkünften ohne Frische und Farbe mit zwei nüchternen Nebengebäuden und undurchsichtigen Fenstern. Früher dienten die Bauten einmal als Kloster.

Nur zum Deutschunterricht und zu den Mahlzeiten durften die Kinder die Schlafräume verlassen. Ein wenig Abwechslung versprachen die dem Deutschlernen verpflichteten und unter Anleitung veranstalten Spiele, die auf einer benachbarten Streuobstwiese stattfanden. „Ein-Plumpssack-geht-um", das Spiel mit der halbernsten Drohung „wer sich umdreht oder lacht …", erfreute sich dabei großer Beliebtheit. Sobald die Kinder in ihrem Spieleifer etwas auf Polnisch riefen, schritt eine Aufseherin ein. Es hagelte Ermahnungen, bei Wiederholungen auch Strafen. Hier schon wurden die Blaubändchen von den anderen Kindern des Zwischenlagers getrennt, speziell herangenommen, und erhielten über mehrere Wochen besondere Lektionen.

Zwischen den Unterkünften und den Nebengebäuden, wo sie die Mahlzeiten einnahmen, geriet Karol eines Tages in größte Verlegenheit, weil er den Anschluss an seine Gruppe verpasst hatte. Es war verboten, den Weg allein zurückzulegen, zu dessen beiden Seiten aus unerfindlichen Gründen bequeme Sitzbänke aufgestellt waren. Karol eilte von einer Bank zur nächsten, jederzeit auf Entdeckung gefasst. Er weinte, weil er sich verloren fühlte und so verlassen wie am ersten Tag, als sie ihn hier her gebracht hatten. Er schluchzte, blieb stehen und wünschte sich, Irmgard möge doch gleich nach ihm sehen, ihn an die Hand nehmen und holen.

Er musste sich für eines der vor ihm liegenden, gleich aussehenden Häuser entscheiden und steigerte sich in den

Verlust seiner Orientierung hinein. Genau genommen fasste in diesem Moment aber sein hilfloses Herz nach dem Zuhause, nach Mutter und Großvater, an die er sich heftig erinnerte, wie so oft, und die er mehr als alles in seiner kleinen Welt, mitten in dieser feindlichen Umgebung entbehrte und schmerzhaft vermisste.

Karol wusste, dass er nun so lange hier stehen und weinen würde, bis endlich jemand auf ihn aufmerksam wurde, um ihn heimzuführen. Die Tränen kullerten über sein Gesicht und er bemitleidete sich. Zuhause bedeutete der Dorfflecken und die Schwelle an Großvaters Tür, jene Tür, wo er immer saß, um auf seine Mutter zu warten.

Manchmal hatte sie ihm von ihrer Arbeit etwas Gebackenes mitgebracht und ihn voller Glück angesehen, wenn er es ungeduldig auswickelte und mit großem Appetit verzehrte. Das schien der Mutter so große Freude zu machen, dass sie lachte und ihn vergnügt an sich presste.

Karol lehnte sich an eine Bank, Draufsetzen traute er sich nicht, und überließ sich seinem Kummer. Das wirkliche Ausmaß zu fassen, dafür war er zu klein. Das blonde Engelein Irmgard hatte ihm flüsternd versprochen und seine Händchen dabei gedrückt, dass Mama und Opa schon unterwegs seien, ihn hier herauszuholen. Morgen vielleicht noch nicht, aber bestimmt übermorgen, spätestens aber bald, sagte sie immer. Und da er nachfragte, immer wieder, wiederholte sie nur dieses eine Wort, um ihn streng dabei anzusehen, damit er es sich endlich merkte.

„Gewiss", sagte sie nur.

Die Frau mit dem Überblick und der Gewalt über das Gaukinderheim Kalisch zeigte einer Besucherin das Gelände. Sie malte mit einem Stöckchen Vierecke zum Zeichen neuer

Gebäude in den Sand. Ihre Gesten mit dem Stöckchen griffen ins Weite, weit über den Vierjährigen hinaus. Sie hätte den Jungen fast übersehen. Aber da schien ihr der kleine Karol gerade recht am Wege zu stehen, ein willkommener Statist, der Besucherin bei dieser Gelegenheit etwas über die Insassen und obwaltende Fürsorge im Heim zu erklären.

„Wen haben wir denn da, ganz allein? Wie heißt du denn, Kleiner?"

Sie sprach so fein und so falsch, als hätte sie Kreide gefressen. Aber Karol schöpfte Hoffnung.

„Karol", schluchzte er und hörte vor Neugier erst einmal auf zu weinen. Vielleicht waren seine Leute aus Raglofjez ja schon da. Suchte man ihn bereits?

„Du bist ein Blaubändchen. Das sehe ich doch. Du heißt nicht Karol. Wie ist dein Name?"

„Karl", erinnerte er sich. Und die Frau nickte, als hätte sie diese Richtigstellung glücklich gemacht. Dann warf sie einen Blick auf die verlegen von einem Bein aufs andere tretende Besucherin, um ihr sogleich an einem praktischen Beispiel die Schwierigkeiten bei der Eindeutschung dieser Kinder vorzuführen. Sie wandte sich wieder an den Jungen und beugte sich über ihn, so dass Karol den Atem der fremden Tante an seinem Hals spürte.

„Und warum weinst du? Du freust dich doch auf Deutschland, nicht wahr?"

Karol wusste nicht, was sie meinte, aber er nickte.

„Oder hast du Heimweh?" fragte sie drohend. Da presste sich in ihm etwas zusammen und tat weh. Es war nicht mehr auszuhalten und schmetterte aus ihm heraus. Ein verzweifeltes Heulen entrang sich seiner kleinen Kinderbrust, das sich mit dem Ruf mischte: „Meine Mama! Ich will zu Mama!"

Die Frau richtete sich auf, ganz unaufgeregt, und streichelte Karol. Sie schien nachzudenken und machte eine Pause, einen Frieden zum Schein.

„Ach Karl! Ein Blaubändchen weint nicht um Polen. Ich werde dir helfen, mein Kleiner. Du ziehst jetzt mal die Hose runter und legst dich über die Bank. — Mach schon! Hose runter und da rüber, habe ich gesagt!"

Jetzt ahnte Karol, wie es ist, wenn der fürchterliche Blitz nicht das große Mädchen der Gruppe, sondern einen selber trifft. Er schlotterte vor Angst, unfähig der Anordnung zu folgen. Da packte sie ihn und zerrte an seiner Hose, warf ihn über die Bank.

Die Besucherin intervenierte, aber nicht laut. Sie hielt sich eine Hand vor den Mund und sagte: „Aber bitte! Nicht doch!" Aber die Frau schwang schon das Stöckchen, das durch die Luft zischte, und schlug zwei oder dreimal zu.

„Nun kannst du immer daran denken, mein lieber Karl, und weißt, was viel, viel schlimmer als Heimweh ist."

Sie winkte eine Aufseherin heran, den schreienden Jungen abzuführen, und ging mit der Besucherin weiter.

Gertrud durfte sich eine kleine Auszeit mit Rüdiger nehmen. Die ersten Kinder sollten nach dem Sommer in Bad Polzin eintreffen. Alles stand für ihre Ankunft bereit. Zwei hergerichtete Aufenthaltsräume hoben sich durch freundliche Möblierung und einen neuen Farbanstrich ab. Gertrud hatte der Heimleitung ein kleines Budget für neue Spielsachen abgerungen, darunter ein komfortables Puppenspielhaus, zwei mit Blümchen bemalte Puppenbetten für die Mädchen, für die Knaben ein Auto mit ausziehbarer Leiter aus Holz, zwei Panzer mit drehbaren Geschützen aus

Blech und ein komplett besetzter Mannschaftswagen mit abnehmbaren Spielzeugsoldaten.

Im Schlafsaal erwarteten die neuen Bewohner zwölf frischbezogene Betten. Auf die Matratzen mit Federkern, die Gertrud dem Bettenaufsteller als Draufgabe abgetrotzt hatte, richtete sich ihr besonderer Stolz. Bevor die Oberschwester einschreiten konnte, dazu passte Gertrud eine günstige Gelegenheit ab, erleichterte sie die Kleiderkammer zuletzt noch um neue Bettbezüge und Decken.

Alle baulichen Maßnahmen zur Absonderung der Blaubändchen von den übrigen Heiminsassen lagen im Plan. Die befohlene Geheimhaltung machte das Projekt für die daran Beteiligten interessant, für die jeder Neuigkeit aufgeschlossenen Damen blieb es noch eine Weile ein spannendes Rätsel. Man traute sich nicht, etwas Geheimes in Kriegszeiten offen zu hinterfragen. Daher verbreiteten sich Gerüchte.

„An und für sich ist doch nichts dabei, eine Sache der Barmherzigkeit und der Vernunft", dachten Gertrud und Käthe, die zu den Eingeweihten gehörten, „deutsche Waisenkinder aus dem Warthegau beim Lebensborn aufzunehmen. Wozu diese Heimlichkeit?"

Zu ihrem Kindeswohl waren die Blaubändchen nach dieser Legende so schnell wie möglich zur Adoption ins Reich zu vermitteln.

Gertrud ließ die Bau- und Maurerleute nicht aus den Augen, verfolgte energisch und höchst selbst die Ausführung der Arbeiten, Kosten und Termine. Kein Schlendrian, der ihr nicht entging, klare Ansagen, die Mängel abzustellen.

Gertrud erwarb sich währenddessen den Ruf, genau, streng und unnachgiebig zu sein. Beschwerdehalber wurde dem Heimleiter einmal kolportiert, „der Terrier habe wieder zugebissen." Er quittierte es mit Vergnügen und sah Gertrud zu seiner Freude ganz aufgehen in ihrem Element.

Es entging ihm auch nicht, dass Inge Brandmeier der Sache von München aus enorm Schub und Aufmerksamkeit in der SS-Organisation verlieh. Noch bevor die sogenannten fremdvölkischen, aber irgendwie arisch verwurzelten Kinder in Bad Polzin eintrafen, fädelte sie Adoptionen bei hochrangigen SS-Familien ein. Sie verstand es geschickt, dabei ein gutes Licht auf die Willigen in Himmlers Umfeld zu werfen. Von der Aufnahme eines fremdvölkischen Kindes versprachen sich einige Herren in höheren Kreisen etwaige Vorteile für ihre eigene Karriere. Feststand, zu ihrem Schaden taten sie es nicht. Der Lebensborn war immer noch Himmlers besonderes Steckenpferd. Eines Tages teilte die Geschäftige aus der Zentrale per Telefon mit, dass sich sogar ein SS-Standartenführer bekannteren Namens für die baldige Adoption eines Jungen interessierte.

Die organisatorische war Gertruds bevorzugte Seite des Unterfangens. Auf der anderen Seite stand Gertruds Aufgabe als Kindergärtnerin. So sehr das Kinderhüten der Freundin Käthe auf den Leib geschnitten war, so sehr geriet Gertrud damit auf Dauer ins Fremdeln. Am leichtesten fiel es ihr noch, etwas zu lehren und zu unterrichten oder die Kleinen bei einer Bastelaufgabe anzuleiten. Freies Spielen, dem Kindermund mit zeitloser Geduld lauschen oder mit den Kindern herumtoben und dabei ausgelassen sein, konnte Gertrud, sobald es eine gefühlte Grenze überschritt, von einem Moment auf den nächsten zermürben und zuletzt unwirsch und ungeduldig machen. Käthe hatte diese Schwachstelle der Freundin erkannt und die Frauen wollten sich aufs Sinnfälligste für die Kinder ergänzen.

Bevor Gertrud mit Rüdiger ihren kurzen Urlaub antrat, besprachen sie noch ein paar Höhepunkte für den Willkommenstag. Da wollten sie sich zur Krönung etwas Schönes für die Kinder einfallen lassen. Die praktischen Vorbereitungen für ihre Ankunft waren längst abgeschlossen. Käthe schwebte eine Begrüßung mit einem bunten Kinderfest vor. Ihre kleinen Besorgungen im Ort erledigte sie nie, ohne das mit ihren Überlegungen zum Fest zu verknüpfen.

Manchmal stieß Käthe in einem Kramladen auf bunte Girlanden, dann auf ein verlockendes Brausepulver im Sonderangebot, verpackt in dreieckigen Tüten und als Friedel-Brause bekannt.

Eines Tages spürte sie unter den Resten einer Haushaltsauflösung eine Zaubererausstattung in einem handbemalten Kasten auf, der mit dem üblichen Klimbim fürs Zaubern bestückt war, darunter ein schwarzes Tuch aus Seide, ein imposant funkelnder Stab, weiße Handschuhe und ein gezinkter Ball zum Verschwinden. Ein Liebhaber oder Lehrling der Schwarzen Kunst musste das Repertoire um einige Kunststücke erweitert und den Kasteninhalt um eigens dafür gefertigte Utensilien nebst handgeschriebenen Anleitungen ergänzt haben. Der sorgsamen Schrift und allerlei Skizzen zur Veranschaulichung entnahm Käthe, dass es der Zauberer ernst mit seinem Unterhaltungsauftrag gemeint hatte. Ein Motto fand sie auf der Innenseite des Kastens, mit dem Gertrud sicher etwas anfangen konnte. Es handelte sich um einen spöttischen Spruch des Mephistopheles, woran er den „gelehrten Herrn" erkenne.

Käthe legte den Zauberkasten, den sie zur weiteren Verwendung Gertrud zugedacht hatte, eines Tages wie eine kostbare Beute auf den Tisch und sah die Freundin nicht ohne ein kleines Triumphgefühl an. Über einen hohen und spitzen Zauberhut und ein blaues Kostüm mit gelb prangenden Sternen zur Vervollständigung des Kostüms wurden sie sich schnell einig. Das würde sicher eine Näherin aus der Kleiderkammer für sie übernehmen.

Käthe hatte mit ihrer Intuition ins Schwarze getroffen. In die Zauberinnenrolle für das Willkommensfest wollte Gertrud ohne Zaudern und wie von selbst schlüpfen. Mit Freude und Genauigkeit würde sie die Kunststücke vorbereiten, üben und mit größter Präzision zur Aufführung bringen. So dachten sie beide, die Kinderaugen zum Staunen und Leuchten zu bringen.

Gertrud wollte sich in den nächsten Tagen mit Liesbeth und Walter in Dessau treffen. Walters Bataillon stand bereits abmarschbereit. Es war für lange Zeit das letzte Fenster einer Gelegenheit, das sich noch einmal öffnete, um mit Blick aufs Ungewisse von Gewissheiten zu reden und Pläne für die Zukunft zu schmieden.

Seit Rüdigers Geburt beschleunigte sich Gertruds Leben. Walters Briefe, die sich um Rüdiger drehten, immer wieder auf Berthas Angebote und Zugeständnisse anspielten, verfolgten einen anderen Takt. Sie hatten Gertrud in diesem Jahr wenig zu sagen. Nach Rückkehr von dieser Reise wollte sie Joachim, der nun Pate ihres Kindes war und eifriger denn je um ihre Zuneigung warb, endlich klarer als bisher gegenübertreten.

Hing für sie und für Rüdiger von dieser Reise und vom Wiedersehen mit Walter wirklich so viel ab? Oder sollte nur noch einmal Bestätigung finden, was ihr Herz schon insgeheim wusste?

Im Lebensborn hatte Gertrud so etwas wie eine Heimat gefunden, vor allem Unabhängigkeit. Wollte Walter dem etwas entgegensetzen, denn sie befand sich, von Joachim einmal abgesehen, ja doch in einer völlig neuen Ausgangssituation, musste sich Walter auf Gertruds Seite schlagen. Seine Briefe wollte sie nicht überbewerten, aber die sprachen immer nüchterner zu ihr.

Der kleine Rüdiger profitierte von Gertruds neuen Zauberkunststücken auf der langen und beschwerlichen Reise mit dem Zug, die sie über Schivelbein und Stettin führte. Alles dirigierte der Krieg, er war nun überall. Seine unerbittlichen Gesetze bestimmten, was man sah, hier winkende Soldaten, und was man lieber nicht sehen wollte, die Verwundetentransporte. Der Krieg bestimmte auf jedweder Reise, wie und wann es vorwärts ging. Vorfahrt auf allen Schienen hatten die Transporte an die Front. Uniformen und der Mangel an Bequemlichkeiten begleiteten Gertrud und Rüdiger unterwegs, bis sie endlich mit großer Verspätung auf dem Hauptbahnhof in Dessau eintrafen.

Als der Zug einfuhr, sah sie Liesbeth den Bahnsteig hastig und in sichtlicher Unruhe entlanglaufen. Sie tastete dabei mit Blicken die Abteilfenster ab. Während der Zug bremste und dabei ohrenbetäubend quietschte, schaute Gertrud, da eben ihr Abteil an Liesbeth vorüberfuhr, in ein sorgenvolles und gealtertes Gesicht, das sie kaum wiedererkannte. Wo war Walter, auf den sie ihren Rüdiger die ganze Zeit mit dem Wort „Papa" und „der Papa ist gleich da" vorbereitet und in Spannung versetzt hatte?

Erst klemmte die Tür, dann musste sich Gertrud um ihr Gepäck und um den zappelnden Jungen kümmern, aber endlich hatte sie Liesbeth in dem Durcheinander erfasst und Liesbeth gelang es auf ein paar Sprünge zu Gertrud und Rüdiger zu eilen. Ja, sie sprang ihnen entgegen und offensichtlich lief etwas gegen die Zeit. Liesbeth drückte die beiden heftig, aber nur kurz.

„Walter?" fragte Gertrud leise und machte sich los.

„Der Papa!" brachte Rüdiger zuversichtlich heraus.

„Ihr müsst euch beeilen! Walters Bataillon wurde in Marsch gesetzt. Bahnsteig 3! Sag dem Feldwebel an der Absperrung, du willst zu Walter. Der Feldwebel weiß Bescheid. Ich kümmere mich um euer Gepäck. Rasch Gertrud, ihr müsst euch beeilen! Die ziehen jeden Augenblick in den Krieg."

Gertrud nahm den Jungen auf ihren Arm und begann zu laufen, sie rannte, sie flog die Stufen zum Bahnsteig hinauf. Der Krieg hatte also sein Recht geltend und einen Strich durch Walters Sonderurlaub gemacht. Angehörige der Rekruten kamen ihr entgegen und sie musste sich mit Rüdiger durch diese Walze von Menschen durchkämpfen.

Der Kleine war tapfer und muckte nicht auf. Rüdiger spürte, dass die Mama etwas Einmaliges in Aufregung versetzte. Gertrud schien es, der Junge würde sich sogar leicht machen und er klammerte sich tatsächlich artig wie ein Äffchen an ihren Hals. Da schnaufte sie denn auch ermutigend in sein Ohr: „Gleich sind wir beim Papa." Dann hörte sie diesen gellenden Pfiff des Schaffners, der das Wiedersehen auf keinen Fall zulassen wollte.

Der junge Feldwebel riss die Augen auf, sah Gertrud mit dem Kind Anlauf nehmen und mit zusammengeballter Konzentration und Kraft katzengleich über die Absperrung springen. Er hob die Barriere nachträglich auf, ließ sie einfach zu Boden fallen, und eilte der Mutter mit dem Kind, die er ohne Zweifel als jene reisende Gertrud aus Pommern erkannte, hinterher.

Die Militärpolizei hatte den Bahnsteig geräumt und die Angehörigen lange vor Ausfahrt des Zuges unmissverständlich um das Verlassen des Bahnhofs gebeten. Der Schaffner reckte sich und hätte nun unerbittlich seine Kelle gehoben, wäre ihm nicht der Feldwebel dazwischengefahren.

Und Gertrud lief und lief an den Waggons vorbei, von Blicken der Soldaten neugierig verfolgt, ein ganz und gar unmöglicher Lauf gegen die Zeit, auch ohne Ziel, weil ihr der Feldwebel im Eifer ihrer Aktion nicht die Nummer des Wagens verraten hatte.

Gertrud blieb stehen und setzte den Kleinen ab. Sie war mit einem Mal am Ende ihrer Kräfte und konstatierte erstaunt den Verbrauch sämtlicher Reserven. Sie drohte, ohnmächtig zu werden.

Da öffnete sich eine Tür und ein Mann stieg aus, noch um einige Meter von ihnen entfernt.

„Lauf Rüdiger! Das ist dein Papa. Lauf!"

Und da huschte ein Lächeln über ihr Gesicht, als sie ihren Dreikäsehoch flink und koordiniert mit ausgebreiteten Ärmchen im Gleichgewicht laufen sah. Walter konnte den Jungen auffangen, drückte ihn an sich und küsste die Stirn. Das war ein wenig zu viel und Rüdiger versicherte sich, dass die Mama hinzukam. Dann umarmten sich die drei und trennten sich auch schon wieder. Denn der Pfiff gellte erneut und die Kameraden zogen Walter fast mit Gewalt ins Abteil. Die Kriegsmaschine mit Walter an Bord setzte sich unverdrossen in Bewegung nach Osten.

Der Nachmittagsbesuch bei Bertha verlangte Gertrud einiges ab. Danach fühlte sie sich wie auseinandergenommen. Liesbeth vermittelte pausenlos bei der mühsam aufrechtgehaltenen Konversation. Der kleine Rüdiger war müde und zeigte sich zwischendurch von seiner unartigen Seite. Ja, er spürte ziemlich genau, dass er hier Oberwasser hatte, weil die drei Frauen angegriffen und ohne Durchsetzungswillen, also in Gedanken ganz bei Walters Frontversetzung waren. Bertha trumpfte nicht auf, sie gab sich bescheiden. Gertrud ließ den Kleinen an Berthas Hand durch Schloss Altenburg laufen und bewertete es auch nicht über, als Bertha ihm ein komplett eingerichtetes Kinderzimmer zeigte, wo Rüdiger auf ein freundlich die Zähne bleckendes Schaukelpferd stieg.

Sie hatten an diesem Tag ihre Waffen niedergelegt. Über Zukunft wurde nicht gesprochen, und wenn doch, über Rüdigers nicht. Es rührte Gertrud, wie einfühlsam Walters Frau mit dem Jungen sprach und wie sie sich auf seine Themen einstellte. Wenn Bertha ihm flüchtig übers Haar strich, vereinnahmte sie ihn nicht. Gertrud fühlte sich an diesem Nachmittag respektiert.

Mit Rücksicht auf den übermüdeten Rüdiger und ihre eigene Erschöpfung verzichteten Gertrud und Bertha übereinstimmend auf die vorgesehene Fahrt nach Roßlau zur Besichtigung des Magdeburger Hofs.

Gertrud gab ohne Widerspruch ihre vorgezogene Abreise nach Pommern bekannt, die sie schon für den nächsten Tag disponierte. Alles schien seine Berechtigung zu haben. Für sich genommen war es eine deutliche Botschaft, mit der Gertrud ihre gefestigte Haltung zum Ausdruck brachte. Sie hatte sich für den Lebensborn entschieden.

Noch einmal las Gertrud auf der Rückreise in Liesbeths Brief über Schloss Altenburg und von seinem märchenhaften Besitzübergang an Bertha und Walter. Diesmal machte sie dieser Brief wütend und es fehlte nicht viel, da hätte sie ihn in Stücke gerissen. Walter schien ihr wie an eine goldene Kette gelegt. Das Märchen von seinem gesellschaftlichen Aufstieg hatte ihn auf zauberhafte Weise gebunden. Wirtschaftlich und persönlich hatte es ihn so abhängig gemacht, dass er alle Entscheidungen, die sie selbst und ihr gemeinsames Kind betrafen, damit begründen und entschuldigen durfte.

Nun wollte Gertrud im Zorn auch einmal abhängig sein, von etwas nicht loskommen müssen oder dürfen. Nicht-Müssen war so viel wie Nicht-Wollen im Loslassen, für sie einerlei, und am Ende nur die Verbrämung eines Selbstbetrugs. Um an der Liebe zu Walter zu hängen, abhängig von ihm zu sein, ob sie wollte oder nicht, dazu war der Faden einfach zu dünn, den Walter mit seinen zurückhaltenden Briefen über den Reigen zahlloser Monate spann. Gertrud hätte ihn, wenn sie es recht übersah und alle Konsequenzen in Erwägung zog, lieber als einfachen Briefträger der Reichspost kennengelernt.

Im Ergebnis dieses Gedankenexperiments, das sie tatsächlich anstellte, lösten sich die Probleme wie von selbst. Es gab keine goldenen Ketten und Walter schlug sich in diesem Bild auf ihre und Rüdigers Seite.

Wie stand sie in Wirklichkeit da mit dem Bastard, den alle liebten, an dem alle zogen? Da wollte man sie doch auch nur an diese Roßlauer Fernfahrerpension anketten, um sie von ihrem Kind abzuschneiden und in Abstand zu Walter zu halten. Gertrud packte das blanke Entsetzen. Sie wünschte sich, dass der Zug nach Pommern schneller fahren sollte.

In Bad Polzin stellte Rüdiger unter vielen flüchtigen auch solche Beobachtungen an, die in sein langes Gedächtnis gelangten, um dort einmal wiederentdeckt und ausgegraben zu werden. Der Abschied von Walter an die Front war noch nicht dabei. Es ist möglich, dass Rüdigers erste Erinnerungen, die das Vergessen überlebten, inhaltlich und zeitlich auch erst in sein drittes Lebensjahr fallen. Zwischen der Reise nach Dessau und jenen haften gebliebenen Ersteindrücken hätte dann etwa ein Jahr gelegen. Das ist nicht genau feststellbar.

Rüdiger durfte mit seiner Mutter in einem geräumigen Zimmer des Heims wohnen, also auch die Nächte bei ihr verbringen. Er war nicht mehr der Rundumbetreuung des Kindergartens überlassen und spürte den Segen, seinen seelischen Frieden, der darin bestand, seine Mutter ganz für sich zu haben, eine Mama, die ihn zwar spät, aber immer vor Einbruch der Dunkelheit aus dem Kindergarten des Hauses abholte und Zeit mit ihm verbrachte.

(Andere Zeitzeugen als Rüdiger sehen darin eine Unmöglichkeit. Mütter des Lebensborn und Angestellte berichten, dass ihre Kinder auch später noch, nach ihrem ersten Lebensjahr, im Kindersaal unter fremder Heimaufsicht schliefen. Rüdigers Erinnerung hierzu ist nun eine sehr frühe und hat es gegen anderslautende Berichte der damals schon Erwachsenen schwer, sich als wahr zu behaupten. Es ist jedoch, auch zeitlich richtig verortet, seine einzige Erinnerung an den Lebensborn, die er später mitgeteilt hat. Man muss sie deswegen ihrem Inhalt nach weder für wahr, noch für möglich halten. Zur Wahrhaftigkeit gehört es aber, die Erinnerung eines Kindes nicht einfach wegzuwischen, nur weil sie nicht ins allgemein gültige Bild passt.)

Rüdigers Schlafplatz an Gertruds Seite war sein Königreich, für jeden sichtbar vom Inge-Teddy auf dem Kopfkissen überwacht. Aber ausgerechnet diese Hoheit über sein Reich, das ihm das Wichtigste war, machte ihm hin und wieder ein Unbekannter streitig, der sich bei Dunkelheit auf das verlassene Lager neben Gertrud schlich.

Für Rüdiger stellte Gertrud nämlich weit vor der Zeit dieses nächtlichen Stelldichein zwei Ohrensessel zusammen, um das Kind dazwischen zu betten und von dem erwarteten Gast abzuschirmen. Sie tat im Vorfeld unauffällig und fürsorglich, was bei Rüdiger umso mehr Verdacht erregte, las ihm auch viel länger als sonst etwas vor, lauter unverständliche Sachen, darunter die Geschichte aus Dichtung und Wahrheit vom Koffer mit diesem herrlichen Puppenspiel, das den Johann Wolfgang als Kind faszinierte. So lange las sie daraus vor, bis Rüdiger dann doch aufgab, sich wach zu halten und schlief.

Aber der Amor, der sich kurz darauf in aller Heimlichkeit zu Gertrud legte, schwebte nicht wie ein luftiger Gott durchs Schlüsselloch. Die Tür zu ihrem Gemach ächzte beim Öffnen und Schließen. Ausgerechnet an der Stelle, wo sich der geheimnisvolle Besucher seiner Kleidung entledigte, knarrten die Dielen. Davon wurde Rüdiger wach.

Vorsichtig linste er durch die Ritze zwischen den zusammengeschobenen Sesseln. Bei Vollmond sah er nun, was er nicht sehen sollte, und überblickte vollständig sein von fremder Macht erobertes Reich im jämmerlichsten Belagerungszustand. Als Wächter vor der Bettstätte drohten auf Hochglanz polierte Stiefel, die sich wie Kanonenrohre im milchigen Mondschein präsentierten. Uniformstücke mit silbernen Litzen verminten und befestigten den fremden Einflussbereich wie ein Stacheldrahtverhau. An ein Vorbeikommen war für Rüdiger in seinen kühnsten Träumen nicht zu denken.

Aber der Eroberer ging über zur höchsten Übertreibung seiner Taten. Er warf sich mit auf und ab federnden Bewegungen über die Mama auf dem angestammten, heiligen Platz. Der Eindringling zeigte seinen entblößten Hintern, was aus Rüdigers Sicht sehr ungezogen war. Der Fremde atmete schwer und keuchte. Aber ganz offensichtlich hatte sich seine Mama schon längst ergeben, sie wehrte sich nicht. Als er genauer hinsah, hielt sie die nach seinen kleineren Begriffen riesigen Pobacken mit beiden Händen fest. Dazu streckte sie, als ob sie nun mitspielen wollte, ihre langen Beine in die Luft.

Wer wollte, durfte das in Rüdigers Lage komisch finden. Aber es verstörte den Kleinen und sollte noch lange brauchen, bis er sich einen passenderen Reim auf die Ereignisse machte.

Dafür kam er der Person ziemlich rasch auf die Schliche und kombinierte, dass der Besucher mit den blanken Stiefeln, der ihm schon öfter Kinderlieder auf dem Klavier vorgespielt hatte, weder Amor, noch der Weihnachtsmann, sondern sein Patenonkel Joachim war.

Vor allem Gertrud riskierte hier etwas, das streng verboten und in der Vorstellung der Pensionärinnen des Heims auch völlig undenkbar war. Hätte man die heimlichen Besuche Joachims entdeckt, der gelegentlich ein Gästezimmer auf einer anderen Etage und in einem anderen Hausbereich bewohnte, jedenfalls ließ er es immer so aussehen, als hätte er sein Bett dort benutzt, wäre Gertrud nicht nur mit einer Ermahnung davongekommen. Man hätte sie in ein anderes Heim des Lebensborn versetzt, wahrscheinlich sogar entlassen. Aus einem anderen Heim wurde von einem entsprechenden Vorkommnis berichtet. Das aufgeflogene Paar dort war sogar verlobt und hatte bereits zwei eigene Kinder.

In diesen Tagen geriet Gertrud nun auch einmal in Abhängigkeit, zuerst von Joachims Mund. Und wie sich alle Liebenden sanft ihrer inneren Freiheit berauben, durfte und musste es Gertrud auch so ergehen. Joachim ähnelte einem Amor nicht nur von der Gestalt, er besaß auch jene goldenen Pfeile, die zielsicher liebestrunken machen. Wenn er Gertrud mit seinen Fingerspitzen berührte, löste das ein unbeherrschbares Beben und Zittern unter ihrer Bauchdecke aus. Sie war unfähig, sich seiner Küsse und Liebkosungen zu erwehren. Was er mit ihr tat oder sich eben dazu ausdachte, hypnotisierte sie sofort. Er zauberte mit seinen Augen, mit denen er die Liebste verschlang, mit seinem Mund, der besiegelte, was man nicht aussprechen kann, und mit seinen Händen, die Gertruds Körper feierten und überaus fein nachmodellierten.

Beide tauchten ein in ihre Lust, die sie wie fortlaufende Wellen überspülte, und tranken sich eine Weile satt am vollen Leben. In diesem Brunnen, in ihren Augen, die auch im Akt ihrer Vereinigung nicht voneinander ließen, die tiefer reichten, als ihr entfachtes Begehren, erkannten sie sich in Liebe. Gertrud schrieb nach Joachims Abschied in der Frühe, ohne die Zeilen abzuschicken, weil es ja doch bloß überflüssige Worte waren:

„Ich fühle mich bis auf den Seelengrund gesehen, im tiefsten Winkel meines Körpers berührt. Ich danke Dir für dieses Geschenk, das sich nicht in Worte fassen lässt."

Gertrud und Käthe erwarteten die Kinder aus Kalisch. Endlich war es soweit! Die Wimpelkette flatterte im Septemberwind. Käthe hatte sie zwischen zwei Bäume gespannt, wo sich auch der Start- und Zielpunkt für die Sportspiele befand. Für die Kleinsten gab es einen umzäunten Tummelplatz auf weichen Matten. Um eine Korbschaukel, die als Hauptattraktion für die Größeren galt, rankten sich bunte Bänder und Schleifen. Auf einem langen Tisch im Freien lagen Papiergirlanden zwischen Teller und Bechern. Die Küche reichte gerade noch rechtzeitig den versprochenen Blechkuchen mit übersichtlich verstreuten Apfelstücken heraus.

Gertrud und Käthe blinzelten sich an. Der kostbare Kuchen würde für alle reichen. Thermophore für Tee standen zu beiden Seiten des Langtisches bereit, weil Kinder immer und überall Durst haben. Sie hatten sich ausnahmsweise die Teilnahme ihrer eigenen Kinder erlaubt, getreu dem Inge-Motto: „Nicht lange fragen, einfach machen!"

Auf die Idee mit dem Puppentheater war Gertrud gekommen. Der Kasper mit dem spitzen Gesicht, der aussah wie ein deutscher Michel, und das Krokodil mit den weiß lackierten Zähnen sollten die Kinder aus dem Stegreif auf ihr neues Heim vorbereiten und sich mit frischem Unernst über ein paar Verhaltensregeln im Haus unterhalten.

Zwei miteinander verschraubte und mit Bettlaken bespannte Lattenroste dienten als Bühne und Sichtschutz für die Darstellerinnen auf Knien, die den Handpuppen ein Eigenleben mit ihren Stimmen und Gesten einhauchten. Sie rekapitulierten noch einmal, was der Kasper dem Krokodil mitteilen sollte und Gertrud sah sich ein letztes Mal nach ihren Utensilien für die Zauberei um. Dann blieb ihnen nichts anderes übrig, als die Hände in den Schoss zu legen und zu warten.

Alle Geheimhaltung war schließlich umsonst gewesen, denn aus Versehen meldete sich die Kindergruppe im Haupthaus an. Die Begleiterinnen verrichteten dazu mürrisch ihr Geschäft. Der Heimleiter nahm die mitgeführten Dokumente in Empfang und hatte ihnen mit seiner Unterschrift Entlastung zu erteilen. Die Kinder warteten währenddessen draußen vor der Haupteingangstür und es dauerte nicht lange, da standen sie im Mittelpunkt des allgemeinen Interesses.

Auf den ersten Blick waren sie hübsch anzusehen, überwiegend blondhaarig mit blauen Augen. Aber den Pensionärinnen entging keinesfalls, dass sie sich übertrieben ängstigten und wie zum eigenen Schutz immer dicht beieinander und in der Nähe der sechsjährigen Irmgard blieben. Sie rissen die Augen auf, wenn sich ihnen jemand näherte und witterten überall Gefahr. Wollte sie eine der Frauen einmal aufmuntern und etwas Freundliches fragen, zogen sich die Kinder zurück und beobachteten das Geschehen aus der Deckung heraus. Auf den zweiten Blick sahen die Frauen mit Bedauern das äußere Elend, die zerlumpte, notdürftige und auch unvollständige Kleidung. Trug einer der Kleinen zwei verschiedenartige Schuhe, ging es ihm immer noch besser als einem anderen, der gar keine Schuhe besaß.

Die Reise hatte die Kleinen erschöpft. Als man ihnen spontan etwas zu trinken anbot, kam die Gruppe in große Bewegung. Die Kinder überwanden ihre Scheu. Sofort wurden Trinkgefäße geordert und die Kleinen löschten ihren unbeschreiblichen Durst.

Dass sie zerzaust aussahen und schmutzig, dass die Armen allesamt Winzlinge in der Erwachsenenwelt und in allen ihren Angelegenheiten hier, wie an jedem beliebigen Ort der Welt, Schutzbefohlene waren, öffnete sogleich ein jedes rechtschaffene Herz. Die Kinder erregten das heftigste Mitgefühl der Frauen. Die Ankunft aus Kalisch musste ihnen im Gedächtnis bleiben, dieser Durst, diese Hilflosigkeit und Angst. Immer wieder erreichten den Doktor Fragen, wie man den deutschen Waisen aus dem Warthegau helfen kann.

Die Oberschwester nahm sich der Sache resolut an. Zunächst löste sie die Situation vor dem Haus auf und führte die Gruppe zu ihrem bestimmten Ort im Heim Pommern, wo man sie bereits erwartete. Und allen zur Warnung und zur Erklärung gab die Oberschwester in den nächsten Tagen heraus, dass man am Beispiel dieser Kinder gut sähe, wozu die Polen mit ihrem Hass auf die Deutschen fähig wären.

„Von der Straße musste unsere Polizei die aus Heimen verstoßenen Deutschkinder auflesen. Manche wurden aus den Fängen übler Verbrecher, die deutsche Kinder als Geiseln nehmen, befreit."

Käthe erstarb das Willkommenslächeln auf ihrem Gesicht und auch Gertrud wurde auf die untrüglichen Zeichen der Verwahrlosung aufmerksam. Am meisten wunderte sie sich, dass sich die Begleiterinnen aus Kalisch nicht noch einmal von den Kindern verabschieden wollten.

Der Satz klang ihr im Ohr: „Verabschieden? Weshalb? Wir haben sie übergeben, jetzt gehören sie euch."

Das hatte Gertrud in Sprachlosigkeit versetzt. Die ganze Empörung jener Begleiterin, die ihr geantwortet hatte, lag inhaltlich in diesem Satz und in der Art, ihn vor Gertrud fallenzulassen. Wie konnte Gertrud überhaupt auf so einen Gedanken kommen? Die Verwunderung darüber lag in der prompten Gegenfrage. Als würde man sich nach

Belieferung eines Zoofachgeschäft von der Lebendware, Zierfischen oder bunten Vögeln, verabschieden müssen.

Es war keine Zeit für Erörterungen und Emotionen. Gertrud und Käthe setzten die Kinder auf die Stühle vor dem improvisierten Puppentheater. Die Frauen merkten, dass die Kinder nicht neugierig und erwartungsvoll waren. Sie freuten sich nicht.

Hinter der Wand für die Puppenspieler fragte Käthe ganz aus der Fassung: „Was haben die mit den Kindern gemacht?"

Aber Gertrud konnte dazu auch nur mit den Achseln zucken.

„Der Kasper muss jetzt zum Publikum sagen, dass das Krokodil harmlos und ungefährlich ist."

„Ja, Gertrud, wir ändern das Programm. Das Krokodil darf weder zuschnappen noch beißen."

„Gut, dass sie jetzt eine Weile nur die Handpuppen sehen. Vielleicht tauen sie auf."

Aber während sich nun der Kasper den Bauch vor Heiterkeit klopfte und laute wie engagierte Fragen ans kleine Publikum stellte, um die Kinder einzubeziehen, blieb es still, so still, dass selbst der Kasper weinen musste und dem Krokodil die Stimme wegblieb.

Sie brachen das Spiel ab und gingen nach vorn. Die meisten Kinder hatten ihre Stühle verlassen und sich leise und gierig über den Blechkuchen hergemacht.

„Lass sie! Lass sie Gertrud! Es geht ihnen nicht gut. Das wird nicht leicht, an sie heranzukommen."

Vielleicht, dachte Gertrud, kann ich sie mit der Zauberei in Staunen versetzen. Dazu machte sie keine Ansage, sie legte mit kleinen Taschenspielertricks los. Als ihr endlich ein paar neugierige Blicke folgten, legte sie langsam das prächtige Zauberkostüm mit den vielen Sternen und den unten weit auslaufenden Ärmeln an. Sie komplettierte ihren Aufzug zu Rüdigers besonderem Entzücken mit dem hohen und spitzen Hut.

Die Kinder beobachteten Gertrud nun sehr genau und ließen die seltsame Erscheinung nicht aus den Augen. Der Trick mit dem Kaninchen, das natürlich kein echtes war, schlug fehl, aber es schien niemand zu stören.

Zaubern stand bei ihnen sehr hoch im Kurs. Nur ein Zauberer konnte noch ihre unmöglichsten und wichtigsten Wünsche erfüllen.

Zur Einleitung der nächsten Nummer, die aufs Verschwinden eines Gegenstands abzielte, hantierte Gertrud ablenkungshalber mit ihrem Zauberstab, der schließlich auf dem Höhepunkt des Spektakels kräftig durch die Luft zischte.

Das war die Stelle, an der Karol, der sich unter einem Tisch verkrochen und unsichtbar gemacht hatte, nach rückwärts und ziemlich schnell in Richtung Ausgang verschwand. Er ging stiften, ohne dass es jemand bemerkte. So eine Sache mit zischenden Stöckchen erlebt man lieber nicht noch einmal. Auf diesen Trick, mit oder ohne Hut, wollte er nicht wieder hereinfallen. Als Gertrud die Kinder am großen Tisch zählte, war Karol verschwunden.

Sie suchten ihn auf der Toilette, im Garten und hinter dem Haus. Zuerst nahmen sie es leicht. Es gab keinen Grund, etwas Schlimmes zu befürchten und es galt als unumstößliche Tatsache, gesuchte Kinder tauchten rasch wieder auf. Sie hatten sich, wenn so etwas passierte, mal eben verlaufen und machten alsbald mit Geschrei auf sich aufmerksam. Zuerst suchte Gertrud im Gelände, dann Käthe. Sie wechselten sich ab. Jetzt war es aber an der Zeit, die Sache ernster zu nehmen. Sie suchten bereits eine geschlagene Stunde im engeren Umkreis.

Endlich zogen sie in Erwägung, dass der Kleine den Absperrbereich über eine Gartentür verlassen haben konnte, ohne von außen wieder hereingekommen zu sein. Da fehlte nämlich die Klinke, die man durch einen Knauf ersetzt hatte.

Für den erweiterten Suchradius bedeutete das, sie benötigten Verstärkung. Sie mussten die Heimleitung alarmieren. Theoretisch hätte Karol von der Gartentür einen Weg ins Haupthaus, aber auch in den Luisenpark einschlagen können. Warum sollte der Kleine, dachte Gertrud, den einen Teil des Heims verlassen, um den anderen, der genauso fremd für ihn war, aufzusuchen. Mit Beunruhigung wähnte sie ihn also auf dem Pfad zum See mit dem winkenden Schilf und den von Fröschen bevölkerten Seerosenblättern. Da gab es unterwegs auch tausend verlockende Verstecke hinter uralten Bäumen und zwischen blaubeerbewachsenen Hügeln.

Der Doktor hatte das Haus verlassen. Daher führte die Oberschwester das Regiment. Gertrud musste ihr den Vorfall melden. Nach den gültigen Regeln lagen nun alle weiteren Vorkehrungen und Maßnahmen in ihrer Hand. Gertrud wurde dem Suchtrupp zum See zugeteilt, Käthe kümmerte sich weiter um die Kinder. Das Fest hatte eine jähe Abkürzung gefunden.

Am See lag ein verlassenes Anwesen mit opulenter Villa. Über den Garten, der dem Wildwuchs preisgegeben war, gelangten sie an einen Kahn mit Ruderzeug. Ein angerostetes Schild gestattete für Notfälle den Gebrauch.

Gertrud konnte kaum ihre Überraschung verbergen, als sie sah, dass sie von der Terrasse beobachtet wurden. Der Mann verschwand gleich wieder im Haus, um unentdeckt zu bleiben. Die Rolläden mit farbigen Holzlamellen waren allesamt heruntergelassen.

„Ich dachte, die Villa ist gänzlich verwaist. Seit meiner Zeit, so lange ich mich erinnere, sind die Fenster verschlossen."

Die Hebamme, die Gertrud begleitete, wusste von einem alten Professor zu berichten, von dem es hieß, dass er wegen seiner Ehe mit einer Jüdin in Schwierigkeiten geraten war.

„Und jetzt machen sie sich dort breit", sagte die Hebamme, „während wir im Heim aus allen Nähten platzen und jede Besenkammer als Unterkunft nutzen."

Sie bestiegen den Kahn, um das Ufer von der Seeseite besser einsehen zu können. Die Frauen kannten sich gut und die Hebamme erinnerte sich noch lebhaft an Rüdigers Geburt. Deshalb fand sie auch die richtigen Worte, denn Gertruds Nerven waren wie in einen Schraubstock gespannt. Gertrud machte sich die heftigsten Vorwürfe und konnte sich vor Angst nicht gegen die gruseligen Szenarien in ihrem Kopf wehren.

Als es dunkel und kühler wurde, steckten sie am Ufer überall Lichter auf. Inzwischen war der Doktor mit seinem Wagen ins Heim zurückgekehrt. Aus Bad Polzin rückten Freiwillige an, um mit Lampen nach dem kleinen Karol zu suchen. Sie sahen hinter jeden Baum, sichteten jedes Versteck. Auch im Heim sahen sie in jeden Schrank und forschten in jedem Winkel.

Gertrud suchte immer noch seeseitig im Schilf, die Hebamme führte das Ruder. Gespenstisches Leuchten und Rufen nach Karl, der in Wirklichkeit Karol hieß.

Da verwechselte Gertrud einen Stamm im Schilf mit einem leblosen Körper. Sie war völlig überreizt und schrie auf. Die Hebamme hatte die undeutliche Erscheinung fast gleichzeitig im Blick, aber sie reagierte ruhiger und besonnen, schaute genauer hin. Nach einem Ruderschlag erreichten sie die Stelle. Natürlich hatten sie sich geirrt.

„Du darfst so etwas nicht einmal denken! Man zieht ein Unglück auf sich damit. Du wirst sehen, wir finden ihn gleich."

Käthe teilte sich im Haus der sechsjährigen Irmgard mit, die nach dem kleinen Karol gefragt hatte.

„Oder weißt du, wo er hingelaufen ist?" lautete Käthes nicht direkt auf ein Ziel gerichtete Frage. Denn woher hätte es das Mädchen bei allem guten Willen auch wissen sollen? Zum Glück sah Käthe das Mädchen noch eine Weile an und lief nicht gleich weg. Denn Irmgard nickte.

„Willst du mir zeigen, wo wir den Kleinen finden?"

Da nickte sie wieder und zu Käthes unglaublichen Stärken gehörte es, der Sechsjährigen zu glauben und ihr zu vertrauen.

„Lass uns gehen, Irmgard. Hier ist meine Hand."

Irmgard führte Käthe auf den Flur und stieg dann mit ihr die Treppen hinauf. Nach der dritten Etage kamen sie bis unters Dach. Es ging nun nicht weiter. Zum Dachboden gab es keine Tür. Käthe hatte in den letzten Stunden hier oben schon an die fünfmal geschaut. Auch Irmgard wusste in diesem Augenblick offensichtlich nicht weiter.

Da entdeckte Käthe die Klappe, kniehoch, so etwas wie eine unsichtbare Tapetentür, die sich leicht öffnen ließ. Irmgard sagte ein paar Worte auf Polnisch und Karol antwortete ihr.

Wie Irmgard dem Kleinen aus dem engen Durchlass in der Wand heraushalf, dabei mit ihm Unverständliches redete, sogar mit ihm schimpfte und ihn endlich umarmte, da er vor ihnen stand, schloss Käthe die beiden ins Herz. Vielleicht deswegen ließ sich Karol auch von Käthe ohne weiteres in den Arm nehmen und drücken.

„Da freuen wir uns sehr, dass wir wieder beisammen sind!"

In Wirklichkeit bebte Käthe innerlich eher aus Mitleid, als dass sie sich freute, während sie die Stufen hinter den Kindern nach unten ging.

Im Osten, 20.10.1942

Liebe Gertrud!

Nachdem mir meine Schwester mitgeteilt hat, dass Du Deine Stellung angetreten hast, von mir ein paar Zeilen.

Rüdiger hast Du wieder mitgenommen. Man soll von einem Menschen nicht zu viel verlangen. Vielleicht habe ich das?

Ich bin mit dem Bataillon im früheren Polenreich, Bialystok-Wolkowysk, stationiert. Wenn ich den Brief absende, fahre ich hernach entgegengesetzt zur Front.

Die Vorsehung will es so. Hier haben wir mit Partisanenkämpfen zu tun. Was uns vorn erwartet, weiß ich nicht. Die Zukunft wird`s lehren.

Einen Wunsch hätte ich noch. Schick mir eine schöne Vergrößerung von einem Bild Rüdigers. Im Voraus danke ich Dir.

In mir sind so widersprechende Gefühle, dass mir die Worte fehlen, mehr zu schreiben. Hat das Leben im Grunde aus Verzicht bestanden, kann restlicher Selbsteinsatz nur auf die Höhe oder zum Untergang führen.

Ich vertraue dem Schicksal.

Dir und Rüdiger von Herzen alles Gute wünschend und auf die Zukunft bauend – so Gott will – grüßt
Walter

Charkow, 28.12.1942

Liebe Gertrud, lieber Rüdiger!

Den Brief schreibe ich im Lazarett. Bin vom 24. bis 28. wegen meiner Augen hier in Behandlung gewesen. Ich gehe heute zur Front zurück. Wäre ich nicht zu bescheiden im Fordern gewesen, würde ich heute vielleicht in die Heimat fahren.

Das Ergebnis der Diagnose ergab, dass ich als Kraftfahrer nachts nicht geeignet bin.

Wir werden vorn dringend gebraucht. Dass es hier schwer ist, wusste ich, so schwer habe ich es mir aber nicht vorgestellt. Viele meiner Kameraden werde ich nicht wiedersehen. Ich hoffe, dass die Vorsehung mit mir ist und wir uns gesund wiedersehen.

Da ich nicht weiß, was die Zukunft bringt, schreibe bitte auf die Vorderseite eines jeden Briefumschlags: Falls Empfänger nicht mehr beim Truppenteil, an Absender zurück.

Post haben ich und meine Kameraden schon fünf Wochen nicht erhalten und es wird noch Zeit vergehen, ehe die Post zu uns kommt.

Von der Front selbst möchte ich nichts berichten. Der Wehrmachtsbericht spricht ja von schweren Abwehrkämpfen. – Das war mir genug.

Habe Dir Dank, Gertrud, für Dein ausführliches Schreiben. Nur gut, dass bei Euch die Sonne scheint. Möge das Schimmern ewig sein!

Was hat Rüdiger Weihnachten für Augen gemacht? Leider kann man von hier keine Freude bereiten. Es soll wohl nicht sein. Ich finde mich selbst nicht mehr zurecht. Weiß nicht, ob es Gleichmut oder Gleichgültigkeit ist. Kann auch in den vielen schlaflosen Nächten keine Klarheit finden.

Ich werde versuchen, heute in Charkow 120 Mark für Rüdiger aufzugeben. Der Zahlstelle mache ich Mitteilung wegen der verspäteten Überweisung. Es war mir hier im Fronteinsatz nicht früher möglich, Geld zu schicken.

Dir und Rüdiger im neuen Jahr alles Gute und vor allem Gesundheit wünschend, grüßt Euch herzlichst Walter

8. Kapitel

Die kleine Flucht des Karol zog den Lebensborn in Bad Polzin mit einem Mal ins öffentliche Interesse. Die Heimleitung hätte am liebsten kein Aufsehen um den Vorfall gemacht. Schon war Dr. Lüke zu den Alltagsdingen seines Geschäfts übergegangen, nicht ohne bei jeder Gelegenheit den Treppenwitz vom Jungen zu erzählen, der sie einen halben Tag auf Trab gehalten und unter dem Dach ausgeharrt hatte, da ereilte ihn die Geschichte noch einmal mit einem ganz anderen Drall.

Die Flucht, die ja eigentlich nur ein Verstecken gewesen war, hatte das Zeug zum Stadtgespräch in Bad Polzin. Die örtliche Zeitung sah sich zu einer Meldung veranlasst, um die mit dem abgängigen Karl fiebernde Bevölkerung zu beruhigen und über den glücklichen Ausgang der Fahndung zu berichten.

Allerlei Gerüchte liefen nämlich über die Zungen der Leute. Der Junge sei in Wirklichkeit nicht wieder aufgetaucht und das Heim bemühe sich, die Angelegenheit zu vertuschen. Im Nachbarort erzählte man sich sogar, der kleine Karl habe sich zur Ostfront durchgeschlagen, um seinen Vater zu suchen.

Niemand durfte denken, dass ein deutsches Kind in Obhut des Reichs, das auch noch unter dem Schutz der SS und des

Lebensborn stand, etwa verschwinden oder unerlaubt die Ostfront erreichen konnte. Das war ohnehin eine ziemlich abwegige Vorstellung, zog man sein zartes Alter in Betracht.

Deswegen mischte sich das Propagandaministerium ein. Ein einflussreicher Spitzel in Bad Polzin hatte Wind von der Sache bekommen und die Gerüchte nach oben gemeldet. Der Mann aus dem Hause Goebbels hatte ein Gespür für das wachsende Interesse der Leute, die sich mit fortschreitendem Kriegsverlauf leidlich mit dem Hinsterben junger Männer in Uniform abfanden, aber noch lange nicht mit dem Verschwinden eines unschuldigen Kindes aus ihrer unmittelbaren und heimatlich definierten Mitte.

Hier bot sich der erregten und verunsicherten Öffentlichkeit nämlich eine politisch unverfängliche Gelegenheit, mit Entsetzen über das Schicksal eines vermissten und verloren geglaubten Kindes aufzuschreien. Von diesem Ventil machten die Leute nun unbewusst und rege Gebrauch.

Dr. Lüke telefonierte und rapportierte einen ganzen Tag, vor allem bei der Zentrale in München, die den Ball flach halten wollte. Nicht nur Goebbels Leute, auch die Gestapo verfolgte die Sache inzwischen aufmerksam. Es gelang dem Doktor im letzten Moment, einen von der Propaganda lancierten Aufmacher in der Zeitung abzuwenden, der nach der ersten Meldung eine Zeitungsstory nachlegen wollte, die aus Karols Wiederauffinden eine konzertierte Rettungsaktion der Bad Polziner Bevölkerung fabrizierte. Die Leute lechzten nach guten Nachrichten und glücklichen Heldentaten, wie der Propagandaapparat wusste.

Nachdem der Doktor geschickt zwischen Propagandaabteilung und dem SS-Lebensborn moderiert hatte, schickte er den angerückten Pressefotografen wieder nach Hause, und zwar ohne Fotos von dem „kleinen Helden des Tages".

Der Doktor ließ sich erschöpft an seinem Schreibtisch nieder, sortierte seinen in Unordnung geratenen Zettelkasten am Telefon und begann eine von jenen Zigarren zu rauchen, die ihm Walter vor etwas mehr als einem Jahr mitgebracht hatte. Dann ließ er Gertrud zu sich rufen.

Zwischen den Rauchwölkchen, denen er nachsann, fühlte er sich entspannt und wieder ganz Herr der Lage. Berichte über das zweifelhafte Erscheinungsbild der Kinder aus Kalisch waren schon zu ihm durchgedrungen. Ein Auge musste er darauf werfen, wenn schon eine der Zimperlichkeit unverdächtige Person wie die Oberschwester von Verwahrlosung sprach. Man musste das konsequent in gefälligere Übereinstimmung mit der Mission des Lebensborn bringen, die ja in der reibungslosen Eingliederung jener Kinder in stramm nationalsozialistische Familien bestand. Zerlumpte und verängstigte Seelen passten genauso wenig in dieses Bild wie aufsässige und weglaufende Kinder. Vielleicht sollte man diesen Karl einfach nach Kalisch zurückschicken und damit gleich zu Beginn ein Exempel statuieren.

Gertrud schneite etwas fahrig herein. Sie wirkte wie im Stress gefangen, als sie eintrat und ihn begrüßte. Aber als sie erst einmal Platz genommen hatte, blitzte sie ihn an und er konnte Trotz und Kampfbereitschaft in ihren Gesichtszügen erkennen. Sie machte sich auf eine Abmahnung gefasst.

Er legte die Zigarre beiseite und begann ruhig, aber ohne Umschweife zu reden: „Wenn wir nicht aufpassen, ziehen sich Goebbels' Leute die Geschichte unter den Nagel. Das Früchtchen hat uns einen schönen Streich gespielt und macht allerhand von sich reden."

Gertrud holte tief Luft, richtete sich in ihrer Sitzhaltung auf und wollte grundsätzlich etwas erklären.

„Lassen Sie mal, Gertrud, ich will Ihnen keine Vorwürfe machen. Darum geht es nicht. Der Deckel ist auf dem Topf. Die höheren Herren sind sich über den Umgang mit der Sache einig geworden. Keine große Presse im Haus. Aber eine Stellungnahme kann ich Ihnen nicht ersparen. Die Gartentür stand offen und die Luke zum Dachboden war nicht versperrt."

„Herr Doktor!"

„Kommen Sie mir nicht damit, Sie wollen die Verantwortung übernehmen. Das fehlt mir gerade noch, dass Sie sich deswegen krumm legen. Geschenkt, da dürfen wir großzügig sein. Wir wollen uns doch nicht über Gartentüren und Dachbodenluken den Kopf zerbrechen. Konzentrieren wir uns lieber auf unsere Aufgabe und auf die Fortsetzung des Programms. - Hier folgt nämlich schon der zweite Streich."

Das war Gertrud gewohnt, dass der Doktor zu wichtigen Anlässen plötzlich ein Fernschreiben oder eine schriftliche Anweisung aus dem Ärmel zog.

„Das Gaukinderheim Kalisch teilt uns hier mit, dass die nächsten fünf Kinder nach Bad Polzin in Marsch gesetzt werden. Weitere fünf Kinder werden schon eine Woche darauf folgen. Und so weiter und so weiter. – Gertrud, eine richtige kleine Ameisenarmee hat sich da zu uns in Marsch gesetzt. Bald erreicht sie unser Haus Pommern."

Gertrud schwankte zwischen Resignation und Zorn. Er sah es ihr an.

„Ja, Sie haben richtig gehört!" sagte er schärfer. Aber Gertrud zuckte kein bisschen zusammen. Sie verhärtete sich infolge seines Stimmungsumschwungs. Das war nur ein pädagogisch motiviertes Überraschungsmanöver, dessen er sich gern und oft bediente, um die Festigkeit ihrer Haltung zu testen. Lüke sprang aus seinem Stuhl und schlug mit der Faust auf den Tisch, dass es nur so krachte.

„Wehren Sie sich! Stinken Sie dagegen an! So geht das nicht, wollen sie doch sagen. Keine Vorbereitung, keine Zeit! – Ich weiß, wir haben keinen Platz, keine Betten. Aber das will ich nicht hören. Rechnen Sie`s aus, was wir brauchen! Organisieren Sie das!"

Er sprach ruhiger weiter.

„Da werden sich ja Ihre Willkommensfeste und Kindergeburtstage überschlagen. Kommen Sie mir bloß nicht mit diesem Kinderkram! - Was schlagen Sie also vor, Gertrud? Über den kleinen Helden, diesen Karl, sprechen wir später."

Gertrud versuchte, eine unaufgeregte Tonlage zu finden. Sie beobachte sich und war zufrieden mit ihrer kühlen Sachlichkeit.

„Die Ameisenarmee in geordnete Bahnen lenken. Dazu muss jemand mit der Leitung des Gaukinderheims sprechen. In Kalisch vor Ort, denke ich, um bei dieser Gelegenheit auch die Verhältnisse dort einmal genauer in Augenschein zu nehmen."

Gertrud zählte ihre Gedanken, kam auf vier oder fünf, die sie vortragen wollte. Manchmal verabschiedete sich einer, so schnell er gekommen war, und ein anderer, deutlich festerer, tauchte stattdessen aus ihrem dunklen Unterbewusstsein auf.

„Wir benötigen Raum, mehr Raum in unmittelbarer Umgebung. Heim Pommern ist zu klein."

Richtig, der Gedanke an die Villa der beiden Alten, an das Seegrundstück, wo das Rettungsboot lag, drängte sich auf. Was machte sich da dieser Professor mit seiner Jüdin auch breit? Die Hebamme selbst hatte diesem naheliegenden Gedanken neulich zu seiner Geburt verholfen. Vor

Gertruds Augen erschien die lichtscheue, von der Terrasse ins verriegelte und verdunkelte Haus huschende Gestalt.

„Die kleine Villa am Teich, Herr Doktor, würde sich eignen. Da hält sich allerdings wieder dieser Professor auf. - Wie schade, aber sicher könnte man dem ein anderes Anwesen zum Tausch anbieten."

Warum, dachte Gertrud, sollten die Alten am See auch nicht dieses Opfer für deutsche Waisenkinder erbringen?

„Da machen Sie sich mal keine Sorgen, Gertrud. Den schaffen wir mit seiner Jüdin freundlich beiseite."

Als Mann schneller Entschlüsse kritzelte er „SS Belgard" als Notiz auf einen der zusammengeschobenen Zettel und vermerkte sinnfällig als Thema „Naboths Weinberg" daneben, da ihm der Professor in der Nachbarschaft des Lebensborn schon längst ein Dorn im Auge gewesen war. Dahinter setzte der Doktor in Klammern und mit einem Ausrufezeichen: „Für Gertruds Waisen!".

„Schließlich", setzte Gertrud fort, die das Kritzeln mit dem scharfen Stift abgewartet hatte, „benötigen wir mehr Personal. Die Kinder sind schwierig. Sie nässen ein. Wir beobachten Aggressionsbereitschaft, Apathie und andere Verhaltensauffälligkeiten. Wir vermissen Neugier und Bindungsvertrauen."

Der Heimleiter zog die Stirn zusammen. Damit machte sie sich unbeliebt. Gertrud legte nicht sogleich nach, ihm von Käthes und ihrer eigenen Überforderung zu berichten. Sie hätte beim Doktor einen deutlich großzügigeren Betreuungsschlüssel einfordern müssen. Lieber packte sie den Vorschlag in ihr Gedächtnis, um ihn bei nächster sich bietender Gelegenheit wieder herauszuholen.

„Darf ich mir dazu noch eine letzte Bemerkung erlauben?"

„Nur zu."

„Wir sollten nur Kinder aufnehmen, die sich in kürzester Zeit anpassen können und die sich ohne Zweifel für Adoptionen ins Altreich eignen. Je jünger die Kinder sind, Herr Doktor, desto besser."

Er zündete seine Zigarre erneut an, ließ sie mit Genuss glimmen und knistern und hörte Gertrud aufmerksam zu. Zu ihrer Bemerkung fiel ihm spontan etwas aus dem Fernschreiben ein.

„Hören Sie mal, was hier steht! - Etwaige Reklamationen können Sie den Begleitern der Transporte zur Rücksendung nach Kalisch übergeben. Sehr gut, nicht wahr? - Dieses Kärlchen, Gertrud, wollte sowieso nicht bei uns bleiben. Mit dem fangen wir gleich einmal an."

„Sie wollen den kleinen Karl zurückschicken?"

„Als höchst schwierig und besonders auffällig reklamieren."

„Was machen sie dann mit ihm?"

„Für das Jugenderziehungslager in Litzmannstadt ist er noch zu klein. Vermutlich werden sie ihn in seine alten Verhältnisse geben und den Polacken überlassen."

„Nein, Herr Doktor, das kommt nicht in Frage! Ich übernehme die Verantwortung für den Ausreißer, auch wenn Sie mir davon abraten. Karl ist keine Spur auffälliger als die anderen Kinder. Und was Sie noch nicht wissen, ich habe mit Inge Brandmeier telefoniert. Ein Standartenführer aus München möchte gerade einen Jungen seines Alters adoptieren. Mit der Gattin, Mutter zweier Mädchen, hat Inge Brandmeier bereits Gespräche geführt."

Sehr engagiert, dachte Dr. Lüke und nickte anerkennend.

„Ich müsste einen Verweis in Ihrer Personalakte vermerken, wenn Sie die Verantwortung übernehmen und den

Jungen nicht postwendend zurückschicken, also nicht reklamieren wollen. Überlegen Sie sich das lieber noch einmal. Da werden noch genug kleine Helden ankommen, die sich über eine gelungene Eindeutschung freuen."

„Tragen Sie den Verweis ein, Herr Doktor!"

Sie bohrte nach: „Vergessen Sie die Villa bitte nicht, die alten Leutchen am Teich. Sie wollen sich darum kümmern, nicht wahr?"

„Selbstverständlich, als Ihr Zaubermeister sozusagen."

Noch einmal auf das Gaukinderheim in Kalisch angesprochen, erlaubte sich der Doktor dann doch noch die grantige Feststellung, man sei schließlich im Krieg und dieses Auffanglager sei gewiss nicht als Ferienlager konzipiert. Er ging trotzdem auf Gertruds Vorschlag ein, ein paar delikate Dinge mit der Leitung in Kalisch zu erörtern. Er betonte, auf mögliche Änderungen und Rücksichten sei „streng im Sinne ihrer Mission" hinzuwirken und zu Gertruds Überraschung delegierte er die vorgeschlagene Reise an sie zurück.

„Erkunden Sie die Lage! Machen Sie unsere Möglichkeiten, auch unser Befremden verständlich. Aber erwarten Sie nicht zu viel!"

Schon eine Woche darauf meldeten sich bei Gertrud drei Frauen aus dem Haupthaus zur Verstärkung, die sehr motiviert waren. Es dauerte auch nicht lange, als man Gertrud bat, die Schlüssel zur Villa am See abzuholen, direkt vor Ort, um nachzusehen, was von den zurückgelassenen Gegenständen für den Lebensborn zu gebrauchen sei.

Von weitem sah sie die Fenster der Villa mit hochgezogenen Rolläden, während sie sich näherte, und es schien ihr, als hätte das Haus nach langem Schlaf seine Augen geöffnet.

Dann erkannte sie am Eingang den unangenehmen Schulz von der Belgarder SS, der sie auf dem oberen Absatz mit „Heil Hitler!" begrüßte. An seinem linken Zeigefinger baumelten die Schlüssel. Zweideutig grinste er sie an, wie alles zweideutig an ihm war, und sie musste sich seinen anzüglichen Witz gefallen lassen.

„Die Betten sind schon gemacht. Es ist alles bereit."

Gertruds Gesicht verfinsterte sich. Da schlug er übertrieben die Hacken zusammen. Sie nahm ihm die Schlüssel abrupt aus der Hand und ahnte bereits im Flur, machte es dann endgültig an der mit Mantel und Hut bestückten Garderobe und an dem benutzten Geschirr auf einem Esstisch fest, dass man die Bewohner, deren persönliche Sachen zurückgeblieben waren, verschleppt, gewaltsam beiseitegeschafft hatte, statt ihnen eine andere Wohnung als Ersatz anzubieten.

„Wo sind die Alten? Von Tausch war die Rede, nicht von Raub!"

Der pausbackige Schulz war ziemlich stolz auf die sorgfältig geplante und rasch durchgeführte Aktion, deshalb ärgerte er sich über das unfreundliche Frauenzimmer.

„Zieht ein widerliches Gesicht, als würde es stinken."

Dann rief er die geschwungene Treppe hinauf: „Fenster aufmachen! Es stinkt."

Oben klappten sofort Fenster beim Öffnen, wie von allein, als würde sie der SS-Schulz mit Befehlsgewalt dirigieren.

Gertrud zog den Blick vom Schulz ab, dessen Umgang und Habitus sie anekelte. Dabei fiel ihr nichts Besseres ein, als die Aufmerksamkeit auf ein Bild an der Wand zu lenken.

Ein altes Paar war darauf zu erkennen, das vor einem Häuschen auf einer Bank saß und auf den Betrachter schaute. Es war ganz in eine vergangene Zeit vertieft. Gertrud las den Titel auf einem kleinen Messingschild.

„Philemon und Baucis, des Wohltuns Glück genießend"

Sie erinnerte sich dunkel an jene von Goethe so liebevoll und breit ausgemalte Szene des fünften und letzten Akts der Faust-Tragödie zweiter Teil, die in eine Welt führt, welche sich von derjenigen Fausts und Mephistos sehr unterscheidet, an das uralte Paar, das in grauer Vorzeit den Göttern Unterschlupf gegeben hatte.

Gertrud brachte nicht mehr die ganze Geschichte zusammen, sie wollte diesen Schlussakt der Tragödie, und wie es überhaupt mit dem Faustischen zu Ende gegangen war, noch einmal gründlicher lesen. Schon längst hatte sie das vor.

War das nicht Fausts eigener Wunsch, sein Auftrag an den Teufel und dessen grobschlächtige Gesellen, dieses alte Paar, Philemon und Baucis, „zur Seite zu schaffen"?

Aber da hieß es in Fausts Auftrag an Mephisto, nach diesem höchst wichtigen und doppelsinnigen Gedankenstrich:

„So geht und schafft sie mir zur Seite! – *(Gedankenstrich!)*
   Das schöne Gütchen kennst du ja,
   das ich den Alten ausersah."

Zur-Seite-Schaffen, dachte Gertrud, kann alles Mögliche bedeuten. Und sie biss auf ihre Lippe.

Während sich Faust mit der Option eines Tausches beschwichtigen kann, haben Mephistos grobe Gesellen, eben nach ihrer Art, etwas anderes darunter verstanden, so dass man sie, wie den SS-Schulz, nachträglich sogar noch desavouieren kann, um sich von aller Mitschuld reinzuwaschen. - So war das doch nicht gemeint, das habe ich nicht gewusst, heißt es dann.

Gertrud fühlte sich einen Moment, als wollte ihr der Dichter einen Spiegel vorhalten.

Das ertrug sie nicht länger und wählte geschäftig, beflissen und effizient unter den zahlreichen Möbelstücken auf den Etagen dasjenige aus, was einer Nachnutzung anheimfallen sollte. Sie klebte, gut sichtbar, amtliche Papiersiegel mit Hakenkreuz darauf, geisterte in sich versunken und flüsterte leise, während sie fremdes Eigentum in Besitz nahm, „zur Seite geschafft."

Im Dachgeschoß fand Gertrud für sich und Rüdiger eine neue Wohnmöglichkeit. Das Zimmer, das sie sich aussuchte, auch erreichbar über eine kleine, sich vom Garten hinaufschnörkelnde Treppe, war nicht besonders groß und mehrere Schrägen verkleinerten den Raum. Aber es besaß einen schönen Erker mit Fenster zum See und, wie für Rüdiger gemacht, eine vom übrigen Bereich abgeteilte Nische. Ein flaches Sofa, das sich als Kinderbett für Rüdiger eignete, spürte Gertrud im Erdgeschoss auf.

Sie prüfte einen etwas in die Jahre gekommenen und ausgetretenen Teppich auf seine Brauchbarkeit, hob ihn an einem Zipfel und ließ ihn wieder fallen, während schon längst weit ausgreifende Pläne Besitz von ihr ergriffen. Als hätte sie den Anflug ihres schlechten Gewissens pariert und es eben unter den Teppich gekehrt, rekonstruierte sie in Gedanken das Haus für den neuen Zweck.

Man konnte etwa fünfzehn Kinder in zwei oder drei Gruppen hier unterbringen. Als Gertrud am Eingang das

Bild mit Philemon und Baucis passierte, rechnete sie die Kosten für die Vergrößerung der Sanitärräume aus. Das Grundstück musste auch einen soliden und zuverlässig verschließbaren Zaun zur Seeseite erhalten. Sie berauschte sich an der Zusammenfassung all dieser Details.

Gertrud war gerade fertig damit geworden, mit erstaunlicher Geschwindigkeit, als der erste Lastwagen zur Restentrümpelung der beschaulichen Villa, die ihre Augen geöffnet hatte, vorfuhr.

Der Mond sah zu, wie das Rettungsboot ablegte. Sein helles Kreisrund verlieh den Verliebten, die Platz darin genommen und sich vis a vis nicht aus den Augen ließen, einen milchigen Schein. Joachim trieb das Boot ohne Ziel mit zwei oder drei Ruderschlägen auf den See.

Sie saßen nun stumm voreinander, ganz aus der Zeit, und legten ihre Hände wie zur gegenseitigen Anbetung in ihren Schoß. Nur ihre Gefühle, die sich leise wie Haufenwolken über ihnen auftürmten, tauschten sich aus. Ihre Körper waren erhitzt und genossen immer noch die lange aufgesparte und glückselige Befriedigung.

Sie dachte an den Moment der Ewigkeit zurück, da er sie vor wenigen Minuten zitternd und unter plötzlicher Aufgabe all seiner Stärke mit seiner Lust beschenkt hatte, um sich danach wie ein kleiner und hilfloser Hund an ihre Seite zu schmiegen.

Joachim badete in den frischen Erinnerungen, ohne den Blick von Gertrud zu nehmen. Er befühlte in seiner Phantasie die Umrisse ihrer leicht bekleideten Gestalt, die im silbernen Licht glänzte. Alle seine Sinne beteiligten sich, denn sie wussten von der Geschmeidigkeit und Weichheit ihrer Haut, wie sie schmeckte und wie sie roch, wie sich Gertruds

Haar anfühlte. Gertrud erschien ihm hier unter dem Mond mit ihren zarten und leicht geöffneten Lippen, mit ihren nackten Armen und Füßen, wie eine heilige Nymphe.

Gertrud flüsterte: „Wir müssen reden, Joachim. Sonst verfliegt uns die Zeit."

Er atmete tief. Das ruhende Wasser roch nach feuchter Erde und nach vermodertem Holz, nach Verblühen und nach Schlamm. Aber er sog gierig diesen Dunst ein. Was er darin mannigfach unterschied und kombinierte, war die unverwechselbare Würze des Lebens.

„Ja, Gertrud."

Sie hatten sich viel zu sagen, immer mehr, aber sie redeten kaum.

Wenn er über jene unauffällige Treppe ihr Dachzimmer betrat, konnte sie gerade noch die Tür schließen, schon wurde sie übermannt. Es fühlte sich an, als würde sie etwas auspeitschen von innen, gegen das sie sich wehrte. Das hatte sie noch nicht erlebt. Es sprengte ihre Vorstellungskraft. Ihre Leiber übernahmen die Führung. Arme und Hände taten, was ihnen keiner befahl. Die Köpfe schalteten ab. Allein ihre Lippen und Zungen hatten heftig zu tun, zu spüren und zu küssen, zu lecken und zu verschlingen. Mit den Augenwimpern kitzelte er ihren Mund, die Ohrläppchen und ihre Nase. Unter ihrer Bauchdecke tobten eben noch schlummernde Drachen wie toll, bis es Joachim gelang, während Gertrud aufstöhnte dabei, langsam und fest in ihr Versteck einzudringen. Ihr beider Verstand sank auf ein einziges Verlangen herab. Was gab es da zu reden?

„Ich möchte wissen, Joachim, was du denkst. Es bedrückt mich etwas."

„Komm her zu mir, setz dich neben mich. Ich muss dich spüren. – Vorsicht, dass du nicht ins Wasser fällst! Gib deine Hand, Gertrud. Ja, so. Und nun sprich!"

„Käthe ist seit einigen Tagen aus Kalisch zurück. Sie hat das Gaukinderheim besucht, das uns die kleinen Waisen nach Bad Polzin schickt. Rüdiger hatte plötzlich Fieber bekommen, sonst wäre ich selbst gefahren. Diese Reise hat Käthe verändert. Ich habe sie noch nie so erlebt."

Gertrud fröstelte. Er legte den Arm um ihre Schulter. Sie machte eine Pause.

„Und dann haben wir uns fürchterlich gestritten."

„Was ist passiert?"

„Sie wollte ihre Koffer packen. Und ich habe ihr gesagt, sie kann uns doch hier nicht im Stich lassen, den Lebensborn, mich, den Führer … Wir haben uns angeschrien. Als ich den Führer erwähnte, rastete sie aus. Sie will mit denen, also mit uns Joachim, nichts mehr zu tun haben."

„Was hat Käthe in Kalisch erlebt?"

„Sie spricht nicht darüber. Wenn sie das jemandem erzählt, sagt sie, würde man sie denunzieren. Aber es hat sie unheimlich aufgeregt."

„Weshalb? Was ist der Grund?"

„Sie meint, … man schickt uns ganz überwiegend gar keine Waisen. Sie würden die Kinder im Warthegau aus polnischen Pflegefamilien reißen und zu uns bringen. Aber sie berichtete auch von Kindern, die man einfach von der Straße geholt hätte, geraubt, also ihren Eltern entführt, nur weil sie deutschstämmig aussahen."

Joachim drückte Gertrud fest mit seinem rechten Arm.

„Willst du wissen, was ich darüber denke?"

„Ja, Joachim. Ich weiß nicht, was ich davon halten soll."

Er tauchte eine Hand ins Wasser.

„Je größer eine Idee, desto größer die Opfer. Für das Reich geht es um alles oder nichts. Wir erleben den Vernichtungskrieg zwischen den Rassen."

„Das verstehe ich nicht. Was für Opfer?"

„Vergleichsweise geringe, hier hinter der Front. Vorn geben die Jungs ihr Leben. Hier würde ich eher von Herausforderungen sprechen."

Gertrud konnte damit im Moment wenig anfangen. Das war ihr zu allgemein. Sie sah in das Spiegelbild, das der Mond auf den See warf.

„Du meinst Härte statt Befindlichkeiten?"

Joachim hätte ihr dieses Härtegebot, wie er es vom SS-Orden kannte, ohne Umschweife und Diskussion vor die Füße werfen können. Stattdessen gab er sich Mühe.

„Unsere Befindlichkeiten sind das erfreuliche Ergebnis einer tausende Jahre alten Kultur, die auf einer höheren Stufe steht als die niedrigerer Rassen, von den Wilden ganz zu schweigen. In Friedenszeiten können wir uns eine Menge Befindlichkeiten leisten, beinahe unbegrenzt. Sogar Befindlichkeiten, die uns im Krieg schwächen."

Das überzeugte Gertrud noch nicht. Sie wollte es konkret fassen.

„Du meinst, dass uns der Raub eines Kindes aus den Armen einer Mutter in Friedenszeiten entsetzen darf, aber im Kriegszustand nicht?"

„Im Krieg wird scharf geschossen, im Frieden üblicherweise nicht."

Joachim spürte, wie Gertrud um eine befriedigende Einstellung rang. Käthes Fassungslosigkeit und Entsetzen lasteten schwer auf ihrem Gewissen.

„Gertrud, ich spreche nicht vom Unrecht aus blinder Wut. Und auch wo geschossen wird, muss der deutsche

Soldat anständig bleiben. Man muss Kinder auch nicht mit physischer Gewalt aus den Armen ihrer Mütter reißen, um ihrer habhaft zu werden. Es kann, unter übergeordneten Gesichtspunkten, im Kampf der Rassen, jedoch erforderlich sein, sich ihrer zu bemächtigen. Dann dürfen uns solche Befindlichkeiten nicht beeinträchtigen, das Richtige und Notwendige zu tun."

Gertrud erinnerte sich an die Kinder in ihrer und Käthes Obhut, hatte es schon selbst erlebt, dass manche im Schlaf und auf Polnisch nach ihrer „Matka" oder „Mamo" riefen.

„Den Kindern bei euch geht es gut. Ihre Zukunft in Deutschland ist über alles erhaben, was man sich sonst für sie Schönes, etwa in Polen, ausdenken kann."

Gertrud seufzte. Da war zumindest Grund für einen Anker, für eine Einstellung und Überzeugung.

„Du meinst, in einem größeren Zusammenhang geschieht alles zu ihrem Glück?"

„Sicher", antwortete Joachim und er sprach lebendiger als vorhin, „das hat durchaus etwas mit der Perspektive zu tun, aus der man das betrachtet. Gertrud, ich meine, das ist ein angemessenes Opfer. Es ist nicht die Zeit sanfter Empfindsamkeit. Vielleicht darf man das Wissen darum nicht jedem zumuten, mal an Käthe gedacht. Der einfache und redliche Mensch denkt nicht erhaben, er denkt klein. Aber der Sieg wird eines Tages den Mantel über Unrecht und Ungereimtes decken. Ich müsste mich arg täuschen, ginge es in eurem Programm nicht um die Wiederauffrischung deutschen Blutes, das unsere Soldaten in diesem Krieg vergießen."

Gertrud schrak noch einmal zurück. Sprachen sie nicht über Kindesentführung? Wer wollte das, egal unter welcher Flagge oder Idee, legitimieren, ohne sich einer Unmenschlichkeit schuldig zu machen?

„Heiligt der Zweck also die Mittel?"

Darauf reagierte Joachim sofort, wie aus der Pistole geschossen.

„Nein. Aber heilige Zwecke rechtfertigen unheilige Mittel."
Und er suchte nach einem Beispiel aus der Geschichte.

„Gertrud, nehmen wir doch ruhig einmal an, es sind Raubkinder. Raubkinder hat es in der Geschichte schon immer gegeben. Meistens hielt man damit die Eliten unterworfener Völker in Schach, um ein Pfand gegen ihren Aufruhr in der Hand zu halten. Die Germanenschlacht im Teutoburger Wald lehrt uns übrigens, dass wir diese Polenkinder besser eindeutschen müssen, als es den Römern gelang, aus Arminius einen loyalen Römer zu machen. Am besten, eure Waisen vergessen zu ihrem eigenen und zu unserem deutschen Heil, dass sie einmal aus Polen kamen. Das wäre eine sehr praktische Empfehlung."

Joachim straffte sich und griff nach den Rudern. Sie waren mit ihrem Boot ins Schilfdickicht abgetrieben und Wolken schoben sich über den Mond.

Gertrud beschwichtigte sich mit Joachims sophistischer Rede, die ein Hippias zu Athen nicht besser gehalten hätte, um aus Schwarz ein Weiß und aus einem Verbrechen eine großartige Tat zu machen. Genaugenommen rechtfertigte Joachim damit jeden Mord und jede Lüge, sobald der Zweck ein vorgeblich heiliger war. Sie zog sich seine Rechtfertigungen über wie ein löchriges Kleid, aus Scham, aber auch wie zum Trotz.

Mit der Unruhe in ihrem Herzen musste Gertrud nun leben, da sie an einem Punkt in ihrem Leben angekommen war, noch einmal eine Entscheidung für oder gegen den Nationalsozialismus, für oder gegen die SS und den Lebensborn zu treffen, nach allem was sie nun sehr genau wusste und für das sie, als dessen Teil sie sich inzwischen verstand, in der Ausführung selbst verantwortlich war.

Unruhe und Verunsicherung ihres Herzens waren groß genug, so ein Gespräch, wie sie es mit Joachim geführt hatte, erst gar nicht mit Käthe zu versuchen. Beide sprachen nur noch das Nötigste miteinander. Käthe ging ihr aus dem Weg. Allein in der Betreuung und in der Fürsorge für die polnischen Kinder verdoppelte Käthe ihren Eifer. Man könnte Käthes Entschluss, denn doch nicht das Heim zu verlassen, mit ihrer Alternativlosigkeit begründen, sicher spielte das bei ihren Erwägungen mit. Andererseits versäumte sie nicht, auch diesen Teil ihres Tuns und Lassens mit jenem winzigen Tropfen Sittlichkeit zu tränken, einer Essenz des „de finibus bonorum", die das Leben im Großen wie im Kleinen farbig und überhaupt erst menschlich, menschenwürdig und lebenswert macht, jener Essenz der Ethik, die keine Ideologie und keinen Ideenpalast benötigt. Käthe fühlte sich nun erst Recht für die entwurzelten Kinder in ihrer Obhut verantwortlich. Das ergab für sie einen Sinn, und sie spendete ihnen, von dem sie reichlicher als einen Tropfen besaß, sie überschüttete sie geradezu mit ihrer ganzen mütterlichen Liebe.

Walter sitzt abseits auf einem Stein, legt sein Kochgeschirr nach der Mahlzeit beiseite und tastet nach den beiden Fotos in der Brusttasche der Uniform.

(Gertrud hatte ihm eins von Rüdiger geschickt, auf der Rückseite „Dein Sohn Rüdiger" vermerkt und eins von sich selbst „zur Erinnerung", was immer das bedeutete.)

Es sind schöne Porträts, handtellergroß, beim Fotografen für ihn gemacht. Er vertieft sich oft in den Anblick der

Bilder, die er mal einzeln betrachtet, mal nebeneinander legt. Für Rüdiger, denkt er an besonders schlimmen Tagen, will ich das Grauen überleben. Er denkt das oft, immer wieder. Rüdigers Abbild auf der Fotografie steigt wie eine Fata Morgana vor ihm auf, sobald ihn etwas hart anpackt oder bedroht, wie gestern, als ihre Einheit den Stapel fünf übereinander geworfener Leichen am Waldrand passierte, sterbliche Überreste viel zu junger Kammeraden, die in einen Hinterhalt geraten waren.

Mit Walters angegriffenen Augen konnte man den leblosen Haufen von weitem mit einem Holzstapel verwechseln. Walter sieht schlechter, als sie alle wissen. Vielleicht will er auch nicht mehr so genau hinsehen, steuert aber immer noch einen Mannschaftswagen.

Diese Aufgabe als Fahrer verleiht ihm einen unbedeutenden, aber besonderen Status, der ihm kleinere Freiheiten erlaubt. Wer für ein Fahrzeug verantwortlich ist, klebt wie ein Zubehör daran. Er muss deswegen nicht alles mitmachen, was die Kammeraden durchfechten müssen. Wegen seines Augenleidens darf er nicht nachts fahren. Dafür teilt ihn der Feldwebel als Fahrer für Sonderaufgaben ein, Extratouren zwischen den Regimentern, hin und wieder leichte Verwundetentransporte.

Diesmal hat er mit einem der Rekruten, die von Monat zu Monat jünger werden, am Waldesrand fünf Leichen zu bergen. Der Feldwebel hat den Burschen ausgesucht, um ihn vor seiner Feuertaufe, die ihn erwartet, abzuhärten. Er ist ihm zu weich.

Walter berührt noch einmal mit den Fingerspitzen den kleinen Rüdiger auf dem Foto, bevor er die beiden Bilder wieder in seine Brusttasche steckt. Dort befindet sich auch der knapp gehaltene Abschiedsbrief mit der wichtigen Zeile

„Dich habe ich immer geliebt", für alle Fälle an seinen Sohn in Bad Polzin adressiert.

Dann wischt Walter das Kochgeschirr aus, legt Koppel und Ausrüstung an. Der Rekrut steht neben ihm, wie auf eine Beerdigung gefasst.

Walter weiß, wie man Kriegstoten begegnet, dass man dabei am besten nichts denkt, wie man sie anheben muss und zu zweit auf eine Ladepritsche befördert. Mit Routine und entsprechenden Hilfsmitteln ist das keine schwierige Angelegenheit. Nur in dem Augenblick, da sich die Leiche wie ein beliebiger Gegenstand bewegt, den man aufnimmt und trägt, darf man ihr nicht ins kalte Gesicht schauen. Sonst springen Gedanken und Vorstellungen an, schließlich Gefühle wie Mitleid und Wut, die einen bis in den Schlaf verfolgen und nicht wieder loslassen möchten.

Der Rekrut lässt sich mit Ehrfurcht von Walter unterweisen. Nein, Walter macht sich nicht wie andere über den Hasenfuß lustig, als sie die toten Körper über eine Schräge und mit Hebelkraft auf die Rampe ziehen. Er beobachtet, dass der andere, der sein Sohn sein könnte, ein richtiger Kerl sein möchte. Aber zwischendurch zittert er und dann entgleist ihm das Gesicht.

„Pass auf!" sagt Walter zu ihm.

„Halte dich an die Alten! Miersch und Botte haben Erfahrung, mach nichts anderes als die. Und vor dem Feldwebel nimm dich in Acht. Der wittert deine Angst wie ein Hund. Sieh zu, dass du nicht in der falschen Windrichtung läufst."

Im Feldlager verbreitet sich die Meldung, für den Hinterhalt würde es ohne Zögern und Pardon Vergeltung geben. Ein paar Hitzköpfe unter ihnen schüren die Wut und schwingen aufreizende Reden. Schon hat die SS, wie es heißt, Partisanen gestellt, gefangengenommen und verantwortlich gemacht. Über den Feldwebel lassen sie mitteilen, die Truppe, sowieso eine Einheit der Polizei, dürfe sich mit Freiwilligen an der Vollstreckung des Standgerichts beteiligen, um die deutschen Kammeraden zu rächen.

Der Feldwebel hält eine kleine, mit Hass und Abscheu getränkte Ansprache und Freiwillige dürfen sich melden.

Wieder sitzt Walter in sich versunken auf jenem Stein, der er währenddessen selbst gern wäre. Der Aufpeitscher hat, wie zu erwarten, in ein Wespennest gestochen. Zuerst melden sich Miersch und Botte zu Walters großem Erstaunen. Als Nummer Sechs hebt der junge Rekrut seine Hand, mit dessen Hilfe Walter die Leichen fortgeschafft hatte.

Da wird wirklich etwas in Walter zu Stein.

Der Feldwebel tritt zu ihm heran.

„Ich übernehme das Kommando, Sie fahren! Machen Sie sich abmarschbereit!"

Die Menschenjäger haben sich extra fünf junge Männer im Dorf ausgesucht und an die Innenwand des Kirchhofs gestellt. Es ist alles vorbereitet. Die SS sperrt mit Großaufgebot das Kirchengelände ab und hält die schreiend klagende Bevölkerung in Schach.

Walter fährt den Mannschaftswagen auf den Hof, das Kommando springt ab und der Feldwebel bringt es als Exerziermeister in Stellung.

Walter sucht Deckung hinter dem Mannschaftswagen, um es nicht mit ansehen zu müssen. Schlimmer als die eigentliche Exekution sind die trockenen Schüsse nach einer Weile, die der Feldwebel aus seiner Pistole aus nächster Nähe abgibt. Offensichtlich hatte nicht jeder Schuss der Salve tödlich getroffen.

Um den Abtransport der Exekutierten kümmert sich ein anderes Kommando. Alles ist vorausschauend und gründlich organisiert. Die Schützen springen wieder auf den Wagen und der Feldwebel reicht Schnaps über die Rampe, bevor er zu Walter ins Fahrerhaus steigt.

Er stellt seine Eindrücke von der Erschießung lebhaft in einen Vergleich mit anderen Hinrichtungen, an denen er bereits teilnehmen durfte, präferiert das Erhängen und holt bei seinen Schilderungen weit aus. Walter ergeht es nun so, dass er lieber schwerhörig als schlecht sehend gewesen wäre. Immerhin konzentriert er sich umso mehr auf den Dienst seiner ermüdeten Augen und starrt auf die mit Schlaglöchern übersäte und unbefestigte Straße. Staub wirbelt auf.

Nach kurzer Strecke reißt Walter das Lenkrad herum. Der Feldwebel schreit auf und in voller Fahrt stürzt der Lastwagen um. Er schlittert knapp an einer Böschung vorbei, ohne sich zu überschlagen.

Walter ist eingeklemmt und hat sich das rechte Bein gebrochen. Ein Donnerwetter bricht über ihn herein, noch bevor sie ihn aus dem Führerhaus ziehen. Der Feldwebel schäumt vor Erregung.

„Du Idiot! Wie kann man auf freier Strecke das Lenkrad herumreißen! Oder bist du jetzt vollkommen blind!?"

Außer Walters Beinbruch gibt es glücklicherweise keine weiteren, jedenfalls keine ernsthaft Verletzten.

„Vorsicht", knurrt Walter im Schmerz, „da liegt eine frisch versenkte Mine auf der Straße. Die hätte uns beinahe erwischt."

Nun ist Walter ihr Held und der Feldwebel setzt sich beim Regiment dafür ein, dass Walter eine Auszeichnung und

Genesungsurlaub erhält. Außerdem muss der Bruch ordentlich heilen, was er im Frühjahr 1945, kurz vor Beendigung des Krieges, dann doch nicht mehr schafft. Walter erlebt daher das Kriegsende zu Hause.

Der Große Klaus beherrscht das Einmaleins der lokalen Spitzel- und Politprominenz. Er ordnet den Oberleutnant, der sich ein paar Tage nach Walters Heimkehr bei ihm am Tresen meldet, zielsicher der örtlichen Gestapo zu. Der Herr muss sich nicht mit seiner Dienstmarke ausweisen, da man ihn als Stammgast im Schloss Altenburg kennt.

In Walters Abwesenheit hat der Oberleutnant, den alle hier Lutsch nennen, hin und wieder mit Albert im Kaffeehaus eine Partie Schach gespielt. Zu Alberts großer Verunsicherung packt der Lutsch manchmal Sachen aus seinem Dienstleben aus, die Albert ziemlich verstören. Mit der Verletzung solcher Dienstgeheimnisse macht der Lutsch den armen Albert zu seinem Komplizen und kitzelt während des Schachspiels Zustimmungsäußerungen aus ihm heraus, die zu Alberts Gesinnung nicht passen.

Bis in dieses Frühjahr hinein suchen sie nach Defätisten und Saboteuren. Aber die Gestapo gräbt auch Vorgänge aus der Zeit der Machtergreifung aus, zu deren abschließender Beurteilung der Geheimpolizei immer noch entscheidende Puzzleteile fehlen. Mit dem erneuten Versuch, historische Altfälle zu lösen, kann sich ein Gestapo-Mann wie Oberleutnant Lutsch mit etwas Geschick unentbehrlich an der fürs Überleben vergleichsweise sicheren Heimatfront machen.

Er fragt den Großen Klaus: „Der Herr ist wieder zu Hause?"

Und der Lutsch beugt sich langsam wie ein Reptil über den Tresen, als leide er unter extremer Kurzsichtigkeit. Er mimt den Gesichtsausdruck eines Karpfens und spitzt seinen schmalen, dünnlippigen Mund. So sieht er den Großen Klaus eine Weile an, der die Luft anhält und nickt.

Oberleutnant Lutsch versteht sich aufs Glotzen wie kein anderer. Es ist die konfrontativste Art, jemanden anzusehen, den starren Blick ohne Klappen der Lider zu halten. Diese Augenlider sind entzündet und blonde, spärlich verteilte Härchen kleben daran. Wenn der Oberleutnant schluckt, verzögern sich die vegetativen Reaktionen. Seine Augäpfel treten hervor und wippen mit dem Kehlkopf wie im Inneren seines knochig kantigen Kopfes durch eine Pleuelstange verbunden.

„Meine Schachfreunde", beginnt der Gestapo-Mann sehr umständlich, "sind ja nun, außer Albert, alle an der Front oder erhielten sich nicht mehr am Leben. Dadurch sind ein paar Ermittlungen bei mir ins Stocken geraten. Sie wissen doch, dass ich von der Gestapo bin? Oder warum schauen Sie mich sonst so erschrocken an? Sagen Sie Ihrem Chef bitte, dass ich morgen Abend gern eine Partie Schach mit ihm spiele. Wir haben uns bestimmt ein paar interessante Sachen aus den Anfängen unserer Bewegung zu erzählen. Vielleicht können wir dabei das Schöne mit dem Nützlichen verbinden."

Als ihm der Große Klaus den Besuch ankündigt, lässt sich Walter Wort für Wort berichten. Was meint der mit „interessanten Sachen aus den Anfängen unserer Bewegung"? Das liegt beinahe zwölf Jahre zurück. Haben die von der Gestapo nichts anderes zu tun? Beunruhigt fragt Walter: „Zimmer Zwölf? Was ist mit Zimmer Zwölf?"

Der Große Klaus räuspert sich.

„Belegt. Aber der Gast ist nicht wieder aufgetaucht."

„Offene Rechnung?"

„Keine Barzahlungen seit einem Jahr. Es gibt keine Rechnungen."

Walter lässt sich den Schlüssel geben.

„Richtig. Zimmer Zwölf gibt es nicht. Du führst das Zimmer als Abstellkammer im Journal?"

„Was für eine Abstellkammer? Davon weiß ich nichts."

Er kratzt sich am Kopf und grinst verlegen.

Der Oberleutnant ist so frei, selbst den Platz im Kaffeehaus für ihr Schachspiel zu wählen. Er beglückwünscht Walter zum Eisernen Kreuz, das er angelegt hat. Und sie bedauern beide mit Krokodiltränen, dass Walter vor dem Endsieg an der bedrohlich näher rückenden Front erst noch sein Bein auskurieren muss.

Die Figuren sind schnell aufgebaut. Lutsch nennt die Springer Flieger und die Türme heißen bei ihm Panzer. Er nimmt nach der Eröffnung der Partie, die Walter langweilig findet, eine Zigarette betulich zwischen die Spitzen der Finger seiner fleischlosen Hand, die er nach Walters Rochade wie im Krampf an die Lippen führt. Dabei strecken sich die eh schon zu langen Fingerglieder. Und endlich beginnt der Oberleutnant in der Art zu rauchen, weshalb ihn alle Lutsch nennen. Er stülpt die Lippen seines Spitzmundes nach vorn, es sieht aus, als wollte der Karpfenkopf einen Haken ausspucken, und saugt sich mit den Innenseiten dieser Lippen an dem Rauchstängel fest. Er saugt und saugt, bis ihm die Augen übergehen, ohne dass sie dabei aufhören zu glotzen.

Während Lutsch nun seinen Blick fester in Walters Person bohrt, denkt dieser, ganz vom Schauspiel des Oberleutnants hingerissen und fast wie ein Beutetier hypnotisiert: Nie in meinem Leben werde ich dieses Glotzen und Saugen vergessen. Plötzlich lässt Lutsch von ihm ab, pafft eine Rauchsäule, der er mit halb geschlossenen Augen nachschaut und konfrontiert Walter mit seinem fischigen Blick und mit der Frage: „Wie weit haben Sie es damals als Freimaurer gebracht?"

Walter spürt einen Druck im Magen, wohin sich seine Befürchtungen und Mutmaßungen zurückgezogen haben.

„Die Freimaurerei ist verboten."

„Ich weiß. Deshalb beschäftige ich mich seit dreiunddreißig damit."

Lutsch befreit sich mit einem Springer, der wie ein Sturzkampfbomber in Walters vordere Stellung stößt.

„Dann müssen wir nicht lange drum herum reden. Sie wissen von meiner Meistererhebung. Sonst hätten Sie schlechte Arbeit geleistet."

„Ich will Ihnen nicht zu nahe treten mit dieser Erinnerung. Es war die letzte Erhebung, bevor wir die Freimaurerlogen aufgelöst haben."

„Wir haben uns selbst aufgelöst."

Nicht ohne Schadenfreude lockt Walter den Oberleutnant in eine Läufergabel. Aber er schwitzt und ist nur halb bei der Sache. Ein Spiel mit der Gestapo ist gefährlich.

„Sehr artig. Der Altstuhlmeister übergab uns sogar die Schlüssel."

„Damit die SA nicht das Haus demoliert, was dann aber trotzdem passierte."

„Bevor wir uns darüber streiten, möchte ich eine kleine Gemeinsamkeit festhalten. Es gab ernste Überlegungen unter Ihren Beamten, – so nennen Sie Ihre Bevollmächtigten doch? -, die Loge komplett zu entjuden und einen hitlertreuen Deutschorden daraus zu machen."

„Dazu kann ich nichts sagen. Ich war kein Beamter."

„Schach! - Sie müssen mir nicht sagen, was ich schon weiß. Einmal Jude, immer Jude. Die Freimaurer dagegen können sich sehr weit nach links, aber auch nach rechts dehnen."

„Das ist, Herr Oberleutnant, kein politischer oder religiöser Verein. Sie meinen vermutlich die Einstellung zur Toleranz. – Wussten Sie, dass Goethe Freimaurer war?"

„Nein."

„Mozart auch."

„Ach so?"

„Friedrich der Große, bevor er so groß geworden war, wie wir ihn alle aus den Geschichtsbüchern kennen und wie ihn der Führer ganz persönlich verehrt, übrigens auch. Ein Freimaurer."

„Ich werde das überprüfen."

Walter nimmt seinen König aus dem Schach. Die Blöße, die er zum Schachgebot gab, war nur ein Ablenkungsmanöver.

„Ich wollte nur noch einmal unterstreichen, dass wir die Freimaurer nicht persönlich verfolgen. Aber wir haben die Vereinsvermögen konfisziert und achten darauf, dass keine geheimen Zusammenkünfte stattfinden."

„Dann ist ja alles in Ordnung."

Walter weiß immer noch nicht, was der Oberleutnant wirklich aus ihm „herauslutschen" will. Aber er sieht seinen Kopf auf dem Silbertablett, wenn der Ermittler etwas über Zimmer Zwölf wissen will.

„Es gab Wiederbelebungsversuche und heimliche Treffen. Sie haben damit nichts zu tun. Sie waren ja an der Front. Und überhaupt, so eine Dummheit traue ich Ihnen auch nicht zu."

„Meine Logenbrüder sind inzwischen Soldaten oder zu alt."

„Alter schützt leider vor Dummheit nicht. Bevor Ihr Altstuhlmeister vor ein paar Monaten das Zeitliche segnete, ging er im Schloss Altenburg ein und aus. Manchmal beobachteten wir ihn beim Zeitunglesen direkt hier am Platz, wo wir sitzen. Ich ging nämlich zu dieser Zeit, als Sie gegen die Russen kämpften, den Informationen über die Reaktivierung der hiesigen Freimaurerloge nach. Sie nennen das ja, wie ich erfuhr, das Licht wieder einbringen. Ein bisschen erinnert mich das ans Märchen von den Sieben Schwaben. Aber wie Sie selbst sagen, das ist verboten. Nennen wir diese Geheimbündelei mal ruhig bei ihrem richtigen Namen. Es handelt sich um eine Verschwörung gegen die Staatsgewalt."

Die Angst kriecht wie eine Würgeschlange um Walters Körper. Für den nächsten Zug braucht er lange.

„Aber Zeitunglesen ist doch harmlos, Herr Oberleutnant."

„Gewiss, gegen den Spiegel unserer völkischen Presse ist nichts einzuwenden. Manchmal ging er durch diese Tür ins Kaffeehaus hinein und zur Tür Ihres Hotels wieder hinaus. Merkwürdig."

„Es gibt einen Verbindungsflur mit vielen Spiegeln, den unsere Gäste hin und wieder benutzen. Eine kleine Attraktion sozusagen."

In diesem Moment verzieht Lutsch das Gesicht zur Fratze mit eiskalten Augen und Walter wähnt sich so gut wie ertappt.

„Was Sie nicht sagen! Die Tarnkappe, die Ihr Altstuhlmeister benutzt, ist ja auch so eine Attraktion. Der sitzt ein bis zwei Stunden hier am Tisch, liest in seiner Zeitung und verschwindet dann wieder. Aber wer ihm währenddessen Guten Tag wünschen oder ihn beim Lesen beobachten will, kann ihn leider nicht sehen. Denn der Herr hat sich unsichtbar gemacht. Können Sie das auch? Ist das etwa eins Ihrer Freimaurerischen Geheimnisse?"

„Ich weiß nicht, wovon Sie reden. Ich habe keine Geheimnisse."

„Das glaube ich Ihnen. Ich weiß nämlich mehr von Ihnen, als Sie denken. Sie waren irrtümlich ins Visier meiner Ermittlungen geraten. – Moment mal! Was machen Sie da mit Ihrer Dame?"

Nach längerem Schweigen stellt Walter eine Frage.

„Ist das Kunststück mit der Tarnkappe das einzige, was den Altstuhlmeister verdächtig macht?"

„Gemacht hat. Der Herr ist tot. An unserer zweiten Befragung wollte er sich nicht mehr beteiligen. Wir hatten ihn nämlich schon der Unterschlagung eines Teils des freimaurerischen Geldvermögens überführt."

„Soviel ich weiß, lebte der alte Mann ein überaus bescheidenes Leben."

„Das hat seine Motive in unseren Augen umso verdächtiger gemacht. Außerdem sind die Kultgegenstände nach Schließung der Loge nicht wieder aufgetaucht. Was sagen Sie nun?"

Walter spürt eine Hand auf seinem Rücken.

Er denkt sogleich: Jetzt nehmen sie mich fest. Sie haben die drei Säulen, den Arbeitsteppich, den Winkel und den Zirkel, auch die anderen Sachen auf Zimmer Zwölf entdeckt.

Aber es ist der Große Klaus. Er beugt sich zu Walter: „Entschuldigung, wollen Sie mir das eben kurz quittieren."

Walter steht auf. In seinen Beinen spürt Walter den

Schreck. Er nimmt vom Großen Klaus den Stift zum Quittieren und liest.

„Ein Herr von der Gestapo ist eben das Journal durchgegangen. Er hat sich dann im Bierkeller umgesehen. Nichts gefunden."

Walter unterschreibt und bevor er sich wieder ins Spiel vertieft, sagt er: „Das ist ja eine komische Geschichte. Ich kann mich diskret bei meinen Leuten erkundigen, was die Besuche des Herrn betrifft. Sonst fällt mir dazu nichts weiter ein."

Walter könnte den sehr ambitioniert spielenden Lutsch nach dessen missglückter „Panzerinitiative", einem Angriff seiner beiden Türme, in zwei Zügen Matt setzen. Aber es liegt nicht in seinem Naturell, die Mächtigen zu reizen. Walter übersieht absichtlich einen Vorteil und verzichtet, einen Bauer gegen einen Läufer zu tauschen. Er spielt ein Remis für die Gestapo heraus.

Die Zwölf und die Dreizehn waren durch eine Doppeltür miteinander verbunden. Zusammen konnte man beide Zimmer auch als Suite mieten. Die Einzelvergabe der Zwölf, ohne eigene Badausstattung und deutlich kleiner als die benachbarte Dreizehn, gestaltete sich jedoch schwierig.

Tatsächlich hatten hier bei geöffneter Zwischentür zu Beginn der dreißiger Jahre nach dem Verbot der Freimaurerei zwei- oder dreimal Tempelarbeiten der Loge stattgefunden. In der Dreizehn versammelten sich dazu ein paar wagemutige Brüder in zwei Kolonnen. In der Zwölf hatten sie den rechtzeitig vor Beschlagnahme sichergestellten Altar, die logeneigenen Säulen und andere Ritualgegenstände aufgebaut. Zwischen den Säulen lag eine mit zahlreichen Symbolen versehene Tafel, die ihnen als Arbeitsteppich diente.

Die Versammlungen waren als trotziges, wenn auch diskret abgewickeltes Aufbegehren gedacht, nachdem die SA das Haus der Bruderschaft auf der Suche nach mythischen Schätzen und Freimaurerutensilien gründlich zerschlagen hatte. Unter den Dielen und hinter den Wänden suchten die Einfaltspinsel der SA den Schatz des König Salomo.

Sehr bald stellte sich heraus, dass die Brüder mit ihren heimlichen Treffen nicht nur couragiert, sondern mit ernster Gefahr für Leib und Leben agierten. Aus naheliegenden Gründen wollten immer mehr Brüder der Loge keine Freimaurer mehr sein und nie wieder damit in Verbindung gebracht werden. Das dezimierte montags immer mehr die spärlich besetzten Reihen.

Auch Bertha hatte Walter endlich einmal ins Gebet genommen. Wenn schon das Personal auf die Montags-Herren im Smoking aufmerksam wurde, manche trugen sogar den bürgerlichen Hohen Hut und schwarze Lackschuhe dazu, konnte es mit der Geheimhaltung nicht lange dauern. Kostümierte Aufzüge, meinte Bertha zu Recht, erregen stets die Aufmerksamkeit der Leute.

Der Kreis von nicht einmal sechs übrig gebliebenen Aufrechten, der sich auch in dunkelster Zeit der „Arbeit am rauen Stein" und Wiederbelebung des Toleranzgedankens widmete, kam sehr bald überein, das „Logenlicht im Tempel der Humanität" bis auf weiteres zu löschen. Man wollte weder sich noch andere in Gefahr bringen. Widerstand gegen die mächtigen Toleranzverächter leisteten sie nicht.

Aus dem Teil des Vermögens, das der Altstuhlmeister vor dem Zugriff der Nationalsozialisten gerettet hatte, erfolgten nun monatliche Barzahlungen für Logis in Zimmer Zwölf. Der Alte brachte sie persönlich über viele Jahre in einem Umschlag an der Rezeption beim Großen Klaus vorbei. Man hatte sich mit Walter über einen kleinen, symbolischen Betrag geeinigt.

Die Kultgeräte befanden sich mit dem in der Zwölf aufgestellten Altar daher an einem unverdächtigen Ort in Sicherheit.

Zuweilen betrat der Altstuhlmeister das Zimmer, um nach dem Rechten zu sehen und den Staub vom Altartisch zu wischen. Dem Zimmerservice des Hotels war der Zutritt zur Zwölf nicht erlaubt. Er nutzte diese Gelegenheit ausgiebig für seine eigene Maurerarbeit. Denn Freimaurerei ist immer, hieß es ja auch bei Lessing in „Ernst und Falk". Für seine Arbeit im Geiste suchte sich der Altstuhlmeister einen besonderen Gegenstand aus. Als mittelalterlicher Mönch hätte er vielleicht ein Buch des Aristoteles mit der Hand abgeschrieben, als Freimaurer der Aufklärungszeit Cicero, Seneca oder Epiktetes in pädagogischer Absicht ins Deutsche übersetzt.

Der Altstuhlmeister aus Dessau hatte sich jedoch für ein anderes Genre entschieden. Davon durfte sich Walter selbst überzeugen, als er das Altarzimmer mit der Nummer Zwölf einen Tag nach der Begegnung mit Oberleutnant Lutsch betrat.

Walter sieht sich auf dem langen Flur um, bevor er langsam die Tür zur Zwölf öffnet. Er denkt, dieses in völlige Vergessenheit geratene Zimmer könnte zur Not auch eine Zuflucht für Gertrud und Rüdiger sein, bis man etwas Besseres für die beiden findet. Da ist er wieder, der ihn stets fesselnde Gedanke an seinen Sohn und die Sorge um dessen Sicherheit. Die widersprüchlichen Meldungen aus dem Osten täuschen nicht darüber hinweg, dass sich auch die Menschen in Pommern auf ihre Flucht gefasst machen müssen.

Walter weiß aus Erfahrung, dass sich stets etwas Wesentliches vor Eintritt des Maurers in den Tempel der Humanität als innere Stimme Gehör verschafft, sei es ein diffuses Gefühl, das um Klarheit ringt, oder ein flüchtig unterdrückter Gedanke, der vollständig belebt werden will.

Walter zieht die Tür hinter sich zu und steht im Dunklen. Er streift die weißen Handschuhe über und legt die Schürze mit den aufgenähten Rosetten an. Die Stille bettet ihn in den Raum. Sie ist jetzt kein grässliches Tier, das ihm den Schlaf raubt und alles erlebte und noch befürchtete Unheil als Gespenster auftreten lässt. Diese Stille, während er tief atmet, ist gütig und weise. Sie stellt ihn sanft in seine eigene Mitte. Sein innerer Kern, sein ursprüngliches Selbst, stützt sich gegen das mächtige Äußere ab. Und es hält, je freier er seinen Willen und sein Denken von der fremden, äußeren Gewalt macht, dem Druck stand. Denn sobald im Herzen und im Kopf alles seinen richtigen Platz findet, ficht einen der Rest der Welt nicht mehr an. Nach dieser Freiheit zu streben, ist Walters unvollendetes Meisterstück. Das wäre zum Beispiel etwas von Wert, das er seinem Sohn im Werden als Mann einmal mitteilen möchte. In dieser Autonomie seines Wesens schafft er sich Raum, Schutz und Unabhängigkeit, und dort nimmt er Rüdiger an seine Hand. Walter findet hier seinen Quell und im Überfluss, was er draußen sehr selten findet.

Er steigt in den sprudelnden Brunnen seiner Seele, eine Spindel oder Vergleichbares holen, manche nennen es allumfassende Liebe. Und er wird noch in diesem, seinem einzigartigen Leben aus dem Brunnenschlund, der klares Wasser spendet und unerschöpflich ist, auftauchen und neu geboren werden, wiedergeboren im Licht.

Diese Zuversicht füllt Walter ganz aus. Sie ist das wirkliche Geheimnis seiner Freimaurerei.

Walter schaltet die Deckenbeleuchtung ein.

Er setzt sich an den Altar auf den Platz seines verstorbenen Altstuhlmeisters, der zuletzt hier tätig war.

Dieser Altstuhlmeister war ein Liebhaber der Fabel. Er las nicht nur den alt-griechischen Äsop, die Tierfabeln des Franzosen La Fontaine rezitierte er auch, ihn reizten stets eigene Stücke. In solchen Gleichnissen verarbeitete er die Beobachtungen, die er über seine Mitmenschen und Brüder angestellt hatte. Er fing damit auch etwas Allgemeingültiges und Wiederkehrendes im Zusammenleben der Menschen ein. Mit seinen Fabeln führte der witzige Alte die Betreffenden, mal mit Betonung ihrer charakterlichen Schwächen und mal unter Hervorhebung der besonderen Stärken, die er im Gleichnis und nie direkt kolportierte, vor ihren Spiegel. Er konzentrierte sich gern auf beobachtete Muster wiederholten Verhaltens im profanen Leben. Die Fabeln überschrieb er mit dem Namen des so gezeichneten Bruders. Denn Zeichnung wollte er unbedingt diese Werke seiner bescheidenen Dichtung nennen.

Walter nimmt mit den weiß behandschuhten Händen das Gleichnis vom Altar, das der Altstuhlmeister für ihn, der sein jüngster Meister war, dort abgelegt hatte.

Für Walter ...

Der mächtige Elefant lud die Tiere zum Schachspiel an seinen Hof, denn er hatte den Entschluss gefasst, seine allseits bewunderte Kraft mit dem Attribut der Weisheit zu verbinden.

Um das Brettspiel scharrten sich dicht die Bewunderer, die dem König huldigen wollten, am dichtesten der schmeichelnd schmatzende Eber.

Die kluge Spitzmaus stand in dem Ruf, das Brettspiel gut zu beherrschen und war artig der Einladung gefolgt.

Nach wenigen Zügen der Eröffnung raunte der Eber den Umstehenden zu: „Seht nur, wie majestätisch und schlau sich unser König in das Brettspiel vertieft!"

Er hatte zwar leise, aber laut genug in das Schweigen gegrunzt, so dass der König darauf aufmerksam wurde und den Dachs diskret nach der Äußerung fragte, die der Eber getan.

Der Elefant wedelte mit den königlichen Ohren und der Eber war entzückt.

Endlich schien der Ausgang des Spiels entschieden. Die Maus hatte ihre Dame verloren. Der Eber beeilte sich mit der Lobrede, damit ihm keiner zuvorkommen konnte.

„Seht nur", grunzte er heiter, „unser König ist mit unbeschreiblicher Weisheit beschlagen! Alle andere Klugheit dagegen ist nicht größer als diese winzige Maus!"

Da holte der Elefant zu einem wuchtigen Schlag mit dem Rüssel aus, der dem Eber sofort das Rückgrat brach.

„Tja", sagte die kluge Maus, „hätte er vor dem eiligen Urteil, welches er fällte, die Kunst des Schachspiels erlernt und besser geschwiegen, dann wäre er jetzt noch am Leben."

9. Kapitel

Zum Abendessen kommt Rüdiger gelaufen. Er will seinen Kopf auf Gertruds Schoß legen. Die Schwestern und eine Kindergärtnerin am Tisch sehen stumm darüber hinweg. Üblich ist das zu dieser Stunde nicht. Aber keiner schwingt sich zu Ermahnungen auf. Auch den Doktor interessiert das in dieser schicksalsträchtigen Stunde nicht.

Er spricht leise und unaufgeregt. Dr. Lüke ist vermutlich der denkbar beste Mann für die Lage, in der sie sich während des unaufhaltsamen Herannahens der Front befinden. Je näher das Donnern der russischen Geschütze heranrückt, desto löchriger handhaben sie die geschriebenen und ungeschriebenen Regeln im Heim.

Jeder ist mit sich beschäftigt. Die Frauen stehen unter Anspannung und Stress. Mütter weichen ihren Kindern und umgekehrt nicht von der Seite. Auch die Kleinen, von denen noch vierzig im Haus sind, spüren die heraufziehende Gefahr. Sie dürfen das Haus nicht verlassen und es wird vor den mit Maschinengewehren bestückten Tieffliegern gewarnt.

Der Villa am See haben sie die Augenlider in Gestalt ihrer Rolläden heruntergelassen, die Augen also schon zugedrückt. Im Eingang des Haupthauses steht das notwendigste Gepäck zum Verladen. Alle sind in einer Halbstundenfrist abreisebereit. Für den ersten Transport hat der Doktor der Oberschwester, für den zweiten dem Hausmeister die Verantwortung übertragen. Gertrud ist für den letzten Transport als Führerin eingeteilt.

Es soll ihr nächster Parteiauftrag sein.

Der Doktor begleitet mit der Limousine alle drei Transporte, die den immer abenteuerlicheren Weg zwischen Bad Polzin und Kolberg mit zwei Lastwagen vom Typ Opel Blitz bewältigen müssen. Ein bis an die Zähne bewaffnetes Begleitkommando fährt mit dem Doktor im Wagen.

Auf einer Pritsche finden bei gutem Willen und nochmaliger Aussonderung überflüssiger Gepäckstücke etwa zwanzig Personen Platz. Allerdings setzt das voraus, dass die Passagiere ihre Beine anziehen und sich geschickt über die gesamte Ladefläche verteilen.

Am späten Nachmittag waren der Doktor und seine Begleitung mit den leeren Autos zur Abholung des zweiten Transports zurückgekehrt. Sie wollten eigentlich erst vor dem Morgengrauen, noch im Schutz der Nacht, mit abgeblendeten Scheinwerfern das Anwesen wieder verlassen, um die nächsten zwanzig Kinder mit ihren Müttern, den Schwestern und einigem Personal in Sicherheit zu bringen. Hochschwangere Frauen und Wöchnerinnen mit Säuglingen des ersten Transports hatten Pommern inzwischen mit Himmlers Maschine über den Luftraum verlassen. Der Konvoi mit den leeren Fahrzeugen war zur vereinbarten Zeit in Bad Polzin angekommen, aber unterwegs hatte es Komplikationen gegeben.

Darüber berichtet Dr Lüke. Er will keine Unruhe stiften, sondern auf die bevorstehenden Gefahren vorbereiten.

Zur Räumung einer mit Flüchtlingen verstopften Straße und Freimachung einer Gasse, sagt er, hätten sie Warnschüsse abgeben müssen und waren Zeuge unvorstellbaren Elends in klirrender Kälte geworden. Er sagt dazu nur, erfrorene Menschen würden den Weg säumen und umgekippte Fuhrwerke lägen zu Hauf am Straßenrand. Den zweiten Lastkraftwagen, der einmal den Anschluss an den kleinen Konvoi verloren hatte, habe eine Gruppe verzweifelter Flüchtlinge aus Ostpreußen kurzerhand zu kapern versucht. Dabei habe es im Gemenge Verletzte gegeben.

Der Druck auf die Fluchtwege zur Ostsee würde von Stunde zu Stunde größer. Es hieß, bei Schivelbein seien bereits russische Panzerspitzen gesichtet. Unter den Flüchtenden breite sich Panik aus, obgleich niemand wisse, woher die Nachrichten kämen und ob sie der Wahrheit entsprächen.

Rücksichtslos würden die Schwachen und Wehrlosen, Familien mit Alten und Kindern, in tief verschneite Straßengräben gedrängt. Ein jeder trachtete, zum Hafen nach Kolberg zu kommen und mit dem Schiff noch rechtzeitig in die Westgebiete des Reichs überzusetzen.

Gertrud nimmt den übermüdeten Rüdiger in ihren Arm und presst das Kind an sich.

Der Doktor legt eine Pause ein und sieht in die besorgten und resignierten Gesichter. Keiner hat eine Frage, alle wollen so schnell wie möglich hier weg.

„Ich habe mich entschlossen", gibt er nun zur Überraschung bekannt, „dass der zweite Transport sofort aufbrechen wird. Wir haben keine Zeit zu verlieren. Es ist zu befürchten, dass sich die Lage auf den Straßen nach Kolberg weiter verschlechtert. Wir starten in einer Stunde. Helmut, sammeln Sie ihre Leute und machen Sie sich mit der zweiten Gruppe bereit!"

Ein paar Schwestern springen auf, alle geraten nun in Bewegung. Der Doktor setzt sich neben Gertrud. Er wartet, bis alle aufgestanden sind und bedeutet zwei Frauen, die noch am Tisch stehen, dass er mit Gertrud allein sprechen möchte.

„Die Sache ist die, Frau Gertrud. Ich möchte unbedingt, dass Sie hier bei den Polenkindern bleiben. Sonst hätte ich Sie jetzt mitgenommen."

„Ich wusste nicht, dass Sie da Unterschiede machen. Die Eindeutschung der Polenkinder, im allerengsten Wortsinne hier, ist mein Auftrag, Auftrag der Partei."

„Es könnte sein, dass wir es nicht noch einmal rechtzeitig hier her und mit Ihrer Gruppe wieder zurück zum Fliegerhorst schaffen. Der wirklich allerletzte Abflug von Kolberg nach München oder Wiesbaden ist auf morgen Abend um achtzehn Uhr bestimmt. Joachim wird die Maschine, die nicht länger warten wird, fliegen. Die Luftwaffe hat den Fliegerhorst schon geräumt. Das Gelände steht nur noch notdürftig unter militärischem Schutz. Ich möchte Ihnen anbieten, weil die Situation so unübersichtlich und gefährlich ist, Ihren Rüdiger mit dem Transport in einer Stunde mitzunehmen. Ich würde ihn zu mir in die Limousine setzen. Betrachten sie das nicht als Bevorzugung, sondern als Fürsorge der Partei, während Sie hier Ihren Auftrag erfüllen und die letzte Gruppe nach Kolberg in Sicherheit bringen. – Gertrud, in den nächsten Stunden kann niemand mehr für die Sicherheit im Heim Pommern garantieren. Es ist ein Wettlauf gegen die Zeit."

Gertrud schwankt einen Augenblick.

„Herr Doktor", sagt sie, „Rüdiger bleibt bei mir. … Aber Herr Doktor …"

Da verliert Gertrud die Fassung und bedeckt mit der einen Hand das Gesicht, mit der anderen Hand wehrt sie ab.

„Haben Sie vielen Dank. Und kommen Sie um Gottes Willen wieder heil zurück, damit Sie uns zum Schluss auch noch hier herausholen!"

Er seufzt, verspricht nichts, aber legt seine Pistole auf den Tisch. Da ist der übermüdete Rüdiger an Gertruds Seite auf einmal hellwach.

„Geben Sie das Kind bei den Schwestern ab. Wir treffen uns in ein paar Minuten hinter dem Haus. Ich werde Ihnen zeigen, wie Sie sich zur Not damit verteidigen können."

Fünfzehn Kinder und fünfzehn Frauen bleiben zurück. Mit großem Geschick haben sie noch Kinder und deren Mütter auf dem Rücksitz der Limousine und im Fahrerhaus eines der beiden Lastwagen zusätzlich verstaut. Die Zurückgebliebenen sehen dem Konvoi mit den abgeblendeten Rücklichtern hinterher, bis er hinter einer Kurve verschwindet.

Banges Warten steht an. Sie rücken im Saal zusammen und bringen die Kinder auf den vorbereiteten Schlafplätzen zu Bett. Niemand will die Gruppe verlassen und die Nacht allein in den Zimmern verbringen. Hier ein herzlicher Händedruck, da ein Schulterklopfen oder ein freundliches Wort. Jeder möchte sich nützlich machen und helfen.

Alle Aufmerksamkeit richtet sich auf die Kinder, weil das die Beunruhigung dämpft und kanalisiert. Es hilft den Frauen, Haltung zu bewahren und nicht die Nerven zu verlieren. Sie lesen den Kindern vor oder erzählen leise aus dem Stegreif bunte Geschichten. Sie halten Händchen und trösten weinende Kinder. So viel Zuwendung und Nähe wie in dieser Nacht, hat manches der überwiegend polnischen Kinder schon lange nicht mehr erlebt.

Gespenstische Ruhe schleicht um das weit vom Ort abgelegene Haus. Die Geschütze sind seit dem Nachmittag stumm. Aber sie glauben im Heim Pommern diesem trügerischen Frieden nicht. Die Fratze des Krieges lauert aus weniger Entfernung, keine zehn Kilometer.

Gertrud zündet eine Kerze an. Rüdiger sieht von seinem Lager mit großen Augen auf. Ein kleineres Kind neben ihm weint. Da geht sie zu beiden und gibt jedem einen Kuss. Rüdiger umschlingt sie mit beiden Armen, worauf Gertrud nicht eben vorbereitet ist. „Mama", flüstert er, „hast du noch die Pistole?"

Sie gibt ihm einen Stups, weil er nicht locker lässt.

„Hast du die noch?"

Sie nickt streng, obwohl ihr einen Augenblick zum Lachen ist. Da legt er beruhigt seinen Kopf wieder aufs Kissen und versucht zu schlafen. Sie zwinkert ihm zu.

Für den Vormittag des nächsten Tages wird der kleine Konvoi mit zwei Lastwagen und Begleitfahrzeug unter Dr. Lükes Führung aus Kolberg zurück erwartet. Bis ins kleinste Detail ist alles vorbereitet. Sogar mit der Sitzordnung auf den Pritschen der Lastwagen haben sie sich noch einmal befasst. Was soll jeder bei sich tragen, was bleibt nun doch hier, das ist nun endgültig entschieden.

Mehr als einen Beutel mit persönlichen Sachen hat keiner bei sich. Die Kinder tragen Namensschilder und die Adresse des Münchner Lebensborn an einem Bändchen um ihren Hals. In Gertruds Treck befinden sich außer ihrem eigenen Sohn nur noch Kinder, die sich nach den mitgeführten Unterlagen als deutsche Waisen aus den ehemaligen polnischen Gebieten ausgeben und auch sonst keine weiteren Angehörige haben.

Gertrud zählt noch einmal die Mappen und stellt fest, dass sich eine sechzehnte, also eine zu viel, darunter befindet. Vermutlich übersah die Oberschwester einen der abgeschlossenen Adoptionsfälle beim Aussortieren und Vernichten der Akten. Gertrud geht langsam Mappe für Mappe durch. Auf dem Pappumschlag kann sie die Namen erkennen, ohne dass sie den ganzen Stapel aus der Tasche nehmen muss. Sie gleicht Name für Name ab. Da entdeckt sie eine Mappe aus der Anfangszeit. Auf dem Deckel hat der Doktor „liegenlassen und beobachten" vermerkt. Sie zieht nun Karls Mappe heraus und ist erstaunt, dass die Gesundheitszeugnisse fehlen.

Ein einziges Blatt befindet sich für etwaig weitere Beobachtungen darin, fein säuberlich im oberen Drittel beschrieben. Unter drei verschieden Daten hat der Doktor Notizen gemacht, nämlich:

„Kalisch teilt mit, Großvater des Karol, jetzt Karl, hat Verbindung zum Zwischenlager herausgefunden. Kontaktersuchen ignoriert."

Gertrud wird nun mit dem konfrontiert, was ihr längst im Allgemeinen bekannt gewesen war. Aber jetzt bekommt es Gestalt und Gesichter. Es überläuft sie heiß. Und es gibt noch zwei Vermerke aus Dr. Dükers Tinte. Sie erfährt:

„Großvater des Karl lauerte der Heimleiterin am Eingangstor auf. Polizeiliche Feststellung der Personalien."

253

Die Eintragungen enden einen Monat später auf der gleichen Seite:

„Zwei Briefe der Mutter an Sohn und Heimleitung mit Androhung einer Geldbuße an die Absenderin zurück."

Gertrud kann die Verzweiflung dieser Mutter durch die getrocknete Tinte hindurch spüren. Auch diese Mutter schrieb ihrem Söhnchen einen Brief, damit ihre Liebe und seine Herkunft unauslöschlich bleiben. Aber sie haben ihr das Kind entrissen, den kleinen Karl, das tapfere Kerlchen, das sich nicht damit abfinden wollte und weglief, als es Gertruds gut gemeinten Zauberstock durch die Luft zischen hörte. Gertrud bebt innerlich, und ohne dass sie es schon weiß, macht sie eben ihre eigene, verspätete Reise, von der Käthe damals so verwandelt und verstört aus Kalisch zurückgekehrt war.

Sie geht noch einmal mit einer Öllampe durchs Haus, das ihr nun wie ein Gespensterschloss vorkommt, überprüft die Verdunklung der Fenster und ob die Haustür verschlossen ist. Aber eigentlich zieht es sie in die Bibliothek, wo sie die Bücher ihres Vaters aufbewahrt hat. Dort geht sie zielstrebig an dem Sessel vorbei, in dem Käthe am Tag vor der Geburt ihrer Tochter gesessen hatte, um dem Gesang der Mignon zu lauschen.

„Kennst du das Land, wo die Zitronen blühn,
Im dunkeln Laub die Goldorangen glühn …"

Gertrud erreicht das Regal und stutzt einen Moment. Im Flackerlicht der Lampe wirft ihre Gestalt einen Schatten, der sie einen Augenblick irritiert, ja es kommt ihr so vor, als würde jemand im Sessel sitzen, der schräg zu ihr steht und den der Schein ihrer Lampe nicht mehr erreicht. Auf der Armlehne liegt ein Gegenstand oder es ist eine Hand. Gertrud legt sich darauf fest, dass es ein Gegenstand sei und vertieft sich in die mittlere Reihe der Bücher, wo sie auch gleich die prachtvolle Goetheausgabe findet.

Sie streicht über die vergoldeten Buchrücken. Wieder ist es Zeit, Abschied zu nehmen. Der Lebensborn in Pommern, das war ihr und Rüdigers Heim. Die Bücher aus Dessau teilen sich ihr zwischen Deckeln, die man wie eine Geschichte aufschlagen kann, als das Damals und das Zuhause ihrer Jugend mit. Ihrem Vater waren sie Hort seiner Lebensweisheiten, auch ein unerschöpflicher Brunnen voller Zweifel und Fragen gewesen.

Er behandelte seine Bücher wie lebendige Wesen, tauschte sich wie unter Freunden mit ihnen aus, meistens still und in sich gekehrt. Nur in Gertruds Gegenwart, die ihn aufweckte und belebte, schlug das Stille in Begeisterung um, Funken sprühend und laut. Sie wusste diese Zeichen seiner Zuneigung nicht immer gebührlich zu schätzen. Darüber lächelt sie jetzt.

In dieser Schicksalsstunde vor ihrer Flucht, vielleicht vor dem Untergang, inmitten dieser überall fühlbaren und brachialen Lebenswende, ist sie ihrem Vater dankbar dafür. Wenn es überhaupt ein geeignetes Erinnerungsstück gibt, das sie als Glücksbringer für sich und Rüdiger mitnehmen möchte, findet sie es hier.

Ohne hinzusehen, zieht sie das richtige Buch mit den flüchtig gekritzelten Randbemerkungen ihres Vaters heraus. Zunächst drückt sie das Buch, ihren mehr bewunderten als geliebten Faust, wie einen Schatz an die Brust, und, was nur ein Büchernarr versteht, sie versinnlicht diese Geste mit Ergriffenheit und Wiedersehensfreude. Dabei überspannt ihre erschöpfte Aufmerksamkeit. Die obskuren Kameraaugen wandern durch den Raum. Gertrud pendelt durch die Zeit.

Auf der Armlehne bewegt sich etwas.

Im Augenblick, in dem sie verweilt, hat das keine Bedeutung.

Gertrud besinnt sich der Anekdoten aus dem Leben, die ihr Vater immer gern zur anschaulichen Erörterung des Faust-Epos auswählte, um es irgendwie interessanter und verständlicher für sie zu machen, mit pädagogischem Eifer zwar, aber unheimlich gewitzt. Die Tränen schießen Gertrud in die Augen, ein Bild oder ein Wort von ihm wallt ein Gefühl in ihr auf, ein schmerzliches Vermissen, weil sie eben begreift, dass er sie damit nicht nur originell unterhalten wollte und dass es manchmal sicher anstrengend für ihn war.

Mit seinen Taschenspielertricks und der ihm eigentümlichen Theatralik, die zum Lachen ansteckte und zum Disput anregte, zuweilen auch dazu verführte, bezweckte er bloß, seinen umfangreichen Schatz mit Ehrfurcht und Liebe unter ihren Füßen zu vergraben. Da würde ihn Gertrud einmal am leichtesten finden.

Gertrud sieht auf der Sessellehne ganz deutlich die Hand und im diffusen Dunkel den Schatten eines Hauptes, das sich bewegt.

„Ist jemand hier?“

Keine Antwort. Sie liest flüchtig im aufgeschlagenen Buch:

„Bin einmal da.“

Und weiter unten, auf gleicher Seite:

„Hast du die Sorge nie gekannt?"

Gewiss, denkt Gertrud, während sie hinüberschaut, hier ist die Sorge am rechten Ort.

Wäre es die alltägliche oder die auf unmittelbare Bedrohung und Gefahr gerichtete Sorge, hätte Gertrud ihren Rundgang durchs Haus, nachdem sie ihr Erinnerungsstück gesichert hatte, sogleich beendigen müssen. Denn unter jenen Umständen erscheint ihr langer und ungewöhnlicher Spaziergang in Gedanken von weit hergeholt zu sein. Vielleicht, wendet sie selbst dagegen ein, es könnte, sollte sie anderntags die Front überrollen und sie dabei vielleicht umkommen müssen, ihre letzte Gelegenheit für ein derartiges Gespräch gewesen sein.

„Die Sorge also", denkt sie, „das ist doch das graue Weib, mit dem sich der Faust, als es ihn heimsucht, nicht weiter herumschlagen möchte und die er wie eine Lästigkeit von sich abschütteln will. Dafür lässt sie ihn büßen, Faust muss erblinden."

Gertrud entdeckt eine Notiz ihres Vaters am Text, eben da, wo sich die Sorge zu Faust durchs Schlüsselloch schleicht.

„Nicht die alltägliche Sorge", liest sie, „es ist das Gewissen."

Gertrud blättert um und kann nur mit Mühe entziffern, womit die Notizen ihres Vaters enden. Es ist unleserlich, aber sie kann den Zusammenhang raten: Die Schuld, das graue Weib, das Faust voll Selbstgerechtigkeit vorher fortgeschickt hat, schleicht sich durch die Hintertür mit der Sorge wieder herein.

Gertrud fragt in den dunklen Raum: „Bist du die Sorge?"

„Sag Mütterchen zu mir!"

„Wirst du mich auch mit Blindheit schlagen?"

„Nein. Aber sprich sie aus, deine Fragen!"

„Wird Deutschland untergehen?"

„Nein. Aber deine Heldengestalt bröckelt. Bist du nicht blind, kannst du's selbst, Wort für Wort, in deinem Buch über Fausts Tragödie lesen."

Der Krieg türmt sich mit einer nie da gewesenen Vernichtungswelle vor ihnen auf. Sie weiß, er wird kein glückliches Ende nehmen. Oft kommt ihr nun Faust in den Sinn. Früher hatte sie dessen Züge und Charakter schwärmerisch auf ihr Bild vom Führer Adolf Hitler übertragen.

Faust flößte ihr immer Respekt und Anerkennung ein, da er sich im Epos der Deutschen so gut wie übermenschlich und willensstark über die Natur erhebt, sie sich untertan macht, ihr „Räume für Millionen" abzwingt, allen Widrigkeiten und Opfern zum Trotz. So hatte sie es jedenfalls flüchtig aus ihrer Beschäftigung mit Faust in Erinnerung behalten.

Sie liest nun genau, wie ihr die Sorge geraten, was zum Beispiel Philemon und Baucis einem Wanderer über Faust berichten, liest im Schlussakt des Faust II vom gealterten Tyrann, der Besitz und Macht errungen, und der sich brüstet, die Nachbarn sollen ihm untertänig sein.

„Gottlos ist er, ihn gelüstet unsere Hütte, unser Hain", sagen die alten Leutchen, die Philemon und Baucis heißen.

Das treibt Gertrud die Schamröte ins Gesicht.

„Lies weiter!", fordert die Sorge und Gertrud kann plötzlich das graue Haar auf ihrem Haupt erkennen.

Tag und Nacht, erfährt Gertrud, während sie liest, ginge es Schlag um Schlag, aber nicht in friedlicher Weise. Und als hätten es die Bewunderer des Faustischen, die Hitler so gern mit Faust vergleichen, beflissen ignoriert oder diese bedeutende Kleinigkeit gestrichen, vernimmt Gertrud an der Stelle des letzten Aktes, wo der Dichter aus guten Gründen immer ausführlicher wird, bei der Eroberung befestigten Bodens „mussten Menschenopfer bluten und nachts erscholl des Jammers Qual".

Blutende Menschenopfer und des Jammers Qual, für die Faust als Despot verantwortlich ist.

Sie liest das, jedenfalls nicht ohne Beklemmung, wie zum ersten Mal. Sie hatte es verdrängt, aber Goethe zeichnet das sehr genau.

Fausts Methoden, so viel berichtet der Text selbst, sind räuberisch. Die Vollstrecker seiner Vision vom „freien Volk auf freiem Grunde" sind Gesellen des Teufels. Überhaupt: Was hat ausgerechnet er, Faust, der auch über Leichen geht, mit der Vision vom „freien Volk auf freiem Grund" zu schaffen?

„Gute Frage.", merkt das Mütterchen an.

„Finde es heraus, und du stürzt das Denkmal von seinem Sockel!"

Gertrud denkt nach und erwischt mit den Fingerspitzen beim Blättern den Schlussmonolog des Helden, seine berühmte Vision. Wer nur ein bisschen von Faust II kennt, dem ist wenigstens diese Vision als Fausts Vermächtnis bekannt.

Da steht der gerade mit Blindheit gestrafte Faust am Türpfosten seines Palastes und ruft seiner Nachwelt die hohen Worte, seine letzten sind's, mit Pathos zu.

Aus Fausts Munde klingen sie feierlich schön, sind aber innerlich hohl. Generationen geeichter Leser lasen über diese Hohlheit hinweg und sind so auf Faust hereingefallen.

Um das zu spüren, denn es zu wissen reicht der Inneren Instanz offensichtlich nicht, die sich als Sorge vorgestellt hat, muss Gertrud noch einmal ein paar Seiten zurückblättern. Dann endlich holt ihre neue Erkenntnis den richtigen Schwung. Schlagartig rücken Fausts wirkliche Motive ins Licht.

Denn es ist der Gipfel seiner Hybris und selbstgefälligen Überhebung, ja Bestandteil seiner Blindheit, die sich auch auf ihn selbst bezieht, was ihm da vorschwebt, als er den Lindenbaum der alten Leutchen Philemon und Baucis als Ausguck und Luginsland besteigen will:

„Zu sehn, was alles ich getan,
zu überschaun mit einem Blick
Des Menschengeistes Meisterstück."

Aus dem Sessel beugt sich das Mütterchen vor.
„Ist wohl doch kein Meisterstück?"

Gertrud fasst es nun scharf und klar.
„Nein! Es ist nicht des Menschengeistes Meisterstück. – Der Teufel hat es erschaffen, durch Zauberei, blutige Menschenopfer und mit des Jammers Qual, von den geraubten Schätzen, die ihm Mephistos Gesellen herbeischaffen und zu Füßen legen, ganz zu schweigen."

Gertrud blättert wieder nach vorn, sie sucht hastig die Seite mit Fausts großer Vision, seinen Schlussmonolog, und muss nun über den bitteren Scherz lachen, den sich der Dichter da posthum mit seinen lieben Deutschen erlaubt! Lässt er doch ausgerechnet seinen Faust, diese traurige Gestalt, wie ihr allmählich dämmert, der Nachwelt verkünden:
„Nur der verdient sich Freiheit wie das Leben, der täglich sie erobern muss."

Das ist nichts anderes als Satire. Ausgerechnet Faust, der kaum etwas ohne fremde Mächte, ohne Mephistos Hilfe, zustande bringt, überreicht sich hier den Ehrenkranz für anspruchsvolle Verdienste. Und sie hat gleich noch ein weiteres, schillerndes Zitat, wo sich der Macht- und Besitzbesessene geradezu lächerlich macht, nach allem was man im Verlauf der Tragödie über seinen Charakter und seine Taten in Erfahrung bringen konnte:

„Wenn Geister spuken, geh er seinen Gang.
Im Weiterschreiten find er Qual und Glück,
Er, unbefriedigt jeden Augenblick."

Aber wer, verdammt noch mal, hat dann die Geister zu seinem grenzenlosen Weiterschreiten, koste es, was es wolle, gerufen?! In Fausts Munde verlieren diese Visionen, sie mögen noch so großartig sein und so herrlich klingen, vollständig ihre Überzeugungskraft. Das Richtige erstarrt bei ihm zur Lüge.

Das ist nämlich echt faustisch, und da bleibt sich der von Selbstwahn und Überhebung Geleitete bis zu seinem Ende treu: Er zieht alles ins Große und Allgemeine. Aber hohl ist es und diffus, weil er es mit seinen Taten Lügen gestraft hat. Und während er es ausspricht, hüllt er die wahre Natur seines Treibens in dichtesten Nebel.

Die dunklen Mächte, die er zu seinem irrlichternden Vergnügen heraufbeschworen hat, werden sich jedoch eines nicht so fernen Tages alles zurückholen. Fausts Lebenswerk ist dem Untergang geweiht.

„Du bist doch nur für uns bemüht
Mit deinen Dämmen, deinen Buhnen;

Denn du bereitest schon Neptunen,
Dem Wasserteufel, großen Schmaus.
In jeder Art seid ihr verloren;-
Die Elemente sind mit uns verschworen,
Und auf Vernichtung läufts hinaus."

Es macht Gertrud in diesem Moment wütend, wie Faust am Ende der Fahnenstange, vor seinem Abgang jammert:

„Ach, könnt ich doch der Magie entsagen!"

(Vielleicht denkt der Führer in seinem Bunker das auch in denkwürdiger Stunde und möchte den Krieg am liebsten beenden. Ein heimlicher und frommer Wunsch wäre das, gesetzt den Fall. – Aber warum, im Namen der Menschlichkeit, tut er es nicht! Warum müssen „in des Jammers Qual" immer noch mehr Menschen sterben?)

Gertrud schaut auf und fragt sich betroffen, wie das zu ihrer bisher gepflegten Heldengestalt passt.

„Mütterchen?"
    „Was ist?"
    „Die Kinder aus Polen, die wir entführt haben? -"
    „Joachim hat es dir faustisch erklärt. – Aber du hast es nicht an Käthe weitergetragen."
    „Nein, ich fühlte mich schlecht dabei."

Sie weiß inzwischen von Joachim, dass man die Juden „beiseitegeschafft" hat, denn für eine „gesittete Umsiedlung" waren es nach seiner überschlägigen Rechnung zu viele. Wie auch das die krasse Wirklichkeit, Mord und Vertreibung, vernebelt!

Gertrud nimmt die Öllampe und nähert sich ihrer Sorge-
gestalt. Sie nimmt Platz. Das graue Weib ist verschwunden.

Joachim hatte hinzugefügt, dass das eine unbeschreibliche
Wut bei den unterworfenen Völkern angefacht hat, vor der
sie sich durch noch größere Entschlossenheit in Acht nehmen und schützen müssen.

Gertrud beginnt, eins und eins zusammenzuzählen. Die
Wut anderer Völker zu reizen und einzupreisen, damit die
„Spur von Erdentagen" eines Faust-Hitler „nicht in Äonen
untergeht", ist ein teuflischer Plan und hat nichts mit einer
erstrebenswerten Vision und „des Menschengeistes Meisterstück" zu tun.

Es wird zuletzt, und damit beantwortet sich Gertrud
ihre eigene Frage, auf den eigenen Untergang hinauslaufen.
Faust ist, wie Gertrud das eben empfindet, das genaue Gegenteil von den tüchtigen und den freien Menschen, denen
er angeblich Räume zu ihrer Entfaltung eröffnet.

Aber das will der geblendete Tyrann nicht wissen. Es
interessiert ihn nicht. Mit bemerkenswerter Selbstverständlichkeit heuchelt der nur auf sich zentrierte Mann,
gemeinsinnig zu wirken. Das ist lügnerisch und selbstlüg-
nerisch bis zur Penetranz, faustischer geht es nicht! Er ist
zur letzten Verhöhnung seiner Opfer vollkommen mit sich
im Reinen. Die „ihm frönende Menge", deren „Spatenge-
klirr ihn ergötzt", ist ein billiges Werkzeug seiner Macht-
und Besitzpansprüche. Er feuert den Teufel sogar an, bevor
er diesen Schlussmonolog spricht, das Vorhaben bis aufs
Äußerste, aufs Letzte zu hetzen.

Die Schatzkiste ihres Vaters unter Gertruds Füßen ächzt.
Warum hat sie das nicht früher erkannt?

263

Offensichtlich war es über Generationen hinweg en voge und vorbildlich, wie Faust zu streben und zu denken. Das sagt moralisch viel über das Zeitalter aus. Der Dichterfürst hat den Deutschen aber nicht zu ihrem Ruhm, sondern zur Warnung den diabolischen Faust auf den Schoß in ihr Wohnzimmer gesetzt. Die Narren haben ihn als ihren Helden gehätschelt!

Die Vision des charismatischen Faust ist ein Feigenblatt. Sie taugt erst bei Umkehr all ihrer Vorzeichen als erstrebenswerte Idee. Bei Faust wird die Vision zur Phrase. Die Faustische Mission ist verbrecherisch, weil sie über Leichen geht und keine Grenzen in der Bestimmung des Menschen kennt. Sie überreizt hemmungslos die Natur. Maßlosigkeit und Egomanie werden mit ihr auf eine barbarische Spitze getrieben.

Wie es mit Faust endet, will die stets aktuell informierte Gertrud noch wissen. Sie liest, bis der Vorhang fällt, den Schlussakt zu Ende.

Die knöchrigen Lemuren heben dem blinden Faust das Grab aus, ohne dass er es merkt, wobei sie heftig mit ihren Werkzeugen klappern. Er verwechselt es mit den Schaufelgeräuschen tausender Spaten, die seinem Befehl folgen und in seinem Geiste, der schon ein selbstmörderischer ist, einen Graben anlegen. Es könnte auch ein Panzergraben in Ostpreußen sein!

Während also die pietätlosen Gespenster an einem Erdloch für Fausts Leiche scharren, das ist der finale Höhepunkt, sonnt sich der Visionär in Allmachtphantasie von der Herrschaft über das Meer, die wahrlich gänsehauttauglich ist, steigert sich in sie hinein, aber meint immer nur sich, auch wenn er etwas anderes, darunter sehr schöne Sachen, zu seiner Bespiegelung sagt. Er fühlt sich gottgleich, der Gimpel. Mit etwas Lauterkeit müsste ihm der Brechreiz vor Selbstekel kommen.

Ja, da lacht sich sogar der ihm bis dahin treu ergebene Teufel ins Fäustchen und macht sich mit Spott über den Unbelehrbaren lustig, wie der sich da zu seiner eigenen Karikatur aufschwingt, während sich Mephisto nämlich halblaut an das Publikum wendet:

„Man spricht, wie man mir Nachricht gab, von keinem Graben, doch vom Grab."

Gertrud schaudert bei dieser Szene. Da zieht es herauf, da klingt es im Epos der Deutschen vergeblich zu ihrer eigenen Vorwarnung an. Gertrud wiegt das Buch in ihrer Hand und denkt an ihren Vater. Sie verlässt nun zügig die Bibliothek.

Als Gertrud den Saal betritt, schauen sie die Schlaflosen an, als würde sie nun gleich verkünden, der böse Traum habe ein glückliches Ende gefunden.

Sie betrachtet lange Rüdigers Gesicht, die feine Nase und die hohe Stirn, deckt ihn noch einmal zu. Und wie bei allen Kindern, für die sie in diesen Stunden verantwortlich ist, liebt und bewundert sie seine kindliche Tapferkeit.

Die Erwachsenen bangen und hoffen, träumen schlecht, nur die Kleinen schlafen und fürchten sich nicht. Sie betrachten die Lagerstatt im Saal als willkommene Abwechslung und die bevorstehende Reise als ein lohnendes Abenteuer außer der Reihe.

Plötzlich dreht es sich in Gertruds Kopf. Eine große Last senkt sich auf ihre Brust. Käthe, mit der sie sich im Politischen überworfen und im Persönlichen allmählich auseinanderdividiert hat, setzt sich zu ihr.

„Was ist Gertrud? Kann ich dir helfen?"

Aber Gertrud versagt die Stimme. Sie umarmen sich. Es ist die Gelegenheit, das Gebot der Stunde, sich zu versöhnen. Wieder ergreift dieses innere Beben von ihr Besitz. Sie halten sich lange, die anderen sollen es nicht merken.

„Es tut mir leid, Käthe. Du hattest Recht, diese Partei ist des Teufels. Ich schäme mich für das Unheil, das sie überall anrichtet."

Käthe macht nun etwas, was Gertrud früher nie zugelassen hätte. Sie wiegt Gertrud ein wenig und streichelt ihr Haar, das ein bisschen grauer geworden ist.

„Ich habe Angst, Käthe."

Gertrud kämpft nicht mehr gegen die Tränen. Aber sie weint vorsichtig und leise, ganz auf ihre Art.

„Käthe, das schlägt nun alles auf uns zurück. - Vielleicht schaffen wir es nicht."

„Nimm die Furcht von dir, Gertrud! Lass uns jetzt an nichts anderes mehr denken, als an die Kleinen! Schau genau hin, richte dich auf! - Das ist jetzt deine Partei."

Als Gertrud am nächsten Morgen die Haustür öffnet, scheint die Sonne und alles ist weiß. Es hat ein wenig geschneit, gerade so, dass man Spuren treten und lesen kann. Der Park ringsum schirmt sie sanft von der Bad Polziner Wirklichkeit ab.

Im Ort sammelt sich, viel zu spät, ein großer Treck unter Leitung des verwirrten Bürgermeisters, der vor wenigen Tagen noch im Endsiegeswahn rechtzeitige Fluchtvorbereitungen vereitelt und bei den zuständigen Dienststellen angezeigt hat.

Das Parkidyll um Heim Pommern könnte trügerischer nicht sein, weil man die Front mit ihren dumpfen Salven auch heute Morgen nicht hört. Es könnte ein Tag wie jeder andere sein, ein besonders schöner sogar.

Mit Zuversicht und wiedergewonnener Gelassenheit erwarten die Erwachsenen unter den letzten Heiminsassen, dass der Konvoi eintrifft. Alle sind überzeugt, es wird nicht so schlimm werden. Ein kleines Frühstück mit Malzkaffee und Tee wird herumgereicht. Dann ziehen sie die Kinder und sich selbst winterwarm an.

Zur Bestätigung ihres Optimismus hören sie ein Rumpeln und sehen kurz darauf, wie sich einer der Opel Blitz dem Gebäude nähert. Da fällt nun der aufgesparte Rest langer Anspannung von ihnen ab und sie brechen in Rufe und in Freudentaumel aus. Auch die Stilleren unter den Großen hüpfen vor Begeisterung und einige beginnen, mit den immer bewegungsbereiten Kindern herumzualbern und zu tanzen.

Gertrud sieht, dass die Lastwagenplane eingerissen ist und an mehreren Stellen herunterhängt. Als der Wagen näherkommt, erkennt sie die Einschusslöcher in der Plane.

Der junge Rekrut, der den Lastwagen steuert, springt aus dem Fahrerhaus und ruft nach Verbandszeug. Er zeigt auf die Ladefläche. Der Jubel ist sofort verstummt. Die Kinder werden in den Eingangsbereich abgedrängt. Gertrud und eine Schwester eilen mit dem Nötigsten aus der Reiseapotheke herbei. Sie versorgen den Doktor, der von mehreren Kugeln an der Hand und ins rechte Bein getroffen, auf der Pritsche des Wagens liegt. Sie sehen, dass die Verletzung nicht lebensgefährlich und der Doktor transportfähig ist. Er hat Schmerzen, aber versucht zur Beruhigung der anderen ein bisschen zu lächeln.

„Schnell!", sagt er, „Alle auf den Wagen! Egal wie und von mir aus alle übereinander. Gertrud, wir müssen uns beeilen!"

Sie waren auf dem Weg kurz vor Belgard in einen Tieffliegerangriff geraten. Man hatte den Konvoi vermutlich mit einem militärischen Transport verwechselt und die ersten beiden Fahrzeuge, die Limousine und den darauf folgenden Opel gründlich unter Beschuss genommen. Der bewaffnete Begleitschutz, zwei SS-Männer, und die Fahrer der Limousine und des arg attackierten Lastwagens waren tot. Der Doktor konnte sich mit größter Anstrengung auf den zweiten Lastwagen retten, mit dem sie ihre Höllenfahrt fortsetzten.

Gertrud nimmt nun Käthe und noch eine Schwester ins Fahrerhaus mit nach vorn. Sie zwängen sich hier wie auf der Ladefläche buchstäblich bis auf den letzten Quadratzentimeter. Die Kinder sind über die Maßen beeindruckt von der Hilflosigkeit des verletzten Heimleiters, der ihnen stets wie der Gott dieser Einrichtung erschienen war. Sie begreifen, so sie denn schon etwas älter sind, den Ernst der Lage. Notdürftig wird die teilweise zerrissene Plane befestigt. Gertrud überwacht und dirigiert das Aufsitzen mit wachem Auge und mühsam erzwungener Geduld.

Als sie abfahrbereit sind, knattert ein Motorrad mit Beiwagen heran, nähert sich in einem halbrunden Bogen und zieht hinter sich Spuren durch den unberührten Schnee. Zwei russische Soldaten springen ab und bringen sichtlich nervös ihre Maschinenpistolen in Anschlag.

„Dawei! Dawei! Dawei!", brüllen sie und zeigen auf das Fahrerhaus. Der junge Rekrut am Lenker schlottert vor Angst, fällt nach Öffnen der Tür beinahe heraus, und ist der Erste, der vor den drohenden Russen mit hoch erhobenen Händen steht, von denen einer den anderen um fast einen

Kopf überragt. Der kleine Russe versetzt dem Deutschen mit dem Gewehrkolben einen Schlag. Der Fahrer stürzt und wird von zwei trocken bellenden Schüssen niedergestreckt.

Der große Russe ist inzwischen mit vorgehaltener Kalaschnikow an die Rückseite des Lastwagens getreten, um sich von der Ladung ein Bild zu machen. Als er in die erschrockenen Kindergesichter schaut, ruft er seinen Begleiter. Es ist nicht nachvollziehbar, warum die Russen laut lachen. Aber es ist keine angenehme und friedvolle Heiterkeit. Außerdem haben sie eben einen Menschen erschossen, das macht die Situation so grotesk. Die am Rand der Ladefläche kauernden Schwestern bemerken zuerst, dass beide Russen nach Schnaps riechen.

Der Kleinere reicht den beiden Schwestern, die sich angewidert abwenden, übermütig Machorka-Zigaretten. Sie wagen es aber nicht, die Russen zu reizen und abzulehnen.

Gertrud schaut nach dem getroffenen Fahrer. Da ist nichts mehr zu machen, stellt sie resigniert fest. Sie kann vom Leichnam des Soldaten beobachten, was die Russen tun. Da sie sich nicht mit ihnen verständigen kann, um die Situation zu entschärfen, geht sie nicht zu ihnen hin und verharrt regungslos. Die beiden Russen rauchen und unterhalten sich laut. Zu den beiden Schwestern, die immer noch die Machorkas halten, schauen sie dann länger hin.

„Frau, komm!", sagen sie zuerst zu der einen, dann zu der anderen und treten langsam ihre angerauchten Machorkas aus.

„Nein, bitte nicht, bitte nicht!", wimmern nun beide. Wegen der Kinder ereifern sie sich und schreien sie nicht. Sie wollen die Russen flehentlich umstimmen. Als die sie grob am Handgelenk packen und mit einem Ruck von der Ladefläche ziehen, merken sie, dass das zwecklos ist.

„Frau, komm!"

Trotzdem wirft sich eine der Schwestern verzweifelt auf den Boden. Der große Russe zieht jetzt seine Kalaschnikow durch und wiederholt drohend: „Frau, komm!" Mehrere Kinder auf dem Lastwagen fangen an zu schreien.

Gertrud tritt nun dazwischen und versucht, den Russen mit der feuerbereiten Kalaschnikow abzulenken. Sie befürchtet das Äußerste. Der Russe ist im Begriff, seine Waffe auf die am Boden liegende Schwester anzulegen, da hält ihm Gertrud das Schlüsselbund entgegen, das sie aufgeregt schüttelt. Dann redet sie auf ihn ein. „Haus! Da hin! Ins Haus!" Sie winkt immerzu mit den rasselnden Schlüsseln und zeigt in Richtung des Hauses. Die Russen schauen sich an und grinsen. Der kleinere nickt Gertrud zu: „Gut. Frau gut."

Gertrud bückt sich, um die Schwester aufzuheben und sagt ihr dabei etwas ins Ohr. Die Schwester steht auf. Gertrud winkt erneut mit den Schlüsseln und ergreift die Initiative.

„Ins Haus!", ruft Gertrud noch einmal, geht drei Schritte voraus, dreht sich zu den Russen noch einmal um und fordert sie mit rudernden Armen zum Mitkommen auf. Sie setzt sich an die Spitze. Die Russen mit den Frauen, die sie wie Vieh am Handgelenk ziehen und festhalten, folgen.

Gertrud zittert, als sie die Haustür aufschließt. Sie muss dreimal versuchen, den Schlüssel ins Schlüsselloch zu stecken. Beim ersten Mal will ihr das Nervenkostüm zerreißen. Ihr Magen rebelliert und will sich übergeben. Beim zweiten Mal dreht sie sich einmal kurz um und schaut auf den voll besetzten Lastwagen.

Da rauschen Bilder an ihr vorbei. Sie sieht sich plötzlich ganz genau in der Fechtsporthalle vor ihrem mitfiebernden

Publikum, das aber in den nächsten Minuten nichts für sie ausrichten kann. Gertrud kennt dieses Gefühl. Sie streift den Schutzhandschuh über, senkt das Visier und schaut durch die engen Maschen auf ihren Gegner.

Beim dritten Versuch bleibt der Schlüssel im Schloss stecken und sie dreht ihn in Zeitlupe um. Da ist ihr Gedanke ein gefestigter und einziger. Sie bezwingt sich und denkt, während sie sich innerlich in Kampfposition stellt: Durchatmen und Zielen.

Im Nacken spürt sie den Atem der Soldaten, die sich überlegen fühlen.

Das erscheint ihr wie ein unvorsichtiger Schritt ihres Gegners. Beim Florett kostet das Punkte.

Sie stößt nun die Tür weit auf. Und um die Russen ordentlich zu verblüffen, klopft sie einem auf die Schulter und ruft. „Da! Da!", was auf Russisch „Ja! Ja!" heißt, hier aber bedeutet, da im Saal ist es gut, da ist es bequem. Gertrud geht vorneweg. Jetzt ist ihr Schritt fest, entschlossener als der Gang der betrunkenen Soldaten.

Auf dem Lastwagen ist es totenstill. Sie wollen vom Doktor wissen, was nun passiert, was sie machen sollen. Der Doktor weiß es nicht. Und der Geschützdonner lässt sich auf einmal wieder vernehmen. Ihre Zeit läuft davon. Die Tante JU in Kolberg, Himmlers Privatflugzeug mit Joachim am Steuer, wird nicht auf sie warten.

Nach wenigen Minuten hören sie zwei Schüsse, dann einen dritten. Alle zucken zusammen. Was bedeutet das? Haben sie die drei Frauen umgebracht, weil sie ihnen nicht gefügig waren? Holen sie sich nun die nächsten? Nach einer unendlichen Pause, in der alle verstört lauschen, ja das Schlimmste befürchten, kommen die Frauen allein aus dem Haus.

Nach dem zweiten Schuss, der erste traf den großen Russen, hatte der kleine Russe schwerverletzt nach seiner Maschinenpistole gelangt. Gertrud musste die Waffe mit dem Fuß aus seiner Reichweite schieben. Aber der Russe gab nicht auf und machte Anstalten, hinterher zu kriechen. Dabei sah er Gertrud ungläubig an, vielleicht weil er ihr das, was nun folgte, denn doch nicht zugetraut hatte. Er robbte sich weiter an seine Waffe heran. Und Gertrud hob noch einmal die Pistole. Beim Fechten nannte sie das einen Streich, errungenen Vorteil in Sieg umzusetzen, und sie musste nun, kühl entschlossen, auch das Versagen ihrer Waffe einkalkulieren. Den erlangten Vorsprung durfte sie sich unter keinen Umständen aus der Hand schlagen lassen. Ihr Gegner näherte sich weiter auf einen halben Meter.

Gertrud suchte sicheren Stand auf beiden Beinen und zielte. Sie krümmte langsam den Finger im Abzugsring. Das schreckte den Russen keineswegs ab, denn er hatte mit der Verletzung, die sie ihm beigebracht hatte, sowieso nichts mehr zu verlieren. Ihr dritter Schuss traf das zwischen Erstaunen und Verachtung erstarrte Gesicht durch die Stirn. Die halb entkleideten Gefährtinnen am Boden bewegten sich nicht, schrien nicht einmal auf.

Als die drei Frauen das Haus verlassen, sie tun das sehr langsam, denn einer versagen mit den Nerven immer wieder die Beine, sind zwei ihrer Vergewaltigung entkommen, eine hat eben zwei Menschen erschossen. Ihr ganzes Leben ist dadurch ein Stück aus den Koordinaten geraten. Aber darauf kommt es beim Überleben und fürs Erste nicht an.

„Deine Mama hat die Russen besiegt."

Rüdiger sagt mit Kindermund für alle, die es noch nicht wussten, und er sagt es ein bisschen verkehrt: „Mama ist eine Pistole."

Käthe setzt sich ans Lenkrad. Es wird nichts weiter erörtert oder erklärt. Dank ihrer Fahrpraxis in der Allgäuer Landwirtschaft beherrscht Käthe den schwankenden und voll beladenen Wagen. Nie hätte sie es für möglich gehalten, dass ihr diese Fertigkeit einmal das Leben retten würde. Es ist ihr ein großes Bedürfnis, Gas zu geben und es Gertrud, sich und allen anderen zu zeigen, dass sie den Krieg überleben will.

Aber sie kommen nicht weit. Vor ihnen staut sich der große Treck aus Bad Polzin, in den sie sich einreihen müssen. Ihr Tempo verlangsamt sich, dann bleiben sie stehen. Vor ihnen verstopfen Fuhrwerke mit Menschen und hoch gestapelten und in sich verhakten Habseligkeiten die Straße. Mit Rücksichtnahme, das wird ihnen klar, kommen sie nicht weiter. Gertrud verlässt das Fahrerhaus und bahnt ihrem Treck mit Entschlossenheit eine Gasse. Sie ruft bis zur Erschöpfung: „Platz machen! Das ist ein Kindertransport!"

Das geht manchmal gut und die Flüchtlinge geben tatsächlich die Straße frei, indem sie ihre Gefährte an die Seite lenken, gerade so, dass sie nicht selbst im Schnee steckenbleiben. Käthe versucht, die Zeit wieder aufzuholen. Aber nach kurzer Zeit stehen sie wieder und Gertrud steigt aus. Das ist Kräfte zehrend, zermürbend und kostet sie Überwindung.

„Gehen Sie beiseite! Wir haben Kinder auf dem Wagen!"

Der alte Mann, den sie auffordert, dreht sich um und sagt drohend: „Ja, wir auch. Stellt euch gefälligst hinten an!"

Gertrud sieht, dass er von seinem Enkelkind spricht, ein kleines Mädchen mit Mütze und Schal auf dem Fuhrwerk zwischen zwei großen Säcken.

„Gib den Weg frei, sonst muss ich schießen."

Er sieht die Pistole, die Gertrud hervorzieht und entsichert, aber das beeindruckt ihn nicht.

Sie tritt einen Schritt zurück. Wieder spürt sie, sich den Schutzhandschuh aus der Fechtsporthalle überstreifen, und wieder schaut sie, vollkommen auf Kampf und Sieg justiert, durch ein engmaschiges Visier, das sie vor Beginn der Auseinandersetzung heruntergeklappt hat. Gertrud wirft einen Blick zum Fahrzeug hinüber, zu Käthe, aber durch die Windschutzscheibe kann sie Käthe nicht erkennen. Sie denkt, auch das ist wie immer in einem Duell, man ist ganz und gar auf sich alleine gestellt. Dann schießt sie in den gefrorenen Boden, direkt zwischen die Beine des Alten.

„Die Kinder auf meinem Wagen", sagt sie leise, „sind jetzt meine Partei."

Der Alte springt entsetzt zurück, fällt auf seinen Hintern, rappelt sich auf und leistet dem Befehl der unnachgiebigen Frau anstandslos Folge. Gertrud spricht ihn noch einmal an.

„Willst du mir das Mädchen mitgeben? Wir fliegen die Kinder heute Abend mit einer Maschine der SS westwärts aus. Du musst dich sofort entscheiden. Wir haben keine Zeit."

Er schüttelt den Kopf, ohne zu überlegen.

„Mit der SS? Nein."

Und er murmelt, was Gertrud nicht mehr hört: „Da kann ich sie doch gleich dem Teufel übergeben!"

Joachims JU liegt schutzlos am Boden, feindlichen Tieffliegern und Bombenangriffen ausgesetzt. Denn die deutsche

Flak hat ihren Dienst eingestellt. Sie sind nur noch zu dritt, Joachim, der Flugzeugmonteur und ein Funker, der in der Baracke versucht, die Funkverbindung aufrechtzuerhalten.

Nach der Landung und Betankung haben sie die Bahn freigemacht und das Flugzeug mit einem Traktor hinter die Kommandobaracke gezogen. Joachim und der Monteur tarnen die Maschine mit Netzen und allem, was sie sonst noch dazu auf dem verlassenen Gelände finden.

Als sich ein russischer Aufklärer aus der Luft nähert, versuchen sie sich selbst zu verstecken. Der Aufklärer umkreist den Fliegerhorst in niedriger Höhe und dreht wieder ab. Sie müssen ihre Entdeckung und einen Angriff befürchten. Sie wissen nicht, ob die Tarnung der JU ausreichend ist. Es ist schwierig, fast unmöglich, ein großes Flugzeug in so kurzer Zeit unsichtbar zu machen. Der Monteur beobachtet den Luftraum besorgt. Wenn sie die Startbahn pflügen oder die JU am Boden beschießen, ist es vorbei.

Joachim hat sich dem Funker zugesellt. Die Uhr schlägt Sechs.

„Warum starten Sie nicht?", fragt die Stimme aus dem Äther. Joachim schaltet sich ein, denn der Funker will nichts mit der Sache zu tun haben, die Joachim verantworten muss.

„Wir haben ein technisches Problem. Der Monteur arbeitet daran."

„Melden Sie sich, wenn Sie startbereit sind!"

Joachim nickt dem Funker zu, der die Verbindung vorläufig trennt. Vom Fenster der Baracke ruft der Monteur: „Der russische Aufklärer kommt wieder!"

Mit zwei Stunden Verspätung trifft der Opel Blitz aus dem Heim Pommern, mit Käthe am Steuer, gerade noch rechtzeitig am Fliegerhorst ein. Für eine Umarmung nehmen sich Getrud und Joachim die denkbar kürzeste Zeit. Die JU wird wieder auf die Startbahn gerollt. Während die Erwachsenen mit vereinten Kräften die Tarnungen abnehmen, steigen die Kinder mit einigen Betreuerinnen über eine Treppe schon ein. Sie sind übermüdet und man muss sie wie Schäfchen anleiten, lenken und treiben. Der Doktor hat unterwegs Fieber bekommen. Für ihn sieht es nicht gut aus. Bis zuletzt lässt der Monteur den Luftraum, den er unablässig mit einem Feldstecher absucht, nicht aus den Augen. Während der Verladung der Maschine am Boden bieten sie feindlichen Fliegern ein todsicheres Ziel.

Joachim lässt den Motor an und das schwere Brummen und Rütteln überträgt sich wohltuend auf die Nerven der Passagiere. Der Funker erfährt, dass sie nach Wiesbaden fliegen. Die Maschine nimmt Anlauf, hebt ab und verlässt Pommern.

10. Kapitel

Am Nachmittag des 7. März holte sich Walter eine Uniform von der Feuerschutzpolizei. Nach zweitägigem Lehrgang in Gesellschaft eines einarmigen Soldaten und eines verwirrten Greises, der dauernd vom Luziferischen Zeitalter sprach, wusste Walter nun die Wirkungen verschiedener Bombenarten zu unterscheiden. Auch wie man Zivilisten aus verschütteten Luftschutzkellern beikommt, ohne sich selbst in Gefahr zu bringen, wie man leblos Lebendige wiederweckt und wie man Personen behandelt, die sich schon aufgegeben haben, das alles erfuhr Walter im Laufe seines Lehrgangs bei der Feuerschutzpolizei. Nach weitgehender Heilung seiner Beinverletzung war er nun bedingt einsatzfähig und sollte sich am nächsten Tag bei der Einsatzleitung zur weiteren Verwendung melden.

Die Amerikaner überschritten an diesem Tag bei Remagen den Rhein, die Russen standen an der Oder.

Die Gauhauptstadt Dessau musste mit neuen Luftangriffen rechnen. Allmählich sickerten schlimme Berichte über das Februargrauen von Dresden durch. Erst im Januar waren bei einem Bombenangriff auf Dessau, Bertha zählte den achtzehnten seit Kriegsbeginn, fast zweihundert Menschen ums Leben gekommen.

Wie in allen Hotels und Pensionen wohnten nun auch im Schloss Altenburg Flüchtlinge und ausgebombte Familien. Bertha versammelte die Notgemeinschaft in ihrem ehemaligen Restaurant, um all jenen Gestrandeten im Überschwang ihres Mitgefühls und aus Solidarität einen Tisch zu decken, etwas zu kochen und sie zu bedienen. Bertha interessierte sich nicht für Politik, da hatte sie nie mitgemischt und sich aller Meinung enthalten, aber der Luftterror und der tägliche Umgang mit ihren obdachlosen Gästen führten allmählich dazu, dass sie nun auch mit der Propaganda eiferte, von der Schicksalsgemeinschaft redete und am Schloss Altenburg ein Laken aufspannen ließ, mit dem sie den pathetischen Spruch von „brechenden Mauern und unzerbrechlichen Herzen" entrollte.

Walter war dieser trotzige Patriotismus zu viel. Manchmal ließ er sich zu einer sarkastischen Bemerkung hinreißen, weil er aus eigener Anschauung wusste, dass die deutschen Bomber in Polen auch nicht gerade „herzzimperlich" vorgegangen waren.

Die permanente Gesellschaft fremder Menschen zermürbte ihn. Seine unfreiwilligen Dauergäste fühlten sich in diesem Hotel immer mehr wie zu Hause, sie benahmen sich jedenfalls so. Gelegentlich gingen Teller und Gläser aus Unachtsamkeit zu Bruch. Sie latschten mit schmutzigen Schuhen über die teuren Hotelteppiche und warfen die Türen zu laut ins Schloss.

Am leichtesten sah er dabei über das Treiben einiger Kinder hinweg, die in unschuldiger Ausgelassenheit durchs Haus tobten. Fröhlich und selbstvergessen benahmen sie sich wie glückliche Narren in dieser tief dunklen Zeit. Das ließ Walter gern auf sich wirken.

Außerdem sicherten sich die Kinder sein Wohlwollen, indem sie ihm ihre gemalten Bilder zur Begutachtung brachten. Er hörte sich an, was sie dazu sagten, wog verständnisvoll seinen Kopf und entzifferte zu ihrer Freude und Selbstversicherung so manches Krikelkrakel im Grau einer Bleistiftskizze oder verschwimmenden Bunt einer Wasserfarbmalerei. Walter sprach nicht von oben zu ihnen herab, er suchte immer ihre Augenhöhe einzunehmen. Entweder setzte er das Kind, mit dem er sprach, auf einen Stuhl gegenüber oder er ging in die Knie. Sie fühlten sich von ihm wie kleine Erwachsene hofiert und behandelt. Das war nicht gespielt. Sie spürten so etwas genau, und es ermutigte sie, dem Großen, den man ehrfurchtsvoll Chef nannte, ihre gemalte Welt zu erklären. Wenn sie nicht weiter wussten, orakelte Walter vorsichtig eine Bedeutung in ihre Bilder hinein, stets ernst um eine treffende Aussage bemüht. Er kleidete das oft in Fragen, redete langsam und ließ den kleinen Künstler oder die Künstlerin nicht aus den Augen. Wenn das deren Einbildungskraft entzündete, bereitete ihm das ein großes Vergnügen. Hatte er erst einmal diese Quelle zum Sprudeln gebracht, den Erzählfaden unmerklich aus ihnen herausgezogen, griff er nicht weiter ein. Dann lehnte er sich zurück und ließ den Mitteilungseifer der Kinder wie das Wasser den Berg hinunterlaufen. Diese Welt aus Kindermund faszinierte ihn sehr. Er liebte ihre Bilder und ihre Geschichten, auch wenn sie zuweilen ganz furchtbar waren.

Auf den Kinderzeichnungen dominierte der Krieg. Er musste sich sehr bemühen und anstrengen sogar, dazwischen eine Nuss und ein Eichhörnchen oder eine verstörte Blume und ein Gemüsebeet zu entdecken.

Walter opferte Unmengen seines Geschäftspapiers und sämtliche Stifte, derer man im Schloss Altenburg habhaft werden konnte. Von Tag zu Tag wurden die Stifte kürzer, weil man sie Walter, der dafür eine Maschine mit Kurbel besaß, mehrmals am Tag zum Anspitzen brachte.

Er saß am liebsten in einem Winkel der großen Küche am Fenster und schaute auf den Hof. Niemand wusste, warum er sich diesen Platz mit dem Katzentisch ausgesucht hatte, jedenfalls traf man ihn nur noch selten in seinem Büro. Manchmal holte er sich ein Briefmarkenalbum aus dem Tresor, der beim Großen Klaus an der Rezeption stand. Früher hatten ihn die zart mit Bleistift notierten Preise besonders entzückt und immer wieder in Erstaunen versetzt. Jetzt versank er mit seiner Lupe in die beschauliche Betrachtung der Miniaturen mit landschaftlichen und städtischen Motiven, von Australien bis Afrika, und überall dort suchte Walter das bunte und sorglose Treiben in Eintracht und Frieden. Eine Weile halfen ihm die Alben, im Geiste abzuschalten. Sobald er jedoch daran dachte, die herrliche Markenpracht einmal seinem Rüdiger zu zeigen, war der Geist wieder kummervoll gespannt, das versetzte ihm einen Stich, und er musste die Alben beiseitelegen und zum Tresor zurückbringen.

Walter aß jetzt am liebsten allein, mischte sich kaum unter Leute, schon gar nicht in ihre Gespräche. Bertha schirmte ihn ab, drang nicht auf ihn ein. Sie ging manchmal zu ihm und sagte: „Alles wird gut Walter, sorge dich nicht. Du lebst, und das hat gewiss einen Sinn."

Dann zog er die buschigen Brauen hoch, lehnte sich ein wenig im Sitzen an Bertha, die sich jedoch nie Zeit zum Herumsitzen nahm und ihm auch sofort wieder entwischte, so dass seine Frage unausgesprochen in seinem Innersten hallte, welchen Sinn sie denn meinte.

Überall aaste der Krieg, mit dem einzigen Ziel, zu töten und zu verschlingen. Vernichtung hieß sein Programm. Nein, der Krieg wollte sich nicht begnügen, dem handelte man nichts ab. Mit dem größten Vergnügen raffte er sich das Teuerste zusammen, immer das, was den Menschen am liebsten und am wertvollsten war. Keine Rücksichten, kein Erbarmen, es musste unbedingt das Kostbarste und Heiligste sein, ohne Kompromisse und immer sofort. Da traf eine Kugel den Vater, dort verblutete der Bräutigam. Und die Frauen und Kinder hinter der Front durften sich nicht einmal entscheiden, ob sie auf der Flucht umkommen oder lieber ausgebombt werden wollten. Alles veranlasste der Krieg, fertigte es ab ohne weitere Fragen. Welchen Sinn hatte das?

Walter litt an der Ungewissheit, wo Gertrud und Rüdiger abgeblieben waren. Gerettet oder auf der Flucht? Er stützte den Kopf zwischen seine Hände und flüsterte, wie so oft: „Wo seid ihr bloß?"

Er humpelte zur Rezeption, um sich nach Post und Neuigkeiten aus der Stadt zu erkundigen. Denn er wartete auf ein Lebenszeichen aus Pommern. Der Große Klaus schüttelte den Kopf. Und Walter gab wie jeden Tag die unmissverständliche Order: „Zimmer 12 wird nicht vergeben, bleibt reserviert."

Der Große Klaus blickte ihm nach und versuchte sich vorzustellen, welche Figur der immer noch gehbehinderte Walter morgen in der Feuerschutzpolizeiuniform abgeben würde, die er wie eine abgestreifte Schlangenhaut unter dem Arm mit sich herumschleppte.

Den Abend verbrachte Bertha mit ihren Tischgenossen und Gästen. Auch ihr Bruder Albert war dabei. Der bedauerte sehr, dass Walter diese Tage nicht zum Schachspielen aufgelegt war. Albert hielt das für einen besseren Zeitvertreib, als allabendlich mit Bertha Sektflaschen aus dem unerschöpflichen Lager ihres Restaurants zu leeren. Es wurde in diesen Tagen im Schloss Altenburg in kleinen Schlucken und schon zu Beginn des Tages Alkohol getrunken.

Man unterhielt sich vertraulich in dem um Bertha versammelten Kreis über das Näherrücken der Front, über Aussichten auf die Zukunft, erörterte diese und jene Eventualität. Alle träumten vom Frieden. Für Bertha stand fest, dass sie bald an Amerikaner und Engländer Zimmer vermieten und deren Feierlichkeiten im Haus ausrichten würden. So deutlich sprach sie aber nur mit Albert hinter vorgehaltener Hand, denn solche Äußerungen und Hoffnungen, die wie Sekt im Glas perlten, waren gefährlich. Die patriotische Stimmung kippte allmählich und es gab in diesem Kreis kaum noch einen, der eine Wette auf Hitlers Wunderwaffen abgeben wollte. Wer es dennoch kolportierte, dem klopften sie auf die Schulter und schenkten ihm bis zum Rand das Glas voll.

„Soll er sich doch betäuben, wie er`s braucht!"

Eine Viertelstunde vor Zehn hörten sie im Restaurant über das Radio die neueste und dringende Luftlagemeldung:

„Die eingeflogenen Kampfverbände über Hannover-Braunschweig sind im Anflug auf den Raum Magdeburg-Dessau."

Gleichzeitig begannen die Sirenen auf- und abschwellend zu heulen. Das ging allen durch Mark und Bein. Daran konnte man sich nicht gewöhnen. Schweigend leerten Berthas Gäste die Gläser. Die meisten tranken das Hochprozentige in einem Zug aus. Bertha schüttete den Rest eines guten Champagners in ihre bauchige Karaffe aus Kristall, die sie mit einem Glaspfropfen verschloss.

Schon klappten überall Türen. Die Leute beeilten sich zu ihrem Schutz, über eine steile und ziemlich enge Treppe vom Foyer in das Bierkellergewölbe zu steigen. Der zum Luftschutzbunker umfunktionierte Raum hatte zur Anlieferung über den Hof einen zweiten, komfortableren Zugang mit einer schweren und mehrfach im Stahlrahmen verankerten Tür. Über diesen Weg brachten sich auch ein paar Nachbarn nach einem besonderen Plan in Sicherheit. Das Gewölbe bot im Notfall für hundert Personen Platz.

Walter überzeugte sich selbst, dass niemand im Haus zurückgeblieben war und gab den Kapitän, der das Schiff als Letzter verlässt. Er trat noch einmal zur Wacht vor den Eingang des Hauses.

Auf die Wirkung der deutschen Flugabwehr, das hatte er bei seinem Lehrgang erfahren, durften sie sich nicht mehr verlassen. Trotzdem konnte es das Schicksal gut mit ihnen meinen. Walter wusste, dass ein Bomberpilot, der ein Stadtgebiet wie Dessau in einer einzigen Minute überfliegt, seine tödliche Last in wenigen Sekunden auf den Zielkorridor abwerfen muss. Aus diesem mathematischen Zusammenhang errechnete Walter im Kopf eine sehr geringe Trefferwahrscheinlichkeit, die sich nur mit der Anzahl der angreifenden Flugzeuge pro Fläche erhöht. Darauf stützte sich seine Hoffnung. Der Verlust des eigenen Hauses war statistisch nach allem, was sie schon glücklich überstanden hatten, immer noch ein unwahrscheinlicher Ausnahmefall.

Lange, dachte auch er, würde es nicht mehr so gehen, der Krieg neigte sich seinem Ende. Ginge doch der reichlich mit Bomben gefüllte Kelch auch diesmal an Schloss Altenburg vorbei!

Zwei tiefer fliegende Flugzeuge warfen Leuchtbomben, die zu je sechzig Kerzen in feierlichen Girlanden niedergingen. Es wurde taghell in der Stadt.

Walter beobachtete den gefährlichen Christbaumschmuck am Himmel und dachte, dass das Schauspiel Rüdiger sicher gefiele.

Dann hörte er das dumpfe Dröhnen des Geschwaders. Walter wusste nicht, dass es diesmal so viele wie nie, mehr als fünfhundert Bomber im Anflug waren. Aber das unsichtbare Brummen, das immer mächtiger wurde, verunsicherte ihn. Ihm wurde schlagartig klar, während er hinter die Christbäume sah, dass er ins unsichtbare Auge einer Apokalypse schaute, die nach anderen als bisherigen Maßstäben jeden Moment losbrechen wollte.

Zwei Luftminen, nicht weit entfernt, detonierten und ließen Fenster und Türen ahnungsvoll zittern. Walter spürte die Druckwellen. Luftminen waren dazu da, Dächer in der Umgebung abzudecken. Brandbomben fielen dann, so hatte man ihm das auf seinem Lehrgang erklärt, viel besser in die Dachstühle hinein, um gefräßige Feuer zu legen.

Walter musste sich nun beeilen und sich selbst in Sicherheit bringen.

Das letzte Mal schloss er die Tür zur Straße.

Sein Blick fiel auf den Tresor neben der Rezeption.

„Vielleicht sollte ich diesmal die teure Sammlung mit in den Keller nehmen?"

Dazu hätte er noch einmal ins Büro eilen müssen, um den zweibärtigen Schlüssel für den Stahlschrank zu holen. Schon nahm er die ersten Stufen und zog sich wegen seiner Beinverletzung kräftig am Handlauf nach oben. Aber da brach die Hölle über die Innenstadt herein. Mehrere Sprengbomben explodierten mit ohrenbetäubendem Knall. Rasch kehrte er um. Bertha rief ihn bereits. Sie mussten den Schutzraum von innen verriegeln.

Im Bierkeller roch Walter die schwelende Angst, diese ungepflegte Begleiterin, die er aus seinen Kriegseinsätzen nur zu gut kannte. Er blieb am Ausgang zum Foyer stehen, um durch die geschlossene Tür besser zu hören und zu erraten, was draußen geschah.

Bertha versuchte in einer Ecke eine junge Frau mit Kind zu beruhigen, die bereits traumatisiert war und viel zu schnell atmete, weil man sie erst im Januar mit ihrem Kind aus den Trümmern eines Hauses gezogen hatte.

Sie lauschten auf das Dröhnen der Bomber und warteten. Die erste Angriffswelle vermischte sich mit dem wasserfall-ähnlichen Geräusch niedergehender Stabbrandbomben zu Hauf.

Der Dachstuhl von Schloss Altenburg bekam mindes-tens eine Brandbombe ab, die ihren zerstörerischen Weg ins Gebäude auch ohne die Unterstützung der Dächer fortfegenden Luftminen fand. Die Erschütterung, die das verursachte, war mäßig, aber zu spüren. Jene Frau neben Bertha schrie auf. Man musste sie zurückhalten, denn sie wollte mit ihrem Kind ins Freie flüchten. Ein älterer Mann riss sie zu Boden und klammerte sie mit eisernem Griff fest. Bertha kümmerte sich um das Kind. Andere Kinder wimmerten laut.

Erwachsene bissen auf ihre Daumen, um nicht verrückt zu werden. Denn wie Hämmer schlugen die Explosionen auf ihre Nerven, wuchtig und unvorstellbar laut.

Das Kaffeehaus, das Gertrud und Walter einst liebevoll geplant und eingerichtet hatten, brannte schon lichterloh, der Dachfirst sank langsam in sich zusammen. Man hätte es so enden lassen können, als ein letztes und langsames Mahn- und Erinnerungsfeuer bis zu seinem Verglimmen. Aber das war dem Horror der Zerstörung noch nicht genug.

Die Lancaster der zweiten Angriffswelle schütteten Sprengbomen aus. Die purzelten aus der Luft wie Rosinen.

(„Rosinenbomber" klingt ja auch unheimlich niedlich im Sprachgebrauch.)

Eine Rosine jonglierte direkt auf das Kaffeehaus zu, drehte sich und schlüpfte sehr elegant, lehrbuchmäßig, ins brennende Haus, damit, so hatte man das Walter bei der Feuerschutzpolizei anschaulich erklärt, auch die Brandmauern des Gebäudes fielen. Eine andere Sprengbombe, die währenddessen den Hoteltrakt von Schloss Altenburg traf, brachte das gesamte Gebäude mit dumpfem Lärm zum Schwanken und zum Erzittern.

Im Bierkellergewölbe stürzte ein Teil der Decke ein. Durch die Staubwolke drohten die Schutzsuchenden zu ersticken. Das Husten und Röcheln wurde unerträglich.

Dem Nachbarhaus, das den Brandbomben entkommen war, genügte eine einzige Sprengladung, sich in einen Haufen Schutt mit Gebäudegerippe zu verwandeln. Und überall in der Straße schossen Flammen aus den geborstenen Fenstern heraus.

Die Brandherde entfachten nun in der Parallelstraße, was man bereits aus Dresden und Hamburg kennengelernt hatte, einen Feuersturm, der das Übrige, das noch stand, dahinraffte und den Menschen in ihren Schutzkellern die letzte Atemluft nahm. Wenigstens von dieser Heimsuchung, den biblischen Plagen weit überlegen, blieben die im Bierkeller Ausharrenden verschont. Dennoch breitete sich eine unerträgliche Hitze aus.

Geistesgegenwärtig schlug Walter mit Holzhammer und Bierbesteck ein Loch in ein Fass, so dass Bier herausspritzte und die staubige Luft benetzte. Die Frau im eisernen Griff des Mannes, der nun selbst wie von Sinnen schrie, war ohnmächtig geworden. Bertha hielt sich und dem Kind eine reichlich in Bier getränkte Decke über den Kopf. Walter hatte sich neben Bertha gesetzt, hielt ihre Hand.

Er sah in das Gesicht der ohnmächtigen Mutter und stellte bei einem letzten Schein seiner Lampe ziemlich verwundert fest, dass es die Tulpenpflückerin, die Milch trinkende Bäuerin, die Frau des Malers also war, dessen Bilder sie oben im Foyer aufgehängt hatten. Der Maler, erinnerte er sich, war vor kurzem in Russland gefallen. Dieses Gesicht der Mutter, dachte Walter mit Bitterkeit, das sich beim Tulpenpflücken und beim Milchtrinken so lebendig und anmutig ausnahm, muss nun ein anderer aus einer anderen Zeit malen. Man sollte es jedenfalls zur Mahnung verewigen und nicht vergessen.

Die dritte Angriffswelle rollte heran. Keiner konnte oder wollte noch Einschläge und Detonationen verorten. Schloss Altenburg machte merkwürdige Geräusche. Prasseln, Knarren und Poltern wie von herunterstürzendem Gebälk, lösten sich ab. Dann brach die Wand auf der Hofseite ein und ihre Bestandteile krachten mit Wucht und zum Entsetzen der Schutzflehenden im Keller gegen die schwere Tür.

An dieser Stelle war nun ihr Fluchtweg abgeschnitten. Sie mussten, solange das Foyer überhaupt noch passiert werden konnte, über die andere Treppe ins Freie gelangen. Den furchtbaren Luftangriff hatten sie überstanden, aber noch nicht überlebt.

Als Walter die Feuerschutztür einen Spalt öffnete, war auch hier nicht durchzukommen, jedenfalls nicht ohne

Hilfe von außen. Sie mussten sich beeilen, denn es war eine Frage der Zeit, bis die Decke zwischen Foyer und den oberen Geschossen, wo die Flammen auf Fenstersimsen flackerten und tanzten, nachgeben würde. Schon züngelte es am Treppengeländer hinunter und das Feuer fraß sich nach unten. Würde das Foyer einstürzen, waren sie verloren.

Ein großer Mann trat ins Foyer, ihm folgte ein kleiner Trupp Leute. Der Große Klaus, der sich während des Angriffs in einem andern Schutzbunker in Sicherheit gebracht hatte, leitete sie an.

„Klaus! Bist du das? Hier ist Walter. Wir leben!"

„Walter? Wir holen euch raus. Aber das Haus stürzt gleich ein."

Die schmale Treppe wurde geräumt, rechtzeitig noch. Walter verließ den Schutzraum zuletzt. Der Große Klaus begrüßte ihn wie zum Rapport. Nur die Rezeption war umgefallen und beide sahen sehr staubig aus. Allmählich verwandelte sich auch das Foyer in einen lodernden Scheiterhaufen. Das ging nun alles sehr schnell. Die Vorhänge fingen Feuer und die Decke zwischen Foyer und Restaurant bog sich bereits durch.

„Den Tresor holen wir uns, wenn er ausgeglüht ist. Aber die Bilder! Nimm du die Tulpenpflückerin, ich nehme die Bäuerin mit der Milch!"

Zischend fiel nun das brennende Treppenhaus in sich zusammen. Glühendes Holz flammte auf wie im Luftstrom eines Kamins, der im Foyer einen Feuerball aus Treppenholz und Staub ausspuckte. Daran entzündeten sich Teppiche und Wandverkleidungen sofort. Hitze und Rauch füllten den Raum. Sie mussten das Foyer schleunigst verlassen.

Walter wusste, dass die beiden Gemälde wertlos waren. Und die Briefmarken waren es inzwischen auch, weil sie

in der Hitze des Feuers mit den Alben im Tresor eine un-
lösbare Verbindung eingingen, fest wie Zement. Nur den
Farben machte es nichts aus. So waren sie, bar jeden Geld-
wertes, noch schön anzuschauen, sollte sich der kleine Rüdiger einmal dafür mit Neugier interessieren.

Von der Straße traute sich niemand mehr zur Rettung
in die Hölle hinein. Bertha schlug wie wild mit ihrem rasselnden Schlüsselbund um sich, weil man sie festhielt und
nicht hineinlassen wollte. Endlich rief sie, so laut sie konnte
und nur ein einziges Mal Walters Namen. Dabei richtete sie
sich hoch und wie im verletzten Stolz gegen Schloss Altenburg auf. Ihr Schrei klang so verzweifelt und bemitleidens-
wert, dieser einzige Schrei aus Liebe konnte ohne weiteres
Steine erweichen, sogar Herzen mitten entzwei brechen, so
dass die Leute respektvoll zurücktraten. Stumm teilten sie
Berthas Schrei, der hier und in diesem Augenblick des 7.
März 1945 die Gemütslage einer ganzen Stadt zusammen-
fasste. Kraftlos sank Bertha zu Boden, den irren Blick auf
den flackernden Eingang gerichtet.

Da humpelte Walter hustend, wie die Unmöglichkeit mit
der Hoffnung in Personalunion, mit dem gerahmten Gemälde, das er hoch über dem Kopf hielt, aus dem Rauch.
Der Große Klaus mit dem anderen Bild folgte. Erst dann
stürzte die Decke über dem Foyer ein.

Auf der Flugreise nach Wiesbaden verschlechterte sich der
Zustand des Heimleiters wegen einer Wundinfektion weiter. Das trübte die Stimmung der um Gertrud gescharten
Reisegesellschaft. Vor allem die Kinder nahmen Anteil an
seiner schlimmen Verfassung. Manche regte es an, auf dem
langen Flug unablässig Puppendoktor zu spielen. Andere
blendeten das Abenteuer ihres ersten Fluges, wie die Flucht

aus Bad Polzin überhaupt, als etwas Surreales aus und fielen in einen Heilschlaf des Vergessens.

Neugierig und unauffällig linste Rüdiger nach dem verletzten Doktor. Gertrud, die neben ihm saß, war eingenickt. Die Frauen hatten dem Fiebernden am Ende des Ganges ein etwas bequemeres Lager auf dem Boden bereitet. Eine Schwester tupfte den Schweiß von der Stirn des Mannes und gab ihm zu trinken. Rüdiger vergewisserte sich, ob Gertrud schlief und schaute, als er sich sicher war, ungeniert zu, wie die Schwester den blutigen Verband wechselte. Das fesselte ihn mehr als die Pistole, die Mama wieder in Dr. Lükes Pistolentasche gesteckt hatte.

Er nahm seinen zerdrückten und in die Jahre gekommenen Inge-Teddy an die Brust, der starke Bär aus Stettin war inzwischen mit einem gestrickten Ringertrikot bekleidet, stand auf und näherte sich zur genaueren Betrachtung dem Verwundeten. Rüdiger machte einen langen Hals, weil ihm die Schwester mit ihrem Rücken die Sicht versperrte. Also musste er vorsichtig über ausgestreckte Beine steigen, da sich einige Passagiere wie Würmer auf dem knappen Boden der Flugzeugkabine ringelten. Er schaute der Schwester nun auf Zehenspitzen über die Schulter und erschrak gleichzeitig über den Anblick, den ihm die zerfetzte Hand bot und über die harsche Zurückweisung der Schwester, die den kleinen Rüdiger plötzlich bemerkte.

Energisch führte sie ihn zu seinem Sitz. Aber sie maßregelte ihn nicht. Rüdiger sah sie groß an und sie merkte wohl, wie sehr ihn die furchtbare Verletzung beeindruckt haben musste. Sie streichelte nun Rüdigers Inge-Teddy und gab ihm, da er ja ganz allein für seinen Bären verantwortlich war, das frische Verbandszeug aus ihren Händen. Rüdiger zögerte nicht, zog dem Bären das Ringertrikot aus und umwickelte den stummen Freund mit der weißen Binde.

Wie wollte der Heimleiter mit dieser Hand zu Mittag essen, fragte er sich. Damit konnte man weder eine Pistole, noch einen Löffel halten. Sein Teddy sah jetzt aus wie eine Mumie. Gertrud erwachte und nach einer Weile klebte sie zu Rüdigers Freude zwei große Pflaster kreuzweise über den Bärenbauch.

Der Funker holte den Jungen zu Joachim in die Kanzel. Gertrud musste so lange auf den Bären aufpassen. Sie lächelte und spürte, wie sie sich umso mehr für Joachim öffnete und dass allmählich die große Anspannung von ihr fiel.

Joachim setzte Rüdiger auf seinen Schoß. Der Junge durfte ein paar Knöpfe an den Armaturen drücken und an einem Hebel rechts von ihnen ziehen. Joachim tat alles für Rüdigers Illusion, das Flugzeug als Pilot zu fliegen. Rüdiger war ihm gegenüber ein bisschen scheu. Das lag an der schwarzen Uniform oder an der Überlegenheit in Konkurrenz zu seiner Mama. Hier fühlte er sich dem Drachenflieger als Bezwinger der Lüfte etwas ebenbürtiger als am Boden.

Rüdiger musste nicht erst in seine neue Rolle als Flugzeugführer auf Joachims Schoß schlüpfen. Denn er war als kleiner Mann, der den Silberdrachen von eigener Hand steuerte und kontrollierte, sofort mitten drin. Seine Aufgabe, die ihn vollkommen beseelte, bestand darin, den Doktor und seinen Teddy so schnell wie möglich ins Krankenhaus zu fliegen.

Joachim erweiterte Rüdigers Illusion vom Fliegen und nahm seine Hand, die er auf einen anderen Hebel legte und nicht wieder losließ, um mit der JU ein Manöver zu fliegen.

Der Drache reagierte sofort, neigte sich leicht zur rechten Seite in eine Kurve, senkte und hob die Flugzeugnase auf den kleinsten Impuls. Wäre es in diesem Augenblick nach Rüdiger gegangen, hätten sie jetzt dem Mond einen Besuch abgestattet, wenigstens kurz. Aber es ging nun doch nicht nach seinem Sinn und Rüdiger musste wieder an Joachim übergeben.

„Wenn ich müde bin, Rüdiger, löst du mich ab. Du weißt ja jetzt genau, wie es geht und wie es sich anfühlt beim Fliegen."

Der Funker brachte Rüdiger, der beinahe platzte vor Stolz, zu Gertrud zurück.

Joachim kreiste mit der JU noch einmal über Wiesbaden und setzte zu einer mustergültigen Landung auf dem Flugfeld an. Als der Funker die Kabinentür öffnete, strömte ein frischer Morgen herein, der sie wie dieses Zeug, das es längst nicht mehr gab und das Bohnenkaffee hieß, von innen belebte.

Auf Dr. Lüke wartete auf dem Rollfeld ein Sanitätsfahrzeug. Während man ihn auf einer Bahre, an die man ihn festschnallte, umständlich aufs Rollfeld trug, kamen sie im Flugzeug überein, dem Heimleiter zum Abschied ein Lied zu singen. Das handelte zwar von Opferbereitschaft und Krieg, aber ein besseres Lied kannten sie nicht. Sie sangen mit kindlicher Zuversicht, und sie sangen wenigstens gern.

Es dauerte eine Weile, bis sie die Kinder angezogen hatten. Die Frauen versuchten, die große Aufregung zu dämpfen und die Kinder auf das geordnete Verlassen der Maschine vorzubereiten. Es sollte niemand in dieser fremden Stadt denken, schärften sie den Kindern ein, dass sich die Pommer'schen nicht benehmen.

Die Frauen wussten nicht, was sie nun erwartete. Sie bereiteten sich mit etwas Rouge und dem Ordnen der Haare, aufgesteckt oder zu Zöpfen geflochten, auf ihre nächste Zukunft vor. Der Gedanke an das Kriegsende und an die Besatzung durch Briten und Amerikaner lag auch in Wiesbaden schon in der Luft. Es war aber unmöglich, die Wendung aller Vorzeichen und Konsequenzen für das eigene Schicksal vollständig zu übersehen und dabei das Puzzle der Chancen und Möglichkeiten zusammenzulegen. Es verbot sich bei Lebensgefahr, mit einem anderen als mit sich selbst darüber zu reden.

Das Sanitätsfahrzeug verschwand. Bevor zwei Busse zur Abholung der Passagiere eintrafen, knatterte ein Kübelwagen heran. Joachim trat aus der Kanzel und suchte sogleich Gertrud und Rüdiger unter den Passagieren. Sie zwinkerten sich zu und Rüdiger winkte.

Alle applaudierten, aber der Hübsche lächelte nur. Wie er da lässig und locker an der offenen Kabinentür lehnte, grinste und blinzelte, hätte er auch mit rauchenden Colts aus einem Filmstreifen kommen können. Er sah frisch und munter aus, scherzte sogar, als hätte ein anderer die Maschine über den von Alliierten beherrschten und daher gefährlichen Luftraum geflogen. Das musste man ihm einfach lassen, so bescheiden sich Joachim auch gab, er sonnte sich in der ihm entgegengebrachten Bewunderung, und es gab keinen, der es ihm etwa nicht gönnte. Wer so lachte, zuerst über sich selbst, und andere zum Lachen anstecken konnte, dem gewährte man großzügig diesen Tick, den man auch eine niedliche, kleine Eitelkeit nennen könnte.

Joachim musste das Kommando an seinen Funker übergeben. Er eilte die Gangway hinunter, da man seinen Namen rief. Bei der Kommandantur im Gebäude der Fluglleitwarte erwartete ihn ein neuer Einsatzbefehl. Der Kübelwagen heulte auf und raste über das Rollfeld, als hätte man schon dringend Joachims Ankunft erwartet.

Gemächlich tuckerten zwei Busse aus jener Richtung heran, wo Joachim gerade verschwand. Als Gertrud ihn aus einem Fenster der JU davonfahren sah, musste sie das in Unruhe versetzen. Sie hatten noch nicht miteinander gesprochen, nichts vereinbart, keine Adressen getauscht. Da fiel ihr ein, dass sie keine eigene Adresse besaß. Gertrud wendete sich an den Funker, als sie das Flugzeug verließen. Er verstand, was sie von ihm wollte, und im Gedränge notierte Gertrud auf einen Block für Funksprüche aller Art: „Wenn wir uns verlieren, gib Nachricht von Dir nach Dessau an Schloss Altenburg durch!"

Sie riss das Blatt ab und kritzelte noch geschwind drei bedeutungsvolle Worte auf die Rückseite, bevor sie den Zettel zusammenfaltete und dem Funker aushändigte.

Die Busfahrt vom Flugplatz Erbenheim in den Stadtbezirk Sonnenberg, keine zehn Kilometer, musste ihnen nach der anstrengenden Reise sehr angenehm vorkommen. Vor allem fanden alle einmal ausreichend Platz. Der Busfahrer, ein wortkarger Mann, berichtete von der Zerstörung der Innenstadt vor einigen Tagen. Man merkte ihm an, dass er sich dazu unbedingt mitteilen musste, um zu verarbeiten und sich die unabänderlichen Tatsachen vor Augen zu halten. Vom historischen Hotel „Vier Jahreszeiten" in der parallel von ihnen verlaufenden Wilhelmstraße, nachdem sie rechts auf den Moltkering abgebogen waren, seien nur noch ein paar Säulen übriggeblieben. Auch das Rathaus, Stadtschloss und Kurhaus hatten schwere Treffer abbekommen. Als sei das noch nicht schlimm genug, waren im Schutzkeller des Lyzeums nach Einsturz des gesamten

Gebäudes sehr viele Menschen ums Leben gekommen. Die Stadt war wie im Schrecken erstarrt. Gertrud fürchtete mit den anderen Frauen, dass Wiesbaden alles andere als ein sicherer Zufluchtsort und ein Ort zum Bleiben für sie war.

Sie erreichten das Heim Taunus im Stadtbezirk Sonnenberg und wurden bereits erwartet, herzlich empfangen und eingewiesen. Auf kleine Gesten, die darauf abzielten, es vor allem den Kindern so leicht wie möglich zu machen, trafen sie überall. Mit aufmunternden Worten und ruhiger Hand im Leiten und Lenken des kleinen Flüchtlingsstroms aus Pommern vollbrachten Schwestern und Angestellte gewiss tägliche Heldentaten bis zur Erschöpfung. Denn Flüchtlinge kamen nun auch aus anderen Heimen des Lebensborn an. Dabei liefen bereits im Hintergrund Pläne und Vorbereitungen, das Heim Taunus selbst nach Steinhöring bei München zu evakuieren.

Joachim wurde ein Behelfsquartier für die nächsten zwölf Stunden am Flugplatz zugewiesen. Feldbett, Schemel und ein Waschbecken an der Wand standen ihm in dem flachen Bretterverschlag zur Verfügung. Hier waren vor Monaten noch Zwangsarbeiter untergebracht.

Im Gemeinschaftswaschraum lagen zerbeulte Blechschüsseln, mit denen man sich gegenseitig oder allein kaltes Wasser zum Waschen übergießen konnte. Das hatte Joachim ohne größere Überwindung bereits hinter sich gebracht. Er tauchte und badete, erfrischte und freute sich überall über Wasser, wo immer er welches fand. Es mochte einer frischen Quelle oder einer Dusche entspringen, warm sein oder kalt, Wasser war Joachims eigentliches Element. Mit der Körperpflege verband er ein rituelles Erleben, ein zelebriertes Innehalten. Man könnte meinen, Umspülen von Wasser

war die Katharsis in der Tragödie seines Lebens. Beim Ab-
trocknen seines Gesichts hielt sich Joachim immer einen
Moment still. Er hielt dann die Luft an unter dem Tuch. Das
Leben verlangsamte sich, es stockte. Aber dann atmete es
wieder kräftig, und sobald er wieder einatmete, tief und im
Bewusstsein seines unverwüstlichen Selbst, ging das Leben
weiter und er atmete aus, so als hätte es sich nur mal einen
kleinen und unbedeutenden Augenblick vergessen.

Den kleinen, in Silber gefassten Rasierspiegel, seinen
Talisman aus besseren Tagen, entnahm er dem Gepäck
und putzte ihn blank. Über dem Waschbecken fand er an
präziser Stelle einen Haken. Die Rasur wäre nach all der
Übung und Fingerfertigkeit, die ihm als Flieger niemand
absprechen konnte, auch ohne Spiegel gelungen. Wer sich
nicht blind rasieren kann, kann auch kein Flugzeug fliegen.
Joachim beobachtete seine Hände, um sich im Spiegel ein
Bild von seinem wirklichen Gemütszustand zu machen.
Er zog mit der Klinge, wie immer, zuerst schabend über
die eine und dann über die andere Wange. Auch an der
Oberlippe und am Hals zitterte seine Hand nicht. Er ließ
sich Zeit. Im Spiegel sah er die kleine Tasche auf dem Feldbett liegen, die den Marschbefehl enthielt, den er vor einer
Stunde bekommen hatte.

Im Umfeld des hiesigen Kommandanten, das vergegen-
wärtigte er sich noch einmal genau in seinen Gedanken,
wird man überall mit der Nase darauf gestoßen, dass man
auch hier schon Anstalten trifft, zusammenzupacken und
die endgültige Aufgabe des Standorts vorzubereiten. Joachim war nicht das nervöse Zucken im gelblichen Gesicht
des Kommandanten entgangen, der ihm die Tasche mit
dem Marschbefehl mehr wie eine heiße Kartoffel zugewor-
fen als übergeben hatte.

Neben der Tasche lag Gertruds Zettel. Das darauf umseitig Vermerkte wollte ihm nun nicht mehr aus dem Kopf. Joachim seifte sich noch einmal ein, wie immer, wenn es eine besonders gründliche Rasur sein sollte, und seine Gedanken schweiften ab.

Bisher war er gut und leidlos über den Krieg gekommen. Das Sterben hatte einen großen Bogen um ihn gemacht. Schon im Kübelwagen auf dem Flugfeld hatte er vom Vorrücken der Westalliierten erfahren. Standen sie schon am Rhein? Waren sie überhaupt noch aufzuhalten? Er dachte an seinen Eid und an die niemals in Frage gestellte Bereitschaft, den Soldatentod zu sterben. Joachim schielte im Spiegel nach der Tasche mit dem Befehl. Mit diesem Einsatz, daran gab es keinen Zweifel, fing der Krieg für Joachim erst an. Das Risiko, das er in ein paar Stunden unfreiwillig eingehen musste, war enorm. In wenigen Stunden. Dann musste er fliegen. Der Auftrag war gefährlich und streng geheim. Unter dem Eindruck seiner nationalsozialistischen Erziehung, die mit seiner Aufnahme in Himmlers Schwarzen Orden ihre verhängnisvolle Vollendung gefunden hatte, durfte nichts von Bedeutung über die Hingabe an den Führer hinausschießen.

Nun bedeutete ihm Gertrud viel und Joachim sah sich das erste Mal in seinem reiferen Leben in große Verlegenheit gesetzt, die Liebe zu dieser Frau mit der geschworenen Bedingungslosigkeit einer Gefolgschaft in Übereinstimmung zu bringen.

Er rückte den Spiegel zurecht und sah sich direkt in die Augen.

„Wozu habe ich gelebt?"

Wollte er immer noch freiwillig dieses Opfer bringen, das nach Gertruds umseitiger Nachricht ein anderes, ein unermesslich größeres war? Die nächste Frage, die er sich stellte, war die eines Kranken, der eben seine tödliche Diagnose erhält.

„Was kann ich jetzt tun?"

Joachim trocknete sich sorgfältig ab. Er nahm vorsichtig auf dem Schemel Platz, um dessen Tauglichkeit zu testen, und sah zur Tür, von dort zum Bett, dann zum Spiegel. Er kam sich vor wie in einem Gefängnis. Der andere Joachim, der unsichere und verzagte, der mutlose und ängstliche, heischte nun Aufmerksamkeit. Gegen den richteten polternde Fröhlichkeit und Draufgängertum nichts aus, sobald der sich einmal in der Einsamkeit Geltung verschaffte. Das war die weiche und verletzliche Seite des Joachim, die nicht einmal Gertrud kennengelernt hatte. Er nahm Gertruds Zettel, um die Schrift wie ein Blinder zu tasten. Die weniger berühmten, aber umso wichtigeren drei Worte drehten sich nun zwischen Tür, Bett und Spiegel im Kreis.

„Ich bin schwanger", hatte Gertrud geschrieben.

Joachim saß noch eine Weile, schaute nach innen. Weil er leben wollte, zogen ihn seine bösen Vorahnungen in einen Sumpf. Gegen Verzweiflung wehrte er sich, aber gegen das Gefühl der Beraubung seiner inneren Freiheit, gegen die Trauer um den Verlust seines Lebens, das doch gerade erst begann, gegen die Sinnlosigkeit, die ihn ausgerechnet zum Schluss des Krieges an dieses Himmelfahrtkommando band, kam er nicht an. Er sah sich langsam darin einsinken. Alles geschah mit ihm wie von selbst. Er wusste nicht, was er dagegen unternehmen sollte.

Der Funker klopfte und trat ein. Er trug eine Flasche Kognak unter dem Arm, zwischen den Fingern zwei imposante Schwenker.

„Ein Jäckchen für Joachim, damit er nicht friert. Es ist kalt draußen."

Der Funker setzte sich aufs Bett, um die Gläser zu füllen. Da verwandelte sich Joachim. Er kam zu Verstand und kalkulierte nüchtern die Lage, in der er sich befand. Es gab noch etwas zu tun. Ein Entschluss zur Tat holte ihn mit einem Ruck aus dem Sumpf.

„Lass mal. Ich brauche jetzt kein Jäckchen. Ich muss noch was erledigen."

Er gab seinem Kameraden den Zettel. Der Funker las, verzog das Gesicht und nahm einen Schluck aus der Flasche.

Joachim wollte Gertrud noch einmal sehen und machte sich zu Fuß auf den Weg. Er schlug den Kragen seines Mantels hoch und eilte im Marschtempo schnurgerade die Berliner Straße hinauf. In schneidend kalter Winterluft reifte in ihm eine klare und kühle Erkenntnis. In dem Bretterverschlag war noch alles trübe und dumpf gewesen. Jetzt lief und atmete sich Joachim ein bisschen frei. Er spürte sich wieder und war froh, des Funkers Jäckchen aus Flasche und Schwenker entflohen zu sein. In der Baracke hatte das Pendel auf einem toten Punkt verharrt. Aus der Bewegung an frischer Luft holte Joachim nun wieder Schwung und die Zeiger seiner Lebensuhr rückten mit Ticken und Tacken, Sekunde um Sekunde, Stunde um Stunde nach vorn.

Im Rahmen seiner aufs Äußerste beschnittenen Möglichkeiten wollte Joachim anpacken, was er für wesentlich hielt. Gertrud sollte erfahren, wie er zu ihr stand. Gleichzeitig schöpfte er Hoffnung. Vielleicht würde er den Einsatz überleben. Ein technischer Defekt könnte sein Flugzeug am Boden halten oder die Alliierten überschritten ein paar Tage früher den Rhein. Jedes Zuversicht nährende Szenario malte er sich aus, während er marschierte, ohne nach links oder rechts zu sehen. Sein Atem ging schneller und kondensierte. Das Kriegsglück könnte auf seiner Seite stehen, wenn es ihm gelang, mit der Maschine nach seinem Einsatz rechtzeitig abzudrehen.

Er verpasste den Moltkering und lief in die falsche Richtung zum Hauptbahnhof. Er sah sich um. Auch den Bahnhof hatte es vor einiger Zeit tüchtig getroffen. Joachim änderte gerade die Richtung, pustete nochmal durch wie zur Pause, da sprach ihn von hinten jemand an.

„Ihre Papiere! Militärpolizei!"

Er drehte sich um und brauchte etwas länger, die Situation zu begreifen. Die Feldjäger waren auf der Suche nach Deserteuren. Je näher die Front rückte, desto fanatischer und rabiater gingen sie vor. Fliegende Standgerichte vollstreckten die Urteile sofort.

Joachim hatte seinen Wehrpass in der Unterkunft vergessen, ja er war nicht einmal auf die Idee gekommen, seinen Pass mitzunehmen. Er musste sich am Fliegerhorst Kolberg niemals ausweisen. Als Heinrich Himmlers Flieger war er den Posten bekannt und für seine Ausflüge nach Bad Polzin besaß Joachim eine Dauererlaubnis. Als er mit den Schultern zuckte, traten die drei Feldjäger zurück. Einer von ihnen zog die Maschinenpistole im Hüftanschlag durch. Der Andere befahl barsch: „Hände hoch!"

Man nannte sie nicht umsonst die Kettenhunde.

Der Rangniedrigste begann, Joachim nach einer Waffe abzutasten. Währenddessen verwickelten sie Joachim in ein erstes Verhör. Streng genommen war Joachim ohne Ausgangserlaubnis oder Urlaubsschein unterwegs. Er hätte sich wenigstens ordnungsgemäß abmelden müssen. Die Geschichte von Gertrud im Lebensbornheim Taunus nahmen sie ihm nicht ab. Und als er seinen Marschbefehl erwähnte, um den Besuch in Sonnenberg glaubwürdiger zu machen, wurden sie erst Recht stutzig. Einen triftigeren Grund zur Fahnenflucht als diesen irrwitzigen Einsatzbefehl konnte es gar nicht geben. Joachim nannte die Dienststelle am Flugplatz Erbenheim und den Namen des Kommandeurs. Dann fiel ihm noch der Funker ein, denn der konnte Zeugnis für Joachims Motive ablegen.

„Das werden wir ganz schnell überprüfen, was du uns da erzählst. Es bleibt trotzdem eine unerlaubte Entfernung. Das reicht eigentlich, dich zu erschießen."

Sie führten Joachim ab und brachten ihn zu einer Polizeiwache am Hauptbahnhof, wo er inständig hoffte, sie mögen doch wirklich ganz schnell seine Angaben und Absichten überprüfen. Denn die Zeit lief ihm weg.

Aber auf der Wache hatten sie es erst einmal mit einem einfacheren Fall zu tun. Der Delinquent mit dem Pappschild auf der Brust, auf dem „Ich bin ein Verräter" stand, ein hagerer Alter mit buschigen Augenbrauen, wurde zu seiner Hinrichtung auf den Hof geführt. Sie wollten ihn aufhängen. Den Strick mit gebundener Schlaufe musste er selber tragen. Im Vorübergehen erlaubte er sich einen situativen Humor.

Er musterte nämlich Joachim, der eine Schwarzuniform trug, aber doch hier und der Umstände wegen eher ein Bild als Gefangener abgab. Es war ja zu sehen, dass sie ihn abführten und dabei bewachten. Ganz sicher konnte sich der Alte freilich nicht sein. Deshalb zeigte er Joachim sein fragendes Gesicht, ein faltiges, durchlebtes und weises. Der Mund grinste verschmitzt, die Augen waren blutunterlaufen. Und dann diese leichte Bewegung mit dem Kopf, so ein „Na Kamerad, du auch?"

Er hätte dem jungen Joachim wohl am Ende des Lebens gern Mut gemacht und ihn sogar getröstet, denn diesen Menschen in SS-Uniform hielt er für einen Deserteur und Leidensgenossen. Aber Joachim verhielt sich nicht so. Sein eiskalter und verächtlicher Blick wies den Alten in seine Schranken. Der nahm es gelassen und hob die Schultern, um noch ein letztes Mal zu fragen, so als wollte er damit sagen: „Ach. Was denn nun? Ja oder etwa nicht?" Und zur Verdeutlichung dessen, was er meinte, hob er den Strick mit der Schlinge, als würde er ihn Joachim wie einen Staffelstab übergeben.

Die Wut, die das in Joachim auslöste, bedeutete, dass er sich immer noch für etwas Besseres hielt und sich nicht mit den „Feinden des Reichs", seien es Juden, Deserteure oder sogenannte Verräter, gemeinmachen wollte. Gleichzeitig, denn auf Vernichtung lief es hinaus, hatte ihm die Geste des Alten auf makabre Weise sein eigenes Schicksal vor Augen geführt.

Joachim wurde in eine Zelle gesperrt. Alles, was auf dem Hof passierte, konnte er hören. In dieser Zelle fand er sich an seinem Ausgangspunkt im Dreieck Pritsche, Waschbecken und Tür. Er hätte verrückt werden können. In was für ein Irrenhaus war er geraten? Eine Zwickmühle und jeder Zug bedeutete Tod. Die Stunden, in denen er wie ein Tiger im Zoo den Käfig ablief, vergingen. Endlich übermannte ihn so etwas wie Gleichgültigkeit und er legte sich auf die Pritsche. Seine Gedanken wurden stumpf. Er schloss die Augen und verspürte den Wunsch, in einen tiefen Schlaf zu fallen.

Joachim träumte vom kleinen Rüdiger, besser gesagt von Rüdigers Fahrt in den Weltraum. Der Junge wusste ja mit der JU umzugehen und „wie es sich anfühlte, zu fliegen". Als Schattenmann, der hinter Rüdiger kauerte, sah sich Joachim in ein anderes Leben versetzt. Der Knirps hielt sich nicht an Joachims Befehle. Das regte Joachim nicht auf. Darüber lachten sie beide. Sie hätten bedingungslos, so lautete die Anweisung, mit dem Flugzeug auf Berlin Kurs nehmen müssen. Rüdiger kümmerte das nicht. Er zog den richtigen Hebel und erhöhte das Tempo. Das Flugzeug verwandelte sich in ein Raumschiff mit integrierter Rakete. Und Rüdiger änderte den Kurs zu ihrer gemeinsamen Freude.

„Wir verlassen die Schwerkraft der Erde", merkte Joachim noch an und wollte von Rüdiger wissen: „Wo willst du denn hin?"

„Auf den Mond!", rief der Kleine und drehte sich um. Ein glückliches Kindergesicht strahlte ihn an.

Der Kommandeur mit dem gelben Gesicht holte Joachim am anderen Morgen persönlich mit Motorrad und Beiwagen ab. Aber da war es nicht nur zu spät, Gertrud im Heim Taunus einen Besuch abzustatten, sondern auch unmöglich. Für Joachims Extratouren war der verärgerte Kommandeur nicht zu haben. Joachim wollte es trotzdem versuchen. Denn mit dem Motorrad zum Heim waren es keine fünf Minuten. Aber dann, als er das Zucken in dem gelblichen Gesicht sah, verließ ihn endgültig der Mut. Der Kommandeur kletterte in den Beiwagen, der Soldat trat zum Starten das schwere Motorrad an und Joachim nahm als Sozius Platz.

„Seien Sie froh, dass Sie diesen Zettel von der Frau auf Ihrem Bett liegengelassen haben!", brüllte der Kommandeur zu ihm hinüber.

„Dadurch konnte ich Sie wenigsten für verrückt erklären."
Und er schüttelte noch lange und verständnislos seinen Kopf.

11. Kapitel

Die Adresse, auf die Walter und Bertha unter ihren Besitzungen in nächster Nähe zurückgreifen konnten, lautete „Krügers Kaffeegarten" in der Törtener Straße. Dort waren die Geschäfte schon vor dem Krieg zum Erliegen gekommen, oder besser gesagt, Walter war hier nach Übernahme einer Gastwirtschaft samt Pächter nicht so erfolgreich wie sonst gewesen.

Sie zögerten, bevor sie in die Törtener Straße aufbrachen. Auf der anderen Seite der Elbe lockte der Magdeburger Hof mit besseren Voraussetzungen und Möglichkeiten. Aber dann gingen sie zwangsläufig der Roten Armee entgegen. Vom Süden her näherten sich die Amerikaner, vor denen man sich weniger fürchtete.

Walter erwartete unter der großen Platane, deren schlaue Raben sich anderswo in Sicherheit gebracht hatten, ein beinahe unversehrter Stuhl, der aus dem ehemaligen Kaffeehaus stammte. Er nahm darauf Platz und blickte auf die rauchende Ruine wie in eine sehr ferne Zeit.

Brände und Glutnester wurden nicht mehr gelöscht, denn die organisierte Lösch- und Bergungshilfe war zusammengebrochen. Reste der öffentlichen Verwaltung versuchten noch, die Obdachlosen in Behelfsquartiere, die außerhalb der Stadt lagen, zu evakuieren.

„Walter, nun komm! Wir können hier nicht länger bleiben."

Er zog sich die Decke, die nach Brand und abgestandenem Bier roch, fest um die Brust. Bertha hatte sie ihm umgelegt. Wie Vagabunden lungerten sie hier herum, da alle die Innenstadt so schnell wie möglich verließen.

Der Baum mit ausladender Krone bot ihnen vorübergehend Schutz. Um seinen Stamm hätten sich drei oder vier Leute anfassen können. Er hatte vom Feuerinferno nichts abbekommen. Bertha streichelte immer wieder die Rinde und es fasste sich für sie wie Elefantenhaut an. Sie setzte noch einmal an: „Komm Walter! Lass uns gehen!"

„Wir bleiben. Der Tresor ist noch nicht kalt. Ich komme noch nicht an ihn heran."

Sie seufzte und es fiel ihr schwer, immer wieder zur anderen Straßenseite hinüberzusehen. Der Große Klaus besorgte derweil einen Wagen. Bertha hatte bereits ein paar Gegenstände unter den Trümmern entdeckt und, sofern sie herankamen, zu einem Häufchen am Rande zusammengeschoben. Walter betrachtete das mit Staunen, aber auch mit Teilnahmslosigkeit. Er kam sich vor wie der Besucher einer Ausstellung.

„Willst du den Tresor auf den Wagen laden? Wir haben keinen Schlüssel dafür."

Er winkte ärgerlich ab. Wie konnte sie ihn ausgerechnet jetzt an den heißen Tresor, der wie ein Backofen glühte, erinnern, da er sich in Gedanken in seine teure Briefmarkensammlung vertiefte. Tatsächlich trieb Klaus diesen Leiterwagen auf, der herrenlos mit geplünderten Koffern herumgestanden hatte, und sie luden das wenige auf, das brauchbar schien oder zum Erinnern taugte. Der Große Klaus kämpfte mit den Tränen. Er hatte furchtbare Dinge ein paar Straßen weiter mit angesehen, die schlimmer waren als das Schicksal, das die beiden Hoteliers ereilte.

Am Stamm der Platane lehnten noch die beiden Gemälde. Als sich Walter nun davor stellte und nach der Haarsträhne der Tulpenpflückerin tastete, die ihr direkt ins Licht aus dem Gesicht fiel, trat er neben ihn und ergriff seine Hand.

Sie rückten also wie fahrendes Volk an, mit Leiterwagen und wenigen Habseligkeiten, die sie den erkaltenden Trümmern abgetrotzt hatten. Dazu spannten sie sich vor den Wagen und Walter dachte an seinen Pächter in der Törtener Straße, dem man nun zu Leibe rücken wollte, der nie pünktlich gezahlt und vergeblich versucht hatte, das traditionsreiche Freiluft-Varietè von 1826 zwischen Slapstick und Moderne wiederzubeleben.

Dieser Pächter war phantasiebegabt und eloquent, aber ein schlechter Rechner, der sich überall verzettelte und sich zu immer neuen Bühnenprogrammen hinreißen ließ. Diese häufigen Wechsel sprachen jedoch immer seltener ein dankbares Publikum an. Als die Komödianten ganz das Ruder in seiner Wirtschaft übernahmen und nicht mehr aufhörten zu experimentieren, waren anschreibende Schauspieler und Zirkusartisten zum Schluss die einzigen wohlwollenden Gäste.

„Da müssen wir eben ein bisschen zusammenrücken in der Törtener Straße", war das Ergebnis der Überlegungen, die Bertha und Walter unter der Platane angestellt hatten.

Sie blieben oft mit dem Leiterwagen stehen und Walter überzeugte sich, dass die Ladung auf ihrem Wagen nicht verrutschte. Am schwersten lastete der Stahlschrank auf den fragilen Achsen. Aber eigentlich hielten sie immer wieder an, die Schritte verlangsamten sich unter ihrer seelischen Last, weil sie die Betroffenheit beim Anblick der zerstörten Stadt lähmte, die einmal eine würdige und überaus schöne Residenzstadt gewesen war. Davon war nichts mehr zu erkennen. Ausradiert.

Allein, dass andere europäische Städte genauso aussahen und dass Deutschland als Verursacher des Luftkrieges galt, half ihnen weder zur Linderung, noch zur Duldung ihrer eigenen Not hinweg. Überall lagen Trümmerteile herum, Ruine reihte sich an Ruine. Bertha und Walter mussten Hindernisse überwinden und einen beträchtlichen Umweg nehmen. Es roch nach Verbranntem. Plötzlich weigerte sich Bertha, als sie in die Bahnhofstraße bogen, den Weg fortzusetzen.

„Lass uns lieber in Roßlau den Magdeburger Hof nehmen."

„Das ist zu weit, Bertha. Außerdem kommen wir nicht mehr über die Elbe "

„Du hast selbst gesagt, die Törtener Straße ist ein Nachtjackenviertel."

Damit meinte sie den schlechten Ruf der Gegend. Ja, damals sagte man einiges, so viel Überheblichkeit hatte man sich geleistet.

„Bertha, nördlich der Elbe stehen bald die Russen. Da sind mir die Nachtjacken hier lieber, um uns am Leben und bei Gesundheit zu erhalten bis die Amerikaner in Dessau einrücken."

Der Pächter von „Krügers Kaffeegarten", stellte sich heraus, war verschollen. Seine Frau öffnete das Haus und übergab auch gleich an Bertha die Schlüssel.

Aus dem Hintergrund schaute ein weit in die Jahre gekommener Herr mit runzligen Gesichtsfalten und schlohweißem Haar nach dem Leiterwagen. Des Pächters Frau maßregelte ihn: „Ich habe dir gesagt, du sollst drinnen bleiben. Dein Gaffen wird dich noch umbringen!"

„Es ist nur die Neugier, hoch verehrtes Publikum! Mit der wollte uns Prometheus am Leben erhalten."

Walter wollte sich beim Großen Klaus versichern, was der vom Auftritt des Herrn hielt, weil er nicht nur unverständliches Zeug am unpassenden Ort redete, sondern auch seine Augen dazu verdrehte.

„Meine Damen und Herren", fuhr der Herr jedoch fort und kämmte sich mit fünf Fingern die zotteligen Haare, „damit hat sich der Sohn der Titanen dem Diktator Zeus widersetzt, denn der duldete keine neugierigen Leute."

Walter war drauf und dran, ihn beiseite zu schieben und einfach zu ignorieren. Aber Bertha, das sah er mit Staunen, hing ihm an seinen Lippen. Der Herr rundete gekonnt und vorstellungsreif seinen merkwürdigen Auftritt ab.

„Weil Neugier die Phantasie und den Eigensinn des Menschen entzündet. Die Neugier, liebes Publikum, paart sich hier mit der Hoffnung, auch nicht so übel. Ach! Nur das Feuer hätte Prometheus dem Menschen lieber nicht in die Hände gegeben. Es hat den Menschen, wie man überall sieht, nichts genützt. Sie vernichten sich selbst damit!"

Jetzt schritt des Pächters Frau, die sich offensichtlich um ihn kümmerte, energischer ein.

„Ist nun gut! Du hast dich auf deine Art vorgestellt. Jetzt ziehe dich zurück und lass uns hier die praktischen Dinge erledigen."

Beim Abladen des Wagens sagte sie zu Walter, den der Auftritt mehr als die anderen verstörte: „Unser Confèrencier aus besseren Tagen, ein ehemaliger Bauhäusler ist das. Man muss ein bisschen aufpassen auf ihn. Wenn Sie gestatten, nehmen wir das kleine Nebengelass bei den Rosenbeeten im Kaffeegarten. Wir werden uns vollkommen unsichtbar machen."

Auch dieser Hof hat also seinen Narren, dachte Walter, der in dem Mann, wenn er genauer hinsah, einen nur auf alt geschminkten, deutlich jüngeren Herrn im wehrpflichtigen Alter erkannte. Er ließ die beiden in Ruhe, die bis zum Ende des Krieges abtauchten und jeden Kontakt mieden.

Der Garten war seit einigen Jahren in Vergessenheit geraten. Kaum einer vermutete hinter der rostigen Tür von beträchtlichen Ausmaßen, die zurückgesetzt und von der Törtener Straße nicht einsehbar war, ein verwunschenes Anwesen mit Obst- und Nussbäumen, Wiesen und verwilderten Blumenrabatten. Heckengehölz und die Höfe der umliegenden Wohnbebauung schirmten es von den anderen Seiten ab. So hatte sich der parkähnliche Garten, Dessaus erstes Freiluft-Varietè, wie eine Muschel gegen das öffentliche Leben geschlossen und kapselte seine Vergangenheit als ehemalige Ausflugs- und Erlebnisstätte wie eine Perle vor den Schrecken des Krieges, aber auch vor anderen neugierigen Zugriffen ab.

Die gründlich zerbombte Innenstadt war keine drei Kilometer entfernt. Das Nachtjackenviertel barg zwischen Bahnhof- und Ackerstraße also eine Oase, eine heimliche, zumindest ungeahnt in Vergessenheit geratene, die Bertha, während sie noch die Räume über der Gastwirtschaft bezog und Anstalten zu Veränderungen traf, noch gar nicht entdeckt hatte. Zum rostigen Tor fehlte der Schlüssel.

Bertha musste also, als sie sich zur genauen Erkundung aufmachte, erst durch eine weitläufige Bretterscheune hindurch, an eng aneinandergeschmiegte Stallungen für allerlei Kleinvieh vorbei und endlich einen Vorhof mit Brunnen betreten, um in den Garten zu gelangen. Von diesem Vorhof ging eine kleine Tür ab, dann öffnete sich ihren erstaunten Augen ein nahezu unberührtes Refugium.

Man konnte im Kontrast zu den Ereignissen meinen, denn Dessau erlebte noch einen zwanzigsten Bombenangriff und erst am 22. April wurde die Stadt von kämpfenden Bodentruppen der Amerikaner befreit, hier in einem Märchen zu sein. Da zwitscherten Vögel. Kirschbäume standen in üppiger Blüte, auch Apfel und Birne ließen sich dieses Jahr keineswegs lumpen, und Bienen summten, wenn man genau hinhörte, wie eh und je nicht nur für die eigene Ernte. Die Natur hatte bereits von der Bühne und den zahlreichen Tischen Besitz ergriffen. Efeu rankte dazwischen und machte sich breit. Zwei als Hügel angelegte Steingärten lagen im hinteren Bereich. Auch hier gedieh alles ohne pflegende Hand und wollte sich selbst und farbenfroh in seinem Wachstum verwalten. Kleine, mit Naturstein gemauerte Bassins zu Füßen der Hügel, deren Zufluss eine versteckte Leitung war, führten in diesem Jahr Reste natürlichen Wassers. Das reichte für eine Teichrose mit fleischigen Blättern und ein bisschen Wassergetier in ihrem Schatten zur quakenden Freude zahlreicher Frösche.

Bertha betrachtete alles mit pragmatischem Sinn und forschte nach dem jeweiligen Nutzen. In einer Wurzelhütte stapelten sich aus Holzlatten montierte Stühle. Auf die Latten hatte sie es sogleich, wie auf die Bretter der Bühne, zur Verwendung als Brennmaterial abgesehen.

Ihre zweite Überlegung betraf die schöne, festliche Wiese. Käfern und Grashüpfern ging es nun an den Kragen. Denn hier konnte man hervorragend Kartoffeln einbringen. Vor Berthas innerem Auge entstanden schnurgerade angelegte Gemüsebeete in Reihen, wo sie Mohrrüben, Tomaten und

Kohl anbauen wollte. Zog sie nun auch noch die Stallungen in Betracht, ein paar Hühner wollte sie sich unbedingt besorgen, Platz war sogar für ein Schwein, erschien ihr das Nachtjackenviertel zur ihrer eigenen Überraschung und zur notdürftigen Selbstversorgung gar nicht verkehrt.

Die Gastwirtschaft zur Törtener Straße konnte man irgendwann mit einfachem Ausschank, Bratkartoffeln und Ei, zu besseren Zeiten vielleicht schon mit Schweinefleisch in Aspik, wiedereröffnen und damit den Grundstein für einen Neubeginn legen. Die Besichtigung des Grundstücks mit seinen ungeahnten Möglichkeiten ermutigte sie. Zu den Nachbarn, das waren einfache und arme Leute, suchte Bertha rasch ein aufgeschlossenes und freundliches Verhältnis. Denn die richtigen Informationen, wo es was gab und wer etwas zum Tauschen anbieten konnte, wog man diese elenden Tage des Hungers mit Gold und Edelstein auf.

Berthas Wandlung vom gerade erst erlittenen Verlust eines beträchtlichen Vermögens zur bäuerischen Überlebenskunst vollzog sich unheimlich schnell. Sie schien das Schloss schon wie eine Postkarte ins Fach ihrer Erinnerungen zu legen. Bertha arbeitete, sagten die Leute, wie ein Pferd, um mit dem Pflug der Tat Furchen ins Neuland zu reißen.

Walter dagegen saß oft in den neuen, sehr bescheidenen Räumen und rieb sich zermürbt und niedergeschlagen die Stirn. Er dachte an Rüdigers Schicksal und an die Wunden, die ihm der Krieg geschlagen hatte. Ihm fehlte der mindeste Antrieb zum Anfangen, Aufbauen und Bleiben. Walter sah darin überhaupt keinen Sinn. Mit Verwunderung beobachtete er, wie sich Bertha in ihrem Überlebenswillen und Trotz mauserte, wie sie Initiativen ergriff, die er ihr nie zugetraut hätte. Je mehr er verzagte, desto mehr wollte sich Bertha in ihre Projekte verbeißen. Das war ihre Stunde. Und sie bewährte sich vollends, wuchs als beschlagene Kleinkrämerin und als Familienschlachtross ganz und gar über sich hinaus.

Sogar gegen Walters depressive Marotten fand sie gelegentlich Mittel, um ihn irgendwie wieder neu zu mobilisieren. Denn so ging es ja nicht alle Zeit weiter! Mit einer alten Postkarte von Schloss Altenburg schickte sie einen eher minderbegabten Künstler für eine warme Mahlzeit, die er an ihrem Tisch einnehmen durfte, eines Tages zum Trümmerfeld hin. Über die Karte hatte der Dilettant ein Gitternetz gezogen, um für Walter ein Erinnerungsbild an historischer Stätte zu malen. Da stand nur noch der Eingang, durch den sich Walter und der Große Klaus damals gerade noch rechtzeitig in Sicherheit gebracht hatten. Der Gehweg, auf dem der Maler mit seiner Staffelei stand, bevor er sich in den Schatten der Platane zurückzog, war schon von fleißigen Besen gründlich gesäubert. Das war sehr deutsch. Als debütierender Maler hielt er sich streng an Berthas Vorlage, an eine Fotografie aus dem letzten Jahrhundert. Dabei unterlief ihm, hin und wieder an den wuchtigen Baumstamm gelehnt, ein entscheidender Fehler. Getreu der alten Postkarte wurde nun aus der wuchtigen Platane, unter der er selbst mit seiner Staffelei stand, auf dem Ölbild ein junges Bäumchen mit zartem Geäst.

Das Leben hielt einfach nicht an, da mochte man machen oder lassen, was man wollte. Die Lebenden riefen nach den Vermissten. Überall an Ruinen hingen provisorische Tafeln aus zusammengezimmerten Brettern mit Anzeigen und Nachrichten.

„Karola, wir leben. Lessmann jetzt bei Schmidtke in der Damaschkestraße."

Am rudimentären Eingangsportal von Schloss Altenburg stand eine gelb angestrichene Kiste für die über Irr- und Umwege eintreffenden Postkarten und Briefe, teilweise auch für andere Adressen in der Nachbarschaft ohne Nummernschild und Fassade bestimmt. Aufsteller und Hüter der Kiste, Postbote in trauriger oder erfreulicher Sache zugleich, war Walter, der sich mit einem Fahrrad täglich dazu auf den Weg machte.

Meistens hing er die Zettel an eine provisorische Tafel, die der Große Klaus dafür aus Brettern gezimmert hatte. So entstand mit der Zeit eine beeindruckende Wandzeitung, als deren Redakteur Walter die Nachrichten nach Datum und Rubriken sortierte. Also dauerte es nicht lange, weil Walter als gelernter Postmann seine Sache sorgfältig machte, dass man für andere Ruinen die Nachrichten umleitete und öfter ein Hinweisschild fand: „Post bei Walter, Schloss Altenburg, an der Bretterwand".

Dem Betrachter der Tafel erschloss sich sofort, dass die ehemaligen Besitzer des Hauses nun in der Törtener Straße wohnten. Diese Meldung war natürlich für Gertrud gedacht. Walter stand manchmal vor leerer Kiste, dann überschlugen sich Nachrichteneingänge wieder. Richtige Postsachen mit Marken und Stempel kamen selten oder mit einem Mal im großen Schwung. Die Post- und Verkehrswege stauten sich überall oder sie waren ganz und gar zusammengebrochen. Viele Nachrichten betrafen ehemalige Gäste.

„An den Absender zurück" bedeutete für Walter jedes Mal, dass ihn jemand oder etwas unbestimmt aus der Vergangenheit rief.

„Ihr Lieben in Dresden! Wir sind nobel hier untergekommen. Aber bitter ist`s uns, da wir nichts mehr als unser eigen besitzen und sind überall auf Almosen angewiesen."

Das gehörte in die Rubrik „zurückgekommen". Auf einem zusammengefalteten Blatt las er: „An Siegrid! Erna hat Rübchen und kocht für uns. Du kannst auch kommen."

Er befestigte das unter „Tagesnachrichten von heute."

Walter wartete fiebernd auf ein Lebenszeichen von Gertrud und Rüdiger. Wenn er die Kiste ausräumte, wie der Fischer seine Reusen, zitterten die Finger und es war ihm bang. Es kam vor, dass er sich darauf setzte und ihn der Mut verließ.

Im August 1945 erreichte ihn ein Ende Februar gestempelter Brief für Gertrud mit Postanschrift Schloss Altenburg. In der verständlichen Hoffnung, etwas über Gertruds Fluchtweg zu erfahren, zögerte Walter nicht, den Brief zu öffnen und las von Joachims Tod. Dessen Flugzeug war unter feindlichen Beschuss geraten und abgestürzt. Unter den amtlichen Text „Für Führer, Volk und Vaterland" hatte jemand handschriftlich vermerkt: „Er wollte sich in der Nacht vor dem Einsatz mit Ihnen verloben und hatte sich schon auf den Weg gemacht. Die Feldgendarmerie hielt ihn auf."

Der Brief kam aus Wiesbaden. Was bedeute das?

Bertha schickte ihn nun täglich in der Gegend herum. Mit dem Fahrrad versuchte sie ihn, in der Gegenwart zu halten.

„Du musst bei deinen Pächtern in Aken und Kühnau nach dem Rechten schauen. Sie werden dich, wenn sie die Gaststätten noch halten, mit etwas abspeisen wollen. Umsonst ist es also sicherlich nicht."

So brachte Walter auch hin und wieder etwas Nützliches heim. Er musste es den Leuten, die selbst nicht genug hatten, nicht abpressen. Sie waren froh, dass er nach dem Verlust seines Hotels nicht Unterschlupf bei ihnen suchte.

Dem Kühnauer Gastwirt waren das aus Erleichterung nicht nur ein paar Eier, sondern zwei lebendige Hühner wert, die Walter gleich mitnehmen konnte. In der Törtener Straße musste er nun einen Hühnerstall bauen. Als er damit fertiggeworden war, drückte ihm Bertha einen Spaten in die Hand.

„Du musst die Wiese umgraben. Das ist gut für dich."

Auch der Bretterverschlag zwischen Gastwirtschaft und Garten sollte nach Berthas Willen neueren Sinn stiften. Sie stieg nämlich entschlossen im Verlauf der ersten Nachkriegszeit, zu ihrem Glück aber nur allmählich, ins Dessauer Schiebergeschäft ein, gerade so, um den Großen nicht ins Gehege zu treten und bei den Kleinen nicht als Wucherin zu gelten.

Von dem Verschlag teilte sie dafür ausreichend Raum für ein Lager ab, das ihr als Kabuff diente. Geheimnisvoller und besser gesichert war keine heilige Stätte als dieses Kabuff. Dort ließ Bertha niemand hinein. Wenn sie diesen muffigen Ort betrat, der sich bald mit den sonderbarsten Kostbarkeiten füllte, verriegelte Bertha von innen die Tür. Auch Walter, den das sowieso nicht bewegte, war nicht im Bilde, was Bertha hier hortete und trieb.

In Berthas Kabuff stapelten sich Silberbestecke, eine Bowle aus Bleikristall, goldgeränderte Tafelservices neben Radios und Uhren. In der Ecke stand ein Grammophon, das eine komplette Schallplattensammlung enthielt. An der Wand hing auf halb Acht ein ausladender Leuchter aus Böhmen. Im Schrank reihten sich Herrenanzüge neben Kleider, darunter blank geputzte Herrenschuhe in Reih und Glied. Kleine und große Töpfe mit Marmelade, Mehl und sogar Schmalz drängelten sich in der Ecke daneben.

Von der Decke hingen als besondere Trophäen zwei hart-
geräucherte Würste herab. In einer Waschschüssel aus Zink
lag Spielzeug und auf das Regal über einem auf Hochglanz
polierten und ziemlich wertvollen Sekretär, mit vollstän-
diger Schreibausrüstung natürlich, hatte Bertha zwar ange-
staubte, aber sehr festlich gekleidete Puppen gesetzt.

In ihrem neuen Salon, den sie bald parallel dazu eröffnete
und der sich über den Räumen der Gaststätte befand, eta-
blierte sie einen Schankbetrieb, ohne erst die Lizenz dafür
abzuwarten. Daraus machte sie eine kleine Börse für allerlei
Handelsgespinst und einen Umschlagplatz für alle mög-
lichen und unmöglichen Waren. Das fand im Geselligen und
Geheimen statt. Als Währungen wurden Alkohol und Ziga-
retten verwendet. Auch der Zutritt zum agilen Kreis der Spe-
kulanten besaß einen gewissen eintauschbaren Wert. Nicht
jeder, der wollte, war hier eingeladen und gern gesehen.

Lumpen-Willi und Silber-Ete, Spargel-Heinrich und die
fein gekleideten, vornehmen Törtchen, die Walter immer
nur Schnapsdrosseln nannte, bevölkerten nun regelmäßig
das Haus. Walter weigerte sich, tiefer in dieses Beziehungs-
geflecht einzutauchen, grüßte freundlich, aber hielt sich
zurück. In seiner seltenen Gegenwart erstarben die eifrigen
Gespräche und man wartete scheu, nicht ohne Respekt, bis
der Hausherr wieder seine eigenen Wege ging.

Bald durfte auch die Gaststätte als eine der ersten in
Dessau eröffnen und die aufs Essen und Trinken erpichte
Öffentlichkeit mit allen ihren dafür mobilisierbaren Mit-
teln verwöhnen. Bertha und Walter legten von Anfang an
Reserven beiseite.

Doch zunächst, im Frühherbst 1945, war Walter noch der
überall bekannte Postkistenmann. Inzwischen ergänzte

eine zweite Wandzeitung das begonnene Werk. Der Nachrichten- und Verteilerradius war größer geworden. Walter begann mit Hilfe des Großen Klaus alte und bisher nicht zur Kenntnis genommene Nachrichten zu archivieren. Auf der Tafel vermerkte er dann lediglich „Nachricht vom … an … befindet sich im Archiv". Damit schaffte er Platz und Übersicht für neuere Meldungen.

Eines Tages lag in der Postkiste ein umschlagloser Brief. Das saubere Papier war mit einem Zwirn zu einer Rolle gebunden. Vornehmes Briefpapier fand man hier selten. Walter erkannte Gertruds Handschrift sofort. Er spürte den Puls an seiner Halsschlagader. Es sah so aus, als hätte Gertrud Zeit und gute Bedingungen zur Abfassung dieses Briefes gehabt. Die Umstände sprachen eher dafür als dagegen, dass sie die Rolle selbst in die Kiste gelegt hatte. Walter brach der Schweiß aus und er fühlte sich beobachtet. Als er sich umsah, hüpfte nur ein schwarzer Vogel mit Zweig im Schnabel aufgeregt unter der Platane herum.

Lieber Walter,

vor wenigen Tagen sind wir in Dessau eingetroffen. Diese Odysssee durch das sich zu Tode fiebernde Land will ich nicht Reise nennen. Wir waren am Rande unserer Kräfte und sind hier mit viel Glück und unerwarteter Hilfe angekommen. Wir schwammen gegen einen Strom aus Treibholz und unglücklichen Menschen. Zuletzt konnte ich Rüdiger nicht einmal etwas zu Essen anbieten.

Er ist tapfer und klagt nicht. Ich denke, er ist zu ruhig und zu ernst für sein Alter. An einem Güterbahnhof wollte ihm jemand den Rucksack mit seinem Ringer-Teddy stehlen. Rüdiger ließ nicht los und schrie um Hilfe. Schließlich hat er dem Dieb in die Hand gebissen. Er ist ein Kämpfer! Trotzdem, am liebsten hätte ich ihm unterwegs die Augen verbunden, denn er musste sich mit seinen vier Jahren auf Eindrücke und Situationen einstellen, die man einem Kind auf keinen Fall zumuten möchte. Genug davon, sonst gefriert mir das Blut.

Wenn er einmal groß ist, sagt er, möchte er in den Weltraum fliegen. So schön und richtig können nur Kinder träumen! Ich würde auch gern die Schwerkraft dieser apokalyptischen Welt verlassen. Gestern tröstete er mich deshalb. „Mama, wenn ich in den Weltraum fahre, nehme ich dich mit."

Alle haben uns gewarnt und rieten uns ab, nach Dessau zu kommen. Nun sehe ich selbst, was sie meinten. Diese wunderbare Stadt hat nicht nur ihr Antlitz verloren. Das schöne Dessau ist verstümmelt, man hat ihm die Augen ausgekratzt.

Endlich angekommen, standen wir erschüttert vor diesem Trümmerhaufen, der einmal Schloss Altenburg war, und haben unsere kleine Hoffnung, dass Du uns vielleicht in der ersten Not helfen könntest, an Ort und Stelle begraben. Immerhin danken wir der Vorsehung, dass Du lebst!

Man nennt dich hier überall den Postkistenmann. Es tut mir unendlich leid, lieber Walter, dass der Krieg auch dieses schöne Haus, das Kleinod Deiner Seele, in den Strudel der Vernichtung riss! Unter den Steinen liegt auch von mir etwas begraben. Ich sah mit großem Schmerz die völlig verbogene und zerbeulte Art-Deco-Lampe unter all dem Schutt zwischen Gesteinsbrocken und Holz liegen, diesen herrlichen Leuchter aus unserem Kaffeehaus, der Dir damals in Leipzig so gut gefiel. Erinnerst Du Dich noch?

Ich muss Dir nun noch etwas Wichtiges über mich mitteilen und ich bin mir nicht sicher, wie Du es aufnehmen wirst.

Es ist besser, dass Du es erfährst, bevor wir uns wiedersehen.
- Ich erwarte ein Kind und ich werde schon bald entbinden.
Den Vater des Kindes habe ich in Bad Polzin kennengelernt
und auch dieses Kind ist ein Kind der Liebe.

Egal was die Leute darüber reden, man darf eine Frau,
der so etwas zum zweiten Mal eben nicht gerade nach Plan
und in diesen unruhigen Zeiten passiert, auch für unvorsich-
tig, meinetwegen für einfältig halten, aber auch hier haben
die Herzen und der aufrichtige Wunsch nach einer gemein-
samen Zukunft die Ereignisse dirigiert. Ich habe mich nicht
leichtfertig auf Joachim eingelassen und baue darauf, dass er
mich in Dessau unter der Adresse Schloss Altenburg finden
und heiraten wird. Mehr kann ich im Moment nicht dazu
sagen, weil uns der Krieg zum Schluss jäh auseinanderge-
rissen hat.

Nachdem wir mit einem Flugzeug der SS nach Wiesba-
den gelangten, habe ich seine Spur dort verloren. Der Le-
bensborn in Wiesbaden war auch nicht meine und Rüdigers
letzte Station. Wir flohen weiter nach Ansbach und nach
Steinhöring. Dort habe ich mich mit Rüdiger in Richtung
Heimat abgesetzt.

Joachim wird sich hier nach mir erkundigen. Vielleicht
ist es schon geschehen. Vielleicht habt ihr euch sogar ken-
nengelernt. Aber das ist unwahrscheinlich. Ich muss damit
rechnen, sagen die Leute, dass man ihn als Angehörigen der
SS interniert. Über scheußliche Verbrechen der SS an den Ju-
den wird überall berichtet. Auch wenn Joachim damit nicht
direkt etwas zu tun hat, so einfach wird er wohl nicht davon-
kommen. Dann wird er mir jedoch aus der Gefangenschaft
schreiben und mitteilen, wo er sich befindet.

An Schlimmeres darf ich nicht denken. Es würde mir das
Herz brechen. Das schaffe ich nicht allein!

Ich habe nun in der Aufnahmestelle, wo ich mit Rüdiger wegen unserer Registrierung, Lebensmittelkarten und Wohnraum vorsprechen wollte, am eigenen Leib erfahren, wie sich die Stimmung gedreht hat. Bisher haben Rüdiger und ich auf unserem Weg nach Dessau viel Rücksicht und Hilfsbereitschaft erfahren. Jeder sieht, dass ich schwanger bin und ein kleines Kind mit mir führe. Wahrscheinlich wären wir sonst überhaupt nicht so schnell in Dessau angekommen. Rohe Sitten sind nur eine Seite der Not, auf der anderen Seite durften wir viel Solidarität und Mitgefühl erfahren.

Auch in der Dessauer Aufnahmestelle, die hoffnungslos überlastet war und deswegen die Geduld der Menschen ins Unerträgliche strapazierte, wollte man mich meiner Umstände wegen zuerst freundlich vorlassen. Nur im vorderen Bereich der Schlange, die sich gebildet hatte, verursachte das lautstarken Protest. Im Widerstreit mit verständnisvolleren Leuten entwickelte sich daraus ein kleiner Tumult. Ein Beamter, der es eigentlich gut mit mir und Rüdiger meinte und zur Beruhigung des Streits beitragen wollte, nahm mir das ausgefüllte Formular aus den Händen und sagte, damit es alle hörten: „Sie haben ja eine lange Reise mit dem Jungen hinter sich. Aus München zuletzt, vorher Lebensborn Pommern."

Direkt neben mir schrie jemand, als ob ich eine Aussätzige wäre: „Die ist von der SS!"

Rüdiger schmiegte sich an. Denn nun wurde es bedrohlich. Was dann passierte, habe ich wegen Rüdiger getan. Denn der Herr aus der Schlange giftete weiter: „Eine Hure vom Lebensborn!"

Die Leute sahen mich an. Und ich schaute in Rüdigers fragendes Gesicht. Diese Gemeinheit durfte ich nicht so stehenlassen. Also sagte ich laut zu Rüdiger: „Der Mann hat uns gerade böse beleidigt. Das ist Unrecht, das darf man nicht."

Da ging der Kerl auf mich los, ohrfeigte mich und ich kam zu Fall, als ich ihm ausweichen wollte. Mehrere Leute gingen dazwischen. Ich geriet auch sonst in die Defensive, denn was er nun behauptete, hatte mit der Sache zwar nichts zu tun, aber es war gewichtig und heftig wie ein Schlag mit der Keule.

„Und was ist mit dem Unrecht der SS an den Juden?! Wie böse ist das denn gewesen?! - Man muss euch an den Pranger stellen für das, was ihr getan habt!"

Ja, Walter, auch wenn ich nun nicht mehr erwidern konnte, denn ich lag am Boden, der Sprecher hatte natürlich Recht. Nur präziser hätte er es eben formulieren müssen.

Ich halte also dagegen: Man muss jeden und jede Einzelne an den Pranger stellen für das Unrechte, das einer getan hat! Für alles andere verbietet sich`s aber. Beim Lebensborn der SS gab es keine Huren oder Frauen, die sich schwängern lassen wollten, um dem Führer Soldaten zu schenken. Wer das behauptet, macht sich der Beleidigung und Ehrabschneidung all der Frauen schuldig, die ich selbst in ihrer Not als Mütter unehelicher Kinder beim Lebensborn kennengelernt habe.

Wer fragt eigentlich einmal nach der Ehre der Männer, mitnichten nur von der SS, die ihre Geliebten in den Lebensborn zum Kinderkriegen abgeschoben haben?

Ein Pfarrer, der öfter karitativ in der Aufnahmestelle zu tun hat, half mir auf die Beine. Auch für Rüdiger fand er ein wohlwollendes Wort. Er bot uns Schutz und ein Dach über dem Kopf.

„Sie können ein paar Tage bei uns im Pfarrhaus bleiben, bis wir alles in Ruhe vorbereitet haben, was jetzt das Wichtigste für Sie ist."

Man darf den Dessauern nichts Unfreundliches nachsagen. Aus der Mitte des Geschehens waren sofort zwei Fremde

bereit, Rüdiger und mich mit einem Bollerwagen ins Pfarr-
haus zu bringen. Ich hätte das nach all der Aufregung an
diesem Tag kaum selbst geschafft.

Im Pfarrhaus ermunterte mich Pfarrer Pfennigsdorf zu
diesem Brief. Ja, jener Pfennigsdorf und jene Kirche am an-
deren Ende der Törtener Straße! Wenige Schritte liegen zwi-
schen uns, nur das unübersichtliche All zwischen Gegenwart
und Vergangenheit müssen wir noch überwinden.

Abräumen nennt Pfennigsdorf das, wenn einer sein Gewis-
sen und seine Not aufschreibt. Er meint damit das schmutzige
Geschirr und die Gläser mit den abgestandenen Neigen, da-
mit eine zutiefst beunruhigte Seele ihren Tisch für die Gäste
wieder neu eindecken kann. Tabula rasa! Machen wir den
Tisch frei!

Der alte Pfennigsdorf hat mir aufmerksam zugehört, aber
auch unbequeme Fragen gestellt. Mit meiner Verstrickung in
den Raub polnischer Kinder werde ich mich noch genauer
auseinandersetzen müssen.

Jetzt werde ich erst einmal das Kind zur Welt bringen. Eine
mit Pfennigsdorf befreundete Pfarrei im Wörlitzer Winkel
ist bereit, mich zur Geburt aufzunehmen. Eine erfahrene
Geburtshelferin, keine Hebamme, wohnt dort in unmittel-
barer Nähe. Mit wenig Platz und einfachsten Bedingungen
wollen wir uns begnügen und dankbar für diese Hilfe sein.

Was Du für Rüdiger in Deiner eigenen schwierigen Lage
tun kannst, was Dir möglich und lieb dabei ist, möchte ich
Dich nun zum Schluss meines Briefes fragen. Und ich möchte
von Dir wissen, ob ich trotz meiner neuen Verbindung und
Verhältnisse auch künftig auf Dich bauen kann.

Wenn Du uns hier im Pfarrhaus besuchen kommst, wir
bleiben noch ein paar Tage, bevor wir nach Wörlitz auf-
brechen, wird Rüdiger große Augen machen. Ich freue mich

auch darauf. Bitte melde Dich vorher beim Pfarrer Pfennigs-dorf an! Vielleicht ist Post für mich von Joachim angekommen, die Du mir mitbringen kannst.

In „Krügers Kaffeegarten", dessen Lokal sie nun Walhalla nennen, nimmt Walter die Treppe zu Berthas Salon, wo wieder einmal der illustre und gut informierte Kreis mit Lumpen-Willi, Silber-Ete und den Törtchen zusammensitzt. Neuerdings wohnt auch der Confèrencier aus einer Ecke den Gesprächen und Tauschverhandlungen bei. Er darf die kleine Gesellschaft zwischendurch mit Anekdoten und witzigen Sprüchen unterhalten.

Alle schweigen und sehen Walter an, als er den Salon betritt. Bertha sagt: „Gertrud und Rüdiger sind in der Stadt. Sie sind beim Pfarrer Pfennigsdorf untergebracht."

„Ich weiß."

Er hebt den Brief. In seine Freude mischt sich Kummer, dass er nun Gertrud, wie sie selbst schreibt, mit der Nachricht von Joachims Tod „das Herz brechen" soll.

„Sie bekommt ein Kind, Walter. Man kann es nicht übersehen."

„Ja, Bertha. Schicke bitte die Leute weg. Ich möchte mit dir reden."

Die beiden Törtchen kippen sich beinahe synchron ihren Klaren runter, den sie noch schnell mit Selters nachspülen. Sie sehen sich danach bedeutungsvoll an. Lumpen-Willi nimmt die Karten vom Tisch, mit denen der Confèrencier eine Patience für ihn gelegt hat.

Der wiederum kommentiert das Ereignis und führt damit wie immer durchs Programm, obwohl ihn keiner nach seiner Meinung gefragt hat: „Das wird gleich Veränderungen, einen ganz harten Schnitt wird das geben."

Der Ringer ist unsanft übers Knie zu Boden gegangen und wird nun mit der Nase auf die Matte gedrückt. Sie riecht nach einer Mischung aus Leder und Schweiß. Bantam-Grizzly hängt mit seiner knapp ins Fliegengewicht gehungerten Masse, die ein enormes Kraftpaket ist, auf dem so gut wie Besiegten. Er klemmt mit beiden Armen die Oberarme des Gegners in den Schraubstock seiner Pranken. Schon formen Oberschenkel und Brust das magische Dreieck, das ein stabiles ist, dazu tanzen die weich beschuhten Füße im Liegen über die Matte, um millimetergenau die richtige Position einzunehmen. Seine Brust verdoppelt nun fast das Gewicht, damit Grizzly aus Luckenwalde den Griff der Hände einen Moment lösen und den Nackenhebel, einen Nelson, ansetzen kann.

Diese Laus, dieser frisch gebackene Jugendmeister, denkt er, wird mir nicht mehr entkommen. Den komfortablen Punkt in der Wertung will er nun in einen Schultersieg verwandeln. Und der Jugendmeister aus Dessau, der gerade sein Debüt in der Liga der Großen bestreitet, stellt am eigenen Leib fest, dass die richtigen Meister des Ringkampfs im griechisch-römischen Stil deutlich härter zupacken können als die Junioren.

Franz Schneider, Trainer und das Idol der Dessauer Ringer, hat seinen Jugendmeister 1958 mit dieser Nominierung im Kristallpalast ermutigen und auszeichnen wollen. Er darf in der Ersten Mannschaft ringen, sich nicht nur in Reserve bereithalten. Jetzt steht er, das heißt, er liegt auf der Matte im Kampf.

Der Dessauer Kristallpalast bebt. Seit 1950 hat es das in der Ringerhochburg nicht mehr gegeben, dass der Saal ausverkauft ist. Franz Schneider, der damals ein paar Jungs von den Trümmerfeldern holte, damit sie sich für ihre Zukunft aufrichten und nicht zwischen Ruinenfeldern hängen ließen, kann das noch nicht fassen. Die ganze Stadt fiebert mit den inzwischen respektabel ertüchtigten und siegreichen Jungs, die nach sportlichem Sieg und nach Meisterschaft streben. Die Kosenamen Tarzan, Fietge, Süßer kennt jeder. Und Jüngere rücken nach, wie der Sohn Lothar oder das Täubchen, das da gerade verlegen seine Flügelchen streckt. Die Junioren schließen zu seiner ganz besonderen Freude die Reihen und er weiß, dass sie durch Training und Talent schon bald über alles als möglich Gedachte hinauswachsen werden. Dafür hat Franz Schneider ein untrügliches Gespür.

Auch die klägliche Lage, in die sich sein Zukunfts-As, sein neuer Jugendmeister, hineinmanövriert hat, täuscht nicht darüber hinweg. Franz Schneider steht langsam und konzentriert von seinem Stuhl auf. Er sucht Täubchens Blick. Das ist nicht einfach, weil sich Bantam-Grizzly für den Nelson Zeit lässt und noch einmal von vorn eine günstige Ausgangsposition sucht.

Der Trainer erkennt, dass eine Überraschung droht. Der Luckenwalder Bär fühlt sich nämlich dermaßen sicher, dass er seinen Gegner mit einem Überroller durch die Luft schleudern will. Der Bodennelson ist nur ein technischer Hebel, den Dessauer auf die Schultern zu zwingen. Ein gelungener Überroller aus der Hocke dagegen ist ein Triumph und sehr spektakulär.

Franz Schneider hat plötzlich Täubchens Aufmerksamkeit. Er zeigt seinem Schützling, als würde er mit den Fingern bis drei zählen, dass er ausharren soll, nichts riskieren und nichts unternehmen. Der Trainer ist nicht aus der Fassung zu bringen. Die erste Runde, so viel hat Täubchen verstanden, ist gleich zu Ende. Auch die Zuschauer werden gewahr, dass die Uhr an der Wand auf die Halbzeit zu tickt. Von Sekunde zu Sekunde wird das Publikum unruhiger und es feuert den Unterlegenen an, der hier nicht nur Heimvorteil genießt, sondern an Ort und Stelle in scheinbar aussichtsloser Situation zu ihrem David gegen Goliath wird.

Wenn einer Täubchen in diesem Geschäft der Schwerathletik mit Kosenamen heißt, ist das für sich schon ein Wohlwollen der Öffentlichkeit, ja beinahe Ausdruck von Zärtlichkeit. Die jungen Damen fiebern mit ihrem Täuberich, der immer so gern, erfrischend und überall mit ihnen turtelt und balzt. Die alten Törtchen in der ersten Reihe, jene vornehm gekleideten und frisch frisierten Schnapsdrosseln mit silbernen Haaren aus der Törtener Straße, steigen sogar auf die Stühle und drohen dem Bantam-Grizzly aus Luckenwalde, der bis jetzt nichts falsch gemacht hat, mit ausgestrecktem Zeigefinger und ohrenbetäubendem Kreischen, dass sie ihm Schlimmes antun werden, wenn er ihrem Täubchen das Genick brechen sollte.

Auch Lumpen-Willi und Silber-Ete hüpfen ziemlich weit vorn am Geschehen. Sie tun, als wären sie Täubchens Trainer und wissen genau, was der jetzt tun oder lassen soll.

Nur der Confèrencier, denn der ist natürlich auch mit von der Partie, hat einen noch besseren Platz in nächster Nähe erwischt. Als Ringrichter hat er vor Jahren avanciert und nie eine schlechtere Figur dabei als beim Variete im Nachtjackenviertel gegeben.

Es kämpft außer Täubchen noch eine weitere Person, die sich einigermaßen in der Defensive befindet, in verzweifelter Lage im Kristallpalast. Das ist der Lokalreporter Curth von der regionalen Presse mit seinem sperrigen Fotoapparat. Entweder lassen ihn die sportbegeisterten

Besucher erst gar nicht an die Matte heran, er wird immer wieder weggeschubst, oder das Blitzlicht versagt genau in dem Augenblick, wenn Curth den Auslöser der Kamera drückt. Er sieht sich schon ohne Schnappschüsse in die Redaktion eilen.

Jetzt springt Bantam-Grizzly in die Hocke. Er will die Überlegenheit, die ihn unvorsichtig macht, nun doch ausreizen und einen Überroller wagen. Die Beute da scheint ihm initiativlos und wie gelähmt. Er rechnet nicht mehr mit ihrem Aufbäumen. Ein Krokodil würde sich ähnlich verhalten, sich fest verbeißen, die Beute unter Wasser ziehen und sich damit um die eigene Achse drehen.

Aber da hat er Franz Schneiders Jungendmeister denn doch unterschätzt. Dem gelingt nun ein Kunststück, das selbst dem Trainer ein anatomisches Rätsel bleibt. Er entgleitet dem Grizzly mit einer Drehung des Körpers, die man wohl einem Turner oder Tänzer, aber nicht einem Ringer zugetraut hätte.

Nereus, jener Meergott aus der griechischen Sage, hat sich etwa so seinen Verfolgern, wenn sie zu aufdringlich waren, entzogen. Die Drehung, will sie sich der Kenner anschaulich machen, sieht nicht eingeübt aus. Sie ist von außen nicht einmal zu erkennen, weil sie sagenhaft schnell ist. Lumpen-Willi und Silber-Ete schwören, eine blitzartige Verwandlung in einen anderen Zustand sei dafür verantwortlich.

Die Dessauer sind aus dem Häuschen. Ihr Held kann sich an den Mattenrand flüchten und erhält dafür einen Punkt. Abpfiff zur Halbzeit und durch das Publikum geht ein erleichtertes Raunen. Im Punktekampf mit den Champions aus Luckenwalde liegen die Ringer von Motor Dessau in der Mannschaftswertung noch leicht vorn.

Der Trainer gibt Rüdiger ein paar taktische Winke. Tarzan, sein Mannschaftskamerad und Senior, der den Jungspund immer wieder unter seine Fittiche nimmt, rubbelt ihn mit dem Handtuch ab. Es ist laut und Rüdiger versteht kaum, was ihm Franz und Tarzan sagen. Er ist noch ganz außer Atem, aber sein Körper regeneriert sich schnell.

„Wenn er dich nicht auf die Schultern wirft, Rüdiger, wenn du nur nach Punkten verlierst, hat unsere Mannschaft gewonnen."

Dann gibt ihm Tarzan einen Rat. Der Anpfiff gellt dazwischen und wieder schaukelt sich das Fanpublikum auf. Sie rufen nun in Wellen einen Singsang und wiederholen am laufenden Band: „Täubchen! Täubchen!"

Tarzan packt Rüdiger an den Schultern und unter der Glocke, unter der sich Rüdiger innerlich wie ein Fechter hinter seinem Visier zum Kampf abschirmt, hört er genau, was ihm Tarzan sagt.

„Dieser Bully ist eine Eiche. Der zerdrückt dich wie eine Kartoffel. Du musst flink sein und pieksen. Schwirr um ihn herum. Vielleicht kannst du ihn so aus dem Gleichgewicht bringen."

Die beiden Ringer stellen sich wieder auf. Der Kampfrichter schaut von einem zum anderen und pfeift an.

Walter, der sich für ein Trinkgeld in eine Loge zurückgezogen und alles beobachtet hat, tritt aus dem Schatten. Das findet er so bemerkenswert an seinem Jungen, dass ihn der ziemlich missglückte Auftakt nicht sehr beeindruckt hat. Rüdiger strafft sich, er strotzt vor Zuversicht und kämpft erkennbar auf Sieg weiter. Walter sieht es ihm an.

Rüdiger tänzelt um den Grizzly herum, dessen Ausfälle zum Angriff er locker pariert. Keiner bekommt den anderen mit den Händen zu fassen. Aber schon nach einer halben Minute ist das Unglaubliche passiert.

Lokalreporter Curth, der endlich einmal an der richtigen Stelle steht und einen Blitz auf die entscheidende Szene abfeuern kann, schießt dabei das Foto seines Lebens. Es erscheint am nächsten Tag in der Zeitung und wird zum Dessauer Stadtgespräch.

Rüdiger spielt nämlich zum Erstaunen aller wieder diesen geheimnisvollen Meergott Nereus, der sich dreht und verwandelt, wie anatomisch und nach den Gesetzen der Schwerkraft eigentlich nicht erlaubt. Aber Lokalreporter Curth hat den Beweis. Die Aufnahme ist echt. Das Bild ist nicht manipuliert.

„Ein Paukenschlag der Motorringer!", wird die Zeitung am nächsten Tag titeln.

Dieser Bully wankt, weil Bantam-Grizzly einen Schritt zu weit gemacht hat. In dieser Sekunde ist aber Rüdiger schon wieder dicht an ihn herangekommen. Wie er das selbst so schnell fertiggebracht hat, Körperachse an Körperachse dicht zueinander zu bringen, das weiß kein Mensch. Und den Luckenwalder Bär bringt es natürlich für den Bruchteil einer Sekunde aus dem Konzept. Denn das ist frech. Aber er hat sich noch nicht wieder mit beiden Beinen auf der Matte verwurzelt. Rüdiger zögert nicht.

Als würgende Anakondas umschlingen den Grizzly Rüdigers Arme, die auch verdammt gut festhalten können. Der Luckenwalder kommt allerdings vom Bantam und wiegt im Vergleich zum Leichtgewicht Rüdiger ein paar Kilogramm mehr. Das nützt ihm jedoch nicht, weil Rüdiger aus einer atemberaubenden Drehung nun genug Schwung geholt hat. Mit einem Überroller aus dem Stand wirbelt er den Bantam-Grizzly mit einem Mal durch die Luft. Weil der Entwurzelte so schwer ist, müssen zwei Kräfte gegeneinander wirken. Der Luckenwalder fliegt nicht besonders hoch. Deshalb muss Rüdiger mit der Beschleunigung einer Rakete, während er den Gegner über sich abrollt, unter ihn hindurchgelangen. Er hat kaum Platz über der Matte, nur ein paar Zentimeter. Eigentlich müsste er selbst dabei auf den Rücken fallen, denn beide Füße hängen schon in der Luft, da er sich mit dem Bully im linken Arm dreht und sein rechter Arm leicht den Boden berührt. Jetzt ist der Jugendmeister aus Dessau das zuschnappende und sich rollende Krokodil.

Der Riesenbär patscht wie ein voller Kartoffelsack auf die Matte. Er ringt noch nach Luft, da drückt ihn Rüdiger in eine Festhalte auf den Boden. Der Kampfrichter zählt drei ewige Sekunden. Die Dessauer im Kristallpalast schreien und zählen mit.

Schultersieg!

Der Lokalreporter möchte noch wissen, warum Rüdiger Täubchen genannt wird. Ihm wird die Geschichte, die etwas peinlich für Rüdiger ist, zwar erzählt, aber er entschließt sich dann doch, sie nicht in die Zeitung zu schreiben.

Die Muddel war ihm nämlich, als er noch ein kleiner Junge war, aufgeregt mit dem Stullenpaket zum Training gefolgt, das er zu Hause liegengelassen hatte. Sie rief ihn schon von weitem, wie sie ihn immer in ihrer Turtelei nannte: „Täubchen, so warte doch! Du hast dein Frühstück vergessen."

Die Ringerkameraden, die dabei waren, hatten ihren Spaß und zogen Rüdiger noch lange damit auf. Ein Täubchen galt ihnen als etwas Verwöhntes. Das kannten sie nicht und sie fanden es überaus komisch.

Rüdiger steigt nach dem Wettkampf zu Walter in den Wartburg. Er hat einen Bärenhunger und möchte ohne Umschweife nach Hause fahren. Dort werden sie von Muddel erwartet. Und man kann riechen, dass gleich etwas Deftiges aufgetischt wird.

Bertha lässt sich von Walter Bericht erstatten, wie Rüdiger gekämpft hat. Später ruft sie zerstreut aus der Küche: „Ein Brief von Gertrud für Rüdiger. Aus Wörlitz!"

Und dann fällt ihr kurze Zeit später noch ein.

„Ein Buch hat sie auch wieder geschickt."

„Ach so?"

Rüdiger sieht Walter an, der ihm gegenüber am Tisch sitzt und sich immer noch heimlich über Rüdigers Schultersieg freut. Rüdiger überlegt und vermutet: „Na sicher wieder so was von Goethe."